HEYNE

Das Buch

Der 13-jährige Brad Denning spielt mit seinen Freunden nach der Schule Baseball. Sein jüngerer Bruder Petey stört das Spiel, und Brad befiehlt ihm zu verschwinden. Petey fährt enttäuscht mit seinem Fahrrad davon, um nie wieder aufzutauchen. Trotz einer großangelegten Suche bleibt er verschwunden.

Die Tragödie traumatisiert Brad, und selbst 25 Jahre später, als die Eltern schon gestorben sind und er als erfolgreicher Architekt und Familienvater in Denver lebt, sucht ihn das ungewisse Schicksal seines Bruders heim. Als eine TV-Dokumentation über Brad gedreht und darin auch sein lange verschollener Bruder erwähnt wird, melden sich mehrere Männer bei ihm und behaupten, Petey zu sein. Doch sie sind nur Betrüger, die auf schnelles Geld aus sind.

Aber dann tritt ein etwas heruntergekommener Mann auf, der Brad so genaue Informationen über die gemeinsame Kindheit liefern kann, dass kein Zweifel möglich ist – Petey ist wieder da, und er hat eine traurige Geschichte zu erzählen. Überglücklich nimmt Brad den verloren geglaubten Bruder bei sich auf, nicht ahnend, dass er damit sich und seine Familie in höchste Gefahr bringt, denn Petey umgibt ein dunkles Geheimnis …

Einige Details aus dem Leben von Petey sind der Biographie von David Morrell entnommen, der selbst als Junge in einem Waisenhaus aufwuchs.

Der Autor

David Morrell, 1943 in Kanada geboren, studierte an der University of Pennsylvania amerikanische Literatur und lehrte ab 1970 an der University of Iowa. Als Autor der Romanvorlagen für die »Rambo«-Filme ist David Morrell weltbekannt geworden. Heute gehört er zu den populärsten und erfolgreichsten Thrillerautoren der USA. Sechsmal kam er in die Bestsellerliste der New York Times; seine Bücher wurden in mehr als zwanzig Sprachen übersetzt. David Morrell lebt in Santa Fe, New Mexico.

Von David Morrell sind im Heyne-Verlag lieferbar: *Der Nachruf* (01/10614), *Der Blick des Adlers* (01/13058), *Das Ebenbild* (01/13255) und *Das Porträt* (01/13340).

David Morrell

Der verschollene Bruder

Roman

Aus dem Amerikanischen
von Helmut Gerstberger

WILHELM HEYNE VERLAG
MÜNCHEN

HEYNE ALLGEMEINE REIHE
Nr. 01/13590

Titel der Originalausgabe
LONG LOST

Umwelthinweis:
Dieses Buch wurde auf
chlor- und säurefreiem Papier gedruckt.

Deutsche Erstausgabe 08/2002

Printed in Norway 2002
Umschlagillustration: photonica/Johner
Umschlaggestaltung: Nele Schütz Design, München
Satz: (3703) IBV Satz- und Datentechnik GmbH, Berlin
Druck und Bindung: AIT, Trondheim

ISBN: 3-453-21085-9

http://www.heyne.de

Für die Legion der Verlorenen, für die Schar der Verdammten.

Rudyard Kipling

Erster Teil

1

Als ich noch ein Junge war, verschwand mein kleiner Bruder. Verschwand ohne eine Spur vom Angesicht der Erde. Er hieß Petey und er fuhr mit seinem Fahrrad von einem Baseballspiel nach der Schule heim. Er hat nicht selber gespielt. Es war ein Spiel für ältere Jungs wie mich, womit ich sagen will, dass ich schon dreizehn war und Petey erst neun. Ich war sein großes Vorbild; was ich auch machte, er wollte ständig dabei sein. Aber die anderen Jungs beschwerten sich, er sei nur im Weg, und so sagte ich zu Petey, er solle ›abschwirren und nach Hause fahren‹. Ich erinnere mich noch immer an den verletzten Blick, mit dem er mich ansah, bevor er sich auf sein Fahrrad schwang und davonfuhr: ein magerer kleiner Junge mit Bürstenschnitt, Brille, Zahnspange und Sommersprossen in einem zu weiten T-Shirt, ausgebeulten Jeans und Turnschuhen. Das war vor einem Vierteljahrhundert. Gestern.

Als das Abendessen auf dem Tisch stand und Petey noch immer nicht aufgetaucht war, rief meine Mutter ihre Freundinnen in der Nachbarschaft an, doch sie hatten ihn nicht gesehen. Zwanzig Minuten später benachrichtigte mein Vater die Polizei. Seine größte Angst – bis zu diesem Augenblick zumindest – war, dass Petey von einem Auto angefahren worden sei, aber der Dienst habende Sergeant in der Zentrale sagte, es sei kein Unfall mit einem Jungen auf einem Fahrrad gemeldet worden. Er versprach jedoch zurückzurufen, falls er etwas höre, und dafür zu sorgen, dass die Streifenwagen nach ihm Ausschau hielten.

Mein Vater hielt das Warten nicht aus. Ich musste ihm zeigen, durch welche Straßen Petey auf seinem Heimweg vom Baseballplatz wahrscheinlich gekommen war. Wir fuhren sämtliche Straßen ab. Inzwischen wurde es dunkel, und wir wären fast an dem Fahrrad vorbeigefahren, aber dann sah ich den roten Rückstrahler, in dem sich die letzten Sonnenstrahlen reflektierten. Das Fahrrad war einfach zwischen die Büsche auf einem leeren Grundstück geschoben worden. Peteys Baseballhandschuh lag unter dem Rad. Wir durchsuchten das Grundstück. Wir riefen Peteys Namen. Wir fragten die Leute, die in der Straße wohnten, ob sie einen kleinen Jungen gesehen hätten, auf den seine Beschreibung zutraf. Niemand hatte ihn gesehen. Als mein Vater nach Hause zurückraste, spannte sich die Haut in seinem Gesicht so straff, dass seine Wangenknochen hervorstanden. »O Gott!«, flüsterte er immer wieder. »O Gott.«

Meine ganze Hoffnung war, dass Petey deshalb nicht zu Hause auftauchte, weil er wütend war, dass ich ihn weggeschickt hatte. Ich stellte mir vor, wie er kurz vor dem Schlafengehen heimkommen und sagen würde: »Jetzt tut's dir wohl Leid, was? Vielleicht merkst du jetzt, dass du mich mehr magst, als du denkst.‹ Es tat mir wirklich Leid, weil ich nicht glauben konnte, dass Petey sein Fahrrad einfach so zwischen die Büsche geworfen hatte – er liebte sein Fahrrad. Und aus welchem Grund sollte er seinen Baseballhandschuh wegwerfen? Ihm war irgendetwas Schlimmes zugestoßen, und das wäre sicher nie passiert, wenn ich ihm nicht gesagt hätte, er solle abschwirren.

Meine Mom bekam einen hysterischen Anfall. Dad rief erneut die Polizei an. Ein Detective kam vorbei, und am nächsten Tag wurde eine groß angelegte Suche gestartet. Die Zeitung (das alles passierte in einer Stadt namens Woodford ganz in der Nähe von Columbus, Ohio) war voll von der Geschichte. Meine Eltern wandten sich über das Fernsehen und das Radio an die Öffentlichkeit und baten den oder die Entführer, Petey seinen Eltern zurückzugeben. Aber nichts geschah.

Ich will gar nicht versuchen, den Schmerz und die Verzweiflung zu schildern, die Peteys Verschwinden über uns brachte. Meine Mutter musste Tabletten nehmen, um ihre Nerven zu beruhigen. Oft hörte ich sie nachts schluchzen. Ich fühlte mich schuldig, weil ich Petey vom Baseballplatz fortgeschickt hatte. Jedes Mal wenn ich die Haustür knarren hörte, betete ich stumm, dass er es wäre und dass er endlich wieder nach Hause käme. Mein Vater fing zu trinken an und verlor seinen Job. Er und Mom stritten. Einen Monat später zog er aus und kam ums Leben, als sein Wagen von einem Highway driftete, sich mehrere Male überschlug und auf dem Dach landete. Es gab keine Lebensversicherung. Meine Mutter musste das Haus verkaufen. Wir zogen in eine kleine Wohnung und später zu Moms Eltern nach Columbus. Ich verbrachte eine Menge Zeit damit, mir darüber Sorgen zu machen, wie Petey uns finden sollte, falls er zu unserem alten Haus zurückkäme.

Tatsache war, dass ich ihn nicht vergessen konnte. Ich wurde älter, machte meinen College-Abschluss, heiratete, bekam einen Sohn und hatte Erfolg in meinem Beruf. Aber in meiner Erinnerung wurde Petey nie älter. Er war noch immer dieser magere Neunjährige, der mir diesen verletzten Blick zuwarf und dann auf seinem Rad davonfuhr. Ich habe nie aufgehört, ihn zu vermissen. Hätte ein Farmer das Skelett eines kleinen Jungen aus der Erde gepflügt und wären diese sterblichen Überreste irgendwie als die Peteys identifiziert worden, hätte ich um meinen kleinen Bruder trauern können. Zumindest hätte die Ungewissheit ein Ende gehabt. Ich wollte unbedingt wissen, was passiert war.

Heute bin ich Architekt. Einige Jahre lang arbeitete ich bei einer großen Firma in Philadelphia, aber meine besten Entwürfe waren für sie zu unorthodox, und so machte ich mich schließlich selbstständig. Außerdem kam ich zu dem Schluss, dass es interessant wäre, auch den Standort zu wechseln – nicht bloß in eine andere Stadt an der Ostküste zu ziehen, sondern ganz weg von der Ostküste. Meine Frau überraschte mich damit, dass sie diese Idee noch aufregender fand als ich. Ich will hier nicht sämtliche Gründe aufzählen, warum wir uns für Denver entschieden, aber sicherlich hatte es mit dem Reiz der Berge und dem Mythos des Westens zu tun. Wie auch immer, wir zogen nach Denver, und fast von Anfang an hatte ich dort mit meiner Arbeit Erfolg.

Zwei von mir entworfene Bürogebäude stehen direkt an einem Stadtpark. Sie verschmelzen nicht nur mit ihrer Umgebung, sie spiegeln sie auch wider; ihre Glas- und Kachelwände wirken wie große Spiegel, die die Teiche, Bäume und Rasenflächen reflektieren und den Eindruck erwecken, die Gebäude seien Teil der Natur. Besonders stolz bin ich jedoch auf meine Wohnhäuser. Viele meiner Kunden wohnen in der Umgebung von sündhaft teuren Urlaubsorten wie Aspen oder Vail, doch sie respektieren die Berge und legen Wert darauf, keinen Betonklotz in die Landschaft zu setzen. Sie wünschen sich im Einklang mit der Natur zu leben, ohne sie zu vergewaltigen. Ich wusste, was sie meinten. Und die Häuser, die ich für sie entwarf, verschmelzen so vollkommen mit der Umgebung, dass man sie erst sieht, wenn man direkt vor der Haustür steht. Bäume und Erdhügel verbergen sie. Bäche fließen unter ihnen hindurch. Flache Felsplatten fungieren als Terrassen. Felsbrocken bilden Stufen. Felswände werden zu Mauern.

Es ist seltsam, dass Häuser, die unauffällig sein wollten, so viel Aufmerksamkeit erregten. Trotz ihres Anspruchs, unsichtbar zu sein, konnten meine Kunden nicht widerstehen, mit ihren neuen Häusern anzugeben. In *House Beautiful* und *Architectural Digest* erschienen Artikel über sie, obgleich die Aufnahmen der Außenansicht mehr Ähnlichkeit mit Landschaftsfotos besaßen als mit Fotografien von Häusern. Die regionale Fernsehstation von CBS brachte einen zweiminütigen Bericht in den Zehn-Uhr-Nachrichten, wobei die Reporterin, die wie auf einer Wanderung gekleidet war, die Zuschauer zu einem Spiel herausforderte: »Können Sie irgendwo zwischen den Bäumen und Hügeln ein Haus erkennen?« Sie stand keine drei Meter von einer Wand entfernt, doch erst als sie darauf deutete, erkannten die um sie herum Stehenden, wie perfekt das Haus in seiner natürlichen Umgebung versteckt war. Der Bericht fiel der CBS-Zentrale in New York auf, und ein paar Wochen später wurde ein zehnminütiges Interview mit mir in der ›CBS-Sonntagmorgen-Show‹ ausgestrahlt.

Ich frage mich heute noch, warum ich mich darauf einließ. Der Himmel weiß, dass ich keine Publicity mehr nötig hatte, um Aufträge zu bekommen. Wenn ich es also nicht aus finanziellen Gründen getan habe, dann bleibt als Grund nur die Eitelkeit. Vielleicht wollte ich, dass mein Sohn mich im Fernsehen sieht. In der Tat erschienen sowohl er als auch meine Frau kurz in einer Szene auf dem Bildschirm, als wir drei an einem meiner ›Chamäleon-Häuser‹, wie die Reporterin sie nannte, vorübergingen. Ich wünsche mir, wir alle wären damals Chamäleons gewesen.

2

»Brad!« Ein Mann rief meinen Namen.

Das war drei Tage nach der ›CBS-Sonntagmorgen-Show‹. An einem Mittwoch. Anfang Juni. An einem herrlichen, strahlenden Tag. Ich hatte den ganzen Morgen in Besprechungen gesessen, und das Knurren meines Magens erinnerte mich daran, dass ich nicht zu Mittag gegessen hatte. Ich hätte meine Sekretärin nach einem Sandwich schicken können, aber die Arbeit, an der sie gerade saß, war weit wichtiger, als für mich Botengänge zu erledigen. Außerdem hatte ich Lust, raus zu gehen und die Sonne zu genießen. Das Zentrum von Denver ist ein Musterbeispiel moderner Stadtplanung – großzügig und einladend, mit Gebäuden, die niedrig genug sind, dem Sonnenlicht Zugang zu gewähren. Ich steuerte auf einen Feinkostladen von ›Bagels And More‹ auf der anderen Straßenseite zu und dachte an nichts als das Corned-Beef-Sandwich, das ich mir bestellen würde, als ich hörte, wie jemand meinen Namen rief.

»Brad!«

Zuerst dachte ich, es sei jemand aus meinem Büro, der mich wegen irgendetwas, das ich vergessen hatte, sprechen wollte. Doch als ich mich umdrehte, sah ich, dass der Mann, der auf mich zulief, ein Fremder war. Er schien etwa Mitte dreißig zu sein und machte mit seinem schmutzigbraun gegerbten Gesicht und dem strähnigen langen Haar einen raubeinigen und etwas ungepflegten Eindruck. Einen Augenblick dachte ich, er sei ein Bauarbeiter, mit dem ich auf irgendeiner meiner Baustellen zu tun gehabt hatte. Auf jeden Fall wirkte seine Kleidung entsprechend: verschrammte Arbeitsstiefel, staubige Jeans und ein verknittertes Baumwollhemd mit hochgekrempelten Ärmeln. Aber ich habe ein gutes Gedächtnis für Gesichter und war mir sicher, dass ich mich an die fünf Zentimeter lange Narbe an seinem Kinn erinnert hätte.

»Brad! Mein Gott, ich kann es nicht fassen!« Der Mann ließ seinen verschrammten Rucksack auf das Trottoir fallen. »Nach all diesen Jahren! Herr im Himmel!«

Ich muss verblüfft ausgesehen haben. Zwar bilde ich mir ein, dass die Leute meine Gesellschaft mögen, aber nur wenige zeigen sich so begeistert, mich zu sehen. Anscheinend waren wir uns früher einmal begegnet, obwohl ich nicht den blassesten Schimmer hatte, wer dieser Kerl war.

Sein breites Grinsen enthüllte einen angeschlagenen Schneidezahn. »Du weißt tatsächlich nicht, wer ich bin? Komm schon – ich würde dich überall erkennen! Ich hab dich auch im Fernsehen sofort erkannt! Ich bin es!«

Mein Gehirn arbeitete langsam und ohne ein Ergebnis bei seinem Bemühen, die Erinnerung zu durchforsten. »Ich fürchte, ich weiß nicht…«

»Peter! Dein *Bruder*!«

Jetzt wurde mir alles klar. Mein Gehirn arbeitete wieder mit der gewohnten Schnelligkeit.

Der Mann streckte die Hände nach mir aus. »Es tut verdammt gut, dich zu sehen!«

»Lassen Sie Ihre Finger von mir, Sie Mistkerl.«

»Was?« Der Mann blinzelte schockiert.

»Einen Schritt näher, und ich rufe die Polizei. Wenn Sie glauben, Sie können von mir Geld…«

»Brad! Was faselst du da?«

»Sie haben die Sonntagmorgenshow von CBS gesehen, stimmt's?«

»Ja, aber…«

»Sie haben sich getäuscht, Sie Bastard. Das funktioniert nicht.«

In der Fernsehshow hatte der Reporter Peteys Verschwinden erwähnt. Am Tag nach der Show hatten sechs verschiedene Männer in meinem Büro angerufen und behauptet, Petey zu sein. »Dein lange vermisster Bruder«, hatten sie alle fröhlich verkündet. Der erste Anruf versetzte mich noch in helle Aufregung, aber nachdem wir ein paar Minuten miteinander gesprochen hatten, wurde mir klar, dass der Typ nicht die geringste Ahnung hatte, wie Petey verschwunden war oder wo es passiert war oder wie wir damals gelebt hatten. Die beiden nächsten waren sogar noch unverschämter. Und alle wollten sie Geld. Ich wies meine Sekretärin an, keine Gespräche mehr von jemandem durchzustellen, der behauptete, mein Bruder zu sein. Die nächsten drei Schlauberger, die zu mir durchkamen, hatten vorgegeben, in geschäftlichen Angelegenheiten anzurufen und auf diese Weise erreicht, mit mir verbunden zu werden. Doch sobald sie mit ihrem Sermon begannen, knallte ich den Hörer auf. Am nächsten Tag gelang es meiner Sekretärin, acht weitere Anrufe von Männern abzufangen, die behaupteten, Petey zu sein.

Jetzt tauchten sie schon persönlich auf.

»Bleiben Sie mir vom Leib, verdammt.« Ich hatte nicht den Nerv, bis runter zur Verkehrsampel zu gehen, sondern drehte auf dem Absatz um, entdeckte eine Lücke im vorbeifließenden Verkehr und lief rasch quer über die Straße.

»Brad! Um Himmels willen, hör mir zu!«, rief der Mann hinter mir her. »Ich bin es wirklich!«

Mein Nacken wurde vor Zorn ganz steif, aber ich ging weiter.

»Was muss ich tun, damit du mir glaubst?«, rief der Mann.

Ich erreichte den Mittelstreifen der Straße und wartete ungeduldig auf die nächste Lücke im Verkehr.

»Als sie mich entführt haben, war ich mit meinem Fahrrad auf dem Nachhauseweg!«, schrie der Mann.

Wütend wirbelte ich herum. »Das hat der Reporter im Fernsehen auch erwähnt! Verschwinden Sie, bevor ich Ihnen die Fresse poliere.«

»Damit würdest du ein bisschen mehr Schwierigkeiten haben als damals, als wir Kinder waren, Brad. Das Fahrrad war übrigens blau.«

Die letzte Bemerkung drang gar nicht richtig in mein Bewusstsein, so wütend war ich. Dann traf mich das Bild von Peteys blauem Fahrrad wie ein Fußtritt.

»*Das* haben sie im Fernsehen nicht erwähnt«, sagte der Mann.

»Aber es stand damals in allen Zeitungen. Nichts einfacher für Sie, als die Bibliothek in Woodford anzurufen und die Bibliothekarin zu bitten, in den Ausgaben der Lokalzeitung in dem betreffenden Jahr und Monat nachzulesen. Es ist sicher nicht schwer, Einzelheiten über Peteys Verschwinden herauszubekommen.«

»*Mein* Verschwinden«, sagte der Mann.

Vor mir und hinter mir hupten die vorbeibrausenden Autos warnend.

»Wir schliefen im selben Zimmer!«, rief er. »Stand das auch in den Zeitungen?«

Ich runzelte verunsichert die Stirn.

»Wir hatten Stockbetten!«, schrie der Mann, noch lauter jetzt, um den Verkehr zu übertönen. »Ich schlief oben. Ich hatte einen Modellhubschrauber, der an einem Faden von der Decke direkt über meinem Bett hing. Manchmal nahm ich ihn runter, drehte die Flügel und tat so, als würde er gleich starten.«

Mein Stirnrunzeln verstärkte sich.

»Dad fehlte an der linken Hand die Spitze vom kleinen Finger; er hat sie sich bei einem Unfall in der Möbelfabrik abgesägt. Er ging gern fischen. In dem Sommer bevor ich verschwand nahm er dich und mich zum Campen hierher nach Colorado mit. Mom wollte nicht mitkommen. Sie hatte Angst, draußen zu sein, wegen ihrer Allergie gegen Bienenstiche. Sie bekam schon Panik, wenn sie nur eine Biene sah.«

Erinnerungen durchfluteten mich. Es war ausgeschlossen, dass dieser Fremde das alles alten Zeitungen entnommen hatte. Nichts von all dem hatte je in irgendeiner Zeitung gestanden.

»Petey?«

»Wir hatten einen Goldfisch in unserem Zimmer. Aber keiner von uns beiden wollte das Glas sauber machen. Eines Tages kamen wir von der Schule nach Hause, und das Zimmer stank wie die Hölle und der Fisch war tot. Wir legten den Fisch in eine Streichholzschachtel und beerdigten ihn im Garten. Als wir später zu der Stelle zurückgingen, wo wir ihn begraben hatten, war dort nur noch ein leeres Loch, weil die Nachbarskatze den Fisch ausgegraben hatte.«

»Petey…« Als ich über die Straße zu ihm zurück spurtete, entkam ich nur knapp einem heranbrausenden Auto. »Mein Gott, du bist es wirklich!«

»Einmal haben wir beim Fangen spielen im Haus ein Fenster eingeschlagen. Dad hat uns dafür eine Woche Hausarrest aufgebrummt.«

Diesmal war ich derjenige, der die Arme ausstreckte. Ich habe nie irgendjemanden fester umarmt. Er roch nach Kaugummi und Zigarettenrauch. Seine Arme waren ungeheuer kräftig. »Petey...« Ich bekam die Worte kaum hervor. »Was ist mit dir passiert?«

3

Er fährt nach Hause. Wütend tritt er in die Pedale. Wütend und verletzt. Ein Auto taucht neben ihm auf, fährt langsamer, nicht schneller als er. Eine Frau auf dem Beifahrersitz kurbelt das Fenster runter und fragt nach dem Weg zur Interstate. Er sagt es ihr. Die Frau scheint gar nicht zuzuhören. Der griesgrämig dreinblickende Mann am Steuer gibt sich ebenfalls nicht sonderlich interessiert. »Glaubst du an Gott?«, erkundigt sich die Frau. Was soll diese Frage? »Glaubst du an das Ende der Welt?«, will die Frau weiter wissen. Der Wagen biegt vor ihm an den Bordstein. Angst packt ihn. Er reißt das Fahrrad hoch auf den Gehweg. Die Frau stürzt aus dem Wagen und rennt hinter ihm her. Ein Schuh rutscht vom Pedal. Ein leeres Grundstück. Büsche. Die Frau packt ihn. Der Mann macht den Kofferraum auf und wirft ihn hinein. Der Kofferraumdeckel kracht zu. Dunkelheit. Er schreit. Hämmert mit den Fäusten gegen das Blech, weil er nicht genügend Luft bekommt. Dann verliert er das Bewusstsein.

Petey beschrieb mir das alles, als wir uns in einer Nische im rückwärtigen Teil des Feinkostladens gegenüber saßen.

»Du hättest mich nicht vom Baseballplatz fortschicken dürfen«, sagte er.

»Ja, ich weiß.« Meine Stimme brach. »Gott ist mein Zeuge, ich weiß das.«

»Die Frau war älter als Mom. Sie hatte Krähenfüße um ihre Augenwinkel. Graue Strähnen im Haar. Verkniffene Lippen. Furchtbar dünn... Hängende Schultern und baumelnde Arme. Sie hat mich irgendwie an einen Vogel erinnert, aber sie war verdammt kräftig. Der Mann hatte fettiges langes Haar und einen Stoppelbart. Er trug einen Overall und roch nach Kautabak.«

»Was wollten sie von dir? Wurdest du...?« Das Wort ›missbraucht‹ weigerte sich, über die Lippen zu kommen.

Petey sah zur Seite. »Sie brachten mich auf eine Farm in West Virginia.«

»Gleich auf der anderen Seite der Grenze? Du warst so nah?«

»In der Nähe von einem Kaff, das Redemption* heißt. Ein makabrer Witz, wenn man bedenkt, dass es niemanden gab, der mich freikaufen konnte. Das Kaff heißt wirklich so, obwohl es eine ganze Weile dauerte, bis ich den Namen rausfand. Sie hielten mich auf ihrer Farm gefangen, bis ich schließlich abhauen konnte. Als ich sechzehn war.«

»Mit sechzehn? Aber all die Zeit dazwischen? Warum hast du dich nicht gemeldet?«

»Ich hab daran gedacht.« Petey schien sich unbehaglich zu fühlen. »Aber ich konnte mich einfach nicht dazu aufraffen.« Er zog eine Zigarettenschachtel aus seiner Hemdtasche.

Doch als er ein Streichholz anriss, blieb eine Bedienung an unserem Tisch stehen und sagte: »Es gut mir Leid, Sir. Rauchen ist hier drin nicht gestattet.«

Die schroffen Linien in Peteys Gesicht wurden hart. »Na schön.«

»Kann ich Ihre Bestellung aufnehmen?«

»Anscheinend haben Sie hier 'ne Menge zu bestellen.«

»Wie?«

»Corned Beef«, sagte ich laut, um die Situation zu entschärfen.

Ungeduldig schob Petey die Zigarettenpackung in seine Hemdtasche zurück. »Zwei Budweiser.«

Als sie ging, sah ich mich um und vergewisserte mich, dass niemand so nahe saß, unser Gespräch verstehen zu können.

»Was hast du damit gemeint, du konntest dich nicht dazu aufraffen, zu uns nach Hause zu kommen?«

»Der Mann hat mir ständig erzählt, meine Mom und mein Dad würden mich nie mehr zurückhaben wollen.«

»Was?«

»Nicht nach dem, was er mit mir... Er sagte, Mom und Dad würden so angewidert von mir sein, dass sie...«

»Dich als ihren Sohn verleugnen könnten? Das hätten sie nie getan.« Ich fühlte, wie mir vor Trauer die Kehle eng wurde.

»Das weiß ich jetzt. Aber damals, als ich ihnen entkam, war ich... Na ja – sagen wir, nicht ganz ich selbst. Sie hielten mich in einem unterirdischen Raum gefangen.«

»O Gott.«

»Ich habe sieben Jahre lang kein Tageslicht gesehen.« Seine Kiefermuskeln spannten sich. »Ich hatte keine Ahnung, wie viel Zeit vergangen war. Als ich aus dem Loch entkam, brauchte ich 'ne ganze Weile, bis ich wieder einigermaßen den Durchblick hatte, wie die Dinge laufen.«

»Aber wie hast du dich durchgeschlagen? Wie hast du überlebt?«

Petey verzog gequält das Gesicht. »Ich bin ziellos durch die Gegend gestreift und hab' bei Farmern und auf dem Bau gearbeitet. Später dann als Fernfahrer. Dieses und jenes. Kurz nach meinem einundzwanzigsten Geburtstag musste ich zufällig 'ne Ladung nach Columbus bringen. Ich raffte meinen ganzen Mut zusammen und fuhr nach Woodford raus und zu unserem Haus.«

»Das Haus war damals längst verkauft.«

»Das hatte ich sehr schnell rausgefunden.«

»Und Dad war gestorben.«

»Auch das habe ich rausgefunden. Aber niemand wusste, wo Mrs. Denning und ihr Sohn Brad hingezogen waren.«

»Wir wohnten in Columbus bei Moms Eltern.«

»So nah.« Petey schüttelte verzweifelt den Kopf. »Ich konnte mich nicht mehr an Moms Mädchennamen erinnern, darum war es mir auch nicht möglich, sie über ihre Eltern zu suchen.«

»Aber die Polizei hätte dir helfen können, uns zu finden.«

»Nicht ohne eine Menge Fragen zu stellen, auf die ich nicht antworten wollte.«

»Sie hätten den Mann und die Frau, die dich gekidnappt hatten, verhaftet.«

»Was hätte mir das schon geholfen? Es hätte eine Gerichtsverhandlung gegeben. Ich hätte aussagen müssen. Die Geschichte wäre in allen Zeitungen erschienen.« Er machte eine hilflose Geste. »Ich fühlte mich so...«

»Jetzt ist es vorbei. Versuche, das alles hinter dir zu lassen. Nichts, was passiert ist, war deine Schuld.«

»Trotzdem fühle ich mich...« Petey kämpfte mit dem nächsten Wort und ließ dann davon ab, als die Bedienung unsere Biere brachte. Er nahm einen langen Schluck aus seiner Flasche und wechselte das Thema. »Wie geht es Mom?«

Die Frage traf mich unvorbereitet. »Mom?«

»Ja, wie geht es ihr?«

Ich brauchte eine Weile, bis ich eine Antwort zu Stande brachte. »Sie ist letztes Jahr gestorben.«

»Oh...« Peteys Stimme sank zu einem kaum hörbaren Flüstern.

»Krebs.«

»Aah...« Nun war sie nur mehr ein stimmloses Seufzen. Fast wirkte er, als hätte ihn ein schwerer Faustschlag getroffen. Er starrte auf seine Bierflasche, doch sein gequälter Blick schien auf etwas in weiter Ferne gerich tet.

4

Kates normalerweise sehr hübsches Gesicht wirkte angespannt, als ich in die Küche trat. Sie ging auf und ab, während sie telefonierte und besorgt mit einer Hand durch ihr langes blondes Haar fuhr. Dann sah sie mich, und ihre Schultern sackten erleichtert herab. »Er ist gerade reingekommen. Ich ruf' dich zurück.«

Ich lächelte, als sie den Hörer auflegte.

»Wo bist du gewesen? Alle sind beunruhigt«, sagte Kate.

»Wieso beunruhigt?«

»Du hattest mehrere wichtige Besprechungen heute Nachmittag, aber du bist nirgendwo aufgetaucht. In deinem Büro machen sie sich Sorgen, dass du einen Unfall hattest oder…«

»Alles in Ordnung. Ich wusste nicht, dass es schon so spät ist.«

»… überfallen wurdest oder…«

»Mehr als in Ordnung.«

»… einen Herzinfarkt hattest oder…«

»Ich habe eine wunderbare Neuigkeit.«

»… oder weiß Gott was. Du bist sonst die Zuverlässigkeit in Person. Und jetzt ist es schon fast sechs, und du hattest nicht mal Zeit, anzurufen und mir zu sagen, dass alles in Ordnung ist und… Riechst du nach Alkohol? Hast du getrunken?«

»Worauf du wetten kannst.« Mein Grinsen wurde noch um einiges breiter.

»Am helllichten Tag? Ohne dich um die Besprechungen mit deinen Kunden zu kümmern? Was ist in dich gefahren?«

»Ich hab' doch gesagt, ich hab' wunderbare Neuigkeiten.«

»Was für Neuigkeiten?«

»Petey ist aufgetaucht.«

Kates blaue Augen blickten verständnislos, als hätte ich chinesisch geredet. »Wer ist…?« Dann begriff sie. »Gütiger Himmel, du meinst doch nicht etwa… deinen Bruder?«

»Doch.«

»Aber… aber du hast immer gemeint, das er wohl tot ist.«

»Ich hab' mich getäuscht.«

»Bist du sicher, dass er es ist?«

»Darauf wette ich mein letztes Hemd. Er hat mir Dinge erzählt, die nur Petey wissen kann. Er *muss* es sein.«

»Und er ist tatsächlich hier? In Denver?«

»Näher. Er steht draußen vor der Tür.«

»Was? Du hast ihn draußen warten lassen?«

»Ich wollte mit ihm nicht einfach so reinplatzen. Ich wollte dich darauf vorbereiten.« Ich berichtete ihr, was passiert war. »Die Einzelheiten erzähle ich dir später, wenn Zeit dazu ist. Nur eines solltest du wissen: Er hat eine Menge schlimme Dinge durchgemacht.«

»Ein Grund mehr, ihn nicht draußen vor der Tür warten zu lassen. Um Himmels willen, hol ihn schon rein!«

Just in diesem Augenblick kam Jason durch die Hintertür in die Küche gestürmt. Er war elf, aber recht klein für sein Alter, was seine Ähnlichkeit mit Petey zum Zeitpunkt seines damaligen Verschwindens noch frappierender machte: ein magerer Junge mit Sommersprossen, Zahnspange und Brille. »Was soll die Aufregung? Streitet ihr euch?«

»Im Gegenteil«, sagte Kate.

»Was gibt es denn?«

Noch während ich Jasons Brille ansah, fiel mir ein, dass Petey ebenfalls eine Brille gebraucht hatte. Aber der Mann draußen vor der Tür trug keine Brille. Plötzlich hatte ich ein Gefühl, als hätte ich Nadeln im Bauch. War ich einem Betrüger auf den Leim gegangen?

Kate kauerte sich vor Jason nieder. »Weißt du noch, dass wir dir erzählt haben, dass dein Vater einen Bruder hatte?«

»Klar. Dad hat in dieser Fernsehsendung von ihm erzählt.«

»Er ist spurlos verschwunden, als er ein Junge war«, erklärte Kate.

Jason nickte bekümmert. »Ich habe einen Albtraum deswegen gehabt.«

»Du brauchst deswegen keine Albträume mehr zu haben«, sagte Kate. »Rat mal, was passiert ist. Er ist heute zurückgekommen. Du wirst ihn bald kennen lernen.«

»Ja?« Jason strahlte. »Wann?«

»Sobald wir die Haustür aufmachen.«

Ich drehte mich zu Kate um, weil ich ihr meine plötzlichen Zweifel gestehen wollte, aber sie war bereits draußen im Korridor und ging auf die Haustür zu. Dann hatte sie die Tür aufgerissen... Nun, ich weiß nicht, was sie erwartet hatte, aber ich bezweifle, dass der etwas verwahrlost aussehende Mann ihrer idealisierten Vorstellung vom lange vermissten Bruder gerecht wurde. Er drehte sich zur Tür um, der er, eine Zigarette rauchend und den von Bäumen bestandenen Garten vor dem Haus bewundernd, den Rücken zugewandt hatte. Sein Rucksack stand neben ihm.

»Petey?«, fragte Kate.

Er trat unbehaglich von einem seiner in Arbeitsstiefeln steckenden Füße auf den anderen. »In meinem Alter, denke ich, klingt ›Peter‹ ein bisschen erwachsener.«

»Bitte komm rein.«

»Danke.« Er sah auf seine halb gerauchte Zigarette hinunter, warf einen prüfenden Blick ins Innere des Hauses, zwickte die Glut von der Zigarette ab und steckte den Stummel in seine Hemdtasche.

»Ich hoffe, du kannst zum Essen bleiben«, sagte Kate.

»Ich möchte euch nicht stören.«

»Unsinn. Wir freuen uns, wenn du bleibst.«

»Um die Wahrheit zu sagen, nehme ich die Einladung gern an. Ich weiß gar nicht mehr, wann ich zum letzten Mal eine richtige warme Mahlzeit bekommen habe.«

»Das ist Jason.« Kate nickte stolz unserem Sohn zu, der sich neben sie geschoben hatte.

»Hi, Jace.« Der Mann gab Jason die Hand. »Spielst du gerne Baseball?«

»Ja«, sagte Jason, »aber ich bin nicht besonders gut.«

»Das erinnert mich daran, dass ich in deinem Alter auch nicht besonders gut war. Weißt du was? Nach dem Essen werfe ich mit dir ein paar Bälle. Was hältst du davon?«

»Super.«

»Komm doch rein, Peter. Bitte«, sagte Kate. »Ich hol' dir was zu trinken.«

»Ein Bier, wenn ihr welches im Haus habt.« Der Mann, der behauptete, Petey zu sein, machte Anstalten, durch die Tür zu treten.

Doch bevor er über die Schwelle trat, musste ich es wissen. »Trägst du Kontaktlinsen?«

»Nein.« Der Mann runzelte verwirrt die Stirn. »Wie kommst du darauf?«

»Du brauchtest 'ne Brille, als du ein Junge warst.«

»Die brauche ich nach wie vor.« Der Mann griff in seinen Rucksack und zog ein schmales Etui hervor, klappte es auf und zeigte uns eine Brille mit einem zersprungenen Glas. »Ist mir gestern früh passiert. Aber ich komme einigermaßen zurecht. Wie du weißt, bin ich kurzsichtig und brauche die Brille nur, um in der Ferne was zu sehen. War das ein kleiner Test oder was?«

Emotionen schnürten mir die Kehle zu. »Petey…«, krächzte ich heiser, »willkommen zu Hause.«

5

»Das ist das beste Schmorfleisch, das ich je gegessen habe, Mrs. Denning.«

»Ich bitte dich, Peter, du gehörst zur Familie. Nenne mich doch Kate.«

»Und dieses Kartoffelpüree ist einfach überirdisch.«

»Ich fürchte, ich habe geschummelt und Butter reingetan. Jetzt sind deine Cholesterinwerte völlig im Eimer.«

»Ich hab' noch nie auf solche Dinge geachtet. Solange es was zu essen ist, hab' ich nichts dagegen einzuwenden.« Als Petey grinste, war sein abgesplitterter Schneidezahn zu sehen.

Jason starrte fasziniert auf die schwarze Lücke.

»Möchtest du wissen, wie ich mir den ausgeschlagen habe?« Petey deutete auf den Zahn.

»Jason, du bist aufdringlich«, sagte Kate.

»Überhaupt nicht.« Petey lachte glucksend. »Er ist nur neugierig – genau wie ich, als ich ein Junge war. Das war so, Jace... Letzten Sommer habe ich als Dachdecker drüben in Colorado Springs gearbeitet. Ich bin von 'ner Leiter gefallen. Dabei habe ich mir auch die Narbe hier an meinem Kinn geholt. Das Gute daran war, dass ich nicht sehr tief gestürzt bin. Ich hätte mir sonst den Hals brechen können.«

»Wohnst du jetzt dort?«, fragte ich. »In Colorado Springs?«

»Du lieber Himmel, nein. Ich wohne nirgendwo.«

Ich hörte auf zu kauen.

»Aber jeder wohnt irgendwo«, sagte Kate.

»Ich nicht.«

Jason blinzelte verwirrt. »Aber wo schläfst du?«

»Wo immer ich gerade bin. Es gibt überall ein Fleckchen, wo man sich aufs Ohr legen kann.«

»Das klingt…« Kate schüttelte den Kopf.

»Wie?«

»Schrecklich einsam. Keine Freunde. Nichts, von dem du sagen kannst, dass es dir gehört.«

»Ich schätze, das hängt davon ab, woran man gewöhnt ist. Ich hab' mich dran gewöhnt, dass ich niemanden habe, auf den ich mich verlassen kann.« Petey sah mich nicht an dabei, aber ich konnte das Gefühl nicht unterdrücken, dass diese Bemerkung auf mich gemünzt war. »Und was den Besitz von irgendwelchen Sachen angeht… Alles, was mir wichtig ist, steckt in meinem Rucksack. Wenn ich ihn nicht mehr tragen kann, weil zu viel drin ist, hindert er mich nur am Vorankommen.«

»Der König der Landstraßen«, sagte ich.

»Genau. Weißt du« – Peter stützte die Ellbogen auf den Tisch und beugte sich zu Jason hinüber –, »ich bin viel unterwegs, je nachdem wo es Arbeit gibt und wie das Wetter ist. Jeder Tag bietet ein neues Abenteuer. Ich weiß nie, was mich erwartet. Wie zum Beispiel letzten Sonntag, als ich noch in Butte in Montana war und in einem Diner frühstückte, in dem ein Fernseher stand. Normalerweise schaue ich in keinen Fernseher, und was sie in diesen Sonntagmorgen-Talkshows bringen, interessiert mich schon gar nicht, aber irgendetwas hat mich dazu bewogen, hinzuhören. Etwas in der Stimme von diesem Typen, der wegen irgendwas interviewt wurde, erweckte meine Aufmerksamkeit. Ich sah von meinen Eiern mit Soße hoch, und als ich den Kerl auf dem Bildschirm sah, muss ich plötzlich an jemanden denken. Nicht an jemanden aus der letzten Zeit – an jemanden von ganz früher. Ich wartete, dass der Ansager sagen würde, wer der Mann war. Aber das brauchte er gar nicht mehr, denn als Nächstes erwähnte der Reporter, dass der kleine Bruder des

Mannes, als sie beide noch Kinder waren, nicht mehr auftauchte, nachdem er mit dem Rad von einem Baseballspiel nach Hause gefahren war. Der Mann im Fernseher war natürlich dein Vater.«

Petey wandte sich mir zu. »Als ich älter wurde, dachte ich immer öfter daran, dich zu suchen, Brad, aber ich hatte nicht die geringste Ahnung, wo ich euch finden könnte. Als der Reporter dann sagte, dass du in Denver wohnst, hab' ich Messer und Gabel fallen lassen und mich auf die Socken gemacht. Ich hab' den Sonntag, den Montag und den ganzen Dienstag bis Denver gebraucht. Von unterwegs hab' ich anzurufen versucht, aber deine Privatnummer steht nicht im Telefonbuch. Und die Nummer deines Büros war auch keine Hilfe, weil deine Sekretärin sich geweigert hat, mich durchzustellen.«

»Das war wegen der ständigen Anrufe irgendwelcher Verrückter, von denen ich dir erzählt habe.« Ich fühlte mich schuldig, weil ich fürchtete, er könnte denken, ich hätte ihn absichtlich zurückgewiesen.

»Drei Tage von Montana nach Denver? Du musst Probleme mit dem Wagen gehabt haben«, sagte Kate.

Petey schüttelte den Kopf. »Ein Auto ist auch so was, das mich besitzen würde, und nicht umgekehrt. Ich bin per Anhalter gekommen.«

»Per *Anhalter*?«, fragte Kate verblüfft. »Warum bist du nicht mit dem Bus gefahren?«

»Dafür gibt es zwei gute Gründe. Erstens haben meiner Erfahrung nach Leute, die mit dem Bus fahren, immer dieselben langweiligen Geschichten auf Lager, aber ein Autofahrer, der den Mut hat, einen Tramper mitzunehmen, ist jemand, mit dem sich ein Gespräch allemal lohnt.«

Die Art, wie er das sagte, brachte uns alle zum Lachen.

»Und wenn sich rausstellt, dass jemand nicht interessant ist, kann ich immer noch sagen, ›Lass mich im nächsten Ort raus‹, und dann versuche ich mein Glück mit einem anderen Wagen. Jeder Lift ist ein kleines Abenteuer.« Peteys Augen blitzten vor Vergnügen und in seinen Augenwinkeln erschienen kleine Fältchen.

»Und was ist der zweite Grund, warum du nicht mit dem Bus gefahren bist?«, fragte ich.

Die Fröhlichkeit verschwand aus seinem Gesicht. »In letzter Zeit war's mit der Arbeit nicht gerade üppig. Ich hatte nicht das Geld für das Ticket.«

»Das wird sich ändern«, sagte ich. »Ich weiß, wo du auf dem Bau jederzeit 'nen Job kriegen kannst – wenn du ihn willst.«

»Klar will ich.«

»Ich kann dir bis dahin gern was geben, damit du wenigstens ein bisschen Geld in der Tasche hast.«

»He, ich bin nicht gekommen, weil ich dich anpumpen will«, sagte Petey.

»Das weiß ich doch. Aber wie willst du denn ohne Geld zurechtkommen, bis zum ersten Zahltag?«

Petey hatte darauf keine Antwort.

»Komm schon«, sagte ich. »Du kannst ruhig ein Geschenk akzeptieren.«

»Na ja, ich könnte ein bisschen Kohle für ein Motelzimmer brauchen.«

»Kommt nicht in Frage«, sagte Kate. »Du mietest dir kein Motelzimmer. Du schläfst heute Nacht bei uns.«

6 Petey warf Jason den Baseball zu, und der Junge, der sonst alles andere als ein großer Fänger vor dem Herrn war, pflückte jetzt den Ball geschickt und sicher aus der Luft und rief mit einem Grinsen: »Hast du gesehen, Dad? Schau, was Onkel Peter mir gezeigt hat.«

»Ich hab's gesehen, ja. Das machst du hervorragend. Vielleicht sollte dein Onkel darüber nachdenken, ob er nicht Baseball-Trainer werden will.«

Petey zuckte mit den Schultern. »Das sind nur ein paar Tricks, die ich mir unterwegs abgeschaut habe, wenn am Freitagabend auf dem Baseballplatz der einen oder anderen Stadt ein interessantes Spiel zusammenging. Das Wichtigste dabei ist, dass du den Ball im Auge behältst, Jace, und nicht deinen Handschuh. Dein Handschuh muss nur bereit sein, zuzuschnappen.«

Kate streckte den Kopf aus der Hintertür. Ihr blondes Haar schimmerte im Lichtschein der Küchenlampe. »Es ist Zeit fürs Bett, Jason.«

»Ach, Mom. Muss ich wirklich?«

»Ich hab' dich schon eine halbe Stunde länger als sonst aufbleiben lassen. Morgen früh musst du wieder in die Schule.«

Enttäuscht wandte sich Jason seinem Onkel zu.

»Schau mich nicht so Hilfe suchend an«, sagte Petey. »Was deine Mutter sagt, wird gemacht.«

»Danke, Onkel Peter, dass du mir den Trick mit dem Fangen gezeigt hast. Jetzt lassen mich die anderen Jungs vielleicht sogar in der Mannschaft mitspielen.«

»Das will ich doch hoffen. Und wenn sie es nicht tun, sag es mir, dann schau ich mal am Platz vorbei und rede ein ernstes Wort mit ihnen.« Petey verstrubbelte mit einer Hand Jasons sandfarbenen Schopf und schob ihn mit einem sanften Klaps in Richtung Haus. »Du solltest deine Mutter nicht so lange warten lassen.«

»Bis morgen früh.«

»Darauf kannst du dich verlassen.«

»Ich bin so froh, dass du uns gefunden hast, Onkel Peter.«

»Ich auch.« Peteys Stimme klang heiser. »Ich auch.«

Jason lief nach drinnen, und mein Bruder drehte sich zu mir um. »Netter Junge.«

»Ja. Wir sind sehr stolz auf ihn.«

Die letzten Strahlen der untergehenden Sonne tauchten die Wipfel der Bäume im Garten in einen rötlichen Schein.

»Und Kate ist…«

»Sie ist wunderbar«, sagte ich. »Ich hatte meinen Glückstag, als ich ihr begegnet bin.«

»Du kannst es drehen und wenden wie du willst, aber du hast dir das Leben wirklich gut eingerichtet – und du hast es zu was gebracht. Brauch mir bloß dein Haus anzusehen.«

Ich fühlte mich unbehaglich, so viel zu besitzen. »Meine Mitarbeiter im Büro frotzeln mich deshalb ständig. Aber als wir damals hierher zogen, kam uns dieser große alte viktorianische Kasten wie geschaffen für uns vor. Durch die vielen Bäume vor und hinter dem Haus kann man es von der Straße aus kaum sehen.«

»Es sieht fest und solide aus.« Petey sah auf seine schwieligen Hände hinab. »Komisch, wie sich die Dinge entwickelt haben. Tja…« Er richtete sich auf und grinste. »Baseball-Training macht durstig. Ich könnte noch ’n Bier vertragen.«

»Bin gleich wieder zurück.«

Als ich mit den Bieren zurückkam (drinnen hatte Kate die Augenbrauen hochgezogen, weil sie es nicht gewohnt war, dass ich so viel trank), hatte ich in der anderen Hand eine Einkaufstüte.

»Was ist da drin?«, fragte Petey.

»Etwas, das ich für dich aufgehoben habe.«

»Ich kann mir nicht vorstellen, was du…«

»Ich fürchte nur, er ist inzwischen zu klein für dich, falls du ihn anziehen willst, wenn du wieder mal mit Jason Fangen trainierst«, sagte ich.

Petey schüttelte verwirrt den Kopf.

»Erinnerst du dich daran?« Ich griff in die Tüte und zog den verschrammten Baseballhandschuh heraus, den ich vor so langer Zeit unter Peteys Fahrrad gefunden hatte.

»Mein Gott«, ächzte Petey.

»Ich hab' ihn all die Jahre über aufgehoben, hab' ihn immer in meinem Zimmer aufbewahrt. Und als ich noch klein war, hab' ich ihn mit ins Bett genommen und ihn fest an mich gedrückt und mir vorgestellt, wo du bist und was du machst und…« – ich presste die Worte hervor – »… ob du noch lebst.«

»Ich hab' mir oft gewünscht, ich wäre tot.«

»Denk nicht mehr daran. Was war, ist jetzt nicht mehr wichtig. Wir sind wieder zusammen, Petey. Nur das ist wichtig. O Gott, ich hab' dich so vermisst.« Ich gab ihm den Handschuh, obwohl ich kaum etwas sehen konnte, wegen des Schleiers vor meinen Augen.

7

»Was hältst du von ihm?«, flüsterte ich Kate zu, als ich das Licht ausmachte und unter die Decke schlüpfte. Peteys Zimmer war auf der anderen Seite der Eingangshalle; er konnte uns nicht hören. Trotzdem fühlte ich mich befangen, über ihn zu reden.

Kate lag im Dunkeln neben mir, und es dauerte eine Weile, bevor sie antwortete. »Er hat ein schweres Leben gehabt.«

»Das ganz sicher. Und trotzdem scheint es ihm zu gefallen.«

»Wohl weil er aus der Not eine Tugend gemacht hat.«

»Wahrscheinlich, ja. Trotzdem…«

»Was denkst du?«, fragte Kate.

»Wenn ihm dieses Leben nicht gefallen hätte, wäre es ihm jederzeit möglich gewesen, auch anders zu leben.«

»Wie denn?«

»Er hätte auf eine Schule gehen und einen Beruf erlernen können.«

»Und wäre vielleicht sogar Architekt geworden wie du?«

Ich zuckte mit den Schultern. »Vielleicht. Warum auch nicht? Das wäre gar nicht so abwegig. Ich habe im Fernsehen einige Berichte über Zwillinge gesehen, die nach ihrer Geburt getrennt wurden und sich erst als Erwachsene wiedersahen. Sie mussten feststellen, dass sie den gleichen Job, die gleichen Hobbys, verblüffend ähnliche Frauen und dieselben Verhaltensweisen hatten.«

»Aber du und dein Bruder, ihr seid keine Zwillinge.«

»Das stimmt allerdings. Trotzdem – du weißt, was ich meine. Petey hätte dieselbe Karriere machen können wie ich, aber er hat einen anderen Weg gewählt.«

»Glaubst du wirklich, dass die Menschen in ihrem Leben immer die Möglichkeit haben, frei auszuwählen? Du hast mir erzählt, dass du niemals Architekt geworden wärst, wenn es in der High School nicht diesen Geometrielehrer gegeben hätte, den du wirklich mochtest.

In wehmütige Gedanken versunken, starrte ich ins Mondlicht, das in einer breiten Bahn durch das Fenster unseres Schlafzimmers strömte. »Ja… ich war so was wie ein Sonderling – der einzige Junge an der High School, der Geometrie mochte. Für mich war dank dieses Lehrers die Geometrie ein faszinierendes Thema. Er sagte mir, was ich machen musste, an welches College ich gehen sollte und all das, wenn ich Architekt werden wollte.«

»Ich bezweifle ernsthaft, dass dein Bruder je einen Geometrielehrer hatte. Ist er überhaupt auf eine High School gegangen?«, fragte Kate.

»Jemand muss ihm etwas beigebracht haben. Er drückt sich sehr gewählt aus. Ich hab' aus seinem Mund noch kein unflätiges Wort gehört.«

Kate drehte sich mir zu und stützte sich auf einen Ellbogen. »Hör zu, ich bin bereit, alles zu tun, ihm zu helfen. Wenn er eine Weile hier bleiben will, bis er sich entschieden hat, wie es weiter gehen soll, dann ist das vollkommen in Ordnung für mich.«

»Ich hab' gehofft, dass du das so sehen würdest.« Ich beugte mich zu ihr hinüber und küsste sie. »Danke.«

»Ist das alles, was dir einfällt, mir deine Dankbarkeit zu zeigen?«, fragte sie.

Ich küsste sie wieder, diesmal mit mehr Leidenschaft.

»Schon viel besser.« Ihre Hand glitt meinen Schenkel empor.

»Mmm.« Eine Weile war dies der letzte Laut, der über unsere Lippen kam. Die Anwesenheit eines Fremden im Haus machte uns befangen; irgendwie befürchteten wir, man könnte uns hören. Als sie den Höhepunkt erreichte, wurde unser Kuss so leidenschaftlich, dass wir gegenseitig unser Stöhnen verschluckten.

Schweigend lagen wir nebeneinander und kamen langsam wieder zu uns.

»Noch so einen Dankesbeweis, und ich brauche eine Wiederbelebung«, murmelte ich.

»Mund zu Mund?«

»Das erweckt mich bestimmt wieder zum Leben.« Ich stand auf, um ins Badezimmer zu gehen, und warf einen Blick aus dem Fenster. Als ich in den Garten hinabschaute, sah ich etwas, das ich dort nicht erwartet hatte.

»Was schaust du?«, fragte Kate.

»Dort unten ist Petey.«

»Was?«

»Ich kann ihn im Mondlicht sehen. Er liegt in einem Liegestuhl.«

»Und schläft?«, fragte Kate.

»Nein, er raucht und schaut zu den Sternen hinauf.«

»Nach all dem, was passiert ist, konnte er wahrscheinlich nicht schlafen.«

»Ich kann mir denken, wie er sich fühlt.«

»Weißt du, was ich finde?«, sagte Kate. »Jeder, der so rücksichtsvoll ist, nicht im Haus zu rauchen, ist mir willkommen.«

8

Obwohl Petey gesagt hatte, das Leben auf der Straße mache ihm großen Spaß, war ich entschlossen, alles zu tun, dass es ihm noch mehr Spaß machen würde, wenn er auf ein paar elementare Dinge achtete: sein

Aussehen zum Beispiel. Dieser abgeschlagene Zahn hinterließ einen verheerenden ersten Eindruck. Ich hatte den Verdacht, dass Petey so manchen Job deshalb nicht bekommen hatte, weil die Bauunternehmer dachten, er sehe wie ein Raufbold und Unruhestifter aus. Ich rief also am nächsten Morgen unseren Zahnarzt an, erklärte die Situation und brachte ihn (für das Doppelte seines üblichen Honorars) dazu, auf seine Mittagspause zu verzichten.

»Zahnarzt?«, fragte Petey entsetzt. »Wirklich nicht, nein. Ich gehe zu keinem Zahnarzt.«

»Nur, um deinen abgeschlagenen Zahn zu richten. Das tut überhaupt nicht weh.«

»Auf keinen Fall. Ich war bei keinem Zahnarzt mehr, seit ich mir vor sechs Jahren einen Backenzahn ziehen lassen musste.«

»*Vor sechs Jahren?* Du lieber Himmel. Ein Grund mehr, dir deine Zähne anschauen zu lassen.« Ich verschwieg ihm, dass auch die Zahnhygienikerin bereit gewesen war, ihre Mittagspause zu opfern.

Anschließend rief ich eine Reihe von Friseuren an, bis ich einen fand, der nicht ausgebucht war. Lange Haare – mein eigenes ist auch nicht gerade kurz – müssen nicht strähnig und ungepflegt aussehen. Nach dem Besuch im Friseursalon kauften wir ein paar Klamotten. Nicht dass ich mich der Illusion hingegeben hätte, Petey würde eine Hose mit Bügelfalte und ein Sportsakko anziehen, aber ein Paar neue Jeans und ein nett aussehendes Hemd würden nicht schaden. Danach gingen wir in einen Schuhladen: neue Arbeitsstiefel und Turnschuhe.

»Ich kann das alles nicht annehmen«, sagte Petey.

»Ich tu' das gern, wirklich. Wenn du willst, können wir es als Darlehen betrachten. Du kannst mir's ja irgendwann zurückzahlen, wenn du wieder flüssig bist.«

Dann war es Zeit für den Zahnarzt. Danach sahen Peteys Zähne blendend aus, obwohl sein Gebiss mehrere Löcher aufwies, wie der Zahnarzt festgestellt hatte, um die er sich bei Peteys nächstem Termin in ein paar Wochen kümmern würde. Peteys Haar wirkte flott, aber nicht zu modisch. Ich war fast versucht, einen plastischen Chirurgen zu Rate zu ziehen, was man mit der Narbe an Peteys Kinn machen könnte, aber auch davon abgesehen hatte das bisschen Pflege eine Menge bewirkt. Er sah aus, als sei er nach einem lebhaften Tennismatch in frische Klamotten geschlüpft.

»Hungrig?«

»Immer«, grinste Petey.

»Ja. Ich krieg' allmählich den Eindruck, dass du in letzter Zeit ein paar Mahlzeiten ausgelassen hast. Du könntest zehn Pfund mehr auf den Rippen vertragen. Magst du italienisches Essen?«

»Du meinst Spaghetti und Fleischklößchen?«

»Was in der Art, ja. Aber in dem Laden, in den wir gehen, heißen Spaghetti Pasta, und die Gerichte haben Namen wie Huhn marsala.«

»Augenblick mal, Brad...«

»Und nach dem Essen besuchen wir einen Mann wegen einem Job für dich.«

»Brad... Schluss damit jetzt... Hör auf.«

»Warum? Was ist los?‹

»Hast du sonst nichts zu tun?«, fragte Petey. »Du hast dir gestern Nachmittag freigenommen. Und heute Morgen bist du wieder nicht zur Arbeit gegangen. Kate hat gesagt, dass du einige Verabredungen und Besprechungen hättest sausen lassen.«

»Die sind alle nicht so wichtig wie du.«

»Aber auf die Weise kannst du keine Firma leiten, und

wenn du weiter so viel Geld für mich ausgibst, sehe ich schwarz für deine Zukunft. Wir haben eine Menge nachzuholen, aber wir müssen es nicht alles auf einmal machen.«

Peteys bekümmerter Gesichtsausdruck brachte mich zum Lachen. »Du glaubst, ich lasse mich hinreißen?«

»Ja, ein bisschen schon.«

»Was schlägst du sonst vor?«

»Geh in dein Büro. Dort drüben ist ein Park. Ich würde mich gern ’ne Weile hinsetzen. Um einen klaren Kopf zu kriegen und meine Gedanken zu ordnen. Es hat sich so vieles verändert. Wir treffen uns dann zu Hause beim Abendessen.«

»Möchtest du das wirklich?«, fragte ich.

»Du hast schon genug für mich getan.«

»Aber wie willst du denn nach Hause kommen?«

»Per Anhalter«, erwiderte Petey.

»Und was, wenn dich keiner mitnimmt?«

»Mach dir deshalb keine Sorgen. Das ist für mich eine der leichteren Übungen.« Peteys Zähne sahen prächtig aus, wenn er grinste.

»Ich hab’ ’ne bessere Idee«, sagte ich. »Du nimmst meinen Wagen. Abends kannst du mich dann abholen.«

»Das geht nicht. Ich hab’ keinen Führerschein.«

»Darum werden wir uns ebenfalls schleunigst kümmern.«

»Morgen«, sagte Petey.

»Außerdem dürfen wir nicht vergessen, deine Brille reparieren zu lassen.«

»Okay«, sagte Petey. »Morgen.«

9 Petey und Jason mähten den Rasen, als ich nach Hause kam. Der Rasenmäher war für Jason schwer zu manövrieren, deshalb ging Petey neben ihm und half ihm dabei, die Kurven zu fahren.

»He, Dad! Schau mal, was ich mache!«, schrie Jason aus vollem Hals, um das Dröhnen des Motors zu übertönen.

Ich streckte begeistert einen Daumen in die Höhe.

Sie hielten neben mir an.

»Hast du ihn jetzt im Griff, Jace?«, fragte Petey.

»Ich glaub' schon.«

»Dann gehört er dir. Ich bin dort drüben und unterhalte mich mit deinem Dad.«

Jason nickte und konzentrierte sich darauf, den Rasenmäher geradeaus zu dirigieren; das Dröhnen wurde leiser, als er ihn zwischen den Bäumen hindurch zur anderen Seite des Gartens steuerte.

Mit einem Kopfnicken forderte Petey mich auf, mit ihm zu den Stufen der Veranda hinüberzugehen, wo er sich nach einer Bierflasche bückte. »Könnte sein, dass ich schlafende Hunde geweckt habe. Wenn er das noch besser beherrscht, musst du sein Taschengeld erhöhen.«

»Es ist das erste Mal, dass er dafür Interesse zeigt. Möglicherweise hast du seine praktische Ader aktiviert«, sagte ich. »Normalerweise macht das ein Gartendienst, aber es wäre sicherlich gut für ihn, wenn er ein bisschen helfen und Verantwortung übernehmen würde.«

»Man kann gar nicht früh genug lernen, Verantwortung zu übernehmen.« Petey nahm einen Schluck aus der Bierflasche.

»Hör zu, ich weiß deine Mühe zu schützen, aber es war wirklich nicht nötig, den Rasen zu mähen«, sagte ich.

»Keine große Sache. Das Gras sah ein bisschen lang aus. Ich wollte nur meinen Teil leisten.«

»Ehrlich gesagt, ist das nicht nötig. Ich bin einfach nur froh, dass du hier bist. Außerdem solltest du es ein bisschen ruhiger angehen lassen, weil du nächste Woche zu arbeiten anfängst.«

Petey legte den Kopf schief. »Ich fange nächste Woche mit der Arbeit an?«

»Ja. Ich hab' ein paar Anrufe gemacht und einen Job für dich gefunden.«

»Wirklich? Super!«

»Bei einem Projekt, das ich geplant habe.«

»Klingt vielversprechend.«

»Onkel Peter!«, schrie Jason mit deutlicher Panik in der Stimme. Der Junge kämpfte in der Kurve am Ende einer Bahn mit dem Rasenmäher, der ihm anscheinend nicht mehr gehorchte und auf einen Busch zuschwenkte.

»Lass das Steuer nicht los!«, rief Petey und rannte Jason zu Hilfe.

10

»Du brauchst doch nicht abzutrocknen«, sagte Kate.

»Das ist das Wenigste, was ich tun kann.« Petey rieb einen weiteren Topf trocken. »Ich kann mich nicht erinnern, jemals einen besseren Rinderschmorbraten gegessen zu haben.«

»Normalerweise essen wir nicht so viel Fleisch«, sagte sie. »Ich bemühe mich nur, ein bisschen Gewicht auf deine Rippen zu bekommen.«

»Der Zitronenkuchen war köstlich.«

Jason nahm sich ein zweites Stück davon vor. »Ja, während der Woche kriegen wir selten 'ne Nachspeise.«

»Du hast ja auch schwer gearbeitet und den Rasen gemäht«, meinte Kate. »Also gibt's eine Extraportion.«

Ich saß am Ende des Tischs und ertappte mich erneut dabei, dass ich lächelte. Die Tatsache, dass Petey wirklich und wahrhaftig dort drüben an der Spüle stand und nach einem Topf griff, um ihn abzutrocknen, überwältigte mich noch immer.

»Außerdem«, sagte er, zu dem Thema zurückkehrend, über das wir zuvor gesprochen hatten, »überrascht es mich nicht, dass ihr nach Denver gezogen seid.«

»Wieso?«

»Wegen des Campingausflugs, den wir beide damals mit Dad gemacht haben. Erinnerst du dich?«, fragte Petey.

»Klar erinnere ich mich.«

»Das war hier in Colorado. Wir hatten wirklich eine tolle Zeit. Sicherlich, die lange Fahrt von Ohio hierher war ein ziemlicher Schlauch. Und hätten wir nicht die Comichefte gehabt, die Dad uns unterwegs in Tankstellen gekauft hat... Aber als wir dann hier ankamen, haben wir schnell bemerkt, dass sich die Anstrengung gelohnt hat. Im Zelt schlafen, wandern, fischen und klettern. Dad hat uns alles gezeigt.«

»Als du den ersten Fisch in deinem Leben an der Angel hattest, warst du so aufgeregt, dass du ihn reinkurbeln wolltest, bevor er richtig am Haken festhing«, sagte ich. »Er ist dir wieder entkommen.«

»Das weißt du noch?«

»Ich hab' oft an diesen Ausflug gedacht. Nachdem wir wieder zurück waren, fing einen Monat später die Schule an und...« Etwas in mir weigerte sich, Peteys Verschwinden in Worte zu fassen. »Für lange Zeit war das der letzte schöne Sommer in meinem Leben.«

»Für mich auch.« Petey blickte zu Boden. Eine Weile stand er reglos so da, dann schüttelte er seine Gedanken mit einem Schulterzucken ab und griff nach dem letzten Topf. »Wie auch immer – worauf ich hinaus will, ist, dass du vielleicht deshalb hierher gezogen bist, weil du irgendwo tief in dir drinnen zu diesem Sommer zurückkehren wolltest.«

»Camping?« Jason unterbrach die düstere Stimmung.

Wir sahen ihn an. Er hatte eine Weile nichts gesagt, weil er mit seinem zweiten Stück Zitronenkuchen beschäftigt gewesen war.

»Dad hat versprochen, mit mir Campen zu gehen, aber wir haben's nie getan«, sagte Jason.

Ich fühlte mich wie ein schlechter Vater. »Dafür sind wir viel gewandert.«

»Aber wir haben nie im Zelt geschlafen.«

»Soll das heißen, dass du noch nie richtig campen warst?«, fragte Petey.

Jason nickte, dann korrigierte er sich: »Außer einmal, wo ich in Tom Burbicks Garten in einem Zelt schlafen durfte.«

»Das zählt nicht«, sagte Petey. »Man muss in der Wildnis zelten, wo du die Löwen und Tiger und Bären hören kannst.«

»Löwen und Tiger?« Jason zog irritiert die Stirn kraus und sah mit einem Mal erschreckt und verletzlich aus hinter seiner Brille.

»Es war nur ein Scherz.« Kate verstrubbelte ihm das Haar.

Etwas Seifenschaum blieb hängen, und er schlug ihn mit der Hand weg. »Mom!«

»Aber vielleicht ist das eine gute Idee.« Sie sah Petey und mich an. »Ein Campingausflug. Ihr beide könntet dort weitermachen, wo ihr aufgehört habt. Die Jahre überspringen. Ich weiß, dass es für dich alles andere als leicht war, Peter, aber jetzt fangen wieder die schöneren Zeiten an.«

»Ich glaube, du hast Recht, Kate«, sagte Petey. »Ich kann sie schon spüren.«

»Und *ich*?«, wollte Jason wissen. »Kann ich auch mitkommen?«

»Wir gehen alle zusammen«, sagte Petey.

»Tut mir Leid, die Herren. Ohne mich.« Kate hob abwehrend die Hände. »Ich muss am Samstag ein Seminar halten.« Kate war Beraterin für Stressbewältigung und hatte sich auf die Beratung von Unternehmen spezialisiert, deren Mitarbeiter sich wegen der ständigen Stellenreduzierungen im Betrieb überfordert fühlten. »Außerdem ist das Schlafen in der Wildnis nicht unbedingt das, was ich schon immer machen wollte.«

»Genau wie Mom.« Petey drehte sich zu mir um. »Weißt du noch?«

»Ja, genau wie Mom.«

»Abgesehen davon«, sagte Kate, »dass eure Mutter Angst vor Bienen hatte, während es bei mir mehr mit natürlichen Gegebenheiten zu tun hat.«

»Mit natürlichen Gegebenheiten?«, fragte ich verständnislos.

»Ihr Typen seid nun mal besser ausgerüstet, mitten in der Nacht aus dem Zelt zu kriechen und in den Wald zu pinkeln.«

11

»Ich wollte dich schon die ganze Zeit etwas fragen.«

Petey blickte von der Landkarte auf und sah mich an. »Was denn?«

Es war schon fast elf Uhr, an einem strahlenden Samstagmorgen. Mein Ford Expedition war bis oben hin mit allen möglichen Campingutensilien vollgepackt. Wir waren auf der Interstate 70 von Denver nach Westen gefahren und befanden uns mittlerweile ziemlich tief in den Bergen, obwohl Jason ihre schneebedeckten Gipfel nicht mitbekam. Er schlief in seinem Schlafsack auf dem Rücksitz.

»Nachdem du…« Ich hatte Mühe, weiterzureden. »Mir kommt gerade der Gedanke, dass du vielleicht nicht darüber sprechen willst.«

»Es gibt nur eine Möglichkeit, das rauszufinden.«

»Nachdem du entkommen warst aus der Gewalt dieser…«

»Sprich es aus. Dieser kranken Dreckschweine, die mich entführt haben. Das ist eine Tatsache. Du brauchst um die Sache nicht rumzureden wie um den heißen Brei.«

»Du warst sechzehn, als du entkommen konntest. Danach bist du durch die Gegend gezogen und hast dich als Bauarbeiter und ähnliches durchgeschlagen. Aber du hast nie irgendwas von einer Schule erwähnt. Als sie dich entführt haben, warst du in der dritten Klasse, aber dein Bildungspotenzial ist offenkundig weit größer als das bisschen, das man dir in der Schule beigebracht hat. Wer hat dir das alles vermittelt?«

»Oh, was Höflichkeit und Wohlverhalten angeht, bin ich in eine harte Schule gegangen«, erwiderte Petey grimmig. »Der Mann und die Frau, die mich in diesem unterirdischen Loch gefangen hielten, bestanden darauf, dass ich bei jeder Gelegenheit ›bitte‹ und ›danke‹ sagte und ›Ja, Sir‹ und ›Ja, Ma'am'. Und wenn ich's irgendwann mal vergessen hatte, bekam ich eine Ohrfeige, damit ich's nicht wieder vergaß.« Die Sehnen an seinem Hals spannten sich wie Stricke.

»Tut mir Leid, dass ich das Thema angesprochen habe«, brummte ich.

»Ist schon okay. Es hat keinen Sinn, die Vergangenheit zu verleugnen. Wenn man das tut, holt sie einen auf andere Weise wieder ein.« Peteys Blick wurde hart. Er holte tief Luft, um seine Gefühle zu unterdrücken. »Wie auch immer... Was das Lernen angeht, habe ich auch schönere Erinnerungen. Als ich damals von Ort zu Ort gezogen bin, bekam ich sehr schnell mit, dass man bequem an eine kostenlose Mahlzeit kommt, wenn man sich nach dem Sonntagsgottesdienst bei den anschließenden Gemeindetreffen rumdrückte. Natürlich musste man vorher die ganze Predigt über sich ergehen lassen, um was zu essen zu kriegen. Aber meistens machte mir das nichts aus – es war immer so friedlich in den Kirchen. Nach so vielen Jahren ohne Lesen hatte ich vergessen, wie es geht. Es kam vor, dass die Leute, die in der Kirche neben mir saßen, bemerkten, dass ich die Bibel nicht lesen konnte, und sie kümmerten sich darum, dass ich wieder lesen lernte – vor allem die Bibel. In jeder Gemeinde gab es irgendeinen Lehrer oder eine Lehrerin, und manchmal bekam ich von ihnen am Abend nach der Arbeit Privatunterricht in der Kirche der Stadt, in der ich gerade einen Job hatte. Ich hab' viele anständige und nette Menschen kennen gelernt.«

»Ich bin froh, das zu hören.«

»Was zu hören, Dad?«, fragte Jason verschlafen vom Rücksitz.

»Das es anständige Menschen auf der Welt gibt.«

»Hast du das nicht gewusst?«

»Manchmal hab' ich dran gezweifelt. Du und dein Onkel, ihr solltet euch besser auf die Karte konzentrieren. Die Abzweigung ist nicht mehr weit.«

12

Wir suchten einen Ort, der Breakhorse Ridge hieß. Es ist seltsam, wie sich manche Namen ins Gedächtnis eingraben, und genau dies war der Platz, an dem Dad, Petey und ich vor fünfundzwanzig Jahren unser Camp aufgeschlagen hatten. Jemand in der Möbelfabrik, in der Dad Vorarbeiter war, hatte früher in Colorado gelebt und Dad erzählt, wie wunderschön die Gegend von Breakhorse Ridge sei. Und so war Dad, der versprochen hatte, mit uns nach Colorado zum Zelten zu fahren, auf den Gedanken gekommen, dass Breakhorse Ridge der richtige Ort für uns sein könnte. Allerdings plagte mich damals während der ganzen langen Fahrt von Ohio die entsetzliche Vorstellung, dass in Breakhorse Ridge jemand Pferde entzwei bricht. Ich wusste damals nicht, dass Cowboys das Zureiten von wilden Pferden ›brechen‹ nennen und hatte Angst vor dem, was wir zu sehen bekommen würden. Schließlich brachte Dad mich dazu, ihm zu sagen, was mich bedrückte. Nachdem er mir alles erklärt hatte, verwandelte sich meine Angst in Neugier. Doch als wir endlich ankamen, sah ich nirgendwo Pferde oder Cowboys, nur ein paar alte Gehege und eine weite Grasfläche, die bis zu einem See und einem Espenwald hinabreichte, und dahinter Berge.

Ich habe den Namen nie vergessen. Doch als Petey, Jason und ich den Trip planten, konnte ich den Namen auf keiner Karte finden. Schließlich musste ich bei der Verwaltung der Nationalparks von Colorado anrufen. Ein Park-Ranger faxte mir einen Ausschnitt von einer wesentlich genaueren Karte als die, die ich hatte, auf der der Weg zur Breakhorse Ridge eingezeichnet war. Ich hatte meine Straßenkarte von Colorado auf dem Esszimmertisch ausgebreitet, das Fax von der genaueren Karte über die Region gelegt, die uns interessierte, und Petey und Jason gezeigt, wohin wir fahren wollten.

Nun waren wir fast da, als wir nach rechts auf den Highway 9 bogen, der nach Norden in den Arapaho National Forest führte.

»Von hier an wird es kompliziert, Jungs. Ihr müsst ständig die Karte mit der Landschaft vergleichen«, sagte ich.

Jason kroch nach vorn, und Petey öffnete seinen Sicherheitsgurt und legte ihn um sie beide.

»Wonach suchen wir?«, fragte Jason.

»Nach dieser dünnen, geschlängelten Linie hier.« Petey deutete auf das Fax. »Es müsste ein schmaler Waldweg sein, der rechts abgeht. Aber mit den dichten Bäumen hier könnten wir ihn leicht übersehen.«

Ich steuerte den Ford Expedition um eine Kurve. Die Kiefern standen jetzt noch dichter, dennoch glaubte ich, ein Stück weiter zwischen ihnen eine Lücke erkennen zu können. Ich sagte jedoch nichts, weil ich wollte, dass Jason die Abzweigung entdeckte. Petey muss meine Gedanken erraten haben. Ich sah, wie er von der Karte aufblickte und die Augen zusammenkniff, als habe er die Lücke ebenfalls bemerkt. Doch auch er sagte nichts.

Wir kamen näher.

Die Lücke war jetzt ein wenig deutlicher auszumachen.

»Dort!«, rief Jason und deutete nach vorn. »Ich sehe da was!«

»Gut gemacht«, sagte Petey.

»Das kannst du laut sagen«, fügte ich hinzu. »Ich wär' fast dran vorbeigefahren.«

Ich lenkte den Wagen nach rechts auf einen holprigen Waldweg. Zwischen den ausgefahrenen Wagenspuren wuchs hohes Gras. Zweige schabten über die Türen. Die Kronen der Kiefern bildeten ein grünes Dach.

»Du meine Güte, glaubst du, wir bleiben stecken?« Besorgt beugte sich Jason vor.

»Nicht mit dem Vierradantrieb«, sagte Petey. »Da müsste schon weit schwierigeres Gelände kommen, um uns Probleme zu machen. Sogar wenn's geschneit hätte, müssten wir uns keine Sorgen machen.«

»Geschneit?« Jason runzelte skeptisch die Stirn. »Im Juni?«

»Klar«, sagte Petey. »Zu der Jahreszeit kann man hier oben in den Bergen ohne weiteres in einen Schneesturm kommen.« Die Bäume standen jetzt weniger dicht. »Siehst du die Gipfel dort vorn und wie viel Schnee noch auf ihnen liegt? Dort oben gibt's so viel Schnee, dass ihn die Sonne noch nicht wegschmelzen konnte.«

Der Weg wand sich in engen Kehren höher, und der Abhang neben uns wurde Schwindel erregend steil. Die Piste war jetzt so bucklig und von herausragenden Felsnasen gepflastert, dass höchstens die Cowboys, die vor langer Zeit hier oben bockende Wildpferde zugeritten hatten, von der Fahrt begeistert gewesen wären.

»Wer, glaubst du, hat diesen Weg angelegt?«, fragte Jason. »Er sieht verdammt alt aus.«

»Die Forstverwaltung vielleicht«, sagte ich. »Oder möglicherweise Holzfäller oder Rancher, bevor die Gegend hier Nationalpark wurde. Ich kann mich erinnern, wie Dad uns erzählt hat, dass früher Rinderzüchter hier oben kleine Herden gehalten haben, mit denen sie die Goldsucher und Minenarbeiter in den Bergbaustädten versorgten.«

»Goldsucher? *Gold?*«, fragte Jason.

»Und Silber. Vor langer Zeit. Die meisten dieser Städte sind heute verlassen.«

»Geisterstädte«, warf Petey ein.

»Wow!«, sagte Jason.

»Oder es sind Skiorte aus ihnen geworden«, sagte ich, um Jasons Fantasie zu zügeln; sonst würde er Petey und mich nachts mit Albträumen über Geister aufwecken.

Der Weg erreichte den Kamm des Abhangs und führte auf eine herrliche Wiese, deren frisches Gras sich im sanften Wind bog.

»Genau so war es, als Dad mit uns hier war«, sagte ich zu Petey.

»Nach so vielen Jahren«, murmelte Petey ehrfürchtig.

»Sind wir schon da?«, fragte Jason.

Die ewig alte Frage aus Kindermund. Ich stellte mir vor, dass Petey und ich unseren Dad dasselbe gefragt hatten. Wir sahen einander an und mussten lachen.

»Was ist so lustig?«, fragte Jason.

»Nichts«, erwiderte Petey. »Nein, wir sind noch nicht da.«

13

Es dauerte eine weitere halbe Stunde. Die Wiese machte zunächst einzeln stehenden knorrigen Kiefern Platz, dann wieder dichtem Wald, der einen Abhang emporstieg, welcher noch steiler war als der erste, auch wurden die Kehren des Wegs noch enger. Schließlich erreichte die holprige Piste eine Anhöhe, und ich trat unwillkürlich auf die Bremse und starrte auf den sich vor uns auftuenden von sanften Grashängen gesäumten Talkessel hinunter, in den sich der jetzt kaum mehr auszumachende Weg hinabwand. Das Sonnenlicht glitzerte auf einem Bilderbuchsee, dessen gegenüberliegende Ufer von einem breiten Streifen lichtem Espenwald umgeben waren, dann folgten Kiefern und darüber die sich emportürmenden Berge.

»Ja«, sagte ich und spürte, wie mir die Brust eng wurde. »Genau wie ich es in Erinnerung habe.«

»Es hat sich nichts verändert«, meinte auch Petey.

Rechts drüben im Grün der Wiese konnte man die grauen, verwitterten Reste der Korrale erkennen. Die Pfosten und Stangen waren vor langer Zeit eingestürzt und moderten nun vor sich hin. Wir fuhren daran vorbei, als wir uns dem See näherten. Weit und breit war kein anderes Auto zu sehen, und nichts wies darauf hin, dass in den letzten Monaten irgendjemand hier gewesen war.

Ich hielt etwa zwanzig Meter vom Ufer entfernt, wo – wie ich mich erinnerte – auch Dad stehen geblieben war. Als wir aus dem Wagen stiegen, sog ich die kühle, frische Bergluft tief in meine Lungen.

»Schau, Dad. Ein altes Lagerfeuer!«

Jason und Petey standen auf der rechten Seite des Wagens. Ich ging zu ihnen hinüber und sah auf den verrußten Kreis aus Felssteinen hinab, in dessen Mitte verkohlte Holzstücke lagen.

»Alt ist genau das richtige Wort«, sagte Petey. »Ich wette, hier ist seit Jahren kein Feuer mehr gemacht worden.« Er schaute mich an. »Ich frage mich, ob das derselbe Platz ist, wo du und Dad und ich *unser* Lagerfeuer hatten.«

»Das wäre durchaus möglich.«

Jason war vor Tatendrang ganz aus dem Häuschen. »Wo schlagen wir unser Zelt auf?«

»Wie wär's hier drüben?« Ich deutete auf eine flache Stelle rechts vom alten Lagerfeuer. »Ich glaube, dort haben Petey und ich unserem Dad damals geholfen, unser Zelt aufzubauen.«

»Darf ich auch helfen, Dad?«

»Natürlich«, sagte Petey.

Nachdem ich die Heckklappe geöffnet und wir alles, was wir brauchten, ausgeladen hatten, gab es einen Augenblick, in dem das Déjà-vu-Erlebnis, das ich hatte, eine fast überwältigende Intensität erreichte. Alles erschien mir realer als real. Ich sah zu Jason und Petey hinüber, die das zusammengefaltete Zelt aus seinem Nylonsack zogen und überlegten, wie sie es aufbauen sollten. Mit seiner Brille, seinen Sommersprossen und dem sandfarbenen Haar, das unter seiner Baseballmütze hervorlugte, den ausgebeulten Jeans und dem zu weiten T-Shirt hatte Jason eine so frappierende Ähnlichkeit mit Petey, wie der in seinem Alter gewesen war, dass mir ein kalter Schauder über den Rücken lief.

Jason bemerkte mein Frösteln. »Was ist denn, Dad?«

»Nichts. Der Wind ist nur ein bisschen frisch. Ich denke, ich werde meine Jacke anziehen. Willst du deine auch?«

»Nein, mir ist warm.«

»He, großer Bruder!«, rief Petey. »Du bist doch der Experte für Statik. Liegt's im Bereich deiner Möglichkeiten, uns zu zeigen, wie man dieses verdammte Zelt aufstellt?«

Wir brauchten zu dritt eine Stunde, bis das Zelt bezugsfertig war.

14

Inzwischen war es fast schon halb zwei. Kate hatte uns in einer Kühlbox einen Mittagsimbiss eingepackt: Sandwiches mit Huhn, Roastbeef und Erdnussbutter, dazu diverse Limonaden, Äpfel und ein paar kleine Tüten mit Kartoffelchips. Jason rührte die Äpfel nicht an, davon abgesehen jedoch verschlang er – wie Petey und ich auch – seine Sandwiches mit wahrem Heißhunger. Wir sahen im See Fische springen, entschieden uns jedoch, unsere Angeln erst später auszuwerfen. Bis dahin gab es eine Menge zu erkunden. Wir sammelten den Abfall und die Essensreste in einer Plastiktüte, die wir verknoteten und ins Auto legten, und brachen dann zu einer Wanderung um den See herum auf.

»Ich erinnere mich, dass es irgendwo dort oben eine Höhle gibt.« Ich deutete zu den Zitterpappeln jenseits des Sees hinüber. »Und jede Menge Plätze zum Klettern.«

»Magst du klettern, Jace?«, rief Petey hinter Jason her, der vorausrannte.

»Ich weiß nicht!« Jason sah zu uns zurück, ohne seinen Lauf zu bremsen. »Ich hab' es noch nie probiert.«

»Es wird dir gefallen.«

Der See war etwa hundert Meter breit. Wir erreichten die andere Seite und stießen auf einen kleinen Fluss, der in den See mündete. Er war zu breit, um ihn zu überqueren, und führte sehr viel Schmelzwasser von den schneebedeckten Bergflanken, das zwischen glatt geschliffenen Felsen hindurchschoss. Wir folgten seinem weiß schäumenden Lauf durch den lichten Espenwald aufwärts; manchmal war das Rauschen und Dröhnen des Wassers so laut, dass es unsere Stimmen verschluckte.

Obwohl wir uns tausend Meter höher befanden als die 1600 Meter Meereshöhe, die wir von Denver gewohnt waren, hemmte die dünne Bergluft unser Vorwärtskommen nicht. Wenn überhaupt eine Wirkung zu bemerken war, dann eine belebende. Es war, als würde man Vitamine inhalieren. Während ich über umgestürzte Bäume stieg und über herabgefallene Felsbrocken kletterte, empfand ich eine so unbändige Freude daran, mich zu bewegen, dass ich es bedauerte und nicht verstehen konnte, warum ich mir nicht schon früher mal ein paar Tage von der Arbeit freigenommen hatte, um in der freien Natur etwas zu unternehmen.

Auf der anderen Seite des Flusses hob ein Stück oberhalb von uns eine Hirschkuh ruckartig den Kopf und erstarrte zu einer reglosen braunen Silhouette, dann trabte sie zwischen den weißen Stämmen der Espen davon. Das Rauschen des Flusses war so laut, dass sie uns nicht gehört haben konnte, überlegte ich; sie musste uns gewittert haben. Dann tauchte noch eine braune Silhouette auf, bevor sie verschwand. Und noch eine. Trotz des tosenden Flusses hörte ich das Klacken ihrer Hufe.

Schließlich erreichten wir eine Felswand, über die der Fluss durch einen tiefen Einschnitt herabstürzte. Die

Wand war viel zu schroff und gefährlich, um sie zu ersteigen. Wir hielten uns nach links und folgten einem steil aufwärtsführenden Pfad, auf dem Hufspuren zu erkennen waren. Er zog sich weiter den bewaldeten Abhang entlang und blieb, nachdem er die Bäume erreicht hatte, immer auf gleicher Höhe, sodass wir, als wir ein Stück oberhalb eine sonnenbeschienene Felsstufe entdeckten, uns entschlossen, sie zu erkunden. Dorthin zu gelangen war jedoch schwieriger, als es zunächst aussah. Mehrmals verloren Petey oder ich auf dem losen Gesteinsschotter im Grad des steilen Hangs den Halt unter den Füßen und wären, hätten wir nicht eine der freiliegenden Baumwurzeln zu fassen bekommen, um ein Haar den Abhang hinabgeschlittert; was uns aufgeschürfte Arme und Beine oder möglicherweise sogar einen Knochenbruch eingetragen hätte. Im Gegensatz zu uns beiden erklomm Jason den Hang mit der Leichtigkeit einer Bergziege.

Auf allen vieren und heftig keuchend krochen Petey und ich über den Rand der Felsstufe, die aus einer breiten, flachen Felsplatte bestand, von der aus man auf den reißenden Fluss und die Schlucht, durch die er schäumte, hinabschauen konnte. Jason wartete bereits ungeduldig am Rand der jäh abfallenden Steilwand auf uns, siebzig Meter über dem brodelnden Fluss, dessen Tosen so fern klang, dass ich nicht einmal schreien musste, als ich Jason warnend zurief: »Geh nicht so nah an den Abgrund!«

»Nein, Dad«, versprach er. »Aber ich muss zugeben, es ist echt toll hier oben.«

»Besser als Fernsehen, wie?«, sagte Petey.

Jason dachte darüber nach. Auf seinem Gesicht erschien ein Ausdruck, als wollte er sagen: *So weit* würde ich nicht gerade gehen.

Petey lachte.

»Wo ist diese Höhle, von der du erzählt hast, Dad?«, fragte Jason.

»Ich kann mich nicht mehr genau erinnern«, erwiderte ich. »Irgendwo auf dieser Seite des Flusses… Soviel weiß ich noch, aber das ist auch schon alles.«

»Können wir sie suchen?«

»Sicher. Nachdem wir uns ein bisschen ausgeruht haben.«

Ich ließ mich auf die Felsplatte sinken, hakte meine Wasserflasche vom Gürtel und nahm einen langen, kräftigen Schluck von dem schon etwas warmen, leicht metallisch und unglaublich köstlich schmeckenden Wasser. Von der Park-Rangerin, mit der ich am Telefon gesprochen hatte, war mir eingeschärft worden, dass wir auf keinen Fall ohne Wasserflaschen und Rucksäcke loswandern sollten, in denen Essen für unterwegs, ein Kompass, eine topografische Karte (weder mit dem einen noch mit dem anderen konnte ich sonderlich viel anfangen), eine Erste-Hilfe-Box und eine Regenhaut sein sollten, für den Fall, dass das Wetter umschlug. »Ziehen Sie verschiedene Kleidungsstücke übereinander an«, hatte sie geraten. »Und achten Sie darauf, dass Sie immer eine trockene Jacke im Rucksack haben.« Ich hatte meine Drillichjacke bereits angezogen, bevor wir von unserem Lagerplatz aufgebrochen waren. Das Erklimmen des Abhangs hatte mich so erhitzt, das ich die Jacke jetzt auszog und in den Rucksack stopfte.

»Möchte jemand Erdnüsse oder Rosinen?«, fragte ich.

»Ich bin noch immer satt von den Sandwiches vorhin«, erwiderte Petey.

Jason blickte sich unbehaglich um.

»Was ist los mit dir?«, fragte ich.

»Ich muss mal…«

Es dauerte eine Weile, bis ich begriff. »Pinkeln?«

Jason nickte verlegen.

»Geh doch dort zu dem Felsen«, schlug ich vor.

Unschlüssig verschwand Jason dahinter.

Mit dem beruhigenden Gefühl, meinen väterlichen Pflichten für den Augenblick Genüge getan zu haben, erhob ich mich und trat ein paar Schritte vor, um einen Blick in die Schlucht hinabzuwerfen. Unter mir schäumte der Fluss in mehreren kleineren Wasserfällen abwärts. Gischt sprühte über ihnen. Wie hatte Jason gesagt? Echt toll hier oben? Er hatte Recht damit. Es war wirklich verdammt schön.

Plötzlich schrie Jason hinter mir: »Dad!«

Etwas krachte mit solcher Wucht gegen meinen Rücken, dass mir die Luft wegblieb. Ich stürzte über den Rand ins Leere.

15

Der Sturz raubte mir den Rest meines Atems. Das bisschen Luft, das noch in meinen Lungen war, trieb es mir, als ich auf losen Steinen aufkrachte, mit einem lauten Aufschrei aus dem Mund. Ich überschlug mich einige Male, schlitterte abwärts und stürzte erneut ins Leere. Während ich fiel und fiel, stieg mir der Magen in die Kehle. Mit einem brutalen Ruck wurde mein Sturz jäh gebremst. Mein linker Arm streckte sich, als würde er mir aus dem Gelenk gerissen und schlüpfte dann aus irgendetwas heraus. Ich fiel erneut ein Stück tiefer und schlug auf etwas Hartem auf. Kalter Dunst umgab mich.

Mir wurde schwarz vor Augen, und alles drehte sich.

Als sich meine Augenlider mühsam öffneten, wurde aus dem Schwarz Grau, doch vor meinen Augen drehte sich noch immer alles. Mein ganzer Körper schmerzte. Benommen von dem Aufprall, brauchte ich eine Ewigkeit, bis ich begriff, dass das graue Wabern vor meinen Augen nichts anderes als die Gischt war, die der Wasserfall aufwirbelte. Das Tosen machte meine Benommenheit noch schlimmer.

Ich hatte das Gefühl, durch einen kalten, nassen Waschlappen zu atmen. Allmählich dämmerte mir, dass mein linker Arm über meiner Nase und meinem Mund lag. Mein Hemdärmel war von der Gischt, die der brodelnde Fluss aufwirbelte, völlig durchnässt. Dann überfiel mich ein Zittern, als ich sah, dass mein Ärmel auch von etwas anderem als der Gischt nass war. Blut. Irgendwas war mit meinem Arm.

Panik stieg in mir auf. Mit Mühe hob ich den Kopf und stellte fest, dass ich auf einem Felssims auf dem Rücken lag. Von dem Sims bis zum Fuß der Felswand unter mir waren es etwa fünfzig Meter freier Fall, schätzte ich. Doch eine Reihe von Felsstufen, von mehr oder weniger hohen und breiten Felssimsen, stiegen bis zu dem schäumenden Fluss hinab.

Was war passiert?

Ich spähte nach oben. Die Gischt war so dicht, dass es kaum möglich war, den oberen Rand der Klippe ausmachen zu können. Dennoch konnte ich durch den Dunst unterhalb des Rands der Klippe einen steil abfallenden, mit losem Gestein übersäten Abhang erkennen. Dieser Abhang hatte mir das Leben gerettet. Wäre ich von ganz oben auf den Felssims gestürzt, auf dem ich lag, wären meine Verletzungen sicherlich tödlich gewesen. Stattdessen war ich den Hang herabgerollt und hatte dadurch, wenn auch auf schmerzliche Weise, die Tiefe des Sturzes um einiges reduziert. Doch von der Felskante unterhalb des schrägen Hangs bis zu dem Sims, auf dem ich lag, waren es trotzdem noch ungefähr sechs, sieben Meter. Das genügte in der Regel, sich das Genick zu brechen. Warum lebte ich noch?

Ein Stück über mir baumelte mein Rucksack. Er hatte sich an einem spitz in die Höhe ragenden Ast einer verkrüppelten Kiefer verfangen, die sich an den felsigen Steilhang klammerte. Mir fiel ein, dass ich meine Windjacke in den Rucksack gestopft und den Rucksack über meine linke Schulter geworfen hatte, bevor ich an die Klippe getreten war, um einen Blick in die Schlucht zu riskieren. Der Schultergurt des Rucksacks hatte sich in dem Ast verhakt, und der stechende Schmerz in meiner Schulter ließ keine Zweifel daran aufkommen, mit welch gewalttätigem Ruck mein Sturz gebremst worden war. Mein Arm war aus dem Schultergurt des Rucksacks gerutscht, und ich war aus nur einer Höhe von zwei Metern auf diesen Felssims gefallen. Verdammtes Glück eben.

Jede Bewegung war eine Schwindel erregende Qual, als ich versuchte, mich aufzusetzen. Mein Kopf kippte nach hinten, als rollten ständig die Kugeln eines Kugellagers von meiner Stirn in meinen Hinterkopf. Einen Augenblick lang fürchtete ich, ich müsste mich übergeben.

»Jason!«, rief ich, so laut ich konnte. »Petey!«

Doch die Worte drangen wie Steine aus meiner Kehle.

»Jason!« Ich schrie noch lauter. »Petey!«

Das Tosen des Flusses verschluckte meine Stimme.

Keine Panik, versuchte ich mich zu beruhigen. Es ist egal, wenn sie mich nicht hören können. Sie wissen, wo ich bin. Sie werden mir helfen.

O Gott, ich hoffe nur, sie versuchen nicht hier herunterzuklettern, dachte ich.

»Jason! Petey! Bleibt, wo ihr seid! Ihr stürzt nur ab und brecht euch den Hals!«

Meine Stimme versagte und war nur mehr ein heiseres Krächzen.

Ich versuchte, mit meinem Blick die wabernden Wasserschleier zu durchdringen in der Hoffnung, Jasons oder Peteys Kopf über dem Rand der Klippe zu sehen. Kein Zeichen von ihnen. Vielleicht versuchen sie, eine Stelle zu finden, von wo aus sie einen besseren Blick in die Schlucht haben, dachte ich. Oder sie kletterten vielleicht auf demselben Weg, den wir gekommen waren, wieder zum tiefsten Punkt der Schlucht zurück, um von unten an mich heranzukommen.

Ich schickte ein Stoßgebet zum Himmel empor, dass sie vorsichtig sein würden, dass Jason keine riskanten Kletterpartien unternehmen und Petey darauf achten würde, dass er es nicht tat. Mit zitternden Fingern zog ich den zerfetzten Stoff meines Ärmels auseinander. Als ich das Blut wegwischte, sah ich einen tiefen, vom Ellbogen bis fast zum Handgelenk reichenden Riss in meinem Unterarm. Sofort quoll Blut nach und füllte die klaffende Wunde. Es tropfte von der Unterseite meines Arms und bildete bereits eine Lache auf dem nackten Stein des Felssimses.

Galle stieg in meiner Kehle hoch und schoss mir in den Mund.

Tu was, dachte ich. Du kannst hier nicht sitzen bleiben und warten, bis du verblutest.

Mein Rucksack schien direkt über mir zu schweben. Ich streckte meinen unverletzten Arm danach aus, konnte ihn jedoch nicht erreichen. Unter Aufbietung meiner ganzen Kraft, die aufflackernden Schmerzen ignorierend, versuchte ich, mich auf die Beine zu stemmen.

Die Erste-Hilfe-Box im Rucksack, dachte ich.

Meine Beine gaben unter mir nach, und im letzten Augenblick klammerte ich mich an einem Vorsprung im Fels fest, um nicht in den Abgrund zu stürzen. Ich schwitzte, trotz der Kälte, die von dem Wasser emporstieg. Mit zitternden Fingern tastete ich nach einem höheren Vorsprung im Fels, packte zu und stemmte mich schwankend erneut auf die Beine. Einen Moment lang sah ich Punkte vor den Augen. Dann klärte sich mein Blick wieder, und ich spähte zu meinem Rucksack empor. Verzweifelt stellte ich fest, dass er ebenso weit weg schien wie zuvor. Mein verletzter linker Arm hing an meiner Seite herab. Ich streckte meinen rechten Arm in die Höhe. Nur noch ein paar Zentimeter!, dachte ich. Ein paar Zentimeter...!

Die Brust gegen den schroffen Fels gepresst, streckte ich mich – auf Zehenspitzen balancierend und unter dem Schmerz aufstöhnend, der durch mein Becken und meinen Brustkorb stach – so hoch ich konnte und ächzte erleichtert auf, als meine Fingerspitzen den Gurt des Rucksacks berührten.

Das Nylon war von der Gischt des herabstürzenden Wassers schlüpfrig. Der Gurt entglitt meinen Fingern, aber ich krallte sofort wieder danach, wobei ich mich noch ein paar Millimeter höher auf den Zehenspitzen aufrichtete und diesmal mit aller Entschlossenheit zugriff. Wieder bekam ich den Gurt zu fassen. Ich versuchte, den Rucksack seitlich von dem Ast herabzuziehen, an dem er sich verfangen hatte, zerrte einmal, zweimal – und fühlte plötzlich keinen Widerstand mehr, als sich der Rucksack löste.

Seitwärts kippend schrie ich auf, als ich auf meinen lädierten Arm fiel. Obwohl mir kurz schwarz vor Augen wurde, versuchte ich, den Schmerz zu ignorieren, denn ich musste mich ganz auf meinen unverletzten Arm konzentrieren, der über den Felssims hing und von dessen Fingern mein Rucksack baumelte.

Vorsichtig rollte ich mich auf den Rücken und zog den Rucksack auf meine Brust herauf. Die Versuchung, die Augen zuzumachen und einfach so liegen zu bleiben, war riesengroß, doch dann sah ich, dass die Wunde an meinem Arm viel stärker blutete als zuvor. Gegen den Schwindel ankämpfend, der mich mitzureißen drohte, öffnete ich den Rucksack und wühlte mit der rechten Hand an meiner Windjacke und der Regenhaut vorbei, schob die Beutel mit Verpflegung für unterwegs zur Seite und ertastete die rechteckige Plastikschachtel der Erste-Hilfe-Box.

Mit vor Kälte steifen Fingern öffnete ich den Deckel und stellte enttäuscht fest, dass nur einige Binden, etliche Packen fünf mal fünf Zentimeter großer Gaze-Kompressen, eine Schere, sterile Wattetupfer, eine Antibiotikumsalbe und ein Plastikfläschchen mit Tylenol drin waren, aber nichts, womit ich die Blutung stillen konnte.

Eine Aderpresse, dachte ich. Ich nehme dazu meinen Gürtel, schlinge ihn um meinen Arm und…

Doch als ich bereits die Schnalle meines Gürtels öffnete, fiel mir ein, dass ich über Aderpressen gelesen hatte, sie seien gefährlich, wenn man sie nicht in ganz bestimmten Intervallen wieder lockerte, weil sich Blutgerinnsel bilden und Wandbrand entstehen konnte.

Was macht das schon für einen Unterschied?, dachte ich. Bevor ich an Wundbrand sterbe, bin ich längst verblutet.

Ein Druckverband. Alles was mir je über Aderpressen zu Gesicht gekommen war, hatte darin übereingestimmt, dass ein Druckverband die sicherste Methode sei, eine Blutung zu stoppen, weil man damit Druck auf die Wunde ausüben konnte, ohne den Blutfluss zu unterbinden. Aber wo sollte ich einen Druckverband hernehmen?

Die Blutung wurde stärker.

Vielleicht weil ich vom Blutverlust bereits leicht benommen war, brauchte ich länger, bis ich mich an etwas anderes erinnerte, das möglicherweise in meinem Rucksack lag. Als Kate noch während ihres Studiums anlässlich einer Studienreise in Paris gewesen war, hatte sie sich einen Knöchel verstaucht und war unter Schmerzen von Apotheke zu Apotheke gehumpelt, um eine dieser Sport-Bandagen aufzutreiben, eine dieser breiten, langen, elastischen Binden, die man um das verstauchte Gelenk wickelte, um ihm mehr Halt zu geben. Seit damals vergisst sie nie, wann immer sie verreist, eine solche Bandage im Gepäck zu haben, und sie achtet auch stets darauf, für mich ebenfalls eine einzupacken.

Während meine Benommenheit zunahm, kramte ich mit der Rechten in meinem Rucksack. Wo steckt sie bloß?, dachte ich. Kate hat sicher eine in den Rucksack gepackt.

Verdammt – diesmal hatte sie es vergessen.

Ich war bereits im Begriff, vor Verzweiflung den ganzen Inhalt des Rucksacks auszukippen, als ich eine Ausbuchtung in einer Seitentasche spürte. Gegen die Benommenheit ankämpfend, zog ich den Reißverschluss auf und wäre vor Erleichterung fast in Tränen ausgebrochen, als ich eine aufgerollte elastische Binde fand.

Unbeholfen mit einer Hand und manchmal – beim Öffnen von sterilen Verpackungen – auch unter Zuhilfenahme der Zähne arbeitend, säuberte ich den langen Riss mit sterilen Wattetupfern, verteilte reichlich Antibiotikumsalbe darüber und presste mehrere Lagen Gaze-Kompressen darauf. Sofort sickerte Blut hindurch. So schnell ich konnte, wickelte ich die elastische Binde um meinen Unterarm, legte straff Schicht um Schicht übereinander —und sah, wie frisches Blut hindurchsickerte.

Hastig wickelte ich Lage um Lage der breiten Binde um die Wunde, wobei ich den Druck mehr und mehr verstärkte. Besorgt registrierte ich, dass nicht mehr viel von der Binde übrig war. Ich schickte ein Stoßgebet gen Himmel, dass das Blut nicht auch die letzten Schichten durchnässen würde. Noch zwei Lagen. Noch eine. Ich hakte die Binde mit den beiden Klammern fest, die bei der Binde gewesen waren. Dann starrte ich den Verband mit angehaltenem Atem und vor Kälte zitternd an. Einen Augenblick lang fürchtete ich, die hellbraune Binde würde sich rot färben, doch als nur ein kleiner Fleck Blut erschien, der nicht größer wurde, atmete ich erleichtert auf.

Das Glas meiner Armbanduhr war zerbrochen; die Zeiger waren auf zehn nach zwei stehen geblieben. Ich hatte keine Ahnung, wie lange ich schon auf dem Felssims lag, doch als ich durch die Gischt des Wasserfalls nach oben blickte hatte ich den Eindruck, als stünde die Sonne viel weiter im Westen, als ich erwartet hätte. Anscheinend war ich ziemlich lange bewusstlos gewesen.

Ich starrte zum Rand der Schlucht hinauf, konnte jedoch nach wie vor weder Petey noch Jason irgendwo dort oben sehen. Lass ihnen Zeit, dachte ich.

Das Problem dabei war, dass ich, wenn ich nicht bald von diesem Felssims runter kam, in noch viel schlimmeren Schwierigkeiten stecken würde.

Ich war kein zäher Naturbursche oder gar ein Ledernackentyp – das hatte ich hinlänglich bewiesen. Andererseits aber war es gar nicht möglich, in einem Gebirgsstaat wie Colorado zu leben, ohne hin und wieder in den Zeitungen oder in den Fernsehnachrichten über die Gefahren der Unterkühlung zu lesen oder zu hören. Es kam immer wieder vor, dass Leute, nur mit Shorts und T-Shirts bekleidet, Bergwanderungen unternahmen und in einen plötzlich aufziehenden Sturm gerieten, der sie bis auf den letzten Faden durchnässte. Wenn dann die Temperaturen fielen und die Wanderer noch mehr als drei Stunden von wärmenden Klamotten und einem heißen Tee oder etwas Ähnlichem entfernt waren, das ihre rapide sinkende Körpertemperatur wieder in die Höhe treiben würde, starben sie an Unterkühlung.

Am ganzen Leib zitternd, lag ich auf dem nassen Felssims. Meine Hände waren bereits gefühllos vor Kälte. Wenn ich nicht schleunigst von diesem ungemütlichen Ort hier wegkomme, dachte ich, ist es egal, ob die Blutung aufgehört hat oder nicht. Dann erfriere ich, bevor ich verblute.

Ich versuchte, eine Route zu konzipieren, die es mit ermöglichen würde, die fast senkrechte Felswand bis zum nächsten Sims hinauf zu erklimmen und von dort den steilen, mit losen Steinen übersäten Hang bis zum Rand der Schlucht zu überwinden. Wobei mir klar war, dass ich meinen verletzten Arm nicht benutzen konnte. Der einzige andere Weg von hier weg war…

Ich blickte nach unten und versuchte auszumachen, auf welche Weise die Schluchtwand zum Fluss hinunter abfiel. Es war eine von Simsen und Stufen unterbrochene Steilwand. Der nächste Felssims unterhalb von mir war etwa eineinhalb Meter entfernt, der übernächste lag bereits doppelt so tief. An die Hindernisse weiter unten wollte ich lieber gar nicht denken.

Doch die Sonne war bereits jenseits des Klippenrands gewandert. Der Boden der Schlucht lag im Schatten. Obwohl es erst Spätnachmittag war, würde es bald dunkel werden. Die Sonne würde früher hinter den hohen Bergen ringsum verschwinden, als ich es von Denver gewohnt war. Und wenn es erst mal dunkel war, konnte ich jede Hoffnung aufgeben, vor dem Morgen aus der Schlucht gerettet zu werden.

Bis dahin würde ich tot sein.

Die Schmerzen, die mir jede Bewegung bereitete, waren unerträglich, doch ich wälzte mich auf den Bauch herum, schlüpfte in die Tragegurte meines Rucksacks, zurrte ihn auf meinem Rücken fest und schob mich über den Rand der Felsstufe. Mich mit den Fingern meines unverletzten Arms festkrallend, ließ ich mich so tief wie möglich rutschen – dann ließ ich mich fallen.

Der Aufprall der Landung stauchte meine Knochen schmerzhaft, und mir drohte das Bewusstsein zu schwinden. Als ich über den Rand des nächsten Felssimses kroch, zerriss ich mir das Hemd und schrammte mir die Brust auf. Meine aufgeschlagenen Knie lugten aus den zerrissenen Jeans. Während ich mich darauf konzentrierte, meine Angst im Griff zu halten, stieg ich vorsichtig tiefer. Einige Stellen, die von oben unpassierbar ausgesehen hatten, entpuppten sich als gar nicht so schwierig, und immer wieder fand ich Platz für meine Schuhspitzen. Andere Tritte und Passagen, die gewirkt hatten, als seien sie leicht zu bewältigen, stellten sich als glitschig und höllisch gefährlich heraus.

Es wurde zunehmend dunkler, und als das Tosen des Flusses näher kam, stieg ich mit noch größerer Vorsicht tiefer. Fast wäre ich abgestürzt, als ich eine Felskante auf ihre Trittfestigkeit prüfen wollte und ein Steinbrocken unter meinem Gewicht ausbrach und in die Tiefe polterte. In dem Maße, in dem das Licht weniger wurde, nahm die Gischt zu, die vom Fluss emporspritzte, meine Kleider und mein Haar durchnässte und mein Zittern noch schlimmer machte. Ich erinnerte mich, gelesen zu haben, dass Menschen, die an Unterkühlung sterben, kurz vor ihrem Ende in einer Art geistiger Erstarrung versinken und nicht mehr mitbekommen, was um sie herum geschieht. Verzweifelt bemühte ich mich, einen klaren Kopf zu behalten.

Trotzdem bemerkte ich kaum, dass ich den Grund der Schlucht bereits erreicht hatte; ich wäre fast in die reißende Strömung getreten, so benommen war ich von dem tosenden Dröhnen des Wassers. Im Bemühen, meinen Fuß woanders hinzusetzen, rutschte ich von einem Stein ab und hätte mir beinahe den Knöchel verstaucht oder gar gebrochen. Irritiert von dem unwirklichen Kontrast zwischen dem blauen Himmel über der Schlucht und dem zunehmenden Zwielicht auf ihrem Grund, tastete ich mich vorsichtig entlang des schäumenden Wassers auf der einen und der Felswand auf der anderen Seite über glattpolierte Steine, während mich immer wieder aufspritzende Gischtfontänen durchnässten. Manche der Steine waren glitschig, andere kippten unter meinem Gewicht, und ich fürchtete, ich könnte mir so kurz vor meiner Rettung ein Bein brechen. Die Steine wurden jetzt immer glatter, und mehrere Male musste ich mich an größeren Felsbrocken festhalten, um nicht zu fallen. Ich war so erschöpft und benommen, dass es sicherlich eine Minute dauerte, bis ich begriff, dass der Halt, gegen den ich mich lehnte, eine Zitterpappel und kein Felsen war, und dass zwischen den Baumkronen hindurch Sonnenlicht auf den Waldboden fiel. Ich hatte die Schlucht bereits vor einer ganzen Weile hinter mir gelassen und stolperte jetzt durch einen Pappelwald.

Fast geschafft, fast geschafft«, sagte ich mir immer wieder vor. Ich muss nur dem Fluss durch den Wald bis zum See folgen. Während ich schneller ausschritt, stellte ich mir vor, wie ich den Wagen aufschloss… konnte fast die grenzenlose Erleichterung fühlen, die mich durchströmen würde, wenn ich in den Wagen kroch und den Motor startete, die Heizung aufdrehte und spürte, wie die warme Luft über meine Haut blies, während ich warme Klamotten aus meinem Koffer holte.

»Jason! Petey!«

Ich wankte stolpernd aus dem Pappelwald zum Ufer des Sees und spähte im Licht der tiefstehenden Sonne zur anderen Seite hinüber.

Mein Magen krampfte sich zusammen, als ich sah, dass der Wagen verschwunden war.

Nun, das war nicht schwer zu erklären. Petey und Jason waren damit weggefahren, um Hilfe zu holen, dachte ich. Sie werden bald zurück sein. Ich muss nur ins Zelt kriechen und mich aufwärmen.

Das Zelt war ebenfalls verschwunden.

»Nein!« Die Adern an meinem Hals drohten zu platzen, aber ich konnte nicht aufhören zu schreien. »Neiiiin!«

16

Etwas nicht wahrhaben zu wollen, ist eine erstaunlich hartnäckige Gefühlsregung. Schon während ich die Felswand herabgeklettert war, hatten Argwohn und Zweifel in mir genagt, doch ich hatte sie beiseite geschoben, weil ich viel zu sehr damit beschäftigt gewesen war, am Leben zu bleiben. Selbst jetzt noch versuchte ich mir einzureden, dass ich mich täuschte. Noch vor sechs Stunden wäre für mich die Möglichkeit, dass mein Bruder mich von einer Klippe stoßen würde, vollkommen undenkbar gewesen; mein Schuldgefühl ihm gegenüber war viel zu groß, mir so etwas auch nur in den verschwommensten Ansätzen vorstellen zu können.

O Gott! Was hatte Petey mit Jason gemacht?

Vor Zorn und Kälte so stark zitternd, dass meine Zähne aufeinander schlugen, riss ich mir das nasse Hemd vom Leib, zerrte meine Drillichjacke aus dem Rucksack und streifte sie über, direkt auf die nackte Haut. Die Jacke war ein wenig feucht von der Gischt, die den Rucksack durchnässt hatte, aber im Vergleich zu dem tropfnassen Hemd bot sie wahren Luxus.

Aber das würde nicht genügen. Ich musste ein Feuer anmachen und meine Jeans, Socken und Schuhe trocknen. Nachdem ich eine Seitentasche meines Rucksacks geöffnet und mich vergewissert hatte, dass der Metallbehälter für die Streichhölzer tatsächlich so wasserdicht war, wie mir der Verkäufer in dem Laden für Campingbedarf versichert hatte, stapfte ich zwischen die Bäume zurück und suchte nach Feuerholz.

Ein plötzlich auffrischender Wind machte meine nassen Jeans noch kälter als sie ohnehin waren und drang durch meine Jacke. Ich verschränkte meine Arme vor der

Brust und rieb meine Schultern, um ein wenig Wärme zu erzeugen, doch ich zitterte schlimmer als zuvor. Ohne zu wissen, was ich tat, trug ich nach dem Vorbild der Feuerstelle auf der anderen Seite des Sees auf einer Lichtung Steine zusammen und bildete daraus einen Kreis. Ich legte ein paar dürre Zweige und trockene Blätter in die Mitte des Steinkreises, schichtete eine kleine Pyramide aus dickeren Stecken darüber und riss ein Streichholz an, doch meine Hand zitterte so sehr, dass die Flamme ausging, als ich sie an die Blätter hielt. Ich versuchte es erneut, ganz darauf konzentriert, meine Hand stillzuhalten, und diesmal leckte die Flamme über die Blätter, Rauch stieg auf, Feuer knisterte.

Ein schrecklicher Durst quälte mich, doch als ich nach der Wasserflasche an meinem Gürtel griff, war sie nicht mehr dort. Ich war nicht nur verzweifelt, weil ich die Flasche verloren hatte, sondern auch weil ich es bisher gar nicht bemerkt hatte. Meine Zunge war so trocken, dass sie an meinem Gaumen festklebte. Das Tosen des nahen Flusses lockte mich, die paar Schritte zu seinem Ufer zu gehen, mit den Händen Wasser zu schöpfen und meinen Durst zu stillen, doch ich konnte nicht wissen, welche Bakterien in dem Wasser waren. Konnte ich es wagen, das Risiko einer Darminfektion einzugehen? Durchfall oder Erbrechen würde meinen Körper noch mehr dehydrieren, als er ohnehin schon war.

Inzwischen war die Sonne untergegangen, und bald würde die Dämmerung hereinbrechen. Ich musste so viel Holz zusammentragen, wie ich nur irgend konnte. Als das Licht fahl wurde und die Dämmerung auf den Pappelwald herabsank, schleppte ich noch immer dicke , herabgestürzte Äste heran. Viel zu früh hüllte mich die Dunkelheit ein.

Doch die Dunkelheit war nicht so schwarz wie meine Gedanken. Jason. *Hatte Petey ihm ein Leid angetan?* Bitte, lieber Gott, beschütze meinen Sohn. *Bitte.*

Das Wort wurde zu einem Mantra, als die Kälte der Nacht mich zwang, näher an das Feuer zu rücken, hin- und hergerissen zwischen dem Bedürfnis nach Wärme und der Angst, meinen Vorrat an Brennholz verfeuert zu haben, bevor die Nacht um war. Ich hob das nasse Hemd auf, das ich ausgezogen hatte. Mit einem Stecken hielt ich es ans Feuer, wobei ich es immer wieder wendete, weil ich fürchtete, es könnte in Flammen aufgehen, bevor es trocken war. Obwohl es viele Risse aufwies, würde es eine zusätzliche Schicht gegen die Kälte sein, dachte ich. So schnell ich konnte zog ich die Jacke aus, schlüpfte ins Hemd und dann wieder in die Jacke. Ich kramte das Regencape aus dem Rucksack, zog es ebenfalls an und stülpte die Kapuze über den Kopf. Alles, was gegen den Wind schützte, war gut. Meine Hände brannten vor Kälte. Ich rieb sie über dem Feuer und schalt mich einen Narren, dass ich nicht so klug gewesen war, Handschuhe mitzunehmen.

Verdammt – wenn ich klug gewesen wäre, hätte ich Petey niemals in unser Zuhause eingeladen. Doch so sehr ich auch in meiner Erinnerung nach etwaigen warnenden Anzeichen während der letzten Tagen grub, ich konnte keine finden.

Du verdammter Bastard!, wütete ich stumm gegen ihn und bereute dann sogleich den Ausdruck, weil ich damit auch meine Eltern beleidigte. Jeder Fluch und jede Verwünschung, die mir in Sinn kam, hatte irgendwie mit ihnen zu tun, doch an dem, was passiert war, trugen nicht sie die Schuld, sondern ganz allein ich.

Die Wetterprognose hatte ein Tief und einen Kälteinbruch bis zu fünf Grad Celsius vorhergesagt. Wenn ich einschlief und das Feuer ausging, könnte mein Körper unter Umständen so stark unterkühlt werden, dass ich nie wieder aufwachte. Ich dachte an die warmen Schlafsäcke, die im Wagen lagen. Ich stellte mir vor, wie ich in einen davon kroch und…

Mit einem erschreckten Ruck wachte ich auf und fand mich im kalten Gras neben der kaum mehr glimmenden Glut des Feuers liegend wieder. Von Panik erfasst versuchte ich, meine rechte Hand zu bewegen und griff nach einer Hand voll Zweige, die ich mit einem Stock in die von Asche bedeckte Glut schob. Ich sah zu, wie an einem der Zweige, an zweien, dann an dreien kleine Flammen aufzüngelten, bis schließlich das ganze Bündel brannte. Mit steifen Fingern warf ich größere Äste darauf, und allmählich wich die Taubheit aus meinen Gliedern, doch nicht die Angst, zu erfrieren. Mit trockenem Mund kaute ich Erdnüsse und Rosinen. Ich betete für Jason, was mir neue Energie gab. Und während ich darauf achtete, dass das Feuer nicht ausging, brütete ich über Petey nach.

Ich hasste ihn.

Und blieb wach.

17

Zuerst war die Berührung so sanft, dass ich glaubte, ich hätte sie mir nur eingebildet; eine unsichtbare kühle Feder, die im Dunkeln mein Gesicht kitzelte. Dann hörte ich ein leises Zischen auf den heißen Steinen um die Feuerstelle. In meiner Verwirrung dachte ich zunächst, es sei das Zischen unserer Kaffeemaschine, wenn Kate die Kanne mit dem fertigen

Kaffee von der Platte nahm und ein paar Tropfen Kondenswasser auf die Heizplatte fielen. Doch sogleich wurde die kühle Berührung eine Spur stärker und der Wind, der etwas vor sich her trieb, kälter.

Ich richtete mich aus der zusammengesunkenen Haltung auf, in der ich erstarrt war, und in dem trügerischen Grau der Morgendämmerung sah ich, was um mich herum wirbelte. Mein erster panischer Instinkt war, mehr Holz auf das Feuer zu werfen, doch als das Zischen der Schneeflocken auf den heißen Steinen lauter wurde, konnte ich in dem diffusen Licht, das über die Grate der Gipfel im Osten sickerte, das Weiß auf dem Gras um mich herum sehen. Tiefe, dunkle Wolken hingen über dem See. Obwohl ich frisches Holz auf das Feuer geworfen hatte, wurden die Flammen weniger. Rauch stieg auf.

Von Panik erfasst, sprang ich auf und warf mir den Rucksack auf den Rücken. Wie Petey meinem Jungen erklärt hatte, als wir vom Highway abgebogen waren, konnte es in den Bergen sogar Anfang Juni noch schneien. Im Wetterbericht im Fernsehen hatten sie in letzter Zeit des öfteren davor gewarnt, wie schnell und ohne vorherige Warnung das Wetter zu dieser Jahreszeit in großen Höhen umschlagen konnte. Aber für das Wochenende war kein Wettersturz vorhergesagt worden, und ich war davon ausgegangen, dass uns mit dem Wagen und dem Zelt nichts passieren könne. Jetzt verfluchte ich meinen Leichtsinn und mich selbst, weil ich den Ausflug nicht besser geplant hatte.

Mit dem Wagen war der Highway in ungefähr einer halben Stunde zu erreichen. Besorgt, die dunkler werdenden Wolken beobachtend, versuchte ich zu kalkulieren, wie weit es zu Fuß sein würde. Die Straße in die Berge war so schlecht und holprig gewesen, dass ich die meiste Zeit nicht schneller als höchstens dreißig Stundenkilometer hatte fahren können. Das bedeutete, bis zum Highway waren es etwa fünfzehn Kilometer. Aber mit meinem schmerzenden Knöchel brauchte ich für fünfzehn Kilometer zu Fuß möglicherweise fünf oder sechs Stunden. Und das in Klamotten, die viel zu dünn waren für diese Kälte. Außerdem wurde das Schneetreiben jetzt immer dichter, so dass ich nicht einmal mehr den See erkennen konnte. Ich begriff, dass ich – wenn der Schnee liegen blieb – unter Umständen von dem Weg zum Highway zurück abkommen und riskieren würde, im Kreis zu laufen, bis ich vor Erschöpfung zusammenbrach. Hätte ich nur gewusst, wie man den Kompass benutzte, den mir der Verkäufer in dem Laden für Campingbedarf verkauft hatte; dann wären meine Chancen sicherlich besser gewesen. Aber Bedauern war keine dem Überleben förderliche Gefühlsregung. Angst um Jason schon. Und Zorn auf Petey ebenfalls.

Der Gedanke an Jason rief mir die Situation ins Gedächtnis, in der ich ihn zuletzt gesehen hatte: auf der Felsplatte über der Schlucht. »Wo ist diese Höhle, von der du erzählt hast?«, hatte er gefragt.

Die Höhle.

Wenn ich sie finden könnte, bevor der Sturm schlimmer wurde…

Ich raffte meine ganze Kraft zusammen und stapfte hinkend tiefer in den Wald. Schlagartig wurde die Sicht schlechter. Ich stolperte nach rechts, wo der Fluss war, aber nicht um aus ihm zu trinken, sondern um seinem Ufer zu folgen. Ein weißer Schleier umhüllte mich, während ich dem schäumenden, tosenden Wasserlauf durch die Bäume aufwärts folgte. Die Flocken fielen dichter.

Der Schnee lag so tief, dass meine Tennisschuhe darin versanken.

Meine Tennisschuhe! Ich hatte einen Kompass gekauft, mit dem ich nicht umgehen konnte, aber den Rat des Verkäufers, mir feste Wanderschuhe zu kaufen, hatte ich nicht befolgt. Sie seien nicht nötig, hatte ich ihm erklärt. Wir hätten nicht vor, eine wirklich schwere Tour zu machen.

Inzwischen hatte ich kaum mehr ein Gefühl in den Füßen. Hinkend und von der Angst erfüllt, dass ich auf einem Stein unter dem Schnee ausgleiten und stürzen könnte, stapfte ich den Hang aufwärts. Konnte ich mich überhaupt auf meine Erinnerung verlassen, was die Lage der Höhle anging? So viel ich noch wusste, befand sie sich auf der anderen Seite des Flusses und war nur eine Spalte in einer Felswand, die einem dreizehnjährigen Jungen riesig vorgekommen war.

Der Hang stieg jetzt zu einem steilen Felsrücken an, dem ich nach links folgte. Die Pappeln machten Kiefern Platz, die dichter standen. Zweige streiften meine Arme und kratzten über mein Gesicht. Der Schnee fiel immer dichter, und ich fürchtete, ich könnte an der Höhle vorbeistolpern und sie niemals finden. Im Sommer würden dann Wanderer meine Leiche entdecken – oder was davon übrig war, nachdem sich die Aasfresser des Waldes daran gütlich getan hatten.

Ich bin Architekt, kein Überlebensexperte, dachte ich verzweifelt. Inzwischen konnte ich meine Hände kaum mehr spüren. Warum, zum Teufel, hatte ich keine Handschuhe in den Rucksack gepackt? Wirklich, ich war so bescheuert, dass ich es verdiente, zu sterben.

Während ich versuchte, dem Ast einer Kiefer auszuweichen, rutschte ich aus und stürzte und hätte mir um ein Haar den Schädel an dem Felsen rechts von mir eingeschlagen. Bescheuert. Verdiene es nicht besser…

18

Architekt.

Der vage Gedanke gab meinem schwindenden Bewusstsein einen Stoß.

Weiß, wie man…

Der Gedanke ließ nicht locker und brachte mich dazu, langsam den Kopf zu dem Felsen hin zu drehen, an dem ich mir fast den Schädel eingeschlagen hätte.

…Dinge baut.

Als ich mich wieder auf die Beine rappelte, sah ich, dass der Fels ungefähr meine Brusthöhe hatte. Ein weiterer Felsen, eineinhalb Meter links davon, war nur ein bisschen kleiner. Beide Felsen lehnten an einer Felswand, die die Rückwand eines Unterschlupfs bilden könnte.

Dinge baut… echote es in meinem Gehirn.

Ich stolperte zu dem Kiefernast zurück, dem ich auszuweichen versucht hatte, hängte mich mit meinem ganzen Gewicht daran und fühlte Hoffnung in meiner Brust aufkeimen, als ein lautes Knacken wie ein Schuss die Stille zerriss. Sofort schleppte ich den Ast durch den Schnee zu den beiden Felsen, wuchtete ihn darüber und drückte ihn fest. Dasselbe wiederholte ich mehrere Male, legte Kiefernäste Schicht um Schicht übereinander und versuchte, aus ihnen ein Dach zu formen.

Meine Hände taten vor Kälte so weh, dass mir die Tränen aus den Augen quollen und auf meinen Wangen anfroren, doch ich hatte nicht die Zeit, meine aufgerissenen blutigen Hände unter mein Regencape zu stecken und sie an meiner Brust zu wärmen. Es gab zu viel zu tun. Ich benutzte fußballgroße Felsbrocken, um die herausragenden Zweige niederzuhalten.

Nicht mehr ganz bei Sinnen vor Erschöpfung, schob ich mit den Füßen den Schnee vom Boden zwischen den zwei Felsen nach draußen, wo sich bereits eine niedrige Schneewehe gebildet hatte. Dann steckte ich zwei Kiefernäste vor dem Unterschlupf in den Boden, die einen zusätzlichen Windschutz bildeten. So sehr meine Hände auch schmerzten, ich durfte jetzt nicht aufgeben. Ich brauchte trockene Zweige, Blätter und Äste, die ich an der rückwärtigen Felswand des Unterschlupfs aufstapeln konnte.

Dort, wo die Felsbrocken die Felswand berührten, hatte ich einen kleinen Spalt frei gelassen, damit – wie ich hoffte – der Rauch abziehen konnte. Hier drinnen, wo ich dem Wind und dem fallenden Schnee nicht mehr direkt ausgesetzt war, empfand ich die Kälte sogleich als weniger lebensbedrohlich.

Doch meine Hände fühlten sich an wie tapsige Pfoten, als ich aus Blättern und trockenen Zweigen einen kleinen Haufen aufschichtete und dann den Behälter für die Streichhölzer öffnete und eines der Briefchen herauszog. Ich schaffte es kaum, eines der Streichhölzer zwischen die Finger zu nehmen und abzureißen. Meine Finger schienen mir nicht zu gehören, immer wieder entfiel ihnen das Streichholz. Schließlich war es so lädiert, dass ich ein zweites Streichholz abreißen musste, doch dieses flammte sofort auf, als ich es über die Reibfläche strich. Es fiel mir aus den Händen direkt in den Haufen aus Blättern und Zweigen, wo es nicht erlosch, sondern ein kleines Feuer entfachte. Rauch stieg auf. Ich hielt den Atem an, um nicht husten zu müssen. Von der heißen Luft empor getragen, zog der Rauch zu dem Loch an der hinteren Wand des Unterstands.

Meine Kehle war so trocken, dass sie zuschwoll und ich kaum mehr Luft in meine Lungen bekam. Die Tatsache, dass ich sekundenlang blicklos auf den Metallbehälter mit Streichhölzern hinabstarrte, bevor sich meine wirren Gedanken klärten und ich begriff, was ich tun musste, war ein deutliches Indiz dafür, wie benommen ich bereits war. Mit gefühllosen Fingern schüttelte ich die Streichhölzer aus dem Behälter und steckte sie in die Erste-Hilfe-Box. Ich nahm den Metallbehälter mit meiner gefühllosen Rechten, schob ihn nach draußen, füllte ihn mit Schnee und stellte ihn neben das Feuer.

Langsam schmolzen die Schneekristalle. Aus Angst, ich könnte mir die Hand verbrennen, wickelte ich den Ärmel meines Hemds um meine Finger, bevor ich den heißen Behälter anfasste und vom Feuer wegzog. Der Behälter war nur etwa zwei Zentimeter hoch und fünf mal fünf Zentimeter im Quadrat, doch es hätte ebenso gut ein goldener, mit Edelsteinen besetzter Pokal sein können, so unwiderstehlich und kostbar war das bisschen Wasser in ihm. Ich musste mich zwingen, es abkühlen zu lassen.

Schließlich konnte ich meine Ungeduld nicht länger bezähmen. Unter Zuhilfenahme meines Hemdärmels hob ich den Behälter dicht an meine Lippen, blies darüber und trank dann das warme, bitter schmeckende Wasser. Mein ausgetrockneter Mund saugte es wie ein Schwamm auf, noch bevor ich es schlucken konnte. Gierig griff ich nach draußen und füllte den Behälter erneut mit Schnee. Die im Metall verbleibende Wärme schmolz den Schnee zu Wasser, ohne dass ich den Behälter in die Nähe des Feuers zu halten brauchte. Erneut trank ich ihn leer. Erneut kam kein Tropfen Wasser auch nur in die

Nähe meiner Kehle. Ich füllte den Behälter ein drittes Mal, stellte ihn neben das Feuer und warf ein paar Zweige mehr auf die Flammen.

So vergingen Minuten, vielleicht Stunden. Als mein Mund und meine Kehle feucht genug waren, kramte ich einen Plastikbeutel mit Erdnüssen und Rosinen aus meinem Rucksack und kaute jede Hand voll davon gründlich, damit der Genuss lange anhielt. Ich machte mir Sorgen um Jason und hasste Petey, während ich ins Feuer starrte.

19

Nur noch vage erinnere ich mich daran, dass ich nach draußen kroch, um den Schnee vom Rauchloch zu räumen und Feuerholz zu sammeln. Davon abgesehen verschwamm alles. Einige Male war das Feuer ausgegangen, als ich aufwachte. In diesen Situationen bewahrte mich allein die Wärme, die die Felsen gespeichert hatten, vor dem Erfrieren.

Als mir auffiel, dass der Druckverband an meinem linken Unterarm vollkommen durchnässt und rot war von der Blutung darunter, war ich nicht einmal erschrocken oder gar entsetzt – der Arm schien jemand anderem zu gehören. Sogar als ich das Licht der Sonne durch die Zweige und Schneeverwehungen vor meinem Unterschlupf sickern sah, fühlte ich mich seltsam unberührt davon. Später fand ich heraus, dass ein ganzer Tag vergangen war, doch während ich eingeschneit in dem Unterschlupf lag, schien die Zeit kaum zu verstreichen.

Wahrscheinlich hätte ich, von tiefer Benommenheit umfangen, so lange vor mich hingedämmert, bis schließlich auch der letzte Funken Energie aufgezehrt gewesen wäre, hätte es nicht vom Dach des Unterstands getropft. Die kalten Tropfen fielen auf meine geschlossenen Augenlider und schreckten mich auf. Das Sonnenlicht war so grell, dass es in den Augen schmerzte. Ich drehte den Kopf. Die Tropfen fielen in meinen Mund; sie schmeckten ein wenig nach Terpentin von dem Harz in den Kiefernnadeln. Ich hustete und spuckte aus, dann setzte ich mich auf, um einen trockenen Platz zu finden.

Immer mehr Tropfen fielen um mich herum, und von dem fast vollständig erloschenen Feuer stieg Rauch auf. Hustend packte ich meinen Rucksack und stolperte nach draußen, wobei ich einfach durch die Zweige und Schneeverwehungen vor dem Eingang brach. Die Wärme der Sonne war angenehm und wohlig. Schnee fiel von den Ästen der Bäume. Überall bildeten sich Rinnsale mit Schmelzwasser. In dem tauenden Schnee waren meine Schuhe und die Beine meiner Jeans sofort wieder nass, aber es war eine andere Art von Nässe, denn die Sonne wärmte mich und mir war nicht kalt. Nach dem Stand der Sonne zu urteilen, war es etwa neun oder zehn Uhr vormittags. So sehr es meinem Körper auch widerstrebte, sich zu bewegen, mir war klar, wenn ich jetzt nicht die Gelegenheit ergriff, würde ich möglicherweise keine zweite Chance mehr erhalten, lebend von hier wegzukommen.

Ich blickte lange auf den Unterstand zurück. Es war nur ein sehr dürftiger, loser Verhau und sah aus, als hätte ein Kind ihn zusammengestückelt, und doch war ich nie stolzer auf irgendetwas gewesen, das ich jemals gebaut hatte.

Schwankend machte ich mich an den Abstieg. Das Sonnenlicht, das der Schnee reflektierte, blendete meine

Augen. Als die Sonne direkt über mir stand, war der meiste Schnee bereits geschmolzen und der Boden verwandelte sich in Matsch, als ich die erste Wiese überquerte. Trotzdem konnte ich nirgendwo den Waldweg entdecken und mir blieb nichts anderes übrig, als mich bergabwärts zu halten und auf Lücken zwischen den Bäumen zuzusteuern, wo der Weg möglicherweise hindurchführte.

Ich kann mich nicht daran erinnern, dass ich den Highway 9 erreichte oder dass ich dort zusammengebrochen bin und von einem vorbeifahrenden Motorradfahrer entdeckt wurde. Angeblich war das kurz vor Sonnenuntergang. Ich kam erst in einem kleinen Krankenhaus in einer kleinen Stadt namens Frisco wieder zu mir. Inzwischen war ein Highway-Polizist gerufen worden. Er beugte sich über mein Bett und wollte wissen, was mit mir passiert war. Später erfuhr ich, dass es volle zwanzig Minuten dauerte, bis er einen zusammenhängenden Satz aus mir herausbekam. Immer wieder schrie ich nach Jason, als sei mein Sohn nur eine Armlänge von mir entfernt und ich könne ihm helfen.

Der Arzt nähte meinen linken Unterarm. Er desinfizierte und bandagierte meine Hände, die, wie er meinte, möglicherweise Erfrierungen davongetragen hatten.

Später kam der Polizist vom Telefonieren zurück. »Die Polizei in Denver hat einen Streifenwagen zu Ihrem Haus geschickt, Mr. Denning. Es brannte kein Licht. Niemand öffnete die Tür, als die Beamten klingelten. Als sie mit einer Taschenlampe durch das Garagenfenster leuchteten, sahen sie Ihren Ford Expedition.«

»In der Garage? Das ergibt keinen Sinn. Warum sollte Petey nach Hause zurückgefahren sein?« Ein furchtbarer Gedanke traf mich wie eine Keule. »*O Gott*!«

Ich versuchte, aus dem Bett zu klettern. Die vereinigten Kräfte des Arztes und des Polizisten waren nötig, mich zu bändigen.

»Die Beamten haben ein Fenster eingeschlagen und sind in Ihr Haus eingestiegen. Sie haben es gründlich durchsucht. Es ist verlassen. Haben Sie noch irgendwelche anderen Autos, Mr. Denning?«

»Was macht das für einen Unterschied…« Das Hämmern in meinem Kopf war unerträglich. »Meine Frau fährt einen Volvo.«

»Er steht nicht in der Garage.«

Das ergab ebenfalls keinen Sinn. »Dieser Bastard muss ihn genommen haben. Warum? *Und wo sind meine Frau und mein Sohn?*« Der zunehmend besorgt wirkende Ausdruck auf dem Gesicht des Highway-Polizisten machte mir schnell klar, dass er mir noch nicht alles erzählt hatte.

»Ihr Schlafzimmer und das Ihres Sohns sind auf den Kopf gestellt worden«, sagte der Polizist.

»Was?«

»Die Schubladen wurden rausgezogen und ausgeleert, die Kleider überall verstreut. Es sah aus, als hätte jemand die Zimmer in großer Eile durchsucht.«

Ich schrie.

ZWEITER TEIL

1

Obwohl ich unbedingt nach Hause wollte, weigerte sich der Arzt, mich vor dem nächsten Morgen gehen zu lassen. Der Polizist von der Highwaypatrol brachte mich in seinem Streifenwagen nach Denver zurück. Mein rechtes Handgelenk schmerzte von der Infusion, die der Arzt mir wegen der Dehydration meines Körpers verabreicht hatte. Nach zwei Tagen ohne Essen hätte ich eigentlich einen Bärenhunger haben müssen, doch der emotionale Schock, unter dem ich stand, nahm mir den Appetit. Ich musste mich zwingen, Bissen um Bissen eine Banane zu essen und in kleinen Schlucken Orangensaft aus einer Flasche zu trinken.

Als wir in die Straße bogen, in der ich wohnte, sah ich schon von weitem die Ahornbäume vor unserem Haus, einen Lieferwagen und einen Kombi in unserer Auffahrt und einen Streifenwagen der Polizei von Denver am Bordstein. Ein Stück die Straße runter standen noch weitere Autos und zwei Übertragungswagen der lokalen Fernsehsender.

Als ich aus dem Streifenwagen stieg, erkannte ich die Reporterin der Regionalnachrichten, die – mit einem Mikrofon bewaffnet, ein Kameramann hinter ihr – auf mich zustöckelte. Ihr männliches Pendant vom Konkurrenzsender war nur wenige Schritte hinter ihr. Aus den anderen Wagen sprangen noch mehr Reporter.

»Wie, zum Teufel, haben die das rausgefunden?«, fragte ich.

»Schnell ins Haus!«

Mit ausgebreiteten Armen versuchte der Highway-Polizist mir die Meute vom Hals zu halten, während ich eilig über den Rasen hinkte. Die Hose und das Hemd, die der Arzt mir geliehen hatte (da meine eigenen völlig zerfetzt waren), schlotterten mir viel zu groß am Leib, was mein Gefühl, verletzbar und ausgeliefert zu sein, noch verstärkte. Ich schaffte es, ins Haus zu kommen, warf die Tür hinter mir zu und sperrte damit die Stimmen der Reporter aus, die meinen Namen riefen. Doch statt ihrer drangen andere Stimmen an mein Ohr. Ein Cop in Uniform, mehrere Männer in Sportsakkos und andere mit Laborgerätschaften in Händen standen im Wohnzimmer und unterhielten sich.

Einer der Männer, ein massiger, untersetzter Typ mit Schnauzbart, sah mich in der Halle stehen und kam zu mir. »Mr. Denning?«

Das Nicken machte mich schwindlig.

»Ich bin Lieutenant Webber. Das hier ist Sergeant Pendleton.« Er deutete auf einen jüngeren, schlankeren und glatt rasierten Mann, der zu uns trat.

»Wir haben das Dachgeschoss, den Keller und die Baum- und Buschgruppen hinterm Haus durchsucht. Nirgendwo eine Spur von Ihrer Frau oder Ihrem Sohn«, sagte Pendleton.

Einen Augenblick lang verstand ich nicht, wovon der Detective sprach. Die Polizisten, die in der Nacht zuvor ins Haus eingestiegen waren, hatten bereits gesagt, dass Kate und Jason nicht zu Hause waren. Wenn Petey sie in Kates Volvo entführt hatte, aus welchem Grund sollte die Polizei jetzt noch überall nach ihnen suchen? Mir wurde übel, als ich begriff, dass sie nach gut versteckten Leichen gesucht hatten.

»Sie sehen nicht besonders gut aus, Mr. Denning. Sie sollten sich besser setzen.« Webber führte mich ins Wohnzimmer, wo die anderen Männer zur Seite traten. »Ich hole Ihnen etwas Wasser.«

Trotz der Flüssigkeitsinfusion, die der Arzt mir gegeben hatte, fühlte ich mich noch immer wie ausgetrocknet. Als der Detective mit einem vollen Glas Wasser zurückkam, war ich einen Augenblick lang irritiert, als sei dies *sein* Haus und ich ein Gast. Ungeschickt hielt ich das Glas zwischen meinen bandagierten Händen und trank einen Schluck. Mein Magen rebellierte. »Sie wissen nicht, wo meine Frau und mein Sohn sind?«, brachte ich schließlich mit Mühe über die Lippen.

»Noch nicht«, sagte Webber. »Die Staatspolizei hat uns Ihre Aussage geschickt, aber wir müssen Ihnen noch einige Fragen stellen.« Er betrachtete die Kratzer in meinem Gesicht. »Fühlen Sie sich stark genug, sie zu beantworten?«

»Je schneller ich es hinter mich bringe, desto früher bekomme ich meine Familie zurück.«

Die beiden tauschten einen Blick, den ich erst später verstand: Sie waren nicht so zuversichtlich wie ich, dass ich meine Familie wiedersehen würde.

»Es wäre hilfreich, wenn wir...« Pendleton warf einen Blick auf meine Fingerspitzen, die aus den Bandagen an meinen Händen ragten. »Wir müssen Ihre Fingerabdrücke nehmen.«

»Meine Fingerabdrücke? Aber wozu brauchen...?«

»Damit wir Ihre Abdrücke von denen des Entführers unterscheiden können. In welchem Zimmer hat er geschlafen?«

»Die Treppe hoch und dann links.« Ich hatte das Gefühl, nicht genügend Luft zu bekommen. »Das Zimmer am Ende des Korridors rechts.«

»Das mit dem Baseballhandschuh auf dem Bett«, erklärte Lt. Webber einem der Techniker von der Spurensicherung.

»*Ein Baseballhandschuh?*« Ich erstarrte. »*Auf seinem Bett?*«

Pendleton zog die Stirn in Falten. »Ja. Ist das wichtig?«

»Der Handschuh gehörte vor langer Zeit Petey.«

»Ich verstehe nicht…«

»Er macht mir damit klar, dass er das verdammte Ding nicht mehr haben will. Weil er was Besseres in Händen hat.«

»Ganz langsam, Mr. Denning. Wir können Ihnen nicht ganz folgen.«

Während ein Techniker meine Fingerspitzen auf ein Tintenkissen und dann auf einen Streifen Papier drückte, auf dem für jeden Finger ein Feld ausgespart war, bemühte ich mich so gut ich konnte ihnen alles zu erklären.

2

»Ihr seit langem vermisster Bruder?«

»Gott steh mir bei, ja.«

»Aber woher wussten Sie, dass er wirklich Ihr Bruder ist?«

»Er hat mir Dinge erzählt, die nur mein Bruder wissen konnte.«

Die beiden Detectives tauschten erneut einen dieser Blicke.

»Was ist?«, fragte ich.

»Nur ein Gedanke«, sagte Webber. »Vielleicht haben

Sie gehört, was Sie hören wollten. Manche Betrüger sind wirklich gut darin, eine allgemeine und eigentlich nichts sagende Äußerung so klingen zu lassen, als meinten sie damit etwas ganz Besonderes. Die Menschen, die sie hinters Licht führen wollen, bringen die fehlenden Fakten selber ein.«

»Nein. Ich habe ihn auf die Probe gestellt. Er hat sich an alle Einzelheiten erinnert.«

»Solche Burschen können verdammt gerissen sein.«

»Aber das ergibt keinen Sinn. Einem Betrüger wäre es nur darum gegangen, mich zu bestehlen. Er hätte nur zu warten brauchen, bis Kate und ich in der Arbeit und Jason in der Schule waren. Dann hätte er den ganzen Tag Zeit gehabt, das Haus auszuräumen und hätte keinen Mord zu riskieren brauchen. Nein, das war ganz sicher persönlich gemeint. Das war Peteys Rache an mir!«

Pendleton machte eine beschwichtigende Handbewegung. »Wir versuchen nur, eine Vorstellung von dem Mann zu bekommen, den wir suchen.«

»Ein Betrüger würde doch nicht so dumm sein, wegen eines Diebstahls einen Mord zu begehen und zwei Menschen zu entführen.«

»Es sei denn, er steht auf Gewalt.«

Der unverhohlen mitfühlende Blick, mit dem Webber mich ansah, ließ ein Gefühl der Übelkeit in mir aufsteigen. Bisher hatte ich mir einzureden versucht, dass Kate und Jason noch am Leben waren. Doch nun gestand ich mir zum ersten Mal ein, dass Jason möglicherweise tot in einer Schlucht in den Bergen lag und Kates Leiche in irgendeinem Straßengraben neben dem Highway.

Beinahe hätte ich mich übergeben.

Pendleton schien meine panischen Gedanken zu erahnen. Sein Tonfall verriet, dass seine Frage nichts anderes war als ein Versuch, mich abzulenken. »Sie haben nicht zufällig ein Foto von ihm?«

»Nein.«

»Bei all der Aufregung wegen seiner Heimkehr haben Sie keine Fotos gemacht?«

»*Nein!*« Ich musste mich zusammenreißen, nicht zu schreien. Hätte ich bloß keinen Fremden in mein Haus gelassen…

Aber er ist kein Fremder, versuchte ich mir einzureden.

Was, zum Teufel, ist bloß los mit dir?, dachte ich. Nach fünfundzwanzig Jahren *ist* Petey ein Fremder!

»Mr. Denning?«

Ich sah Pendleton an und begriff, dass er mich bereits mehrere Male angesprochen hatte, ohne meine Reaktion zu bekommen.

»Wenn Sie dazu in der Lage sind, würden wir Sie bitten, mit uns durchs Haus zu gehen und nachzusehen, ob etwas fehlt.«

»Was immer Sie wollen«, murmelte ich benommen.

Sie gaben mir Latex-Handschuhe und zogen ebenfalls welche an. Auf wackligen Beinen begann ich mit den Zimmern im Untergeschoss. Sofort fiel mir auf, dass das Silbergeschirr, das Kate von ihrer Großmutter geerbt hatte, nicht mehr auf dem Wandbord im Esszimmer stand. Außerdem fehlte ein silbernes Teeservice. Aus dem Fernsehzimmer waren das DVD- und das Videogerät sowie ein teurer Audio- und Video-Receiver verschwunden.

»Sicherlich hätte er den Fernseher ebenfalls mitgenommen«, knurrte ich gallig, »wenn es kein 46-Inch-Gerät wäre und in den Volvo gepasst hätte. Ich verstehe nicht, warum er nicht den Expedition behalten hat. In dem ist viel mehr Platz als im Volvo. Er hätte noch mehr Sachen stehlen können.«

Webber blinzelte unbehaglich. »Darüber reden wir später. Zuerst durchsuchen wir das Haus.«

Aus der Küche waren das Mikrowellengerät und die Küchenmaschine verschwunden und aus der Garage mehrere Elektrowerkzeuge. Auch mein Laptop-Computer stand nicht mehr in meinem Büro.

»Was ist mit Waffen?«, fragte Pendleton. »Haben Sie Waffen im Haus? Hat er sie gestohlen?«

»Keine Waffen.«

»Nicht einmal ein Jagdgewehr?«

»Nein. Ich bin kein Jäger.«

Ich stieg die Stufen in den ersten Stock hinauf und erstarrte unter der Tür von Jasons Zimmer, als ich sah, dass sämtliche Schubladen herausgezogen und seine Sachen auf dem Fußboden verstreut waren. Ich musste meine ganze Willenskraft aufbringen, über die Schwelle zu treten und mich im Zimmer umzusehen.

»Mein Sohn spart alles Wechselgeld in einem Glas auf seinem Schreibtisch«, sagte ich.

Das Glas war verschwunden.

Noch schwerer fiel es mir, das Chaos zu durchforsten, das in meinem und Kates Schlafzimmer herrschte. Ich stieg über ein paar achtlos auf den Boden geworfene Kleider Kates hinweg, und mein Blick blieb an der Rückwand des begehbaren Schranks hängen. »Vier Koffer sind verschwunden.«

Als ich begriff, was das bedeutete, wurden meine Knie so weich, dass ich mich gegen den Türpfosten lehnen musste.

Ich hatte angenommen, dass Petey die Zimmer und Schränke deshalb in so großer Eile durchwühlt hatte, weil er Sachen gesucht hatte, die zu stehlen sich lohnte. Doch nun keimte in mir neue Hoffnung auf, denn als ich genauer hinsah, bemerkte ich, dass Kates und Jasons Klamotten nicht nur achtlos durcheinander geworfen waren, sondern dass auch welche fehlten.

»Wenn sie tot wären, hätte er keine Kleider für sie eingepackt«, sagte ich zu den Detectives. »Sie leben. Sie müssen leben.«

Benommen folgte ich Webbers Aufforderung und sah mich im Schrank genauer um. Auch einige meiner Klamotten waren verschwunden. Die fünfhundert Dollar, die ich für den Notfall im Schub mit meinen Unterhosen versteckt hatte, waren nicht mehr da. Kates Schmuckkassette war ebenfalls verschwunden und mit ihr meine goldene Rolex, die ich nur bei besonderen Anlässen trug. Nichts von alledem war wichtig – nur Kate und Jason zählten.

Die ganze Zeit machten die Techniker von der Spurensicherung Aufnahmen von dem Chaos in den Schlafzimmern und suchten nach Fingerabdrücken. Um ihnen nicht im Weg zu sein, brachten die Detectives mich wieder nach unten. Erneut hatte ich das Gefühl, dass mir das Haus nicht mehr gehörte.

»Warum der Volvo?«, fragte ich gepresst. Meine Stimme schien von weit her zu kommen. »Sie sagten, dass Sie mir später erklären wollten, warum er ihn und nicht den Expedition genommen hat. In dem Geländewagen hätte er doch viel mehr Sachen fortschaffen können.«

»Ja, sicher«, antwortete Pendleton widerstrebend. »Aber der Volvo hat etwas, das der Geländewagen nicht hat.«

»Ich weiß nicht, was Sie meinen.«

»Einen Kofferraum.«

»Einen…?« Als ich begriff, musste ich mich setzen.

»Vielleicht ist es kein so guter Gedanke, Sie mit den Einzelheiten zu belasten.«

»Doch. Sagen Sie mir alles, was Sie wissen.« Meine bandagierten Hände schmerzten, als sie sich um die Armlehnen des Lederstuhls krampften. »Ich muss es wissen.«

Webber sah zur Seite, als könne er meinen Blick nicht ertragen. »So wie es aussieht, kam er mit Ihrem Sohn hierher und hat dann Ihre Frau überwältigt. Wir müssen annehmen, dass er beide gefesselt und geknebelt hat.«

Ein Strick schien in meine Gelenke zu schneiden.

»Er ist sicherlich nicht das Risiko eingegangen, mit zwei gefesselten und zusammengesunkenen Gestalten auf dem Rücksitz zu fahren. Früher oder später wäre das jemandem aufgefallen«, sagte Pendleton.

»Deshalb hat er sie in den...?«

»Bei geschlossenem Garagentor hat kein Mensch etwas davon mitbekommen.«

»O Gott.« Als ich mir den Gestank von Benzin und Auspuffgasen vorstellte, wurde mir schlecht. »Wie haben sie bloß Luft bekommen?« Plötzlich fiel mir wieder Peteys gehetzter Gesichtsausdruck ein, als er beschrieben hatte, wie der Mann und die Frau *ihn* in den Kofferraum gesperrt hatten.

Ein schrilles Piepsen ließ mich erschrocken zusammenzucken. Webber griff unter sein Jackett und hakte sein Handy von seinem Gürtel los. Er wandte mir den Rücken zu und ging zu dem Piano hinüber, auf dem Kate so gerne gespielt hatte, sodass ich seine gedämpfte Stimme kaum hören konnte.

Gleich darauf hakte er das Handy wieder an seinen Gürtel.

»Ist irgendwas?« Hoffnungsvoll richtete ich mich auf.

»Der Volvo wurde gefunden. Auf einem Rastplatz an der Interstate 25.«

»Kate und Jason? Sind sie...?«

»Sie waren nicht im Wagen. Er hat den Staat verlassen. Der Volvo wurde von der Wyoming Highway-Patrol nördlich von Casper gefunden.«

»*Wyoming?*«

»So wie er die Lage beurteilte, hatte er ausreichend Zeit, denn der Volvo würde erst nach mehreren Tagen vermisst werden«, sagte Webber. »Aber angenommen, man hätte Ihre Frau am Samstagabend irgendwo erwartet oder Freunde kämen zu Besuch! Doch egal, was er auch tat, um sie zu einer Aussage zu bewegen – sie weigerte sich offensichtlich, ihm irgendetwas mitzuteilen. Was blieb ihm also zu tun übrig?«

Ein kalter Schauer lief mir über den Rücken bei dem Gedanken, dass Kate hatte Schmerzen ertragen müssen.

»Das Beste, das er in einer solchen Situation tun konnte, war, Ihre Frau und Ihren Sohn so schnell wie möglich von hier fortzuschaffen, bevor jemand bemerkte, dass etwas nicht stimmte«, sagte Webber. »Die letzte Abhebung per Bankautomat von Ihrem Konto fand um 18 Uhr 21 statt: Fünfhundert Dollar – der Höchstbetrag, den der Automat pro Tag auszahlen kann. Der Videofilm zeigt einen Mann mit gesenktem Kopf, so dass sein Gesicht nicht zu erkennen ist.«

Kalter Schweiß brach mir aus, als mir klar wurde, dass mein Bruder Kate gezwungen haben musste, ihm unsere Geheimzahl für den Bankautomaten zu nennen.

»Es sieht so aus, als ob er bis zum Einbruch der Nacht gefahren wäre und dann im Schutz der Dunkelheit auf dem Rastplatz bei Casper einen anderen Wagen in seine Gewalt gebracht hat. Vermutlich ist das Opfer jemand, der allein unterwegs war, aber der Fahrer wurde weder auf dem Rastplatz noch in der näheren Umgebung gefunden, sodass wir annehmen, dass er oder sie sich nach wie vor zusammen mit Ihrer Frau und Ihrem Sohn in dem Wagen befindet. Solange der Fahrer nicht als vermisst gemeldet wird, haben wir nicht die geringste Vorstellung, nach welchem Wagen wir fahnden sollen.«

»Drei Menschen, die versuchen, in einem Kofferraum genügend Luft zu kriegen? O Gott.«

Etwas in den Augen der beiden Detectives ließ mich erahnen, was sie dachten. Petey war so gefährlich, dass es möglicherweise nur noch zwei Menschen waren, die in dem Kofferraum nach Atem rangen. Vermutlich hatte er den Fahrer umgebracht.

»Wyoming? Aber was, um alles in der Welt, will er in Wyoming?« Dann fiel mir siedend heiß etwas ein, dass Petey gesagt hatte: ›Montana!‹

»Sie sagen das, als hätte es eine Bedeutung für Sie, worauf wollen Sie hinaus?«

»*Montana liegt nördlich von Wyoming.*«

Die beiden sahen mich an, als redete ich irre.

»Nein. Hören Sie mir zu. Mein Bruder sagte, dass er in Montana frühstückte, als er mich in der ›Sonntagmorgen-Show‹ von CBS sah. In einem Diner in Butte. Vielleicht ist das der Grund, warum er nach Norden fährt. Vielleicht zieht ihn irgendwas nach Montana zurück.«

Zum ersten Mal ließ Webber Anzeichen von hektischer Betriebsamkeit erkennen. »Gut.« Eilig zog er sein Handy hervor. »Ich gebe eine Beschreibung von dem Kerl, Ihrer Frau und Ihrem Sohn an die Staatspolizei von Montana durch.«

»Und wir setzen uns mit dem Polizeipräsidium von Butte in Verbindung«, fügte Pendleton hinzu. »vielleicht wissen die etwas über diesen Kerl. Falls er schon mal verhaftet wurde, haben sie ein Foto von ihm, das wir für die Fahndung verwenden können.«

»Vorausgesetzt, er hat sich dort oben Peter Denning genannt.« Ich starrte düster auf den Boden hinab.

»Es gibt andere Möglichkeiten, Ermittlungen durchzuführen. Kidnapping über Staatsgrenzen hinweg fällt unter die Kompetenz des FBI. Die Bundesbehörden werden die Fingerabdrücke, die wir finden, mit denen in ihrer Kartei vergleichen. Wenn der Kerl jemals einen anderen Namen benutzt hat, haben wir eine gute Chance herauszufinden, wie er lautet.«

Ich bemühte mich aufrichtig, auch zu glauben, was sie sagten.

»Haben Sie ein Foto von Ihrer Frau und Ihrem Sohn, das in letzter Zeit gemacht wurde?«

»Auf dem Kaminsims.« Ich drehte den Kopf in die Richtung. Die strahlenden Gesichter von Kate und Jason versetzten mir einen Stich ins Herz. Ich selbst hatte das Foto gemacht. Normalerweise wusste ich kaum, auf welchen Knopf an der Kamera ich drücken musste, aber an diesem Tag hatte ich Glück gehabt. Wir waren in den Copper Mountains zum Skifahren gewesen, obwohl Kate und ich in erster Linie nur unsere Sturztechnik verbessern konnten. Doch Jason hatte sich als ein Naturtalent entpuppt. Er hatte den ganzen Tag ständig gegrinst. Kate und ich allerdings auch – trotz unserer blauen Flecken. Auf dem Foto trug Kate einen roten Skianorak, Jason einen grünen; beide hielten sie ihre gestrickten Skimützen in der Hand, und Kates blondes und Jasons sandfarbenes Haar leuchtete in der Sonne. Ihre Wangen waren rot von der kalten Luft.

»Wir geben Ihnen die Bilder zurück, sobald wir davon Kopien gemacht haben«, sagte Pendleton.

»Sie können sie behalten, solange Sie sie brauchen.« Die Wahrheit war, dass ich das Foto nur sehr ungern hergab. Der leere Platz auf dem Kaminsims machte die Leere in mir nur noch unerträglicher. »Benötigen Sie sonst noch was? Irgendetwas – egal was. Sie brauchen es nur zu sagen.«

Was sie jedoch mehr als alles andere benötigten, dachte ich, war, dass Gott meine Gebete erhörte.

3

Die ganze Zeit über hatte immer wieder das Telefon geläutet, mir war jedoch nur ganz vage bewusst gewesen, dass ein Polizist die Gespräche entgegengenommen hatte. Nun reichte er mir eine Liste der Anrufer. Es waren zumeist Reporter, die ein Interview wollten. Fernsehen. Radio. Bis zum Abend würde im ganzen Staat bekannt sein, was passiert war.

»O Gott, Kates Eltern.« Ich ließ Webber und Pendleton im Wohnzimmer stehen und rannte in die Küche. Meine bandagierte Hand zitterte, als ich die Tasten auf dem Telefon drückte.

»Hallo?«, meldete sich die Stimme eines älteren Mannes.

»Ray...« Ich brachte nur ein Krächzen hervor. Es dauerte eine Weile, bis meine Stimme mir wieder gehorchte. »Setz dich hin, Ray. Ich fürchte, ich habe eine schlechte Nachricht.«

Es machte mich ganz krank, den beiden erzählen zu müssen, was passiert war, und zu hören, wie sich ihr Leben von einem Augenblick auf den anderen vollkommen veränderte. Sie waren beide nicht bei bester Gesundheit, trotzdem wollten sie sich sofort ins Auto setzen und die dreihundert Meilen von Durango über die Berge nach

Denver fahren. Es kostete mich einige Mühe, sie davon zu überzeugen, dass es besser wäre, zu Hause zu bleiben. Was konnten die beiden schon in Denver tun? Der Atem von Kates Vater ging so schnell und keuchend, dass es klang, als würde er jeden Augenblick einen Herzinfarkt bekommen.

»Bleibt daheim«, sagte ich erneut. »Wir können jetzt nichts anderes tun als warten.« Eine schreckliche Vision von Kates Vater tauchte vor mir auf, wie er auf dem Weg nach Denver die Kontrolle über seinen Wagen verlor und in eine Schlucht stürzte. »Ihr könnt ebenso gut zu Hause warten. Ich sage euch sofort Bescheid, sobald ich irgendwas erfahre.«

Ich legte auf und atmete tief durch, dann erst bemerkte ich Webber und Pendleton, die unter der Küchentür standen.

»Was ist?«, fragte ich.

»Wir haben eben einen Anruf von der Staatspolizei in Wyoming bekommen«, sagte Webber.

Ich hielt den Atem an.

»Eine Frau aus Casper wurde als vermisst gemeldet. Sie ist seit Samstagabend nicht mehr gesehen worden, als sie auf dem Nachhauseweg von einem Besuch bei ihrer Schwester in Sheridan war, das ungefähr hundertfünfzig Meilen nördlich von Casper liegt.«

»Sie glauben, mein Bruder hat sie mitsamt ihrem Auto entführt?«

»Die Zeit passt. Sie kann den Rastplatz, auf dem die Polizei den Volvo Ihrer Frau gefunden hat, kurz nach Einbruch der Dämmerung erreicht haben. Wenn die Frau die Toiletten benutzen musste…«

Ich zuckte innerlich zusammen, als ich mir vorstellte, wie Petey über die Frau hergefallen war und was für ein furchtbarer Schreck dies für sie gewesen sein musste.

»Sie fuhr einen 94er Chevy Caprice«, sagte Pendleton. »Abgesehen davon, dass sie alleine unterwegs war, hat sie ihr Entführer wahrscheinlich deshalb ausgesucht, weil der Chevy Caprice einen großen Kofferraum hat. Er fuhr weiter nach Norden. Die Polizei in Wyoming hat die Nummer des Chevy an die Polizei in Montana durchgegeben, die den Wagen auf einem Rastplatz an der Interstate 90 in der Nähe von Billings entdeckte.«

»Waren meine Frau und mein Sohn...?«

»In dem Chevy? Nein.«

Etwas an Pendletons Tonfall machte mich misstrauisch.

»Was ist mit der Frau, der der Chevy gehörte?«

Er gab keine Antwort.

»Sagen Sie schon.«

Pendleton schielte zu Webber hinüber, der nickte, als gebe er die Genehmigung.

»Ihre Leiche lag im Kofferraum.«

»O Gott!« Ich wollte es gar nicht wissen, und doch konnte ich nicht anders, als zu fragen: »Was hat Petey mit ihr gemacht?«

»Er hat ihr die Hände gefesselt und den Mund mit Klebeband zugeklebt. Sie...« – Pendleton senkte seine Stimme – »... hatte Asthma. Sie ist erstickt.«

Ich musste an die Frau denken und daran, wie sie verzweifelt nach Atem rang, und konnte mich nur schwer auf Webbers Worte konzentrieren, der erklärte, dass Petey den Chevy Caprice durchaus in einer Nacht von Casper in Wyoming bis nach Billings, Montana, gefahren haben konnte. Wahrscheinlich hatte er auf dem Rastplatz bei Billings ein weiteres Auto in seine Gewalt gebracht. Als der Fahrer aus seinem Wagen stieg, um zu den Toiletten zu gehen, war Petey vermutlich aus dem Dunkeln aufgetaucht und hatte ihn überwältigt.

Ich stellte mir vor, wie furchtbar es für Kate und Jason gewesen sein musste, zusammen mit einer sterbenden Frau in einem dunklen Kofferraum eingepfercht zu sein, in verbrauchter, stickiger Luft, und zu fühlen, wie sie sich in Todesangst wand, ihr ersticktes Ächzen zu hören, ihre panischen Bewegungen, ihre röchelnden Atemzüge, das gierige Einsaugen der Luft durch die Nase, das immer schwächer wurde und schließlich ganz aufhörte.

»Das wird niemals enden«, stieß ich mühsam hervor.

»Nein. Aber wir könnten nahe dran sein, ihn hinter Gitter zu bringen«, sagte Pendleton. »Sie hatten Recht. Er wollte von Anfang an nach Montana. Wahrscheinlich zurück nach Butte. Billings liegt an der Interstate, die nach Butte führt. Die Polizei dort hat allerdings niemanden in ihrer Vorstrafenkartei, der Peter Denning heißt. Aber sie suchen einen Mann, auf den Ihre Beschreibung von dem Kerl passt, vor allem die Narbe an seinem Kinn. Und bald dürfte auch der Fahrer des letzten Wagens, den er in seine Gewalt gebracht hat, als vermisst gemeldet werden. Sobald die Polizei in Butte den Fahrzeugtyp und die Zulassungsnummer des Wagens hat, kann sie ihre Suche darauf konzentrieren. Bis dahin überprüfen sie Motels und alle anderen Plätze, wo Ihr Bruder Ihre Frau und Ihren Sohn möglicherweise verstecken könnte. Butte ist keine sehr große Stadt. Glauben Sie mir, sobald er sich irgendwo sehen lässt, wird man ihn erkennen.«

»Aber was, wenn Petey die Gefahr riecht und aus der Gegend verschwindet?«

»wir haben auch daran gedacht. Die Staatspolizei von Montana hat auf der Interstate mehrere Zivilwagen im Einsatz, die nach einem allein fahrenden, dreißig bis vierzigjährigen Weißen mit einer auffallenden Narbe am Kinn Ausschau halten. Sobald das FBI seine Fingerabdrücke identifiziert hat, gewinnen wir eine bessere Vorstellung davon, mit wem wir es zu tun haben. So wie er die ganze Sache durchzieht, ist er kein Anfänger. Wahrscheinlich ist er vorbestraft. In dem Fall wird uns das FBI in Bälde das neueste Foto aus seiner Vorstrafenakte präsentieren, das wir für die Fahndung vervielfältigen können.«

4

Einer der Anrufe auf der Liste, die der Polizist mir gegeben hatte, war aus meinem Büro gekommen. Ich musste also zurückrufen und zum dritten Mal innerhalb weniger Stunden erklären, was passiert war. Die Tatsache, dass ich es laut aussprach, machte den Albtraum nur noch schlimmer. Mehrere Male hörte ich das Summen eines anklopfenden Anrufers. Zweimal schaltete ich auf die andere Leitung, für den Fall, dass der Anruf etwas mit Kate und Jason zu tun hatte, aber beide Male war es ein Journalist, und danach kümmerte ich mich nicht mehr um das Summen neu eintreffender Anrufe.

In dem Augenblick als ich auflegte, klingelte das Telefon erneut. Unser Anschluss besaß eine Anruferidentifizierung, aber sie hatte sich oft genug als nutzlos erwiesen, weil eine Menge Anrufe als UNBEKANNTER ANRUFER oder, wie jetzt auch, als UNTERDRÜCKTE NUMMER auf dem Display registriert wurden. Aber ich nahm trotzdem ab, und natürlich war es wieder ein Journalist; danach überließ ich dem Polizisten das Telefon.

Als das Team von der Spurensicherung schließlich ging und Webber und Pendleton und alle anderen mit ihnen, war das Haus mit einem Mal entsetzlich leer. Meine Schritte hallten hohl auf den Holzböden, als ich nach oben ging. Noch immer lagen Kleider auf den Fußböden der Schlafzimmer verstreut, und an den Möbeln waren Schmierer von dem Pulver, das sie zum Sichtbarmachen von Fingerabdrücken benutzten. Ich ließ mich auf Jasons Bett sinken und sog seinen Jungengeruch tief in meine Lungen. Dann ging ich in unser Schlafzimmer, hob eine von Kates Blusen vom Boden auf und presste sie an mein Gesicht.

Ich weiß nicht, wie lange ich dort blieb. Das Telefon klingelte wieder. Ich ließ es klingeln und ging ins Bad, zog meine geborgten Klamotten aus und versuchte ein Bad zu nehmen, ohne meine bandagierten Hände und den genähten Unterarm nass zu machen. Schmutz und getrocknetes Blut färbte das Wasser um mich dunkel. Dampf stieg auf, doch anstatt der wohltuenden Hitze fühlte ich, wie die Schmerzen wieder schlimmer wurden, weil allmählich die Wirkung der Schmerztabletten nachließ, die der Arzt mir gegeben hatte. Das Ausmaß meiner Prellungen und Abschürfungen war erschreckend. Ich tat mein Bestes, mich zu rasieren, zog dann frische Klamotten an und bemühte mich nach Kräften, das behagliche Gefühl zu unterdrücken, das sie mir gaben, weil ich mir einredete, dass ich so etwas nicht verdiente, während Kate und Jason durch die Hölle gingen.

Es läutete an der Tür. Humpelnd stieg ich die Treppe hinab, was etwas länger dauerte als sonst. Wieder schrillte die Türklingel, dann noch einmal. Wenn das wieder ein Reporter ist…, dachte ich wütend. Als ich die Tür öffnete, stand ein Mann in dunklem Anzug und frisch gewienerten Schuhen vor mir. Er hielt sich auffallend gerade, sein grau meliertes Haar war kurz geschnitten und gepflegt; das hagere Gesicht wirkte ernst und geschäftsmäßig.

»Mr. Denning?«

Hinter ihm, auf der Straße, setzte sich ein Kamerateam in Bewegung und stürmte auf die Haustür zu.

»Ich gebe keine Interviews.« Ich machte einen Schritt rückwärts, um die Tür zu schließen.

»Nein. Sie irren sich. Ich bin kein Reporter. Ich bin Special Agent John Gader vom FBI.« Der Mann zeigte seinen Ausweis. »Ich habe die ganze Zeit angerufen, aber niemand hat abgenommen. Deshalb dachte ich, ich lasse es darauf ankommen, setze mich in den Wagen und schaue persönlich vorbei.«

»Ich war... Ich dachte... Bitte kommen Sie herein.«

Die Reporter waren bereits im Garten. Ich warf die Tür zu und schloss ab.

Gader ließ seinen Aktenkoffer aufschnappen und nahm mehrere kleine elektronische Geräte heraus. »Das sind stimmaktivierte Tonbandgeräte.« Er schloss eines an das Telefon im Wohnzimmer an. »Haben Sie auch in der Küche einen Anschluss?«

Er schloss auch dort ein Aufnahmegerät an. »Um den Rest des Hauses kümmern wir uns später. Ich habe bereits eine richterliche Genehmigung zum Abhören Ihres Telefons und für die Verfolgung sämtlicher Anrufe in der Tasche, aber es schadet nicht, wenn man ein zweites Eisen im Feuer hat. Falls der Entführer Ihrer Frau und Ihres Sohnes anruft und Lösegeld verlangt, nehmen wir seine Stimme hier und über unsere Fangschaltung bei der Telefongesellschaft auf.«

»Er wird kein Lösegeld verlangen.«

»Das weiß man nie.«

»Aber ich weiß es. Mein Bruder will kein Geld. Er will meine Frau und meinen Sohn.«

»Ihr Bruder?« Gader klang, als wüsste er nur in groben Zügen über den Fall Bescheid.

Also erzählte ich zum vierten Mal an diesem Tag, was geschehen war. Gader zog ein zigarettenschachtelgroßes Tonbandgerät aus seinem Jackett und zeichnete zur Sicherheit einiges auf. Er versicherte mir, dass das Büro, seine Behörde, meinem Fall seine ganze Aufmerksamkeit widmen werde. Nachdem er gegangen war kam es mir vor, als sei er nie hier gewesen.

Wieder umgab mich entsetzliche Leere.

Das alles kann doch nicht passiert sein, versuchte ich verzweifelt mich zu überzeugen. Ich habe nur einen Albtraum. Gleich werde ich aufwachen. Und Kate und Jason sind wieder hier. Alles wird wieder so perfekt und vollkommen sein wie es war.

Doch als ich in der Nacht aufwachte, weil mich Schmerzen quälten, und über das Bett neben mir tastete, empfand ich die Leere auf Kates Seite des Bettes wie einen Schlag ins Gesicht.

Nichts hatte sich geändert.

Ein Tag um den anderen verging, und die Polizei in Butte schnappte weder Petey noch entdeckte sie irgendein Zeichen von Kate und Jason. Die Staatspolizei von Montana stellte schließlich die Überwachung der Interstate ein.

5

»Er ist nicht Ihr Bruder.«

»Was?«

»Der Mann, der Ihre Frau und Ihren Sohn entführt hat, ist nicht Peter Denning«, sagte Gader unter meiner Haustür. »Sein Name ist Lester Dant.«

Ich war wie vor den Kopf geschlagen. »Sie meinen, Petey hat den Namen Lester Dant als Pseudonym benutzt?«

»Nein. Andersherum.«

»Worüber, in Gottes Namen, reden Sie?«

»Die Fingerabdrücke, die die Spurensicherung in Ihrem Haus gefunden hat, stammen von einem Mann, der Lester Dant heißt.« Gader trat über die Schwelle. »Hier ist die Akte, die wir über ihn haben. Familiärer Hintergrund. Sozialversicherungsnummer. Vorstrafen.«

Benommen setzte ich mich im Wohnzimmer hin und starrte auf die Fotografie hinab, die sich bei den Dokumenten befand. Es war ohne Zweifel Peteys Gesicht, das mich von dem vom Polizeifotografen in Butte aufgenommenen Karteifoto ansah – inklusive abgeschlagenem Zahn und Narbe am Kinn.

Doch die Akten identifizierten den Mann als Lester Dant. Er war in Brockton, Indiana, geboren, ein Jahr bevor Petey das Licht der Welt erblickt hatte. Im Laufe der Jahre war er wegen Autodiebstahls, bewaffnetem Raub und Totschlag verhaftet, aber nicht verurteilt worden.

»Dant hat allerdings einige Jahre wegen Erpressung, Drogenhandel und Vergewaltigung abgesessen«, sagte Gader. »Es ist ein Wunder, dass er Sie nicht alle im Schlaf umgebracht hat. Sehen Sie hier diesen Bericht der Polizei in Butte? Lester Dant war in eine Schlägerei in einer Bar verwickelt und schlug einen Mann krankenhausreif. Dafür ging er ebenfalls in den Knast. Er wurde eine Woche vor der ›Sunday Morning Show‹ von CBS, in der Sie zu sehen waren, entlassen.«

»Aber...« Das Gefühl der Unwirklichkeit, das mich gefangen hielt, war jetzt so übermächtig, dass das Wohnzimmer zu kippen schien. »Woher wusste er so viel über Petey?«

»Sie müssen sich gekannt haben«, sagte Gader. »Vielleicht hat Ihr Bruder die Show gesehen und mit einigen Leuten darüber geredet. Zum Beispiel auch mit Dant. Später, als sie allein waren, hat Dant mehr Einzelheiten aus ihm herausbekommen und beschlossen, Ihnen einen Besuch abzustatten.«

Mit vor Bestürzung schriller Stimme ächzte ich: »Mein Bruder hatte mit Leuten wie diesem Dant Umgang?«

»Vielleicht hatte Ihr Bruder tatsächlich ein so schweres Leben, wie Dant behauptet hat.«

»Aber weshalb, um Himmels willen, ist Petey nicht selber gekommen, um mich zu besuchen?«

Gader starrte mich wortlos an, und ein kalter Schauer lief mir über den Rücken, als ich begriff, dass Dant möglicherweise Petey umgebracht hatte, um ihn daran zu hindern, sich einzumischen.

»Das ergibt keinen Sinn«, sagte ich. »Wenn Dant so gefährlich und gemein ist, wie Sie sagen, warum hat er dann Kleider für meinen Sohn eingepackt? Warum hätte er Jason mitnehmen sollen, anstatt ihn...?« Die Worte blieben mir im Hals stecken.

»Zu töten?« Gader blinzelte unbehaglich. »Ich bin mir nicht ganz sicher, ob das ein Thema ist, über das Sie reden wollen.«

»Lassen Sie ruhig mich das entscheiden. Antworten Sie mir!«

Gader stieß langsam die Luft aus. »Es ist denkbar, dass Dant Ihren Sohn deshalb mitgenommen hat, um Druck auf Ihre Frau auszuüben. Wenn er droht, Jason wehzutun, kann er Ihre Frau zwingen, zu tun, was er von ihr verlangt.«

Es war, als hätte ich einen Schlag ins Gesicht bekommen. »Nein!«

»Tut mir Leid, Mr. Denning. Sie wollten, dass ich offen bin.«

»Petey... Lester Dant...«

»Fingerabdrücke lügen nicht.«

»Das Ganze muss ein Irrtum sein. Was Petey mir über die Zeit erzählt hat, als wir Kinder waren, und darüber, wie er entführt wurde...«

»Was *Dant* Ihnen erzählt hat. Vermutlich hat er Ihrem Bruder einen Drink nach dem anderen spendiert, damit er nicht zu reden aufhört, bis er ihm alles erzählt hatte, woran er sich erinnerte.«

»Aber es klang alles so echt und authentisch. Ich war mir absolut sicher, dass er mich nicht anlog.«

»Schauen Sie, Mr. Denning, manche dieser Ganoven sind so hervorragende Schauspieler, dass sie ohne weiteres den Academy Award gewonnen haben könnten, wären sie nicht in der falschen Branche.«

»Es ist nur, weil...«

»Es war alles gelogen. Der Name des Orts in West-Virginia zum Beispiel, wo er angeblich gefangen gehalten wurde.«

»Redemption.«

»Es gibt keinen Ort mit diesem Namen.«

»Was?«

»Auch andere Teile seiner Geschichte sind erstunken und erlogen. Er hat Ihnen erzählt, dass die Narbe an seinem Kinn daher stammt, dass er bei einem Job als Dachdecker in Colorado Springs von der Leiter gefallen ist.«

»Das stimmt, ja.«

»Unsere Agenten haben Dants Foto bei sämtlichen Dachdeckerfirmen in Colorado Springs und Umgebung herumgezeigt. Niemand hat ihn gekannt. Das gleiche Ergebnis bei Bauunternehmern. Wenn sich jemand eine fünf Zentimeter lange Platzwunde im Gesicht eingehandelt hätte, würden sie sich daran erinnern, sagen alle übereinstimmend. Eine solche Wunde hätte genäht werden müssen, aber in keinem Krankenhaus der Gegend gibt es Unterlagen darüber, dass im letzten Sommer ein Bauarbeiter mit einer solchen Verletzung behandelt worden ist. Allerdings hat die Polizei von Colorado Springs ein Videotape von einer Überwachungskamera in einem Spirituosenladen, auf dem ein Mann zu sehen ist, der den Kassierer niederschlägt. Der Typ sieht wie Dant aus. Ein Streifenwagen hat seinen Wagen in die Berge verfolgt. Möglicherweise hat er sich die Platzwunde am Kinn dabei zugezogen, als er mit dem Wagen in einer Kurve von der Straße abkam und einen Abhang hinunterschleuderte. Die Streifencops fanden in dem Wagen Blut, aber keine Spur vom Fahrer, als sie hinabstiegen und das Wrack durchsuchten.«

Bitterer Sarkasmus verzerrte meine Stimme. »Ja. Petey hat die Angewohnheit, einfach zu verschwinden.«

»Sie meinen Dant.«

»Klar… Dant.«

»Wir kriegen ihn«, sagte Gader. »Das Geld , dass er Ihnen gestohlen hat, wird nicht lange reichen. Irgendwann muss er wieder stehlen. Ein Fehler. Er braucht nur einen Fehler zu machen, und wir kriegen ihn.«

»Irgendwann…« Das Wort, das Gader benutzt hatte, blieb mir in der Kehle stecken. Ich versuchte nicht daran zu denken, was mit Kate und Jason passierte.

6 Ein Mann, der mein Bruder war – oder vielmehr *nicht* mein Bruder war, aber behauptete, es zu sein –, hatte meine Familie entführt und meine Welt in Scherben zurückgelassen. Er hatte eine falsche Spur gelegt und mich und die Polizei glauben lassen, sein Ziel sei Butte in Montana. Dann war er wie vom Erdboden verschwunden. Während der folgenden Tage wurde kein weiterer Autofahrer vermisst, was bedeutete, dass die Polizei weder ein Nummernschild noch die Beschreibung eines entführten Autos hatte, auf die sie ihre Fahndung konzentrieren konnte. Trotzdem wurden natürlich jede Menge Autodiebstähle gemeldet. Hunderte allein in Montana, Wyoming und Colorado. Tausende im ganzen Land. Doch wenn einer der gestohlenen Wagen wieder auftauchte, konnte in keinem der Fälle eine Verbindung mit Petey (es fiel mir nach wie vor schwer, ihn Dant zu nennen) festgestellt werden. Vielleicht hatte er das Nummernschild mit dem eines anderen Wagens getauscht. Bis der Besitzer des betreffenden Autos bemerkt hatte, dass das Nummernschild seines Wagens ausgetauscht worden war, hatte Petey möglicherweise bereits ein weiteres Auto gestohlen und erneut die Nummernschilder gewechselt. Oder vielleicht hatte Petey mit dem Geld, das er für die aus unserem Haus gestohlenen Sachen bekommen hatte, einen gebrauchten Wagen gekauft und ihn mit gefälschten Papieren auf einen falschen Namen registrieren lassen, von dem die Polizei keine Ahnung hatte, dass er ihn benutzte. Vielleicht. Möglicherweise.

Der regionale Fernsehsender wiederholte die Geschichte. Die großen TV-Sender übernahmen sie, vor allem CBS, die dem Bericht auch einige Ausschnitte aus der ›Sunday Morning Show‹ hinzufügte, in der Kate, Jason und ich zu sehen gewesen waren. Der Bericht bei CBS stellte vor allem die makabre Wendung in den Vordergrund, dass der Mann, der behauptete, mein lange vermisster Bruder zu sein, erneut verschwunden war – diesmal mitsamt meiner Frau und meinem Sohn. Ich bekam Anrufe von Männern, die vorgaben, Kate und Jason in ihrer Gewalt zu haben. In allen Einzelheiten beschrieben sie mir die Qualen, die sie den beiden zufügen wollten. Die Polizei verfolgte die Anrufe zurück, aber das erbrachte nichts Neues, außer der Erkenntnis, dass es Menschen gibt, die darauf stehen, das Leid anderer noch schlimmer zu machen. Gegen einige der Anrufer wurde wegen Behinderung der polizeilichen Ermittlungen Anklage erhoben, aber keiner von ihnen ging dafür ins Gefängnis.

Verzweiflung und der Mangel an Schlaf bereiteten mir ständige Kopfschmerzen. Ich tat so, als würde ich arbeiten, aber es waren meine Mitarbeiter, die die Firma am Laufen hielten. Die meiste Zeit befand ich mich in einer Art Trancezustand. Während die Suche mehr und mehr an Biss und Zielstrebigkeit verlor, wurde mir allmählich klar, dass Petey – erneut versuchte ich, Dants Namen zu verwenden, aber ich brachte es nicht über mich –, wenn er nicht buchstäblich einem Polizisten in die Arme rannte, niemals gefunden würde, vor allem nicht, wenn er sich einen Bart wachsen ließ, der die Narbe an seinem Kinn verdeckte und die Ähnlichkeit mit dem Fahndungsfoto zunichte machte.

Unscharfe Fotos von Kate und Jason erschienen auf Milchkartons, und ich ließ entlang der vermutlichen Fluchtroute Postwurfsendung verteilen und Plakate aufhängen. *Haben Sie diese Frau und diesen Jungen gesehen?*, stand unter den Fotos. Aber wenn nicht einmal ich die Gesichter erkennen konnte, wie sollte sie dann ein Fremder identifizieren? Ich hatte zuvor nie auf die Gesichter auf den Milchkartons oder den Zetteln im Briefkasten geachtet, denn es war immer die Frau oder das Kind von jemand anderem gewesen, die vermisst wurden. Wie konnte ich hoffen, dass irgendjemand die Gesichter mit mehr Aufmerksamkeit betrachtete, weil es meine Frau und mein Kind waren, die man als vermisst gemeldet hatte?

Unsere Freunde waren am Anfang sehr hilfsbereit: aufmunternde Anrufe, Einladungen zum Essen. Aber nach einer Weile hatten viele genug von meiner Verzweiflung. Sie waren es leid oder vielleicht waren sie auch nur nicht in der Lage dazu, ihrem Mitgefühl immer wieder von neuem Ausdruck zu geben, und so gingen sie auf Distanz.

Ein paar wenige verhielten sich allerdings loyal, und es war mein direkter Nachbar, Phil Barrow, von dem ich erfuhr, dass die Dinge durchaus auch noch schlimmer werden konnten. Ich war damit beschäftigt, ohne große Begeisterung in meinem Vorgarten herabgefallene Blätter zusammenzuharken. Nur vage war mir dabei bewusst, dass der Herbst einmal meine liebste Jahreszeit gewesen war – wenn Frost in der Luft lag, der Rauchgeruch von brennendem Holz, das Rascheln der trockenen Blätter unter den Füßen. Jetzt bedeutete mir das alles nichts mehr. Als ich zufällig aufblickte, sah ich, wie Phil seinen Pullover zurechtzog, vom Gehweg auf den Rasen trat und näher kam.

»Wie geht es dir, Brad?«

Kate hatte einmal zu mir gesagt, egal wie beschissen es uns geht, wenn uns jemand danach fragt, sollten wir immer antworten: »Bestens, danke der Nachfrage.«

Phils Schultern zuckten, wie von einem sarkastischen Lachen geschüttelt. »Ja, das sehe ich. Seit 'ner Stunde rechst du an demselben Laubhaufen herum.«

»Hauptsache, es nützt was.«

Phil sah auf seine Hände hinab. »Ich weiß nicht, ob ich dir das sagen soll, Brad.«

»Was?« Ein kalter Lufthauch wehte mich an.

»Marge meint, ich soll dich nicht in Rage bringen, aber ich finde, du hast schon genug Probleme, ohne dass die Leute, die dir eigentlich helfen sollten, dir noch *mehr* Schwierigkeiten bereiten.«

Der Lufthauch wurde kälter. »Wovon redest du?«

»Ein FBI-Agent hat mich gestern an meiner Arbeitsstelle aufgesucht.«

»John Gader?«

»Ja, so nannte er sich. Er fragte mich, wie du und Kate miteinander ausgekommen seid. Ob ihr oft gestritten habt. Sogar, ob du je deinen Sohn geschlagen hast.«

»*Was*?«

»Er wollte wissen, ob du aufbrausend reagierst, wenn du getrunken hast. Ob du eine Freundin hast.«

»Das FBI verdächtigt *mich*?«

7

»Sie Scheißkerl!«

Gader stutzte und blieb stehen, als ich in der Parkgarage des FBI-Gebäudes in Denver vor seinen Wagen trat. »Beruhigen Sie sich«, sagte er.

»Sie glauben, ich habe meine Frau und meinen Jungen umgebracht!«

»Ich nehme an, von einigen Ihrer Freunde wurde Ihnen berichtet, dass ich ihnen Fragen über Sie gestellt habe.«

»Beziehungsweise, dass Sie meinen Ruf zerstören wollen – so würde ich das eher nennen!« Mit geballten Fäusten ging ich auf ihn zu.

»Regen Sie sich nicht auf«, sagte Gader.

Mit aufheulendem Motor fuhr ein Wagen an uns vorbei. Der Fahrer sah mit gerunzelter Stirn zu uns heraus.

»Die Garage hat Überwachungskameras«, sagte Gader. »An Ihrer Stelle würde ich nicht mal daran *denken,* hier einen Bundesbeamten anzugreifen.«

»Es wäre der Mühe sicherlich wert!«

Gader hob einlenkend die Hände. »Nichts liegt mir ferner, als mich mit Ihnen auf eine Auseinandersetzung einzulassen. Wenn Sie sich beruhigen und mir zuhören würden...«

Hinter ihm schlug eine Tür gegen die Wand. Ein Wachmann trat in das grelle Licht des Garagendecks. Seine Hand lag auf dem Griff seiner Waffe. »Ist alles in Ordnung, Mr. Gader?«

»Ich bin mir nicht sicher.« Gaders hageres Gesicht war ernst. »*Ist* alles in Ordnung, Mr. Denning?«

Ich ballte die Fäuste so fest, dass meine Knöchel schmerzten.

»Glauben Sie, dass es Ihrer Frau und Ihrem Sohn in irgendeiner Weise hilft, wenn Sie im Gefängnis landen?«, fragte Gader.

Ich zitterte und fühlte, wie mein Gesicht vor Zorn brannte.

»Überlegen Sie, was Ihre Familie braucht«, sagte Gader.

Ich entspannte meine Fäuste.

»Es ist alles in Ordnung, Joe!«, rief Gader dem Wachmann zu. »Sie können uns jetzt allein lassen.«

»Ich werde den Monitor im Auge behalten«, erwiderte der Wachmann.

»Gute Idee.« Gader wartete, bis die Tür scheppernd ins Schloss gefallen war.

»Wie kommen Sie bloß auf den Gedanken, dass ich meine Frau und meinen Sohn umgebracht haben könnte?«

»Das ist die übliche Vorgehensweise bei Ermittlungen dieser Art. Wenn ein Familienmitglied vermisst wird oder umgebracht wurde, dann ist in vielen der Fälle ein anderes Mitglied der Familie der Täter.«

»Du lieber Himmel, wie hätte ich mit dem Volvo nach Wyoming fahren, dort einen Wagen stehlen und ihn dann in Montana stehen lassen sollen, um auf der Stelle und wie von Zauberhand geleitet wieder hierher zurückzukommen, mich in den Bergen in eine Schlucht zu stürzen und dann zur Straße zu schleppen?«

»Sie hätten es tun können, wenn dieser Dant für Sie tätig geworden wäre.«

Es versetzte mir einen Schock, wie weit Gaders Verdacht ging. »Aber weshalb hätte ich denn von Petey verlangen sollen, das zu tun?«

»Von Dant. Wenn Sie Geldprobleme gehabt hätten und auf die Auszahlung der Prämie einer Lebensversicherung angewiesen gewesen wären, oder wenn Sie einer Freundin wegen Ihre Frau hätten aus dem Weg räumen wollen.«

Ich ballte erneut die Fäuste.

»Aber es hat keine ungewöhnlichen Abhebungen von ihrem Bankkonto oder ihrem Aktiendepot gegeben, und ich konnte auch nicht die Spur eines Fehltritts oder auch nur einer Verfehlung in den Beziehungen zu ihrer Familie entdecken. Außerdem konnte ich mir nicht erklären, wie Sie und Dant einander über den Weg gelaufen sein sollten, nachdem der in Butte aus dem Knast entlassen worden war und... Starren Sie mich nicht so entgeistert an. Die Ermittlungen kamen nicht weiter. Ich musste versuchen, den Fall von einer anderen Seite anzugehen.«

»Sie Mistkerl! Ihnen habe ich es zu verdanken, dass meine Freunde glauben, ich sei Schuld am Verschwinden meiner Familie.«

»Es war nichts Persönliches. Ich sagte Ihnen doch schon, dass ich nur die übliche Vorgehensweise befolgt habe. Sie sind aus der Untersuchung mit absolut weißer Weste hervorgegangen und haben von Seiten des FBI nichts zu befürchten.«

»Danke für die Blumen. Meinen ergebensten Dank für diese kriminologische Großtat!«

8

»Mir scheint, Sie sind entschlossen, den Gebrauch von Lester Dants Namen um jeden Preis zu vermeiden«, sagte die Psychiaterin.

Ich erwiderte nichts darauf.

»Das FBI hat eine eingehende Untersuchung von Dants familiärem Background durchgeführt«, fuhr die Psychiaterin fort. »Sie haben bewiesen, dass er nicht Ihr Bruder ist.«

Meine Brust wurde mir so eng, dass ich die Worte kaum hervorbrachte. »Sie glauben, Dant ist meinem Bruder mehr oder weniger zufällig begegnet und hat bei der Gelegenheit von ihm erfahren, was ihm als Kind zugestoßen ist? Dann hat er den Entschluss gefasst, die Stelle meines Bruders einzunehmen und hat ihn deshalb möglicherweise umgebracht.«

Ich starrte durch das Fenster auf eine Kiefer im Vorgarten.

»Aber Sie glauben es nicht«, sagte die Psychiaterin.

»Ich *kann* es nicht glauben.«

»Sie *können* nicht?« Die Psychiaterin wog das Wort.

Beklemmende Enge stieg in meine Kehle empor. »Wenn ich akzeptieren würde, dass Dant meine Frau und meinen Sohn gekidnappt hat, müsste ich mir eingestehen, dass er ihnen all das angetan hat, was sein Persönlichkeitsprofil erwarten lässt und...« Ich brachte es nicht über mich, den Satz zu beenden und zu sagen, »sie umgebracht hat«. Nach wie vor hielt ich den Blick auf die Kiefer vor dem Fenster gerichtet. »Aber wenn Petey den Namen Dant nur als ein Pseudonym verwendet hat...« Meine Stimme brach. »Wenn *Petey* sie entführt hat, besteht wenigstens die Chance, dass sie noch am Leben sind.«

Die Psychiaterin beugte sich vor. »Weshalb glauben Sie das?«

»Ich habe versucht, mich an seine Stelle zu versetzen.« Der Baum war jetzt nur mehr ein verschwommener grüner Fleck. »Und ich bemühe mich, mir vorzustellen, wie Petey sich gefühlt haben muss, als er in mein Haus gekommen ist. Als er sah, wie liebevoll wir miteinander umgingen – meine funktionierende Familie, mein gemütliches Zuhause. Petey hätte mich nicht bloß töten wollen, weil ich sein Leben zerstört hatte. Er hätte mein Leben besitzen und es an meiner Stelle leben wollen; das Leben, das ich mir eingerichtet hatte.«

Ich zwang mich, weiterzusprechen. »Ich habe den Augenblick, als Petey mich in die Schlucht stieß, eingehend analysiert – habe ihn wieder und wieder durchlebt. Ich glaube, Petey hatte vor zu warten, bis Jason nicht in der Nähe war, mich dann zu töten und alles so aussehen zu lassen, als sei es ein Unfall gewesen. Dann wollte er sich bei Kate und Jason einschmeicheln und unentbehrlich machen, um schließlich irgendwann meinen Platz einzunehmen. Das einzige Problem dabei war für ihn, dass Jason gesehen hatte, wie er mich in den Abgrund stieß.«

Ich holte tief Luft. »Sein Plan war also gescheitert. Was sollte Petey jetzt tun? Jason ebenfalls umbringen? Und auch seinen Tod wie einen Unfall aussehen lassen? Um meinen Platz bei Kate einzunehmen? Nein. Das war jetzt nicht mehr möglich, denn Jason war ein wichtiger Teil dessen, was Petey wollte. Er wollte nicht nur meine Frau, sondern vor allem meine *Familie.* Aber jetzt – das war klar – konnte er nicht mehr in mein Leben schlüpfen und in meinem Haus leben, weil Jason der Polizei sagen würde, was er gesehen hatte. *Also blieb Petey nichts anderes übrig, als meine Familie zu stehlen.* Er konnte sie irgendwo verstecken und mit meiner Frau schlafen, wann immer er Lust dazu hatte. Er konnte meinen Sohn zwingen, ihn wie seinen Vater zu behandeln.« Ich presste die Worte über meine Lippen. »Aber wenigstens wären sie noch am Leben; wenn Petey und Dant ein und dieselbe Person sind; wenn Petey sie entführt hat. Aber wenn Dant der ist, für den das FBI ihn hält, wenn er nicht Petey ist, dann hat er Jason wahrscheinlich auf der Stelle umgebracht und seinen Leichnam irgendwo in den Bergen verscharrt. Dann hat er das Beste aus seinem gescheiterten Plan gemacht, das Haus ausgeräumt und Kate gezwungen, mit ihm irgendwohin zu fahren, wahrscheinlich in die Berge von Montana, wo er sie so oft er will vergewaltigen kann, bis er von ihr genug hat und sie schließlich…« Ich brachte es nicht über mich zu sagen, ›tötet‹.

Die Augen der Psychiaterin wurden schmal, als hätte ich soeben die Hölle auf Erden beschrieben. Doch ob es die Hölle war, die Kate und Jason durchlitten, oder die Hölle, die sie in meinem von Wahnvorstellungen heimgesuchten Gehirn gesehen hatte, vermochte ich nicht zu entscheiden.

9 Ich war soeben im Begriff, noch eine der Tablette gegen Depressionen zu schlucken, als es an der Tür klingelte. Das FBI mit Neuigkeiten, dachte ich hoffnungsvoll.

Doch als ich die Tür aufmachte, sah ich mich mit einem verdutzten Blinzeln einer Schar von kostümierten Kindern auf meiner Veranda gegenüber. Es waren die Knirpse aus der Nachbarschaft, die vielstimmig Tribut forderten. Halloween, natürlich, doch das hatte ich irgendwie gar nicht mitbekommen und keine Süßigkeiten im Haus. Nicht, dass ihnen das was ausgemacht hätte: Sie stolperten rückwärts, als sei ich derjenige in angsteinflößender Verkleidung. Meinen Versuch, ihnen zu erklären, warum ich nicht vorbereitet war, beantworteten sie mit wilder Flucht von der Veranda.

Ich machte die Tür zu, knipste das Licht aus, spähte aus einem der dunklen Fenster nach draußen und sah noch mehr Kinder in Kostümen, die – wie ich hoffte – am Haus vorbeizogen. Natürlich musste ich daran denken, dass Halloween Jasons liebster Feiertag gewesen war. Wie er es geliebt hatte, sich als Monster oder verrückter Wissenschaftler zu verkleiden. Wie *ich* es geliebt hatte, mit ihm durch die Nachbarschaft zu ziehen. Doch das war einmal – in einer anderen Welt, die mit dem Hier und Jetzt nichts gemein hatte. Es machte mich wütend auf mich selbst, dass ich die Kinder erschreckt hatte. War mein Gesicht so entstellt vor Gram? Waren meine Augen so abgrundtief schwarz vom Wahnsinn, der mich beherrschte?

Ich hatte noch immer das Röhrchen mit Tabletten in der Hand. Mit einem Fluch schleuderte ich es durch das Wohnzimmer. Ich war so wütend, dass sogar meine Depression für eine Weile verschwand. Was hatte Petey noch mal gesagt, als er mich zum ersten Mal angesprochen und ich geglaubt hatte, er sei ein Schwindler, als ich gesagt hatte, er solle verschwinden, oder ich würde ihm die Fresse polieren? ›Damit würdest du ein bisschen mehr Schwierigkeiten haben als damals, als wir Kinder waren, Brad.‹ Das werden wir sehen, dachte ich. In diesem Augenblick, als ich hörte, wie jemand auf der Straße den Kindern zurief, sie sollten von meiner Veranda wegbleiben, schwor ich mir, dass ich von jetzt an nicht mehr darauf warten würde, dass die Polizei, dass das FBI etwas unternahm, dass ich von nun an nicht mehr hoffen würde, dass etwas geschah.

Ich musste selber dafür sorgen, dass sich etwas bewegte.

10

»Ihre Theorie ist, dass er nur Fakten vertauscht hat?«, fragte Gader.

»Ja.« Ich war so aufgewühlt, dass ich vor seinem Schreibtisch stehen blieb, anstatt mich zu setzen. »Wir wissen, dass Petey gelogen hat.«

»Dant.«

»Aber was, wenn er deshalb so überzeugend wirkte, weil seine Lügen auf Wahrheit beruhten? Er war tatsächlich zeitweise, wie er es behauptet hat, in Butte und Colorado Springs. Er hat nur nicht das getan, was er uns erzählte.«

»Was hat das mit dieser Theorie zu tun, von der Sie…?«

»Sie haben mir gesagt, dass es in West-Virginia keine Ortschaft mit dem Namen Redemption gibt.«

»Richtig.«

»Aber was ist mit dem Rest des Landes? Gibt es vielleicht irgendwo anders einen Ort, der Redemption heißt? Oder was ist mit Orten in West-Virginia, die einen ähnlich religiösen Beiklang haben wie Redemption?«

Gader dachte darüber nach. »Das wäre möglich. Es würde Dants Geschichten, mit denen er die Leute hinters Licht führt, mehr Überzeugungskraft verleihen.«

»Könnten Sie das nachprüfen?«

Gader lehnte sich in seinem Stuhl zurück. Sein ohnehin schmales Gesicht wirkte vor Müdigkeit noch hagerer. »Ich werde es versuchen. Das Büro hat mich mit so viel Arbeit eingedeckt, dass ich keinen Tag ohne Überstunden hier rauskomme.« Er deutete auf einen dicken Stoß Akten auf seinem Schreibtisch. »Aber was würde das schon ändern? Alles, was Dant über seine Vergangenheit gesagt hat, war gelogen und verfolgte die Absicht, Ihr Mitleid zu erwecken.«

»Vielleicht hat er, wie gesagt, nur zur Hälfte gelogen?«

»Dann hilft uns das trotzdem nicht, Ihre Frau und Ihren Sohn zu finden. Wir haben jede Spur verfolgt. Die Sonderermittlungsgruppe wurde aufgelöst. Wir können nur darauf warten, dass Dant irgendwann wieder auftaucht.«

»Petey.« Ich hatte Mühe, die Kontrolle über meine Nerven zu behalten. »Verdammt! Bringt Sie denn überhaupt nichts von dem, was Sie über ihn in Erfahrung bringen, auch nur einen Schritt näher an ihn ran? An seine Verhaltensmuster oder wohin er verschwunden sein könnte?«

»Sicher«, sagte Gader. »Natürlich.« Er stand auf und brachte mich an die Milchglastür seines Büros. »Diese Anstatt-Theorie von Ihnen...«, sagte er ohne Überzeugung. »Nun ja, selbstverständlich... Ich werde einige Recherchen anstellen. Und wenn Ihnen noch irgendwas einfällt, lassen Sie es mich auf jeden Fall wissen.«

11

»Mr. Payne kann Sie jetzt empfangen«, sagte die Sekretärin.

Ich legte die drei Monate alte *Newsweek* zur Seite, die ebenso gut brandneu hätte sein können in Anbetracht dessen, wie wenig ich von dem, was in der Welt vor sich ging, wusste, durchquerte den kleinen Warteraum und trat in ein vergleichsweise geräumiges Büro, obgleich es in meiner eigenen Firma eines der kleineren gewesen wäre.

Es war nüchtern eingerichtet: ein Stuhl, ein Schreibtisch, ein Computer, ein weiterer Stuhl. Und ein Aquarium, in das ein stattlicher Mann mit Brille Fischfutter streute. Sein weißes Haar bildete einen starken Kontrast zu der gesunden Röte seines Gesichts. Sein Sportjackett hing über dem Stuhl. Er trug ein blaues Hemd und darüber gelbe Hosenträger.

»Wie geht es Ihnen, Mr. Denning?«

»Nicht sehr gut, fürchte ich. Sonst wäre ich nicht hier.«

Payne nickte, wobei sein Doppelkinn leicht schwabbelte. »Soviel steht mal fest: Keiner kommt mit guten Neuigkeiten zu mir. Früher hab' ich das alles in mich reingefressen. Und am Ende eines jeden Tages war ich ein nervliches Wrack. Aber dann ist mir das Aquarium im Wartezimmer meines Zahnarztes eingefallen und wie es mich beruhigt hat, bevor ich reinging und mir in den Zähnen rumbohren ließ. Das hier sind nur ganz normale Ziergoldfische. Ich weiß nicht, ob sie meinen Klienten helfen, aber sie tun Wunder für mich. Würden Sie mir glauben, dass ich noch bis vor kurzem ein hektisches Nervenbündel von dreiundsechzig Kilo war? Aber seit ich diese Fische habe, bin ich« – er spreizte die Hände, um auf seine Leibesfülle hinzuweisen – »aufgeblüht.«

Der Anflug eines Lächelns, das um meinen Mund geisterte, überraschte mich.

»Das ist alles reine Kopfsache, Mr. Denning.« Payne stellte die Schachtel mit Fischfutter ab und ließ sich vorsichtig auf den Stuhl hinter seinem Schreibtisch sinken. »Möchten Sie einen Kaffee? Eine Erfrischung?«

Ich schüttelte den Kopf.

Er verschränkte die Finger über seinem stattlichen Bauch und betrachtete mich mit dem mitfühlendsten Blick, den ich je erlebt hatte. »Dann erzählen Sie mir, wie ich Ihnen helfen kann.«

Stockend erklärte ich ihm, was mit Kate und Jason geschehen war.

Payne nickte. »Ich habe in den Zeitungen darüber gelesen und die Berichte im Fernsehen verfolgt. Eine schreckliche Sache.«

»Mein Anwalt sagt, dass Sie der beste Privatdetektiv in Denver sind.«

»Vielleicht kennt er ja nicht so viele Privatdetektive.«

»Er sagt, Sie waren früher beim FBI. Er sagt, Sie haben einen Serienkiller zur Strecke gebracht.«

»Das ist richtig.«

»Er sagt, sie haben vorhergesagt, wo eine landesweit

operierende Bankräuberbande ihren nächsten Überfall ausführen würde.«

»Stimmt.«

»Und *wann* sie zuschlagen würde. Außerdem, sagt er, haben sie den Versuch einer inländischen Terroristengruppe vereitelt, die plante…«

»Und das war nur an den Wochenenden.«

Der Scherz traf mich unvorbereitet und brachte mich aus dem Konzept.

»Ich bitte Sie, Mr. Denning. All diese Schmeicheleien machen mein Gesicht noch röter als es ohnehin schon ist«, meinte Payne. »Ich gehörte zu einem Team. Wir haben alle unseren Teil dazu beigetragen.«

»Mein Anwalt sagt, Sie haben mich als nur Ihren Teil getan.«

»Hat er Ihnen auch erzählt, dass der Preis dafür meine erste Ehe war, von der Kugel in meinem Knie ganz zu schweigen, wegen der ich den Dienst beim FBI quittieren musste? Aber schließlich habe ich mich zu dem weisen Entschluss durchgerungen, damit aufzuhören, zu hohe Erwartungen an mich selber zu haben. Auch Sie sollten keine zu hohen Erwartungen haben, Mr. Denning. Ich bin wirklich ganz gut, aber nur weil ich oft Muster erkenne – Verhaltensmuster oder andere sich wiederholende Muster –, wo andere nichts sehen. Bei einer Sache wie dieser ist es für Ihre emotionale und psychische Gesundheit sehr wichtig, dass Sie nicht mit dem Unmöglichen rechnen.«

Da ich sonst niemanden hatte, den ich um Hilfe bitten konnte, schluckte ich meine Enttäuschung hinunter. »Leuchtet mir ein, ja.«

»Lassen Sie mich Ihnen die Fragen noch einmal stellen: Wie, glauben Sie, kann ich Ihnen helfen?«

»Das FBI und die Polizei haben die Suche aufgegeben.« Ich bemühte mich, meiner Stimme einen festen Klang zu geben. »Es ist jetzt sechs Monate her. Irgendwo habe ich gehört, je mehr Zeit bei Entführungen verstreicht, umso geringer ist die Chance, die vermisste Person wiederzufinden.« Ich hatte Mühe, hinzuzufügen, »Sie lebendig wiederzufinden«.

»Das hängt davon ab. Jeder Fall ist anders. Statistiken sind nur die Summe der Erfahrungen in der Vergangenheit, keine Vorhersage der Zukunft.«

»Mit anderen Worten, Sie sind interessiert? Dann sind Sie genau der Mann, den ich suche. Nennen Sie mir jede Summe, die Sie verlangen. Geld ist mir nicht wichtig.«

»Mir ist Geld ebenfalls nur relativ wichtig. Ich verlange von jedem das gleiche Honorar«, sagte Payne. »Aber was, glauben Sie, kann *ich* tun, was die Polizei und das FBI nicht tun konnten?«

»Die tun im Augenblick überhaupt nichts.«

»Vermutlich, weil es nichts zu tun gibt.«

»Ich weigere mich, das zu glauben.«

»Verständlich.« Payne hob die Hände und spreizte sie. »Aber es muss Ihnen klar sein, das ich für die Ermittlungen weit weniger technische und zahlenmäßige Mittel zur Verfügung habe als das FBI.«

»Natürlich. Aber Sie könnten ein offenes Ohr für neue Ideen haben. Sie könnten… Ich glaube, ich habe nicht deutlich genug ausgedrückt, was ich von Ihnen möchte. Ich will Sie nicht anheuern, damit Sie die Ermittlungen einfach fortsetzen.«

»Oh?« Payne schien irritiert. »Was wollen Sie dann?«

»Ich möchte, dass Sie mir alles Nötige beibringen, damit *ich* die Ermittlungen fortsetzen kann.«

12

»Ich brauche eine Pistole«, sagte ich.

»Was für eine?« Der Mann hinter dem Verkaufstisch hatte einen Bart und einen Pferdeschwanz.

»Die mit der größten Durchschlagskraft und den meisten Kugeln.«

»Patronen«, sagte der Mann.

»Wie bitte?«

»Das heißt nicht Kugeln, sondern Patronen. Die Kugeln, die Geschosse, sind der Teil, der von der Patronenhülse weggesprengt wird und das Ziel trifft.«

»Von mir aus. Die mit den meisten Patronen.«

»Wollen Sie die Waffe nur zum Scheibenschießen oder zur Selbstverteidigung beziehungsweise zur Verteidigung Ihres Heims benutzen? Ich frage deshalb, weil manche Leute glauben, dass eine Schrotflinte die beste Waffe gegen einen Einbrecher ist.«

»Und was ist mit denen da?«

»Den Revolvern? Ein Revolver hat meist nur sechs Patronen oder Schuss. Diese halbautomatischen Pistolen hier fassen mehr. Aber Sie müssen sich entscheiden, welches Kaliber Sie wollen: Neun Millimeter oder eine Fünfundvierziger zum Beispiel.«

»Welche ist größer?«

»Die Fünfundvierziger.«

»Dann nehme ich so eine.«

»Nur damit Sie sich über die Alternativen im Klaren sind: Größer bedeutet nicht immer besser. Die Fünfundvierziger hat sieben Schuss im Magazin und einen im Patronenlager. Aber diese neun Millimeter Halbautomatik hier hat zehn Schuss im Magazin und einen in der Kammer. Eine Menge Durchschlagskraft mit acht Schuss auf der einen, und etwas weniger Dampf, aber dafür elf Schuss auf der anderen Seite.«

»Wie viel Durchschlagskraft weniger?«

»Bei der Neunmillimeter? Ich will mal so sagen: sie erledigt den Job. Der einzige Grund, warum das Magazin in dieser Neunmillimeter nur zehn Schuss fasst, ist der, dass der Kongress Mitte der neunziger Jahre ein Gesetz verabschiedet hat, das die Kapazität von Magazinen für Handfeuerwaffen beschränkt. Aber vor diesem Gesetz...«

»Ja?«

»Am Wochenende ist hier in der Stadt eine Waffenschau. Ich stelle Sie einem Freund vor, der bereit ist, eine Neunmillimeter Beretta aus der Zeit vor diesem Gesetz zu verkaufen, die *fünfzehn* Schuss im Magazin hat und einen in der Kammer.«

»Das ist allerdings eine Menge.«

»Da können Sie drauf wetten. Verstehen Sie mich nicht falsch. Es ist nichts Illegales dabei, die Waffe zu verkaufen. Das Gesetz verbietet nur die Herstellung oder den Import von Magazinen, die mehr als zehn Schuss fassen. Aber weil mein Freund die Waffe gekauft hat, bevor das Gesetz in Kraft trat, ist der Verkauf legal. Dieses Modell kommt nicht sehr oft auf den Markt, und ich nehme an, dass Sie ein bisschen was auf den Listenpreis drauflegen müssen.«

»Klar.«

»Aber danach...« Der Mann verstummte verlegen.

»Was ist danach?«

»Verstehen Sie mich nicht falsch. Aber Sie sind offenbar ein Anfänger auf diesem Gebiet. Damit Sie sich nicht den Fuß abschießen, sollten Sie vielleicht ein paar Stunden Schießunterricht nehmen.«

13

In der Dunkelheit vor meinen Fenstern tobte der erste Schneesturm des Jahres, doch ich achtete kaum darauf, denn ich war zu sehr mit den Internetadressen beschäftigt, die Payne mir gegeben hatte: Websites, sagte er, die das FBI bei der Suche nach unbekannten Ortschaften benutzt. Neben meinem brandneuen Laptop-Computer lagen Wörterbücher und Nachschlagewerke, die mir dabei behilflich sein sollten, Worte zu finden, die eine Ähnlichkeit mit Redemption hatten. Die meisten, die ich fand, waren nicht sehr vielversprechend. Ich konnte mir schwerlich vorstellen, dass jemand auf die Idee kam, eine Ortschaft Atonement zu nennen oder Propitiation, Mediation, Intercession oder Judgement zum Beispiel. Allerdings stellte sich dann heraus, dass es in Utah einen Ort mit dem Namen Judgement gab.

An die Wand rechts von mir hatte ich eine große Karte der Vereinigten Staaten geheftet. Von Zeit zu Zeit stand ich auf und steckte einen mit einem Schildchen versehenen Reißnagel an die Stelle, wo ein Ort lag, dessen Name eine religiöse Bedeutung oder einen solchen Beiklang hatte. Nach einigen Stunden war das ganze Land mit Reißnägeln übersät, doch kein Muster erkennbar. In Montana steckte kein einziger. Allmählich verstand ich, warum Gader nicht näher auf meine Theorie hatte eingehen wollen.

Meine Enttäuschung wuchs, als mir plötzlich klar wurde, wie viele Orte in den USA nach Heiligen benannt waren. Ich steckte noch mehr Reißnägel in die Landkarte. Bald schon hatte ich keine mehr.

14

»Wie schafft man sich eine falsche Identität?« Payne dachte über meine Frage nach, während er Fischfutter in das Aquarium klopfte. Sein Stuhl knarrte bedenklich, als er sein Gewicht darauf niedersinken ließ. »Früher machte man das so, dass man sich als Erstes eine Stadt aussuchte, in der man nie gelebt hatte.«

»Warum?«

»Um zu verhindern, dass die wirkliche Identität und die angenommene Identität einander ins Gehege kommen. Wenn Sie zum Beispiel in Cleveland aufgewachsen sind, sollten Sie vermeiden, dass die fiktive Person, die Sie erschaffen, ebenfalls von dort stammt. Sonst könnte es passieren, dass jemand, der Recherchen über Ihre neue Identität anstellt, dort hinfährt, Ihr Foto herumzeigt und jemanden trifft, der sich an Sie unter Ihrem richtigen Namen erinnert.«

Ich nickte.

»Deshalb fahren Sie besser in einen anderen Teil des Landes. Aber vermeiden Sie kleine Ortschaften, in denen jeder jeden kennt und sofort weiß, ob jemand, der wie Sie aussieht, tatsächlich aus dem Ort stammt. Suchen Sie sich eine Stadt aus; dort verändern sich die Dinge schneller, und die Erinnerung der Leute reicht nicht so lange zurück. Sagen wir, Sie haben sich für Los Angeles oder für Seattle entschieden. Dort gehen Sie in eine öffentliche Bibliothek und lesen die Ausgaben der Zeitungen aus den Jahren nach Ihrer Geburt. Wonach Sie suchen, sind Unglücke – Autounfälle, Brandkatastrophen und ähnliches –, bei denen ganze Familien ums Leben kamen. Das ist wichtig, weil Sie nicht wollen, dass jemand überlebt hat, der Ihrer Geschichte widersprechen kann. Sehen

Sie sich die Todesanzeigen der Opfer genau an. In ihrem Fall suchen Sie nach einem Jungen weißer Hautfarbe, der heute genauso alt wäre sie Sie.«

»Und dann?«

»Nehmen wir mal an, das Unfallopfer, dessen Identität Sie annehmen wollen, hieß Robert Keegan. Aus seiner Todesanzeige geht vermutlich hervor, wo er geboren wurde. Jetzt schreiben Sie an das Standesamt der betreffenden Stadt und verlangen eine Kopie seiner Geburtsurkunde. Das ist nichts Besonderes. Die Leute verlieren ständig ihre Geburtsurkunden. Die Standesämter sind an solche Ansuchen gewöhnt.«

»Aber...« Ich runzelte skeptisch die Stirn. »Wenn Robert Keegan gestorben ist, dann wird das doch sicher auf seiner Geburtsurkunde registriert – irgendein Vermerk darüber oder was in der Art?«

»Nicht in den Tagen, als es noch keine Computer gab«, sagte Payne. »In dem Jahr, in dem Sie geboren wurden, waren die Datenarchive noch nicht miteinander vernetzt. Das Amt würde Ihnen ohne große Bedenken eine Kopie von Robert Keegans Geburtsurkunde zuschicken. Jetzt warten Sie eine Weile, damit eine weitere Anfrage wegen Robert Keegan nicht auffällt. Dann kontaktieren Sie das Einwohnermeldeamt und lassen sich eine Kopie von Robert Keegans Sterbeurkunde schicken. Der Grund, warum ich vorhin Los Angeles und Seattle erwähnt habe, ist der, dass auf den Sterbeurkunden der Staaten Kalifornien und Washington auch die Sozialversicherungsnummern stehen. Mit Robert Keegans Geburtsurkunde und seiner Sozialversicherungsnummer können Sie einen Führerschein, einen Pass und jedes andere wichtige Ausweisdokument bekommen, das Sie brauchen. Sie können mit dem neuen Namen einen Job kriegen, ein Bankkonto eröffnen und zahlen Steuern. Auf einen Nenner gebracht: Sie nehmen seine Identität an.« Payne fixierte mich mit einem langen Blick. »Aber wir reden hier nicht über Sie.«

»Nein. Wir reden über meinen Bruder. Falls Lester Dant gestorben wäre, hätte Petey dann seine Identität annehmen können, so wie Sie es eben beschrieben haben?«

Payne hielt den Blick forschend auf mich gerichtet. »Bevor Ihr Bruder das erste Mal als Lester Dant verhaftet, fotografiert und seine Fingerabdrücke genommen wurden? Theoretisch ja.«

»Dann bin ich nicht verrückt.« Ich atmete erleichtert auf. »Petey und Dant könnten dieselbe Person sein. Dant könnte ein falscher Name sein, den Petey angenommen hat.«

»Aber so war es nicht«, sagte Payne.

»Was?«

»Ihr Bruder hat nicht Lester Dants Identität angenommen.«

»Wie können Sie sich da so verdammt sicher sein?«

»Weil ich heute Morgen Gader einen Besuch abgestattet habe. Wir kennen uns seit der Zeit, als ich noch beim FBI war. Um der alten Zeiten willen habe ich ihn gebeten, mich einen Blick in Dants Akte werfen zu lassen.«

Ich wusste, worauf Payne hinaus wollte, und fühlte, wie sich alles in mir dagegen sträubte.

»Die Akte war sehr aufschlussreich«, erklärte Payne. »Sie waren so überzeugt davon, dass Ihr Bruder und Dant ein und dieselbe Person sind, dass Gader Dants Vergangenheit und familiären Hintergrund zweifach überprüfte. Zum einen existiert nirgendwo eine Sterbeurkunde, und zum anderen hat Dant erst als Teenager eine Sozialversicherungsnummer beantragt. Außerdem stimmt die Unterschrift auf dem Antrag mit der überein, die Dant bei seinen verschiedenen Verhaftungen leisten musste. Dant und Ihr Bruder sind zwei verschiedene Menschen.«

»*Nein.*«

»Es ist die Wahrheit«, sagte Payne.

»Das bedeutet, meine Frau und mein Sohn sind tot!«

»Nicht notwendigerweise. Ohne einen Beweis des Gegenteils gibt es immer Grund zur Hoffnung.«

»Solange ihre Leichen nicht gefunden werden, meinen Sie.«

Eine geraume Weile antwortete Payne nichts darauf, dann murmelte er: »Tut mir Leid, Mr. Denning.«

Ich starrte das Aquarium an. »Sie haben nicht den Ausdruck in Peteys Augen gesehen, als er mir die Geschichte mit dem Goldfisch erzählte, den er und ich im Garten vergraben hatten und den die Katze des Nachbarn wieder ausgrub. Er erzählte das nicht wie jemand, der sich an etwas erinnert, das er gehört hat. Seine Augen hatten die Klarheit und das Strahlen einer Person, die dabei gewesen ist. *Es war Petey, der mir das erzählt hat.*«

»Vielleicht. Aber ich kann mir beim besten Willen nicht vorstellen, wie Sie das beweisen wollen.«

»Ich werde es beweisen.« Ich stand auf. »Glauben Sie mir, irgendwie werde ich es beweisen.«

»Bevor Sie gehen, wollte ich Sie noch was fragen.«

Ich blieb unter der Tür stehen und sah über die Schulter zu ihm zurück.

»Seit den Jahren beim FBI ist meine Nase sehr empfindlich für den Geruch von Kordit. Ich habe diesen Geruch an meiner rechten Hand, seit wir uns die Hand gegeben haben, als Sie kamen. Haben Sie in letzter Zeit des öfteren eine Waffe abgefeuert, Mr. Denning?«

15

»Fertig zum Feuern!«, bellte die Lehrerin. Wir richteten uns auf und spannten die Muskeln.

»Achtung nach rechts!«

Wir blickten prüfend in diese Richtung.

»Achtung nach links!«

Durch unsere Schießbrillen spähten wir auch in diese Richtung, um uns zu vergewissern, dass niemand irgendetwas Unvorsichtiges tat.

»*Eins*«, bellte die Lehrerin, »die Hand an die gehalfterte Waffe! *Zwei*: Zieht und zielt aus der Hüfte! *Drei*: Waffe heben und zielen! *Vier*: Feuer!«

Acht Schüsse peitschten fast gleichzeitig durch die lange, schmale Schießanlage. Sie hallten von den Betonwänden wider, doch durch den Gehörschutz, den ich trug, klang das Krachen der Schüsse seltsam fern.

Obwohl die Lehrerin direkt hinter mir stand, klang auch ihre Stimme gedämpft. »Sichert nach rechts von der Scheibe! Und jetzt nach links sichern!«

Wir taten, was sie verlangte, jedoch ohne zu feuern, denn beim Sichern ging es lediglich darum, nach anderen möglichen Zielen Ausschau zu halten, die, wie sie uns eingeschärft hatte, jederzeit auftauchen könnten.

»Waffen sichern! Und halftern!«

Wie ein Mann befolgten wir alle acht die Befehlssequenz und nahmen dann die Hände von den Griffen.

Stille senkte sich über die Schießanlage.

»Nicht schlecht«, sagte die Lehrerin. »Und jetzt wollen wir nachsehen, ob jemand irgendwas getroffen hat.«

Jeder von uns stand in einem engen Verschlag, vor sich eine Ablage für Munition und Reservemagazine. Ein

Knopf links setzte einen Seilzug in Bewegung, der die Zielscheiben heranbrachte.

Die Lehrerin ging von Kabine zu Kabine und studierte die Ergebnisse. »Schön. Niemand hat ins Schwarze getroffen, aber das erwarte ich zu diesem Zeitpunkt auch nicht. Wenigstens hat keiner die Zielscheibe ganz verfehlt. Denning, Sie waren am nächsten dran, aber der Treffpunkt liegt noch immer ein bisschen zu hoch und zu weit nach links. Üben Sie zu Hause mit Trockentraining. Achten Sie darauf, dass Sie Ihr Handgelenk nicht verwinkeln, wenn Sie den Abzug drücken.«

Sie korrigierte auch die anderen Teilnehmer des Schießtrainings. Wir klebten Schusslochpflaster über die Löcher in unseren Zielscheiben, drückten den Knopf, der die Zielscheiben wieder zum anderen Ende der Schießanlage zurückbeförderte, und spannten die Muskeln, als sie rief: »Fertig zum Feuern!«

16

Ich ging jeden Tag in ein Fitness-Center. Eigentlich war ich nie in besonders guter körperlicher Verfassung gewesen, aber seit Petey Kate und Jason entführt hatte, war ich auseinander gegangen wie ein Hefekloß. Fertiggerichte und Hamburger in Verbindung mit zu viel Alkohol und zu wenig Bewegung hatten eine Gewichtszunahme von zwanzig Pfund verursacht. Aber damit war jetzt Schluss. Ich engagierte einen persönlichen Trainer. Obwohl ich wusste, dass ich es langsam angehen lassen musste, machte mir meine Ungeduld zu schaffen. Ich steigerte mein Pensum sehr bald von täglich dreißig Minuten an den Maschinen auf sechzig Minuten. Außerdem fing ich an zu joggen; zuerst auf dem Laufband im Fitness-Center, dann draußen in der Kälte. Eine Meile. Zwei. Fünf. Ich verlor das Gewicht, das ich zugenommen hatte. Aus Fett wurden Muskeln.

Ich ging in Selbstverteidigungskurse. Winkel. Kraft. Masse. Die Sprache der Architekten. Bald hörte ich ganz damit auf, so zu tun, als würde ich arbeiten. Soweit es mich betraf, hatte ich nur einen Job, nur eine Aufgabe und löste deshalb meine Firma auf und zahlte allen meinen Angestellten eine großzügige Abfindung. Wenn ich mich nicht beim Schießtraining oder im Fitness-Center auf diese Aufgabe vorbereitete, verbrachte ich meine Zeit vor allem mit der Suche im Internet, wobei ich weitere Web-Adressen nutzte, die Payne mir genannt hatte.

Früher, als mein Leben noch einen normalen Verlauf genommen hatte, war ich immer viel zu beschäftigt gewesen, das Internet näher zu erforschen. Jetzt war ich erstaunt, welch ungeheuere Mengen an Informationen diese Quelle bot, vorausgesetzt, man wusste, wo man zu suchen hatte. Dank Payne wusste ich es. Ich fand sogar amtliche Informationen über Lester Dants Geburt, die exakt damit übereinstimmten, was das FBI behauptet hatte: Er war definitiv ein Jahr früher als Petey am 24. April in Brockton, Indiana, zur Welt gekommen. Ich durchforschte die Datenbanken sämtlicher Bundesstaaten der Union, konnte jedoch nirgendwo irgendwelche Hinweise auf Lester Dants Tod finden. Ohne den Beweis, dass Petey die Identität Dants angenommen hatte, nahm ich widerstrebend die Theorie des FBI, das Dant Peteys Identität angenommen hatte, näher unter die Lupe, doch so weit ich meine Suche auch ausdehnte, ich konnte nirgends den Beweis finden, dass Petey gestorben war, und falls, ob ihn jemand umgebracht hatte.

Thanksgiving (der Name des Feiertags hinterließ einen bitteren Geschmack in meinem Mund) ging vorüber. Kates Eltern hatten mich eingeladen, den Tag mit ihnen zu verbringen. Ich hatte dankend abgelehnt, weil ich nicht in Stimmung für menschliche Gesellschaft war. Doch dann hatte ich daran denken müssen, dass sie sicherlich ebenso verzweifelt waren wie ich und dass wir ebenso gut versuchen konnten, gemeinsam Trost zu suchen. Wir tranken etwas Wein und sahen uns dann zu dritt in der Küche ein Football-Spiel an, während wir zusammen das Essen zubereiteten, doch bei mir wollte sich einfach keine Feiertagsstimmung einfinden, weil ich mir ständig Sorgen machte, die Polizei von Denver oder Gader oder Payne könnten die Telefonnummer verlegt haben, die ich ihnen gegeben hatte für den Fall, dass Kate und Jason gefunden wurden, während ich nicht zu Hause war.

Weihnachten kamen Kates Eltern auf Besuch zu mir. Doch als ich Kates Vater sah, wünschte ich mir, ich hätte den beiden die Anstrengung erspart und wäre zu ihnen gefahren. Ich hatte Mühe, meine Bestürzung darüber zu verbergen, wie sehr dieser einst groß gewachsene, stattliche Mann in den letzten Monaten unter der Last seines Kummers und seiner zunehmenden Herzprobleme in sich zusammengesunken war. So sehr wir uns auch um eine festliche Stimmung bemühten, immer wieder wurden wir an frühere, glücklichere Weihnachten erinnert, wie zum Beispiel jenes, als Kate und ich noch auf dem College waren und ›miteinander gingen‹; an jene Zeit, als ich langsam kapierte, dass ich ganz gut im Rennen lag, weil sie mich einlud, Weihnachten mit ihr und ihren Eltern zu verbringen.

Von den vielen schwierigen Situationen und Dingen, die die Feiertage mit sich brachten, fiel mir das Besorgen und Schmücken des Baums besonders schwer, denn das hatten

Kate, Jason und ich immer gemeinsam gemacht. Es war stets ein wichtiges Familienereignis gewesen. Sobald der Baum nach Hause geschafft war, hatten wir sogleich damit begonnen, ihn zu schmücken, was oft bis spät in den Abend hinein gedauert hatte. Diesmal ließ jeder Stern, jede Kugel, die ich an den Baum hängte, meinen Verlust nur umso schwerer wiegen. Sonst hatten immer eine Menge Geschenke unter dem Baum gelegen, doch in diesem Jahr hatten Kates Eltern und ich ausgemacht, uns nichts zu schenken. Es gab nur eines, das wir uns wünschten, und das konnte man nicht unter den Weihnachtsbaum legen. Wie immer machte Kates Mutter Eierflip. Er schmeckte genauso gut wie in jedem Jahr, doch ich brachte kaum einen Löffel hinunter. Ein paar Tage darauf fuhren sie wieder nach Durango zurück. Kates Vater fühlte sich so elend, dass meine Schwiegermutter fahren musste.

Phil Barrow lud mich zu ihrer Sylvesterparty ein. Ich tat mein Bestes, ihnen nicht die Laune zu verderben, aber für mich war der Feiertag wie ein dunkler Sog, und so ging ich schon eine Stunde vor dem Countdown um Mitternacht nach Hause. So sehr ich mich auch bemühte, ich konnte mich nicht mehr daran erinnern, wie die Stimmen von Kate und Jason klangen.

Der Frühling kam.

Mai.

Juni.

Sie waren jetzt seit einem Jahr verschwunden.

17

»Ich verlasse die Stadt«, erklärte ich Payne.

»Ja. Manchmal ist es eine gute Idee, ein wenig Abstand von schlimmen Erinnerungen zu gewinnen«, sagte er.

»Ich habe gehofft, es würde Ihnen nichts ausmachen, wenn ich meine Post an Ihre Adresse schicken lasse.«

»Klar können Sie das«, sagte Payne. »Kein Problem.«

»Außerdem habe ich die Polizei und das FBI gebeten, Sie zu benachrichtigen, falls sie irgendwas Neues herausfinden.«

Payne nickte. »Ich rufe Sie an, sobald ich irgendetwas höre. Geben Sie mir die Nummer, unter der Sie zu erreichen sind und ...«

»Im Augenblick ist das ein wenig unsicher. Ich werde *Sie* anrufen müssen.«

»Sie wissen noch nicht, wohin Sie gehen?«

»Nicht genau.«

»Aber man kann doch nicht einfach in ein Flugzeug steigen, ohne irgendwo ein Zimmer gebucht zu haben.«

»Ich steige in kein Flugzeug. Ich dachte, ich setze mich einfach in meinen Wagen und fahre los. Sehe mir das Land an. Fahre dorthin, wohin mich die Straße führt.«

Paynes Augen wurden schmal. »Wen wollen Sie hier zum Narren halten?«

»Ich verstehe nicht, was Sie meinen.«

»Sie fahren dorthin, wohin Sie die Straße führt? Erzählen Sie mir keine Märchen. Sie haben was vor. Was ist es?«

»Ich hab' es Ihnen doch schon gesagt. Ich muss hier weg.«

»Sie machen mir Sorgen.«

Ich vermied seinen Blick und betrachtete das Aquarium.

»Erzählen Sie mir nicht, Sie fahren einfach in der Weltgeschichte herum und versuchen, ihn zu finden«, sagte Payne.

Ich hielt den Blick auf das Aquarium gerichtet.

»Wie, zum Teufel, wollen Sie das anstellen?«, fragte Payne. »Das ist völlig unmöglich. Sie haben nicht die geringste Chance.«

Schließlich erwiderte ich seinen Blick. »Sonst habe ich schon alles getan, was mir einfällt.«

»Ohne irgendeine Spur, einen Anhaltspunkt? Sie werden immer nur unterwegs sein? Ziellos umherfahren, wohin die Straße Sie führt?«

»Aber ich habe Anhaltspunkte«, beharrte ich.

Payne beugte seinen massigen Körper vor. »Welche denn?«

»Das ist schwer zu erklären.«

»Versuchen Sie's.«

»Petey wollte meinen Platz einnehmen.«

»Und?« Payne blinzelte verdutzt.

»Jetzt mache ich es umgekehrt: Ich nehme seinen Platz ein.«

»Was?«

»Ich werde versuchen, wie er zu sein. Ich werde wie er denken. Ich werde er werden.«

»Großer Gott«, flüsterte Payne.

»Schließlich sind wir Brüder.«

»Mr. Denning…«

»Ja?«

»Sie tun mir aufrichtig Leid. Gott steh Ihnen bei.«

DRITTER
TEIL

1

Ich werde sein wie Petey? Denken wie er? Es war die schiere Verzweiflung, ja, aber was sollte ich sonst tun? Wenigstens würde ich *etwas* tun. Und das würde mich davor bewahren, verrückt zu werden.

Ich fuhr zu der Straße, auf der Petey mich vor meinem Büro zum ersten Mal angesprochen hatte – beziehungsweise vor dem Haus, in dem einmal mein Büro gewesen war. Es war kurz nach zwei am Nachmittag, wie damals, vor genau einem Jahr. Petey hatte hinter mir meinen Namen gerufen, was bedeutete, dass er links von der Drehtür des Gebäudes gewartet hatte. Ich ging zu einer großen Blumenschale aus Beton, gegen die er sich, wie ich mir vorstellte, wahrscheinlich mit der Hüfte gelehnt hatte, während er wartete. Während ich die Eingangstür betrachtete, gab ich mir Mühe, mich an seine Stelle zu versetzen. Warum war er nicht in mein Büro gegangen? Und als ich dort stand, gegen die Betonschale gelehnt und mich unsichtbar fühlend für die vorbeihastenden Menschen, begriff ich, warum er es so und nicht anders gemacht hatte. In meinem Büro wäre er unter *meiner* Kontrolle gewesen, während hier draußen auf der Straße, vor allem wenn er von hinten meinen Namen rief, *er selbst* die Kontrolle über die Situation behielt.

Ich rief mir unser erstes Gespräch in Erinnerung zurück, diesmal aus seiner Perspektive; wie er mir Dinge erzählte, die nur mein Bruder wissen konnte, wie er mein wachsendes Staunen registrierte und mich langsam aber sicher überzeugte. Ich ging in den Delikatessladen auf der anderen Straßenseite, in dem wir unser Gespräch fortgesetzt hatten, und setzte mich auf den Platz, an dem er gesessen hatte. Dabei stellte ich mir vor, wie er mich mit seinen Augen gesehen hatte, während er mit jedem Wort und jedem Blick nur die eine Strategie verfolgte, mich davon zu überzeugen, dass der seit langem vermisste Bruder zurückgekehrt war.

Anschließend fuhr ich wieder nach Hause zurück und tat so, als sei ich er – der verloren gegangene Bruder, der in mein Haus kam, sich umsah und all meine Besitztümer erblickte, all die Dinge, die er nie besessen hatte. War an diesem Punkt der Plan in seinem Kopf entstanden? *Ich verdiene dies alles, nicht du*!, hatte er gedacht. Und während er diesen oder jenen Gegenstand in die Hand nahm, hatte es ihm sicherlich große Mühe bereitet, seinen Zorn zu verbergen. *Du hast mein Leben ruiniert, und dafür hast du all das bekommen, du Bastard.*

Der Anblick von Kate war sicherlich leichter zu ertragen gewesen: ihre langen Beine, ihre einladenden Hüften. Aber was war mit Jason? Was hatte Petey im Hinblick auf ihn wirklich empfunden? Er war für ihn sicherlich ein verdammtes Ärgernis gewesen, ein Klotz am Bein. Peteys Vergangenheit ließ keinen Raum für väterliche Instinkte. Doch Jason war ein Teil dessen, was Petey besitzen würde, wenn ich sein Leben nicht dadurch zerstört hätte, dass ich ihn von dem Baseballspiel nach Hause schickte. Jason gehörte zu dem ganzen Paket dazu – zu der attraktiven Frau und dem großen Haus, also wollte Petey ihn auch. Petey wollte *alles*, was ich hatte.

Ich erinnerte mich an das erste Abendessen, zu dem wir Petey eingeladen hatten, und daran, wie ausgesucht höflich und nett er gewesen war. Sogar beim Geschirrspülen hatte er geholfen. Später hatte er mit Jason im Garten Baseball gespielt. Er musste jede Sekunde davon gehasst haben. So wie er es auch gehasst hatte, so zu tun, als würde er sich gern an unsere Kindheit erinnern, wie sie war, bevor ich sein Leben zerstört hatte. Aber der schlimmste Augenblick war für ihn sicherlich der gewesen, als ich ihm den Baseball-Handschuh brachte, den er fallen gelassen hatte, als der Mann und die Frau ihn entführten. Er hätte mir den Handschuh sicherlich am liebsten in den Hals gerammt.

Ich ging in Peteys Zimmer, legte mich auf sein Bett, starrte zur Decke empor und bemerkte gleich darauf, dass ich den Baseball-Handschuh aufgehoben hatte und mit der Faust wieder und wieder in den Handschuh schlug. Er hatte gewiss eine Zigarette rauchen wollen, doch er hatte seinen Plan nicht dadurch zunichte machen wollen, dass er hier im Haus eine Zigarette qualmte und damit Kate verärgerte. Deshalb war er nach unten geschlichen und durch die Hintertür aus der Küche in den vom Mondlicht durchfluteten Garten gegangen, wo er sich wütend in einen Liegestuhl geworfen und sich eine Zigarette angesteckt hatte. Ich erinnerte mich wieder daran, dass ich ihn von unserem Schlafzimmerfenster aus dort unten hatte sitzen sehen und stellte mir vor, wie er so tat, als würde er mein Gesicht nicht hinter der Scheibe sehen. Wieder versuchte ich, mich in ihn hineinzuversetzen. Was machst du dort oben?, hatte er sicherlich gedacht. Deine Alte vögeln, nicht wahr, Bruderherz? Genieße es, solange du kannst. Bald bin ich an der Reihe.

2 Am nächsten Morgen ging ich in den Friseurladen, in den ich ihn geschleppt hatte, setzte mich in den Stuhl, fühlte, wie die Schere über meine Kopfhaut glitt und stellte mir vor, wie die Beleidigung an ihm genagt hatte, weil ich offenbar dachte, er sehe aus wie ein Landstreicher und müsse durch meine Gnaden erst präsentabel gemacht werden. Dann ging ich in den Laden, in dem ich ihm neue Klamotten gekauft hatte. Dann in das Schuhgeschäft. Dann zum Zahnarzt, bei dem ich ihn wegen seines abgeschlagenen Zahns in Verlegenheit gebracht und seine Überzeugung noch verstärkt hatte, ich sei der Ansicht, er sehe wie ein Vagabund aus.

Die Sprechstundenhilfe sah überrascht auf, als ich die Praxis des Zahnarztes betrat. »Wir haben heute nicht mit Ihnen gerechnet, Mr. Denning. Wir wollten eben über Mittag zumachen. Ist das ein Notfall?«

»Nein.« Irritiert stellte ich fest, dass ich beinahe selber geglaubt hätte, ich könnte das, was vor einem Jahr gewesen war, wahrhaftig und tatsächlich noch einmal wiederholen. »Entschuldigen Sie. Ich muss meine Termine durcheinander gebracht haben. Tut mir Leid, wenn ich Sie gestört habe.«

Als ich die Hand bereits nach dem Türknauf ausstreckte, fiel mir wieder ein, dass ich hier draußen neben dem Empfang gewartet hatte, während Petey sich seine Zähne säubern und den abgeschlagenen Zahn richten ließ. Ich versuchte, mich an Peteys Stelle zu versetzen; mir vorzustellen, wie er erbittert und wütend im Behandlungsstuhl gesessen hatte. Weil er seit Jahren keinen Zahnarzt aufgesucht hatte, war er sicherlich nervös und verspannt gewesen, als sich der Zahnarzt über ihn gebeugt hatte und…

»Da fällt mir ein, dass Sie mir vielleicht doch helfen können.« Ich nahm die Hand vom Türknauf und ging an das Pult zurück, hinter dem die Sprechstundenhilfe saß.

Sie blickte mich fragend an.

»Vor etwa einem Jahr war ich mit meinem Bruder hier.« Mein Herz hämmerte laut von dem Schock, den mir die Idee versetzt hatte, die mir soeben durch den Kopf geschossen war.

»Ja. Ich erinnere mich. Es tut mir furchtbar Leid, was mit Ihrer Frau und Ihrem Sohn passiert ist.«

»Danke. Es war eine sehr schwere Zeit.« Ich bemühte mich, meiner Stimme einen festen Klang zu geben und meine Gefühle im Zaum zu halten. »Ich habe mich soeben gefragt…« Jetzt hielt ich den Atem an. »Wissen Sie zufällig, ob damals von den Zähnen meines Bruders irgendwelche Röntgenaufnahmen gemacht wurden?«

3 »Hier!«, sagte ich zu Gader. »Das ist der Beweis!« Der blass und düster wirkende Mann blickte mit gerunzelter Stirn auf das hinab, was ich auf seinen Schreibtisch gelegt hatte. »Der Beweis wofür?«

»Dass mein Bruder und Lester Dant ein und dieselbe Person sind.«

»Versuchen Sie noch immer…?«

»Ein paar Tage bevor mein Bruder meine Frau und meinen Sohn entführt hat, wurden von seinen Zähnen Röntgenaufnahmen gemacht. Als wir Kinder waren, haben unsere Eltern sehr darauf geachtet, dass Petey und ich regelmäßig zum Zahnarzt gingen und unsere Zähne anschauen ließen. Zeigen Sie diese Röntgenaufnahmen hier dem Zahnarzt, bei dem unsere Familie zu Hause in Ohio in Behandlung war. Er soll sie mit den Röntgenbildern in seinem Archiv vergleichen. Das wird's beweisen, dass es die Zähne ein und derselben Person sind.«

»Aber man kann die Zähne eines Neunjährigen nicht mit den Zähnen eines Mannes vergleichen, der Mitte Dreißig ist«, wandte Gader ein.

»Weil er zu der Zeit, als er verschwunden ist, noch nicht alle seine bleibenden Zähne hatte? Nein. Mein Zahnarzt sagt, dass mein Bruder in dem Alter zumindest schon *ein paar* seiner bleibenden Zähne gehabt haben muss, und selbst wenn sie sich im Laufe der Jahre stark verändert hätten, weil sie massiv behandelt wurden, hätten die Wurzeln dieselbe Form und Struktur behalten. Es wäre für Sie doch kein großer Aufwand, die Sache zu überprüfen, oder?«

Gader legte den dicken Aktenordner, in dem er gelesen hatte, auf seinen Schreibtisch zurück. »Na schön«, knurrte er gereizt. »Um die Geschichte ein für alle Mal zu beenden. Wie hieß der Zahnarzt, bei dem Ihre Familie in Ohio in Behandlung war?«

»Ich... ich kann mich nicht erinnern.«

Er wirkte jetzt noch eine Spur gereizter.

»Aber Woodford ist keine große Stadt«, sagte ich. »Es gab nicht viele Zahnärzte, also dürfte es nicht schwer sein, den Arzt zu finden, bei dem wir waren.«

»Vorausgesetzt, er praktiziert noch. Vorausgesetzt, er hat die Unterlagen so lange aufbewahrt.« Gaders Telefon klingelte. Während er nach dem Hörer griff, sagte er zu mir: »Ich melde mich bei Ihnen.«

»Wann?«

»Nächste Woche.«

»Aber das ist zu spät für mich.«
Er hörte mich nicht. Er telefonierte bereits.

4

Am Samstagmorgen stand ich aus Peteys Bett auf, packte die Campingsachen in den Expedition und ein paar Sandwiches in eine Kühlbox. So weit wie möglich machte ich alles genau so wie vor einem Jahr, und um Punkt neun, exakt zur selben Zeit wie im Jahr davor, bog ich auf die Interstate in Richtung Berge. Auf den Gipfeln lag noch immer Schnee, genau wie im vergangenen Juni. Ich ignorierte ihre Schönheit, wie Petey es sicherlich getan hatte, und versuchte, mich an die Einzelheiten unseres Gesprächs zu erinnern. Ich wand mich unbehaglich auf dem Sitz, als ich ein sich wiederholendes Muster entdeckte, das mir damals nicht aufgefallen war: Jedes Mal, wenn Jason ›Dad‹ gesagt und mich etwas gefragt hatte, war Petey mir mit einer Antwort zuvorgekommen. Er hatte bereits dafür geübt, meinen Platz einzunehmen und ›Dad‹ genannt zu werden.

Als ich nach Norden in den Arapaho-Nationalpark abbog, stellte ich mir vor, wie viel Mühe es ihm bereitet haben musste, seine Vorfreude zu verbergen. Ich erreichte den See und parkte den Wagen an derselben Stelle wie vor einem Jahr. Aufmerksam betrachtete ich den Fleck Gras, wo Petey, Jason und ich unser Zelt aufgeschlagen hatten. Dann wanderte ich um den See herum zu dem Fluss, der in den See mündete, und erklomm den bewaldeten Abhang zur Schlucht, aus der der tosende Fluss schäumte. Ständig musste ich daran denken, dass er die ganze Zeit nach einer Stelle Ausschau gehalten hatte, wo er mich unauffällig beseitigen und es wie einen Unfall aussehen lassen konnte.

Ich kletterte über den mit losem Gesteinsschotter übersäten Hang zu der flachen Felsplatte über der Schlucht empor. Ich fühlte Peteys Erregung, als Jason hinter den Felsen ging, um zu pinkeln. Jetzt! Brad kehrt mir den Rücken zu.

»Dad!«

Nein! Der Junge kommt viel zu früh zurück.

Ich konnte meinen Schwung nicht mehr bremsen und stieß meinen gottverdammten Bruder in die Schlucht. Dann wirbelte ich zu dem Jungen herum, dessen Gesicht starr vor Entsetzen war.

Die erschreckend lebendige Vision von Jasons Angst vor meinem inneren Auge brachte mich mit einem Schock in die Gegenwart zurück. Jäh erwachte ich aus Peteys Gedankenwelt. Mir war plötzlich übel von der Dunkelheit und Leere, die es mit sich brachte, so zu tun, als sei ich er. Trotz des kalten Winds war ich schweißgebadet. Als ich über loses Gestein zu dem Pfad am Fuß des steilen Hangs hinabkletterte, fragte ich mich, wie Petey den Abstieg mit einem verängstigten, sich wehrenden Jungen, auf den er achten musste, geschafft haben konnte, ohne zu stürzen. Dann wurde mir klar, dass es nur eine Möglichkeit gab, das zu bewerkstelligen. Bei dem Gedanken wurde mir ganz übel, denn ich konnte mir vorstellen, wie schwer es gewesen war, einen bewusstlosen Jungen über die Steine und durch die Bäume zum Expedition zurückzutragen.

Da der Wagen keinen Kofferraum besaß, war Jason von Petey gefesselt und geknebelt worden; dann hatte er ihn vermutlich auf den Boden vor den Rücksitzen gelegt und mit dem Zelt zugedeckt. Genau wie Petey fuhr ich sehr vorsichtig über die Pässe und achtete darauf, die Geschwindigkeitsbegrenzungen nicht zu überschreiten, um nicht von einer Verkehrsstreife gestoppt zu werden, die sich verwundert gefragt hätte, was die erstickten Laute unter dem Zelt bedeuteten.

Als ich wieder zu Hause ankam, fuhr ich direkt in die Garage und drückte den Knopf auf der Fernbedienung. Mit einem Rumpeln glitt das Garagentor herab. Als ich aus dem Wagen stieg, stellte ich mir vor, wie Kate aus der Küche in die Garage kam. Sie war eben erst von dem ganztätigen Seminar zurück, das sie gehalten hatte. Das hübsche graue Kostüm, das sie getragen hatte, als sie am Morgen aus dem Haus gegangen war, ließ ihr langes blondes Haar noch heller erscheinen, als es war.

»Wieso seid ihr schon so bald zurück?« Sie zog irritiert die Stirn kraus. »Wo sind Brad und Jason?«

»Wir hatten einen Unfall.«

»*Einen Unfall?*«

Er hatte sie überwältigt, sie gefesselt und geknebelt, war ins Haus gegangen, wo er die Autoschlüssel fand, und hatte sie und Jason in den Kofferraum des Volvo gesperrt. Der Wagen hatte eine herabklappbare Rücksitzlehne, damit man im Kofferraum auch lange Gegenstände, wie zum Beispiel Skier, verstauen konnte. Wahrscheinlich hatte er die Lehne ein Stück weit vorgeklappt, damit Luft in den Kofferraum gelangte, und den Rücksitz mit den Dingen, die er im Haus gestohlen hatte, voll geladen, um zu verhindern, dass die Lehne ganz aufklappte und sich Kate und Jason eine Möglichkeit zur Flucht bot. Eilig hatte er ein paar Koffer vollgepfropft, wobei er nicht vergaß, auch einige meiner Klamotten einzupacken. Schließlich war er im Begriff, meine Stelle einzunehmen, weshalb sollte er dann nicht auch aussehen wie ich?

Kurz nach sechs Uhr nachmittags fuhr ich – genau wie Petey vor einem Jahr – aus der Garageneinfahrt. Um 6 Uhr 21 holte ich – genau wie Petey – mit gesenktem Kopf Geld aus demselben Geldautomaten, den auch er benutzt hatte. Doch als ich bereits im Begriff war, Denver auf der Interstate 25 in nördlicher Richtung zu verlassen, kam mir in den Sinn, dass der Volvo mit all den Sachen, die Petey aus meinem Haus gestohlen hatte, wie der Wagen eines motorisierten Gebrauchtwarenhändlers ausgesehen haben musste. Aus Angst, dies könnte möglicherweise das Misstrauen eines Polizisten wecken, wäre Petey sicherlich nicht das Risiko eingegangen, mit den vielen Sachen im Wagen auf die Interstate zu fahren. Er hätte alles so schnell wie irgend möglich verkauft. Aber er kannte sich in Denver nicht aus. Wann hätte er Zeit gehabt, einen Hehler zu suchen, der ihm alles abnahm? Ich dachte über die Tage vor dem Ausflug nach und erinnerte mich wieder, dass sich Petey nach dem Besuch beim Zahnarzt eine Weile allein in den Park hatte setzen wollen, um ›seine Gedanken zu ordnen‹. Der verdammte Mistkerl hatte den Nachmittag dafür benutzt, einen Käufer für die Sachen zu finden, die er mir zu stehlen plante!

Ich fuhr in ein heruntergekommenes Viertel der Stadt, parkte ein paar Minuten am Straßenrand und ließ in etwa die gleiche Zeit verstreichen, die Peteys Transaktion gedauert hatte. Dann fuhr ich zur Interstate zurück, und diesmal fühlte ich mich unsichtbar: Ich war nur eines von zahllosen Autos auf der Autobahn, und es gab nichts, wodurch ich mich von den anderen unterschied.

5 Ein Schild am Straßenrand verkündete, dass es bis Casper, Wyoming, noch 250 Meilen waren. Ich schaltete den Tempomat des Volvo ein, um sicher zu gehen, dass ich die Geschwindigkeitsbegrenzungen nicht überschritt. Als die Dämmerung hereinbrach und ich die Scheinwerfer anschaltete, fühlte ich mich noch unauffälliger, weil ich jetzt nur mehr eines von Tausenden anonymen Lichtern war, die zu einem Strom verschmolzen. Ich fuhr an Cheyenne, Wyoming, vorbei, ohne viel von der Stadt erkennen zu können, außer dass sie ziemlich ausgedehnt war und keine Hochhäuser aufwies. Dann – vier Stunden nachdem ich Denver verlassen hatte – näherte ich mich dem am dunklen Himmel widerleuchtenden Lichtschein von Casper. Den größten Teil der Fahrt war ich durch flaches, unbewohntes, in Dunkelheit gehülltes Land gefahren. Jetzt erhoben sich links von mir die schwarzen Schatten von Bergen, die die Sterne auslöschten.

Ein paar Meilen nördlich der Stadt sah ich ein Hinweisschild, das den Rastplatz ankündigte. Der Verkehr floss jetzt nur noch spärlich; offenbar waren die meisten Wagen auf der Interstate nur bis Casper gefahren. Ein Pfeil deutete auf eine kaum zu erkennende Ausfahrt. Ich bog auf ihr von der Interstate ab und fuhr auf zwei niedrige Backsteingebäude mit Lichtstrahlern über den Türen zu, in deren Schein die Umrisse von drei Pickups und einem kleinen Caravan zu sehen waren.

Doch Petey würde mehr Abgeschiedenheit gesucht haben, deshalb bog ich auf eine Schotterstraße ab, rechts von der Asphaltstraße, die zum Rastplatz führte. Die Lichter an den Gebäuden reichten so weit in die Dunkelheit hinein, dass im Hintergrund Picknicktische und abgesägte Baumstümpfe auszumachen waren. Ich vergewisserte mich, dass niemand aus den Toilettenhäuschen herauskam, der Zeuge meines für ihn möglicherweise ungewöhnlichen Verhaltens werden könnte und schaltete die Scheinwerfer bis auf das Standlicht aus, das mir ausreichend Sicht bot, um einen Bretterzaun erkennen zu können, hinter dem der obere Rand eines Müllcontainers hervorragte.

Ich parkte hinter dem Müllcontainer, löschte auch das Standlicht und ging um den Zaun herum, um mich zu vergewissern, dass mich niemand – ein Autobahnpolizist etwa – beobachtet hatte und nachsehen kam, was ich hinter dem Zaun machte. Als ich mich davon überzeugt hatte, dass ich von niemandem gesehen worden war, sperrte ich den Kofferraum auf.

Das, was ich in meiner Vorstellung vor mir sah, veranlasste mich, einen Schritt zurückzuweichen. Kate und Jason lagen beide auf der Seite. Sie wanden sich, als der Kofferraumdeckel aufging, in panischer Angst. Ihre Münder waren fest mit Klebeband verschlossen. Die Hände auf den Rücken gefesselt. Die Beine ebenfalls verschnürt. Ihre Pupillen vor Angst so geweitet, dass das Weiß kaum zu sehen war. Ihr wimmerndes Stöhnen klang angstvoll und flehentlich zugleich. Der Gestank von Körperausscheidungen, von Kohlendioxid, von Schweiß und Angst umgab mich.

Petey hatte ihnen, nachdem er sie eindringlich davor gewarnt hatte zu schreien, wahrscheinlich kurz die Knebel aus dem Mund genommen, damit sie ein wenig zu Atem kommen konnten. Doch sie waren sowieso viel zu verängstigt und von der schlechten Luft geschwächt und benommen gewesen, um irgendwelchen Widerstand zu leisten. Er hatte sie einen nach dem anderen aus dem Kofferraum heben und ihre Kleidung öffnen müssen, damit sie sich erleichtern konnten. Diese unerquickliche Intimität hatte sein Pflichtgefühl gegenüber seiner neuen Familie sogleich auf eine Probe gestellt. Doch das war nur der Anfang seiner Pflichten gewesen. Zum Beispiel hatten sie sicherlich entsetzlichen Durst. Hatte er daran gedacht, in Casper bei einem Fastfood-Restaurant anzuhalten und etwas zu trinken und vielleicht sogar Pommes frites und einige Hamburger zu besorgen? Hatte er, als er sie wieder knebelte und in den Kofferraum legte, ein paar beruhigende Worte gesagt?

»Ich liebe dich.«

Ich machte den Kofferraum zu. Aus der Dunkelheit hinter dem Müllcontainer sah ich zu den Wagen vor den Toiletten hinüber. Dann ging ich in diese Richtung. Meine Schritte knirschten über Kieselsteine. Je näher ich den Lichtstrahlern an den beiden Gebäuden kam, umso nackter fühlte ich mich. Inzwischen waren die meisten Fahrzeuge wieder weggefahren, nur eine Mittelklasse-Limousine stand noch auf dem Parkplatz. Ich ging in die Männertoilette. Sie war leer. Ich trat wieder nach draußen. Insekten schwirrten im Licht.

Aus dem anderen Gebäude kam eine Frau, kramte Schlüssel aus ihrer Handtasche und ging auf die Limousine zu. Sie sah nicht in meine Richtung. Ich stellte mir vor, wie Petey sich von hinten an sie heranschlich, dann jedoch stehen blieb, weil auf der Interstate Scheinwerfer vorbeihuschten, nicht sehr viele, aber genug, den Verkehrsstrom nie für längere Zeit abreißen zu lassen, sodass immer die Möglichkeit bestand, dass jemand in einem der vorbeifahrenden Autos sah, wie ein Mann eine Frau überfiel.

Also hatte Petey auf eine andere Gelegenheit gewartet.

Vielleicht war er in die Damentoilette gegangen und hatte sein Opfer dort überwältigt. Dann hatte er den Verkehr auf der Interstate beobachtet und abgewartet, bis ein paar Augenblicke lang kein Wagen vorbeifuhr und niemand im Scheinwerferlicht sehen konnte, wie er die bewusstlose Frau in die Dunkelheit hinaus schleppte. Hinter dem Müllcontainer hatte er sie gefesselt und geknebelt. Dann war er wieder zum Parkplatz gegangen und hatte mit dem Schlüssel der Frau ihren Wagen geholt (einen Caprice, hatte die Polizei gesagt). Er hatte die Scheinwerfer nicht eingeschaltet und war im Dunkeln hinter den Zaun neben den Volvo gefahren, wo er mit einem Messer Löcher durch die Lehne des Rücksitzes bohren musste, damit genügend Luft in den Kofferraum des Caprice gelangte, in den er Kate und Jason sperrte.

Aber als er die Fahrerin des Caprice zu den beiden in den Kofferraum pferchte, war ihm da nicht der Gedanke gekommen, dass die Luft für drei möglicherweise nicht reichte? Warum war er das Risiko eingegangen, dass Kate und Jason erstickten, wenn er die Frau mit ihnen in den Kofferraum einschloss? Doch keiner der beiden, sondern die Frau war gestorben. Warum hatte er sie nicht gleich auf der Stelle umgebracht und in den Müllcontainer geworfen? Dort hätte man sie wohl kaum so schnell gefunden, wenn überhaupt. Wieder fühlte ich das kalte Entsetzen, das Kate und Jason überkommen hatte, während die asthmakranke Frau durch das Klebeband über ihrem Mund keuchend nach Atem rang, das panische Zucken ihrer Glieder, die würgenden Geräusche aus ihrer Kehle, ihr allmähliches Stillerwerden, bis sie ganz reglos lag; doch vorher hatten sie das Entleeren ihrer Blase, möglicherweise auch ihre Därme registriert. Und während der Caprice die Interstate hinabbrauste, hatte Kate und Jason die entsetzliche, unkontrollierbare Angst in ihrem Würgegriff gehalten, dass das, was mit der Frau geschehen war, auch mit ihnen passieren könnte.

Die Frage ging mir nicht aus dem Sinn: *Warum hatte Petey sie nicht einfach umgebracht und in den Müllcontainer geworfen?* Die einzige Antwort, die für mich einen Sinn ergab, war die, dass Petey, so gleichgültig ihm die Frau auch war, nicht beabsichtigt hatte, sie zu töten. Mich zu töten, war etwas anderes. So wie Petey das sah, hatte ich es verdient zu sterben, weil ich sein Leben zerstört hatte. Doch diese Frau war nur zufällig zur falschen Zeit am falschen Ort gewesen. Dies war das erste Zeichen von Menschlichkeit, das ich bei ihm entdeckte. Es gab mir für Kate und Jason Hoffnung.

Er hätte den Volvo hinter dem Müllcontainer stehen lassen können, wo er vielleicht mehrere Tage nicht entdeckt worden wäre. Stattdessen hatte er ihn auf den Parkplatz direkt vor den Toiletten gefahren. Weil er gewollt hatte, dass er bald gefunden wurde. Er wollte, dass seine Spur nach Norden zeigte. Dazu passte auch der Fundort des Caprice in der Nähe von Billings, Montana, der ebenfalls darauf hinzuweisen schien, dass sein Ziel Butte war. Jeden Schachzug hatte er sich mit geradezu beängstigender Präzision schon längst vorher überlegt.

6 Ich fuhr auf die Interstate zurück. Ein Hinweisschild kündigte an, dass es bis Billings, Montana, noch 250 Meilen waren. Meine Augenlider waren schwer. Aber ich durfte keine Pause machen. Ich musste Peteys Flucht bis zum Ende nachvollziehen.

Hatte er unterwegs geschlafen? Der Gedanke war verlockend für mich. Aber ich fürchtete, wenn ich von der Interstate runterfuhr und ein verstecktes Fleckchen fand, einen Campingplatz zum Beispiel, wo ich ein paar Stunden schlafen konnte, würde ich nicht vor Tagesanbruch wieder aufwachen. Petey hatte die Situation so eingeschätzt, dass der Caprice am Morgen möglicherweise bereits gesucht wurde. Er musste Billings bis dahin erreichen. Ich machte es wie er, fuhr weiter und drehte das Radio laut. Mitten in der Nacht war es schwer, einen Sender zu finden. Von den wenigen, die ich reinbekam, waren die meisten fest in der Hand von Predigern dieser oder jener Couleur, deren Drohungen und Versprechungen im kosmischen Störfeuer statischer Entladungen untergingen.

Links von mir erstreckte sich von Nord nach Süd eine Bergkette. Die schneebedeckten Gipfel leuchteten im Mondlicht. Meine Lider wurden immer schwerer. Um wach zu bleiben, biss ich mir auf die Lippen und grub meine Fingernägel in meine Handflächen. Aus der Interstate 25 wurde die Interstate 90. Ich fuhr an Sheridan, Wyoming, vorbei und passierte dann die Grenze nach Montana. Die Hinweisschilder am Straßenrand sahen jetzt anders aus: Lodge Grass; das Custer Battlefield National Monument; die Agentur der Crow-Indianer... In Hardin bog die Interstate nach Westen. Während der Volvo Meile um Meile schluckte, stellte ich mir vor, dass Petey sich vermutlich Sorgen gemacht hatte, seine Gefangenen könnten nicht genügend Luft bekommen. Wahrscheinlich war er mehrere Male von der Interstate herunter gefahren, um auf einer verlassenen Straße anzuhalten und nach ihnen zu sehen. Ich tat das auch. Die Vorstellung, wie Kate und Jason mit angstgeweiteten Augen zu ihm empor starrten, quälte mich. Sie zuckten zurück, als er die Hand in den Kofferraum streckte und beruhigend über ihre Köpfe strich. Für die Fahrerin des Caprice hatte er kaum einen Blick.

Als endlich das erste Schild Billings ankündigte, stellte ich beunruhigt fest, dass ich für die Fahrt von Casper nach Billings, die eigentlich nur vier Stunden hätte dauern dürfen, wegen der häufigen Stopps, während der ich so getan hatte, als würde ich nach meinen Gefangenen sehen, eineinhalb Stunden länger gebraucht hatte.

Trotzdem war es noch immer dunkel, als ich den Rastplatz jenseits von Billings erreichte. Ein Schild kündete einen landschaftlich schönen Ausblick an, doch weil inzwischen der Mond untergegangen war, hatte ich nur einen vagen Eindruck von Bergen überall rings um mich. Nur zwei Autos parkten vor den Toiletten: ein Pickup und ein Pkw. Auch auf diesem Rastplatz führte eine Versorgungsstraße hinter die Toilettengebäude. Ich parkte und schaltete das Licht aus. Adrenalin spülte die Erschöpfung aus meinen Gliedern, als ich aus dem Wagen stieg. Die Luft war überraschend kalt. Zwei Männer mit Cowboyhüten kamen aus einem der beiden flachen Gebäude aus Betonplatten. Ich wartete, bis sie in den Pickup stiegen und wegfuhren. Zu dieser frühen Stunde war kaum Verkehr auf der Interstate. Mit schnellen Schritten ging ich zu den Toilettenhäuschen und lauschte, ob sich in einem von ihnen jemand aufhielt. Falls ich Stimmen hörte, falls mehr als eine Person dort drin war, würde ich auf eine bessere Gelegenheit warten. Aber wenn ich nur die Schritte von einer Person hörte…

Zu dieser Zeit waren sicherlich wenige Frauen alleine in einem Wagen unterwegs. Ich nahm deshalb an, dass das Opfer ein Mann gewesen war. Schlage ihn mit einem Montiereisen in der Männertoilette nieder. Zerre ihn in die Dunkelheit hinaus. Fahre seinen Wagen hinter die Gebäude. Schaffe Kate und Jason in seinen Kofferraum.

Hatte Petey möglicherweise bei dieser Gelegenheit entdeckt, dass die Fahrerin des Caprice unter dem Klebeband erstickt war? Sicherlich war er von Trauer nicht gerade überwältigt gewesen. Er hatte ihr eine Chance gegeben. So wie er die Sache sah, war es nicht seine Schuld, dass sie gestorben war. Die Strafe für Entführung war dieselbe wie für Mord, und da die Konsequenzen für ihn die Gleichen blieben, ließ er die Tote einfach im Caprice liegen, anstatt sie irgendwo zu verstecken. Dann war er in den soeben gekaperten Wagen gestiegen und hatte sich wieder in den nach wie vor spärlichen Verkehr auf der Interstate eingereiht. Doch anstatt weiter in Richtung Butte zu fahren, wohin alle seine Spuren führten, die für die Polizei gedacht waren, hatte er die nächste Ausfahrt genommen, die Interstate überquert und war in entgegengesetzter Richtung wieder zurück nach Billings gefahren.

Ich blieb ihm auf den Fersen. Inzwischen brach die Dämmerung an. Neben mir glitten Berge, Ranches und Ölraffinerien vorbei. Als ich den Yellowstone River erneut überquerte, diesmal von West nach Ost, war mir klar, dass ich mich von nun an nicht mehr an den Polizeibericht halten konnte. Petey war sicherlich ebenso müde gewesen wie ich. Wohin, zum Henker, war er als Nächstes gefahren?

7 Die Interstate gabelte sich. Ich musste mich entscheiden: entweder auf der 94er in nordöstlicher Richtung durch Montana nach North Dakota, oder auf der 90er wieder nach Süden, zurück nach Wyoming. Ich entschied mich für die letztere Route, wobei ich mir nicht einbildete, dass ich intuitiv dasselbe tat wie Petey. Meine Entscheidung war vollkommen willkürlich.

Inzwischen war ich so müde, dass ich wusste, wenn ich nicht bald einen Platz fand, wo ich ein wenig schlafen konnte, würde ich am Steuer einnicken und einen Unfall bauen. Petey musste sich ähnlich gefühlt haben. Obwohl der Adrenalinspiegel in seinem Blut bestimmt enorm angestiegen war, hatte sicherlich auch er nicht mehr lange weiterfahren können. Ganz sicher war ihm klar gewesen, dass er keinen Unfall riskieren durfte. Er besaß keinen Führerschein, und der Wagen war nicht auf ihn zugelassen. Wenn ihn ein Autobahnpolizist angehalten hätte, wäre der möglicherweise misstrauisch geworden und hätte einen Blick in den Kofferraum werfen wollen. Inzwischen stand die Sonne so hoch, dass sie das Wageninnere erwärmte, und ich stellte mir vor, wie heiß es im Kofferraum geworden war. Egal, wie viele Lüftungslöcher Petey gebohrt hatte, Kate und Jason wären in dem engen, winzigen Raum bei lebendigem Leib geröstet worden, denn die Hitze der Sonne verwandelte den Kofferraum in einen Backofen, in dem die Luft immer stickiger und heißer wurde. Wenn Petey nicht riskieren wollte, dass sie starben, hatte er bei Tag rasten müssen und nur bei Nacht fahren können.

Da die Detectives der Polizei von Denver gesagt hatten, der Mund der toten Frau sei mit einem Klebeband zugeklebt gewesen, nahm ich an, dass Petey mit Kate und

Jason dasselbe gemacht hatte. Ich nahm meine rechte Hand vom Steuer, presste sie auf meinen Mund und zwang mich, nur durch die Nase zu atmen. Von der Pollenallergie, die ich oft im Frühling bekam, war meine Nase leicht verschleimt. Meine Brust hob und senkte sich schwer. Ich hatte das Gefühl, nicht genügend Luft zu bekommen, konzentrierte mich aber darauf, das Hämmern meines Herzens zu beruhigen und langsam und ohne Panik ein- und auszuatmen. Allein die Vorstellung, in einem heißen und winzigen verschlossenen Raum über Stunden und Tage hinweg nur ein Minimum an Luft zu bekommen, war mir unerträglich.

Sicherlich hätten Kate und Jason nicht die geringste Chance gehabt, diese Tortur lebend zu überstehen, es sei denn Petey fuhr nur, wenn es kühler war – also bei Nacht. Aber wo hatte er eine Rast eingelegt? In einem Motel hätte höchstwahrscheinlich jemand gesehen, wie er eine gefesselte Frau und einen gefesselten Jungen aus dem Kofferraum seines Wagens hob und in sein Zimmer trug. Und was war mit Campingplätzen? Die Feriensaison fing eben erst an. Es war durchaus möglich, dass Petey auf einem Campingplatz eine vor Blicken geschützte Ecke gefunden hatte. Wenn er mit einem Ohr auf das Motorgeräusch nahender Autos gelauscht hatte, war er vielleicht sogar das Risiko eingegangen, Kate und Jason aus dem Kofferraum zu lassen. Und wenn in der Nähe ein Bach war, in dem sie sich waschen konnten, umso besser.

Er hatte wieder etwas zu essen besorgen müssen. An der nächsten Ausfahrt sah ich eine McDonalds Filiale, kurvte einmal um das Gebäude herum, ehe ich mich in die Spur vor dem Drive-away-Schalter einordnete, und bestellte ein Egg McMuffin, Kaffee und Orangensaft. Während ich hinter ein paar anderen Wagen wartete, betrachtete ich mit gerunzelter Stirn mein von Bartstoppeln bedecktes Gesicht im Rückspiegel. Doch es waren nicht die Bartstoppeln, die mir zu denken gaben. Ich hatte mein Bestes versucht, so zu denken wie Petey, und hatte dabei eines der auffallendsten Dinge hinsichtlich seines Äußeren vergessen: die Narbe an seinem Kinn. Sie würde Aufmerksamkeit erregt haben. Ich pflückte einen Kugelschreiber aus meiner Hemdtasche und malte mir dort, wo Peteys Narbe war, einen Strich ans Kinn. Ich wollte wissen, wie es ist, wenn die Leute einem aufs Kinn starren.

Als ich mein Essen bezahlte, deutete die junge Frau hinter dem Schalter auf mein Kinn und sagte: »Sie haben da einen…«

»Ja, ich weiß«, sagte ich. »Ich krieg' diese verdammte Tinte einfach nicht ab.«

Ich hatte vorgehabt, sie zu fragen, ob in der Nähe ein Campingplatz war, doch dann fürchtete ich, es würde nur auffallen, bezahlte für mein Frühstück und fuhr weiter. Gegen die Morgensonne anblinzelnd, warf ich erneut einen Blick in den Spiegel und beschloss, mir einen Bart wachsen zu lassen, der den Strich an meinem Kinn verdecken würde.

Ein wahrscheinlicher Ort für einen Campingplatz lag wohl am Ufer eines Flusses, deshalb nahm ich, nachdem ich den Bighorn River überquert hatte, die nächste Ausfahrt. Bevor ich auf die Landstraße abbog, überlegte ich eine Weile unschlüssig, ob ich dem Fluss nach Norden oder nach Süden folgen sollte. Ein nach Süden zeigender Wegweiser kündigte an, dass in dieser Richtung das Indianerreservat der Crow lag. Das klang nicht gerade nach einem Ort, an dem ich unsichtbar sein würde, also fuhr ich Richtung Norden.

Auf der Straße gab es kaum Verkehr. Das Land rechts und links davon war eingezäunt. Nach einer Weile kam ich an eine Staubstraße, die nach links zum Fluss abbog. Ich folgte ihr, und bald schon führte sie nach rechts und verlief dann parallel zum Fluss, obgleich ich durch die dichten Büsche und Bäume am Ufer das Wasser nicht sehen konnte. Ein von Unkraut überwucherter Weg führte zwischen die Bäume. Ich folgte ihm, parkte den Wagen im Schutz des Laubwerks, ging zur Straße zurück und vergewisserte mich, dass der Wagen nicht zu sehen war.

Natürlich gab ich mich nicht der Illusion hin, dass dies derselbe Platz war, an dem Petey Rast gemacht hatte, aber die Logik ließ vermuten, dass er zumindest sehr ähnlich aussah. Petey hatte wahrscheinlich versucht, Kate und Jason zu beruhigen und ihnen versichert, er wolle ihnen nichts tun; es würde keine Probleme geben, wenn sie taten, was er von ihnen verlangte. Sicher hatte er einen der beiden im Kofferraum eingesperrt, während er dem oder der anderen erlaubt hatte, sich zu waschen, wobei er den Betreffenden wohl mit einem Seil um den Leib daran gehindert hatte, davonzulaufen. Er hatte ihnen erlaubt, die Kleider zu wechseln. Er hatte sie zufrieden betrachtet, während sie ihr Frühstück aßen.

»Ich werde mich um euch kümmern.«

Sie hatten nicht gewusst, wie er das meinte.

So verängstigt Kate auch war, sie hatte die ganze Nacht über Zeit gehabt, die Situation zu analysieren und die Gefahr zu erkennen, in der sie sich befanden. Bestimmt war sie längst zu dem Schluss gekommen, dass ihre einzige Chance darin bestand, ihn mit Hilfe ihrer Kenntnisse und Erfahrungen im Bereich der Stressbewältigung zu beruhigen. »Danke für das Essen.«

»Schmeckt es dir?«

Trotz ihrer Angst waren Kate und Jason sicherlich so hungrig, dass sie ihre Hamburger gierig verschlangen.

»Ich habe gefragt, ob es dir schmeckt!«

»Ja«, würde Kate hastig erwidert haben.

»Es ist nichts Besonderes, aber es ist besser als nichts.«

War das als Drohung gemeint gewesen, dass sie, falls sie ihm Probleme machten, genau das bekämen – nämlich nichts? Kate würde vermutlich einen weiteren langen Schluck von ihrem Getränk genommen haben, wohl wissend, dass es dennoch nicht genug war, den Verlust an Körperflüssigkeiten auszugleichen. Sie würde sich ihr zerzaustes Haar aus dem Gesicht gewischt haben, um so präsentabel wie möglich auszusehen. Bringe Petey dazu, dich als menschliches Wesen zu sehen und nicht als Objekt. Danke ihm für die Freundlichkeit, mit der er euch behandelt. Benimm dich, als sei die Situation völlig normal. Erwecke in ihm das Bedürfnis, etwas für euch zu tun, damit er die Genugtuung empfinden kann, dass du seine Mühen zu schätzen weißt.

Aber wie war Jason mit der Situation zurechtgekommen? Er war ein Kind und hatte nicht das Wissen Kates; sicherlich war er völlig außer sich gewesen vor Angst. Da sie geknebelt war, hatte Kate im Kofferraum nicht mit ihm reden können, hatte ihn nicht trösten und beruhigen können. Sie war darauf angewiesen gewesen, ihm mit Blicken zu verstehen zu geben, was sie beabsichtigte, und zu hoffen, dass er ihre Beweggründe verstand und ihrem Beispiel folgte.

»Was hast du mit uns vor?«, hatte sie sicherlich irgendwann gefragt, als sie glaubte, jetzt sei der richtige Augenblick dafür.

»Ich habe euch doch schon gesagt, dass ich mich um euch kümmere.«

»Aber warum hast du…?«

»Wir sind eine Familie.«

»Eine Familie?« Reagiere nicht darauf! Tu so, als sei das Entsetzliche völlig normal.

»Brad ist verunglückt.«

»Was?«

»Er ist in eine Schlucht gestürzt. Ich nehme jetzt seinen Platz ein.«

Kates Magen hatte sich vermutlich zusammengekrampft, als sei *sie* in eine Schlucht gestürzt.

»Ich bin ab jetzt dein Mann. Und du, Jason, bist mein Sohn.«

Gegen die Tränen ankämpfend, die ihr in die Augen stiegen, hatte Kate die Worte Peteys von zuvor leise wiederholt: »Ja, es ist gut, wenn du dich um uns kümmerst.«

Wahrscheinlich sagte Petey der Begriff ›Stockholm-Syndrom‹ herzlich wenig, doch er war ein so geschickter Manipulator, dass er die Wirkungsweise dieses Prinzips sicherlich verstanden hätte: Nach einiger Zeit werden Gefangene beziehungsweise Geißeln der Berg- und Talfahrt ihrer Emotionen müde. Sie empfinden Dankbarkeit, wenn ihnen kleine Freundlichkeiten entgegengebracht werden, und neigen dazu, ihre Situation zu akzeptieren und mit ihren Peinigern zu kooperieren.

Auf eine solche Reaktion hatte Petey sicherlich seine ganze Hoffnung gesetzt. Aber er war es nicht gewohnt, für eine Frau und ein Kind sorgen zu müssen. Das Frühstück war schnell verzehrt gewesen, und dann hatte sich bereits das Problem des Mittagessens und des Abendessens angekündigt. Petey hatte sicherlich nicht so weit im Voraus gedacht, und selbst wenn er es getan hätte, wie wollte er verhindern, dass die Hamburger und Pommes frites schlecht wurden, und wie sollte er sie wieder aufwärmen? Er brauchte eine Kühlbox, einen Campingkocher, Töpfe und Pfannen und... Was als der sehnliche Wunsch begonnen hatte, meinen Platz einzunehmen, brachte mit einem Mal nicht mehr die Befriedigung, die er erhofft hatte. Alles wurde viel zu kompliziert. Wieso sich nicht eingestehen, dass er einen Fehler gemacht hatte, und die ganze Angelegenheit ein für alle Mal beenden? Wieso mit Kate nicht das machen, was er wollte, und dann sie und Jason und den Besitzer des Wagens, der nach wie vor im Kofferraum lag, töten, ihre Leichen verstecken, in die nächste große Stadt fahren, den Wagen dort stehen lassen, sich ein Bus-Ticket kaufen und adios für immer?

Der Gedanke jagte mir einen kalten Schauder über den Rücken. Nein, Lester Dant hätte so gehandelt, aber nicht Petey. Lester Dant hätte Jason auf der Stelle getötet, Kate an einen abgelegenen Ort gebracht und – wenn er genug davon gehabt hätte, sie zu missbrauchen – ihren Leichnam in irgendeine Schlucht geworfen. Er hätte sich ganz sicher nicht die Zeit genommen – von dem Risiko ganz zu schweigen –, eine falsche Spur bis nach Montana zu legen. Das ergab nur einen Sinn, wenn Petey entschlossen war, mein Leben zu übernehmen und Kate und Jason zu seiner Familie zu machen.

Doch seine Geduld war sicherlich auf eine schwere Probe gestellt worden. Die einzige Möglichkeit für ihn, ruhig und ohne Sorge ein paar Stunden zu schlafen, war die gewesen, Kate und Jason wieder in den Kofferraum zu sperren, damit sie nicht versuchen würden zu entkommen, während er schlief. Im Schatten unter den Bäumen bestand nicht die Gefahr, dass es im Kofferraum lebensbedrohlich heiß wurde. Trotzdem hatte Petey nicht wissen können, wie lange es ihm möglich sein würde, zu schlafen. Sicherlich hätte er sich gerne acht Stunden aufs Ohr gelegt. Aber trotz der vielen Lüftungslöcher, die er in die Rückenlehne gestochen hatte, wären Kate, Jason und der Mann, dem das Auto gehörte, wohl kaum so lange im Kofferraum am Leben geblieben. Doch zwei Menschen hätten eine Chance. Sie würden ein Drittel mehr Sauerstoff für sich haben, wenn… In diesem Augenblick wusste ich, dass Petey den Besitzer des zweiten Wagens absichtlich getötet hatte, während der Tod der Frau noch ein Unfall gewesen war.

Endlich schlafen. Ich konnte meine Augen kaum mehr offen halten. Doch als ich die Hecktür aufmachte und meinen Koffer, den Rucksack, den Laptop-Computer und Drucker anstarrte, begriff ich, dass ich alles auf den Vordersitz räumen musste, damit ich mich auf dem Rücksitz ausstrecken konnte. Es hatte Petey wütend gemacht, seine vier Koffer umschichten zu müssen. Schon wieder eine Komplikation. Ein neuerliches Ärgernis. Außerdem musste ich die Lampe des Innenlichts im Wagen herausschrauben, damit ich die Hecktür auflassen und meine Beine ausstrecken konnte, wenn ich schlief, sonst wäre die Batterie leer geworden. Noch so eine verdammte Sache, die getan werden musste.

Nein, es entwickelte sich alles ganz und gar nicht so, wie Petey sich das gewünscht hatte.

8

Das Brummen eines vorbeifahrenden Autos ließ mich hochschrecken. Ich setzte mich mit einem Ruck auf. Noch bevor ich einen Blick auf meine Uhr warf, sah ich am Stand der Sonne, dass es bereits spät am Nachmittag war. Das Auto fuhr die Staubstraße entlang, war jedoch wegen der Bäume nicht zu sehen. Mein Mund fühlte sich so trocken wie Stroh an, als ich vom Rücksitz rutschte, ausstieg und durch die Bäume spähte. Nun konnte ich den Wagen sehen – der Pickup eines Ranchers, der es eilig hatte, irgendwohin zu kommen. Mein Rücken tat mir weh.

Und auch Peteys hektischer Arbeitsplan hatte etwa um dieselbe Zeit wieder begonnen: nach den Gefangenen sehen, sie aus dem Kofferraum holen, damit sie sich erleichtern und die Gesichter im Fluss waschen konnten. Irgendwann hatte er auch die Zeit gehabt, sich um sich selber zu kümmern. Seine Klamotten hatten sich schmutzig und verschwitzt angefühlt. Wahrscheinlich hatte er sie gegen einige der Klamotten gewechselt, die er mir gestohlen hatte. Vielleicht war er wütend gewesen, weil ihm das Knurren seines Magens sagte, dass es an der Zeit war, sich darüber Gedanken zu machen, wie er für alle etwas zu essen auftreiben konnte. Unmöglich, dass es so weiterging. Er musste entweder einen Platz finden, an dem sie eine Weile bleiben konnten, oder er würde Kate und Jason töten müssen, weil sie ihm so viele Probleme machten.

Nein! Die einzige Möglichkeit, wie ich diesen entsetzlichen Gedanken zur Seite schieben konnte, war, mir vorzustellen, wie Kate und Jason auf Peteys wachsende Ungeduld reagiert hatten. Auf Grund ihrer Ausbildung wusste Kate, dass sie Petey, so weit sie irgend konnte, behilflich sein musste, um für ihn die Dinge weniger kompliziert zu machen und etwas von der Anspannung von ihm zu nehmen, die er fühlte.

»Ich kann ja versuchen, die schmutzigen Klamotten im Fluss zu waschen. Du kannst das Seil an einem Baum befestigen und mich im Auge behalten. Auf die Weise kannst du sicher sein, dass ich nicht weglaufe. Was ist mit den Koffern, die du auf die Vordersitze geräumt hast? Warum schaffst du sie nicht wieder dorthin zurück, wo sie waren? Es gibt einige Dinge, um die ich mich kümmern kann.«

Jason hatte inzwischen vermutlich auch begriffen, worum es ging. Vielleicht verstand er, was Kate bezweckte, und versuchte sein Bestes, den gehorsamen Sohn zu spielen. Bestärke Peteys Fantasien. Lass ihn glauben, dass sich seine Mühen und seine Risikobereitschaft für ihn lohnten. Dies war die einzige Möglichkeit für sie, am Leben zu bleiben. In gewisser Weise waren es nun die Gefangenen, die alles taten, damit der Gefängniswärter vom Stockholm-Syndrom ereilt wurde.

Hier am Bighorn River war Petey viel zu nahe an dem Ort gewesen, an dem er den Caprice zurückgelassen hatte. Der neue Wagen, den er fuhr, würde bald als vermisst gemeldet werden. Vielleicht trug er jedoch Nummernschilder aus einem weiter entfernten Staat, und der Fahrer würde erst am Abend zu Hause erwartet. Dennoch hatte sich Petey nicht darauf verlassen können. Er musste sich so schnell wie möglich wieder auf den Weg machen. Doch vermutlich hatte er sich mit dem Wagen nicht auf die Interstate gewagt, bevor es dunkel geworden war. Dies bedeutete, dass es noch eine Weile gedauert hatte, bis er für Kate und Jason etwas zu Essen besorgen konnte. Doch es bedeutete ebenfalls, dass Kate und Jason mehr Zeit hatten, mit ihm zu reden, und mehr Gelegenheit, auf ihn einzugehen, eine noch persönlichere Bindung zu ihm zu schaffen, so dass es für ihn nicht einfach sein würde, sie zu töten.

Petey holte das Seil und das Klebeband aus dem Wagen.

»Ich möchte dich um etwas bitten«, sagte Kate.

Petey band ihre Hände hinter ihrem Rücken fest.

»Bitte hör mir zu«, sagte Kate. »Ich verstehe ja, warum du uns den Mund mit Klebeband zukleben musst. Du hast Angst, wir könnten schreien und jemand könnte die Polizei verständigen.«

Petey fesselte ihre Beine.

»Bitte«, sagte Kate. »Es ist fast unmöglich, genügend Luft zu kriegen, wenn es im Kofferraum heiß wird. Wenn du uns das Band über den Mund klebst, bitte ich dich...«

Petey riss ein Stück Tape ab.

»Bitte. Es ist bestimmt keine Bedrohung für dich, wenn du ein kleines Loch dort reinschneidest, wo unsere Lippen sind. Wir können dann nach wie vor nicht schreien. Aber wir können besser atmen und kriegen etwas mehr Luft.«

Petey starrte sie unbewegt an.

»Du hast versprochen, dass du dich um uns kümmerst«, sagte Kate. »Was nützen wir dir noch, wenn wir tot sind?«

In Peteys harten Augen glomm Misstrauen. Er klebte das Band über ihren Mund und legte sie in den Kofferraum. Dasselbe machte er mit Jason. Kate sah flehend zu Petey empor, der die Hand ausstreckte, um den Kofferraum zu schließen, kurz zögerte und dann ein Messer hervorzog, mit dem er Schlitze in die Klebebänder über den Lippen der beiden schnitt.

Hoffte ich. Doch als die Dunkelheit schließlich hereinbrach und ich auf die Interstate zurückfuhr, konnte ich das unbehagliche Gefühl nicht abschütteln, dass ich mich mit meiner Reinszenierung der Geschehnisse vor einem Jahr vollkommen auf dem Holzweg befand. In Wyoming gabelte sich die Interstate erneut, und meine Handflächen wurden feucht, als ich mich entscheiden musste, wohin ich fahren sollte. Ich konnte auf der Interstate 25, auf der ich gestern hergekommen war, wieder in Richtung Denver zurückfahren, oder auf der 90 bleiben, die nach South Dakota und in die Black Hills führte. Kaum vorstellbar, dass Petey wieder nach Denver zurückgekehrt war. Doch die Black Hills würden ihm sicher zugesagt haben. Dort gab es eine Menge Plätze, wo er sich verstecken konnte.

9

Schritte näherten sich und hielten vor der Tür der Männertoilette. Ich befand mich auf einem Rastplatz in South Dakota. Es war kurz nach drei Uhr in der Nacht. Ich stand im grellen Licht der Deckenbeleuchtung an einem Urinal. Zu dieser stillen Stunde wirkte jedes Geräusch überlaut. Das war vermutlich der einzige Grund, warum ich die sich nähernden Schritte überhaupt gehört hatte. Während ich darauf wartete, dass sie sich wieder in Bewegung setzten, sah ich über meine Schulter, an den Toilettenabteilen vorbei, zu der Tür rechts von mir. Es war kalt zwischen den Betonwänden, die die Hitze des Tages nicht lange speicherten.

Ich wartete darauf, dass die Tür aufschwang. Die Stille auf der anderen Seite war jetzt mit Händen zu greifen. Ohne den Blick von der Tür zu nehmen, machte ich den Reißverschluss an meiner Hose zu, ging zum Waschbecken und wusch mir die Hände, wobei ich den Blick auf den Spiegel vor mir geheftet hielt, in dem ich die Tür sehen konnte. Es gab keine Papierhandtücher, nur einen dieser Heißlufttrockner, die einen Lärm machen wie ein Düsenflugzeug. Ich hütete mich, auf den Knopf zu drücken.

Während ich mir das Wasser von den Fingern schüttelte, ließ ich die Tür nicht aus den Augen. Die Stille dahinter dauerte an. Es ist bloß ein müder Autofahrer, der auf den Rastplatz gefahren ist, überlegte ich. Er muss gar nicht auf die Toilette, sondern will sich nur etwas die Beine vertreten. Er steht draußen und schaut zu den Sternen hinauf.

Und wenn ich mich irre?

Ich reagiere übernervös, versuchte ich mich zu beruhigen. Schließlich hatte ich keinen triftigen Grund anzunehmen, dass jemand dort draußen stand und darauf wartete, sich auf mich zu stürzen, wenn ich die Tür aufmachte. Doch ich hatte mich so lange mit den Niederträchtigkeiten in Peteys Gedankenwelt befasst, hatte jeden seiner Schritte, ja sogar die Logik seiner Gedanken nachvollzogen und war auf so vielen Rastplätzen mit negativen Gedanken im Kopf herumgeschlichen, dass ich den Verdacht einfach nicht aus meinem Kopf herausbekam. Meine Fantasie war dermaßen überreizt, dass ich die Gefahr dort draußen *fühlen* konnte, als würde sie durch die Wand sickern.

Als ich geparkt hatte, war mein Wagen der einzige auf dem Parkplatz gewesen, ein verlockendes Objekt für einen Dieb und Wegelagerer. Er horchte, ob er Stimmen hörte oder die Schritte von mehr als nur einer Person, um ganz sicher zu sein, dass ich allein war. Da er nur mich hörte, würde er jeden Augenblick die Tür aufstoßen. Ich dachte an die Pistole im Koffer draußen im Auto und schalt mich einen verdammten Idioten. Wozu hatte ich gelernt, damit umzugehen, wenn ich sie irgendwo versteckte, wo ich nicht an sie rankam, wenn ich das verdammte Ding brauchte?

Meine Knie wurden weich. Ich zitterte. *Nein*!, dachte

ich. Was, wenn ich Petey aufgespürt hatte? Was, wenn er draußen vor der Tür stand?

Ich drückte den Knopf des Heißlufttrockners. Das Aufjaulen seines Motors übertönte meine Schritte, als ich hinter die Tür huschte. Mit dem Rücken gegen die Wand gepresst, fühlte ich, wie sich mein Magen vor Angst zusammenzog, als die Tür aufschwang.

Ein Mann Mitte zwanzig in Cowboy-Stiefeln, Jeans und mit einem Cowboy-Hut stürmte mit ein paar schnellen Schritten herein. In der Rechten hielt er ein Montiereisen. Die Tür schwang hinter ihm zu, und er blieb angesichts der leeren Toilette abrupt stehen. Verwirrt starrte er den jaulenden Heißlufttrockner an. Dann ruckte sein Kopf zu den Toilettenabteilen herum.

Im selben Augenblick sah er mich im Spiegel über dem Waschbecken. Er versuchte, herumzuwirbeln, ich war jedoch bereits dicht hinter ihm und warf mich mit solcher Wucht gegen seinen Rücken, dass er nach vorn stürzte und mit dem Gesicht gegen den Spiegel krachte, der zersplitterte. Blut spritzte über den Spiegel, als ich ihn beim Kragen seines Hemds und an seinem breiten Gürtel packte und ihn zu dem jaulenden Handtrockner hin stieß. Sein Kopf krachte so heftig gegen die Luftdüse des Trockners, dass sie abbrach und mit ihr der Rest des Schutzgehäuses zu Boden schepperte. Ich zog den Kerl herum und rammte seinen Hinterkopf erneut gegen den jaulenden Trockner. Blut spritzte von den ungeschützten Ventilatorflügeln auf. Das Montiereisen entglitt seiner Hand und klirrte auf den Betonboden. Ich knallte seinen Kopf noch einmal gegen den Trockner und ließ ihn dann fallen. Er lag da wie ein Haufen alter Klamotten, hatte die Augen geschlossen und stöhnte wimmernd. Abgesehen vom Heben und Senken seiner Brust bewegte er sich nicht.

In meinem Magen loderte ein Feuer. Der Zorn, der mich fast so weit gebracht hätte, ihn umzubringen, erschreckte mich. Doch die Emotion, die mich vor allem erfüllte, die ich am liebsten laut hinausgeschrien hätte, war das berauschende Gefühl, dass ich gesiegt hatte.

10

»Federal Bureau of Investigation«, sagte die Dame in der Telefonzentrale.

»Special Agent Gader, bitte.« Ich packte mein Handy so fest, dass meine Finger schmerzten.

Es war neun Uhr am Morgen. Sonnenlicht glitzerte auf einem einsamen, von zerklüfteten Felsufern, auf denen Kiefern wuchsen, umgebenen See. Die Felsen und Bergkämme waren aus dunkelgrauem Gestein, der augenfällige Beleg dafür, woher die Black Hills ihren Namen hatten. Ich war noch im Dunkeln in dieser Gegend angekommen, doch als ich auf der Karte festgestellt hatte, dass östlich davon nur ödes, offenes Land lag, war ich zu dem Schluss gelangt, dass Petey früher Halt gemacht haben musste, als er ursprünglich geplant hatte.

Die herbe Schönheit des Sees wirkte seltsam unwirklich auf mich. Nach dem, was auf dem Rastplatz geschehen war, fühlte ich mich, als sei ich in einer anderen Welt angelangt.

»Agent Gader ist nicht in der Stadt.«

Ich hob einen Stein auf und schleuderte ihn frustriert auf den See hinaus.

»Darf ich fragen, wer Sie sind?«, erkundigte sich die Frau.

»Brad Denning. Ich…«

»Agent Gader hat erwähnt, dass Sie ihn anrufen würden. Er lässt Ihnen ausrichten, dass er mit Mr. Payne über die Angelegenheit gesprochen hat, die Sie interessiert, und wenn Sie wollen…«

Ich unterbrach die Verbindung.

11

»Ich nehme an, Sie waren seit einer ganzen Weile nicht mehr in Woodford«, sagte Payne.

Ich presste das Handy an mein Ohr und ging näher zum Ufer des Sees. Kühle Luft wehte über das Wasser und über mein Gesicht. Die Bartstoppeln kratzten an meiner Hand. Ich bemühte mich, ruhig zu bleiben. »Nicht mehr, seit meine Mutter und ich weggezogen sind, als ich noch ein Kind war.«

»Wie groß war der Ort damals?«

»Nicht sehr groß. Ungefähr zehntausend Einwohner.«

»Ein Ort mit nur einer Fabrik, die alles beherrschte und von der alles abhing«, sagte Payne.

»Ja, das ist richtig. Mein Dad war Vorarbeiter.« Er fehlte mir mit einem Mal so schrecklich. »Woher wissen Sie das?«

»Weil Gader sagt, dass die Fabrik vor zehn Jahren dichtgemacht und die Produktion nach Mexiko verlegt hat. Jetzt ist Woodsford nur noch eine Schlafstadt von Columbus, und die Einwohnerzahl hat sich auf zwanzigtausend verdoppelt. Es gibt mehrere Zahnärzte, aber keiner von ihnen hat je von einer Familie namens Denning gehört.«

Die Luft am Seeufer wurde noch eine Spur kälter. »Aber sie müssten doch zumindest die Namen der Zahnärzte kennen, die vor ihnen in Woodford praktiziert haben.«

»Leider nicht. Gader sagt, dass Sie sich nicht an den Namen des Zahnarztes erinnern können, bei dem Sie waren, und auch nicht an seine Adresse.«

Mein Kopf pochte. »Es ist schon zu lange her.«

»Dann ist das Ganze eine Sackgasse. Gader sagt, es tut ihm Leid.«

»Ja, das kann ich mir vorstellen.«

»Er sagt, wenn Sie Ihre Hoffnung darauf setzen, mit Hilfe von Zahnarztunterlagen zu beweisen, dass Lester Dant in Wirklichkeit Ihr Bruder ist, der einen falschen Namen benutzt, bereiten Sie sich nur selber eine große Enttäuschung. Außerdem ist mir nicht klar, wie Ihnen das helfen könnte, Ihre Familie wiederzufinden.«

»Ich weiß es auch nicht, aber mir fallen einige Worte ein, die weitaus treffender sind als Enttäuschung.«

Der Empfang des Handys wurde schwächer; es knisterte und rauschte.

»Von wo rufen Sie an?«, fragte Payne.

»Aus South Dakota.«

»Ist es schön dort?«

»Ich bin nicht wegen der schönen Landschaft hier«, sagte ich.

»Na gut – da Sie offenbar entschlossen sind, Ihre Suche nicht aufzugeben, möchte ich Ihnen, wenn Sie ihn hören wollen, einen Rat geben.«

»Vorausgesetzt, Sie erzählen mir nicht, ich soll es nicht so schwer nehmen und mir ein bisschen Ruhe gönnen.«

»Nein, etwas ganz anderes. Es wird Sie vielleicht überraschen«, sagte Payne. »Es klingt eher wie eine Ermutigung.«

»Dann heraus damit. Überraschen Sie mich.«

»Bevor ich so stark zugenommen habe und mich bei meinen Ermittlungen mehr und mehr auf das Internet angewiesen fühlte, war ich immer jemand, der am liebsten vor Ort, am Ort der Geschehnisse ermittelt hat. Deshalb habe ich Dinge bemerkt, die anderen nicht aufgefallen sind. Wenn man über die nötige Zeit verfügt, dann gibt es nichts besseres, als vor Ort zu recherchieren und persönlich mit den Menschen zu sprechen, die einen interessieren.«

»Wenn man über die nötige Zeit verfügt...«

»Was Sie ja offenbar zu tun scheinen.«

»Wollen Sie mir damit zu verstehen geben, dass ich – wenn ich diesen Zahnarzt finden will – ihn selber suchen soll?«

»Mehr oder weniger – ja.«

»Sie haben Recht – das klingt tatsächlich ermutigend. Weshalb der Sinneswandel?«

»Weil ich mir Sorgen um Sie mache.«

Der Empfang wurde wieder schlechter. Ich lauschte angestrengt.

»Ich fürchte, wenn Sie sich nicht hundertprozentig sicher sind, dass Sie alles getan haben, was in Ihrer Macht steht, und irgendwann die Hoffnung verlieren...«

Der Empfang wurde immer schlechter.

»... zerstören Sie sich selbst.«

»Ich rufe Sie in ein paar Tagen wieder an«, sagte ich.

»Was? Ich kann Sie nicht verstehen...«

Ich unterbrach die Verbindung.

12

Als ich mir vorstellte, wie es sein würde, die Tage an abgelegenen Orten und auf dem Rücksitz des Wagens schlafend zu verbringen, um in den Nächten so viele Meilen wie nur irgend möglich hinter mich zu bringen, wurde mir klar, dass Petey diese Tortur – in einem vermutlich kleineren Wagen und zu dritt – sicherlich nicht sehr viel länger auf sich genommen hatte. Eine Sache allerdings war dazu angetan gewesen, ihn auf Trab zu halten, nämlich die Nachricht, die er ein paar Tage später wahrscheinlich aus dem Autoradio erfahren hatte (die Medien liebten diese Geschichte und bekamen gar nicht genug davon), dass ich nicht in den Bergen gestorben war. Es hatte ihn sicherlich wie ein Blitz getroffen. Natürlich hatte er Kate und Jason nichts davon erzählt, dass ich noch lebte. Doch sein Geheimnis hatte seine Entschlossenheit noch gesteigert, vor allem wenn er sich vorstellte, wie groß meine Angst um meine Familie war und wie sehr ich unter ihrem Verschwinden leiden würde. Keine triumphierenden Anrufe mitten in der Nacht für mich, keine hämischen Postkarten, nichts, das auch nur den kleinsten unbeabsichtigten Hinweis liefern könnte, der die Polizei möglicherweise auf seine Spur bringen könnte. Nur höhnisches, niederträchtiges Schweigen.

Aber wo, verdammt noch mal, konnte er sie hingebracht haben? Mir kamen die Badlands in South Dakota in den Sinn, die nicht viel mehr als eine Stunde Autofahrt von den Black Hills entfernt liegen. In den alten Tagen des Wilden Westens hatten sich in dem Labyrinth dieser von der Sonne ausgedörrten Schluchten flüchtende Viehdiebe versteckt, und kaum ein Aufgebot eines Sheriffs hatte es gewagt, sie bis in diesen Vorhof der Hölle zu verfolgen. Dies wäre, selbst für Petey, viel zu wagemutig und riskant gewesen. Doch nach den Badlands folgten in östlicher Richtung Hunderte von Meilen flaches Grasland mit kaum einem Baum oder sonst einem Platz, wo man sich verstecken konnte. Petey hätte sicherlich auf keinen Fall so exponiert sein wollen. Sich mitten auf dem Präsentierteller verstecken? Ich bezweifelte es. Er hätte sich ohne den Schutz von Bergen und Wäldern viel zu unruhig gefühlt.

Hatte er in den Black Hills einen geeigneten Platz gefunden? Eine verlassene Hütte vielleicht oder ein…

Ich war am Ende meiner Intuition angelangt. Eine Sackgasse – so wie Gader auch die Idee mit dem Zahnarzt als Sackgasse bezeichnet hatte.

Der Zahnarzt! »Es gibt nichts besseres, als vor Ort zu recherchieren und persönlich mit den Menschen zu sprechen, die einen interessieren«, hatte Payne gesagt.

Ich nickte.

Nachdem ich bis zum Sonnenuntergang auf dem Rücksitz des Wagens geschlafen hatte, fuhr ich zurück auf die Interstate und folgte ihr in der Richtung, in die mich – wie ich jetzt bemerkte – meine Suche bereits geführt hatte: dorthin zurück, wo alles vor so langer Zeit begonnen hatte.

Zurück zu Peteys verlorener Kindheit und Jugend.

VIERTER TEIL

1

BROCKTON NÄCHSTE AUSFAHRT.

Das Schild überraschte mich. Es war zwei Nächte später. Ich hatte Iowa und Illionois durchquert und befand mich inzwischen auf der Interstate 70, die von West nach Ost durch Indiana führte. Mein Ziel war Ohio, war Columbus, beziehungsweise ein paar Meilen weiter östlich: Woodford. Die Stadt, in der ich geboren und aufgewachsen war.

Als ich jedoch das Schild nach Brockton sah, Lester Dants Geburtsort, runzelte ich verdutzt die Stirn. Obwohl ich schon vor langem auf der Karte nachgesehen hatte, wo Brockton lag, fiel mir erst jetzt auf, dass es – genau wie Woodford – so nahe an der Interstate 70 lag, dass es eine eigene Ausfahrt besaß. Ich war so auf die Zahnarztunterlagen fixiert gewesen, die ich in Woodford zu finden hoffte, dass ich gar nicht an Brockton gedacht hatte. Doch noch im selben Augenblick wandte sich meine Aufmerksamkeit jäh einem neuen Ziel zu. Ich bog von der Interstate ab.

Die zweispurige Straße wand sich durch im Dunkeln liegendes Farmland. Nach zwanzig Meilen schälte das Licht von Straßenlaternen heruntergekommene Vororthäuser und schließlich eine trostlos wirkende Mainstreet aus der Dunkelheit. Einstöckige Gebäude säumten die Hauptstraße, manche davon mit dem Hinweis ZU VERKAUFEN in einem der Fenster. Eine blinkende Neonschrift verkündete BROCKTON MOTEL, ZIMMER FREI. Das Motel machte ebenfalls einen ziemlich schäbigen Eindruck, aber da es keine Alternative gab, hielt ich an.

Eine Glocke bimmelte, als ich die Tür zur Rezeption aufstieß. Die grellen Deckenlichter summten. Eine in einen Morgenmantel gehüllte Frau mit verschwollenen Augen kam aus einem Zimmer hinter der Rezeption geschlurft. »Wie viele Nächte?«

»Zwei«, sagte ich, entschlossen, eine Weile hier zu bleiben und so viel wie möglich in Erfahrung zu bringen.

Die ältliche Frau schien erstaunt, dass irgendwer einen Grund haben könnte, mehr als nur eine Nacht in Brockton zu bleiben. »Nur in bar.« Sie nannte eine Summe, und die Art, wie ihre Augen schmal wurden, ließ vermuten, dass sie das für ein Vermögen hielt, was es jedoch nicht war.

Als ich ihr das Geld reichte, schien sie erleichtert, gab mir einen Schlüssel, gähnte und schlurfte in ihr Zimmer zurück. »Der Getränkeautomat ist draußen neben dem Automat für Süßigkeiten«, brummte sie über die Schulter.

»Tut mir Leid, dass ich Sie geweckt habe.«

»Ich hab' noch genug Zeit zum Schlafen, wenn ich tot bin.«

Draußen in der feuchten Nachtluft beleuchtete eine einsame nackte Birne den Parkplatz. Vor keinem der zehn Motelzimmer stand ein Wagen. Der Schlüssel, den ich bekommen hatte, war für Zimmer Nummer Eins. Ich stellte mir vor, Petey zu sein, und registrierte, dass alle zehn Zimmer hinter dem Zimmer der Hotelmanagerin lagen. Niemand würde in der Dunkelheit sehen, wie ich eine gefesselte und geknebelte Frau und ein Kind aus dem Kofferraum meines Wagens holte.

Das Zimmer war klein, die Laken dünn, der Spiegel verstaubt. Ich betrachtete meine dichter werdenden Bartstoppeln. Meine Augen wirkten gehetzt. Ich erkannte mich selbst nicht wieder.

2 »Kennen Sie diesen Mann?«

Die Managerin sah genauso müde aus wie in der Nacht, als ich sie aus dem Schlaf gerissen hatte. Ihr faltiger Mund hinterließ einen roten Rand aus Lippenstift auf ihrer Kaffeetasse. Hinter dem Rezeptionsschalter drehte sie das Polizeifoto in die eine, dann in die andere Richtung. »Nicht unbedingt schmeichelhaft, das Foto. Woher hat er die Narbe an seinem Kinn?«

»Von einem Autounfall.«

»Nein, den kenne ich nicht. Sind Sie auch ein FBI-Agent?«

»Wieso *auch*?«

»Letztes Jahr hat mich einer vom FBI nach diesem Burschen hier gefragt.«

Mein Optimismus sank. Wenn Gader die Vergangenheit und den familiären Hintergrund Dants tatsächlich genau überprüft hatte, dann vergeudete ich nur meine Zeit.

»Er muss was wirklich Schlimmes getan haben, dass Sie noch immer nach ihm suchen«, sagte sie.

»Ja. Etwas wirklich Schlimmes. Sagt Ihnen der Name Peter Denning etwas?«

»Nein.«

»Und wie ist es mit Lester Dant?«

»Dant.« Die Frau überlegte eine Weile. »Nach dem

Namen hat mich der andere FBI-Agent auch gefragt. Es gab früher mal einige Familien hier, die Dant hießen.«

Ein neuerlicher Dämpfer für meine Hoffnungen.

»Der Eisenwarenladen nennt sich zwar noch immer nach einem der Dants, aber der Mann, dem er jetzt gehört, heißt Ben Porter.«

Ich vergeude meine Zeit, dachte ich erneut und spielte mit dem Gedanken, gleich nach Woodford weiterzufahren. Doch dann gemahnte ich mich, dass ich nichts als selbstverständlich betrachten sollte. »Wo ist dieser Eisenwarenladen?«

3

»Ich kenne ihn nicht.« Ben Porter war in den Fünfzigern wie fast alle, die ich auf den Straßen dieser nicht gerade vor Leben brodelnden Stadt gesehen hatte. Sein Overall war mit Sägespäne von Brettern bedeckt, die er soeben geschnitten hatte. »Aber das heißt nicht viel.«

»Warum nicht?«

»Ich habe den ursprünglichen Besitzer des Ladens nie kennen gelernt. Den Namen »Dant« habe ich nur deshalb an der Front belassen, um den Leuten zu zeigen, dass ich die Tradition wahre.«

In einer sterbenden Stadt wie Brockton klang das Wort »Tradition« ziemlich mutig.

»Sie kennen überhaupt keinen der Dants?«

»Wie ich dem anderen FBI-Agenten schon gesagt habe, haben die Dants vor meiner Zeit hier gelebt. Ich bin erst vor zehn Jahren hergezogen.« Der Ausdruck auf seinem Gesicht ließ vermuten, dass er wünschte, er hätte es nicht getan.

»Kennen Sie irgendjemanden, der sie vielleicht gekannt hat?«

»Klar. Der Reverend.«

»Wer?«

»Reverend Benedict. Soviel ich weiß, lebt er schon seit Ewigkeiten in Brockton.«

4

Die weiße Kirche mit dem spitzen weißen Turm und das Haus dahinter waren die einzigen Gebäude in der ganzen Stadt, die nicht aussahen, als hätten sie dringend eine Renovierung nötig. Rechte Hand verlief zwischen der Kirche und dem Friedhof ein Weg, der durch einen Rosengarten führte. Dort entdeckte ich zwischen Rosenbüschen einen älteren Herrn in einem kurzärmligen blauen Hemd, der mir den Rücken zuwandte. Er kniete dort und hatte den Kopf gesenkt, als würde er beten. Dann bewegten sich seine Arme, er neigte den Kopf zur Seite, und ich sah, dass er die Rosen schnitt.

Hinter sein rechtes Ohr war ein Hörgerät geklemmt. Es musste ein verdammt gutes Modell sein, denn er hörte, wie ich über das Gras ging, und drehte den Kopf, um zu sehen, wer sich ihm näherte.

»Reverend Benedict?«

Auf seiner gerunzelten Stirn erschienen noch mehr Falten, als er sich mit knirschenden Gelenken auf die Füße stemmte. Die alte Hose, die er trug, hatte Grasflecken an den Knien.

»Ich heiße Brad Denning. Ben Porter vom Eisenwarenladen hat…«

»Ein guter Mann.«

»… mir geraten, mit Ihnen über ein paar Familien zu sprechen, die früher mal hier gewohnt haben.«

»Welche Familien?«

»Die Dants.«

In den Augen des Reverend war ein Funkeln aufgeglommen, als betrachte er das Ganze als eine willkommene Gelegenheit, sein Gedächtnis zu prüfen. Doch sein Blick war eher zurückhaltend.

»Erinnern Sie sich an die Dants?«, fragte ich.

»Sind Sie vom FBI?«

»Nein.«

»Jemand vom FBI hat mich schon letztes Jahr nach den Dants gefragt«, sagte der Reverend.

»Ich weiß. Aber ich bin nicht vom FBI. Hat Ihnen der Agent dieses Foto gezeigt?«

»Ja. Das ist Lester. Ich habe das alles schon dem Agenten gesagt.«

»Sind Sie sich dessen sicher? Das hier ist Mr. Lester Dant?«

»Er war natürlich jünger. Und er hatte nicht diese Narbe am Kinn. Aber das ist ohne jeden Zweifel Lester.«

Mir wurde übel. Die Theorie, an die ich meinen ganzen Glauben gehängt hatte, fiel in sich zusammen. Lester Dant, *nicht mein Bruder,* hatte Kate und Jason entführt. Für ihn hatte es keinen besonderen Grunds gegeben, sie am Leben zu lassen.

»Warum interessieren Sie sich für ihn?«

»Das ist jetzt alles nicht mehr wichtig, Reverend«, brachte ich mit Mühe über die Lippen. Niedergeschlagen wandte ich mich zum Gehen.

»»Es ist nur eine Routineuntersuchung«, hat der FBI-Agent gesagt.«

Ich warf einen Blick zu ihm zurück. »Für mich sicherlich nicht.«

»Was ist mit Ihnen, Mr. Denning? Sie sehen ganz elend aus.«

Ich hatte nicht die Absicht gehabt, ihm Näheres zu erzählen, aber irgendetwas an ihm provozierte es. Von Verzweiflung gepeinigt, schüttete ich ihm mein Herz aus. Ich bemühte mich, mit ruhiger Stimme zu sprechen, doch je mehr ich erzählte, umso stärker bebte sie.

Der Reverand starrte mich betroffen an. Er schien zu hoffen, dass ich endlich zum Ende meines Berichts kommen würde, doch ich erzählte ihm mehr – und immer mehr, und die Betroffenheit in seinem Gesicht wandelte sich allmählich in Mitleid für jemanden, der wegen eines Fehlers in seiner Kindheit zu ewigen Höllenqualen verdammt war.

»Das alles hat *Lester* getan?«

»Oder mein Bruder, der sich als Lester ausgab. Das war es, was ich herausfinden wollte.«

»Gott stehe ihm bei. Gott stehe *Ihnen* bei.«

»Ich hätte nichts dagegen, wenn er's täte.«

»Irgendwann werden alle Gebete erhört.«

»Aber leider nur selten zur rechten Zeit, Reverend.«

Es schien, als sei er im Begriff mir zu sagen, ich dürfe jetzt nicht den Glauben verlieren. Doch stattdessen seufzte er und deutete auf eine Bank. »Es gibt ein paar Dinge, die Sie über ihn wissen, die Sie verstehen sollten.«

»»Verstehen?« Ich hoffe, Sie kommen mir jetzt nicht mit Entschuldigungen oder verlangen von mir, dass ich Verständnis für ihn haben soll, Reverend, denn das Einzige, das ich wirklich möchte, ist, dass er seine Strafe bekommt. Und erzählen Sie mir nicht, ich solle die andere Wange hinhalten oder etwa Gott seine Bestrafung überlassen.«

»Sie haben es gerade selber gesagt.«

Wir betrachteten einander stumm.

»Sind Sie sich wirklich sicher, dass der Mann auf dem Foto Lester Dant ist?«, fragte ich schließlich erneut.

»Ja.«

Mir wurde noch übler. Dennoch musste ich die Wahrheit herausfinden. »Na schön, Reverend.« Resigniert ließ ich mich auf die Bank sinken. »Helfen Sie mir, ihn zu »verstehen«.«

5

»Und seine Eltern«, sagte der Reverend. »Sie müssen auch seine Eltern verstehen.« Er dachte eine Weile nach. »Die Dants…« Seine dünne Stimme klang jetzt kräftiger. »Ursprünglich gab es sechs Familien von ihnen. Sie lebten hier in der Gegend, solange sich irgendjemand zurückerinnern konnte. Zumindest hat mir das mein Vorgänger erzählt, als ich hierher versetzt wurde. Aber sie gehörten nicht wirklich zur Gemeinde. Man kann nicht einmal sagen, dass sie ein Teil der Vereinigten Staaten waren.«

»Ich kann Ihnen leider nicht mehr folgen, Reverend.«

»Sie waren Separatisten. Nonkonformisten. Eigenbrötler. Ihnen muss irgendwann vor langer Zeit – mein Vorgänger hatte die Theorie, dass es vielleicht zur Zeit des Bürgerkriegs gewesen sein könnte – etwas Schreckliches widerfahren sein. Sie kamen von einem Ort, den sie um jeden Preis vergessen wollten, hierher und ließen sich in der Gegend nieder, schon damals entschlossen, für sich allein zu bleiben.«

Eine Biene summte vor meinem Gesicht herum. Ich wedelte sie weg und schenkte meine Aufmerksamkeit wieder ganz dem Reverend.

»Natürlich konnten sie nicht völlig isoliert leben, wenn sie verhindern wollten, dass ihre Familien ausstarben. Sie mussten mit den Nachbarn in der Gegend zumindest sporadischen Kontakt aufrechterhalten, wenn sie junge Leute zum Heiraten finden wollten. Oberflächlich betrachtet, gab es vieles, das für sie sprach. Sie kannten ihre Bibel. Sie besaßen Land. Sie tranken und rauchten nicht, fluchten nicht und hielten sich vom Glücksspiel fern. Eine Zeit lang war es leicht, junge Leute zu finden, die in ihre Sippschaft einheirateten, meist aus Familien, die so arm waren, dass eine Heirat mit einem der Dants einen steilen Aufstieg bedeutete. Aber es sprach sich herum, wie ernst und streng sie waren, und die Dants mussten sich im weiteren Umkreis umsehen, wenn sie heiraten wollten, meist unter anderen strenggläubigen und ebenfalls isoliert lebenden Gruppen. Ihre Auswahl wurde immer begrenzter. Als mein Vorgänger in diese Gemeinde kam, gab es von den Dants nur mehr drei Familien.«

Ich schüttelte erstaunt den Kopf. »Wenn sie für sich bleiben wollten, wie kam es dann, dass jemand aus der Familie einen Eisenwarenladen betrieb?«

»Das war eine Art Lebensader, die für ihre Versorgung wichtig war. So sehr sie sich auch bemühten, es gelang ihnen nicht, völlig autark zu sein. Selbst in guten Jahren mit reichen Ernten gab es Dinge, die zum Leben notwendig waren, die sie nicht selber herstellen konnten. Für sie war Brockton so etwas wie ein fremdes Land, und der Eisenwarenladen war ihr Botschaftsterritorium. Sie exportierten ihren Überschuss an Getreide über den Laden und importierten Holz, Werkzeuge, Kleidung...«

»Medikamente.«

»Nein.« Reverend Benedict schüttelte den Kopf. »Keine Medikamente oder Arzneien. Die Dants waren nicht nur politisch und sozial Eigenbrötler und Nonkonformisten, sondern vor allem auch – was ihren Glauben betraf – strenge, bibelgläubige Fundamentalisten. Für sie war eine Krankheit ein Zeichen, dass der Betreffende das Missfallen Gottes erweckt hatte. Sie betrachteten es als Sünde, wenn man mit von Menschenhand erschaffenen Hilfsmitteln in Gottes Absichten und unergründliche Ratschlüsse eingriff.«

»Weil wir Menschen seit dem Sündenfall bereits als Sünder das Licht der Welt erblicken?«

»Wofür Gott uns, wie die Dants glaubten, von Geburt an bestraft«, erwiderte der Reverend.

»Mit einer solch selbstzerstörerischen Lebensanschauung grenzt es an ein Wunder, dass die Familie nicht ausgestorben ist.«

»Genau das ist der Punkt: Es gibt keine Dants mehr.« Reverend Benedict deutete mit einem knochigen Finger auf die Fotografie. »Außer Lester.«

»Wann haben Sie ihn eigentlich kennen gelernt?«

»Nach dem Feuer.«

»Dem Feuer?«

»Ich komme noch darauf zurück. Zuerst sollten Sie jedoch wissen, dass man hier im Ort wegen der Abneigung der Dants gegen Ärzte keine Ahnung hatte, wie viele Dants starben oder geboren wurden. Hin und wieder kam eine Anordnung von ihnen in den Ort, um die Dinge zu holen, die sie brauchten. Meist waren es Männer, aber manchmal auch Frauen und Kinder. Ich nehme an, es ging ihnen vor allem darum, den Familienmitgliedern zu zeigen, wie korrupt und schlecht die Außenwelt war. Es könnte sein, dass wir für sie genauso merkwürdig aussahen wie sie für uns.«

»Wieso merkwürdig?«

»Die Auswirkungen der Inzucht waren allmählich zu sehen.«

»Die Gesundheitsbehörden unternahmen nichts dagegen?«

»Hin und wieder fuhr mal ein Streifenpolizist zu ihnen raus, um nachzusehen, ob alles in Ordnung war, aber weswegen hätte man gegen sie Anklage erheben sollen? Weil sie für sich sein wollten?«

»Wegen Gefährdung von Kindern.«

»Schwer zu beweisen, wenn die Kinder alle gut genährt sind und die Heilige Schrift kennen.«

»Gibt es denn kein Gesetz, dass Kinder in die Schule gehen müssen?«

»Die Dants engagierten einen Anwalt, der den Behörden gegenüber geltend machte, dass die Kinder zu Hause eine angemessene Ausbildung erhielten. Am Ende lief alles auf das Recht zur freien Religionsausübung hinaus. Heute würde man solche Leute als strenggläubige Fundamentalisten bezeichnen. Aber sie waren weder bewaffnet noch planten sie, die Regierung zu stürzen, deshalb kamen die Behörden zu dem Schluss, dass es weit mehr Unruhe erregen würde, die Dants vor Gericht zu zerren, als sie in Frieden zu lassen. Leben und leben lassen, war das Motto. Das ging so bis zu dem Wochenende, an dem Lesters Mutter zu der Gruppe gehörte, die in die Stadt kam.«

Ich hörte noch aufmerksamer zu.

»Sie hieß Eunice und war deutlich erkennbar schwanger, aber anscheinend fand ihr Ehemann, dass sie noch nicht so weit war, die Fahrt in die Stadt nicht mitmachen zu können. Als sie aus dem Eisenwarenladen trat, brach sie wie vom Blitz getroffen plötzlich auf dem Bürgersteig zusammen und wand sich vor Schmerzen. Ihr Mann, Orval, schien das nicht so ernst zu nehmen, denn er hob sie auf und versuchte, sie in den Wagen zu setzen. Doch als er das Blut an ihrem Kleid und die Blutlache auf dem Gehsteig sah, blieb er eine Weile irritiert und unschlüssig stehen. Nicht lange, aber lange genug, dass ein Arzt und ein Polizist – wir hatten damals von beiden mehrere in der Stadt – sahen, was vor sich ging, und die Frau auf der Stelle ins Krankenhaus brachten. Orval versuchte zunächst sie aufzuhalten, aber selbst ihm war schnell klar, das Eunice eine Frühgeburt hatte.«

»Dieser Mistkerl war bereit, ihr Leben aufs Spiel zu setzen?«

»Er hat es nicht leichten Herzens getan. Orval erzählte dem Arzt und dem Polizisten, dass ihm das Kind mehr als alles andere in der Welt bedeutete, dass Eunice in den letzten Jahren bereits drei Totgeburten gehabt hatte, dass sie sich beide nichts sehnlicher wünschten, als noch einmal ein Kind, und das Gott Eunice schließlich mit dieser erneuten Schwangerschaft gesegnet habe. Aber wenn sie sich jetzt in die Obhut eines Arztes begäben, wäre dies dasselbe, als würden sie Gott sagen, dass sie kein Vertrauen in ihn hätten, erklärte Orval den beiden. Wenn sie sich in Gottes Plan einmischten, würde das Kind auf ewig verdammt sein. Orval war so überzeugt davon, dass er tatsächlich den Versuch unternahm, Eunice auf seinen eigenen Armen aus dem Krankenhaus zu tragen. Aber der Arzt warnte ihn, dass seine Frau und das Kind sterben würden, wenn sie nicht in der Klinik blieben, wo ihnen ärztliche Hilfe sicher wäre. Der Polizist war weitaus deutlicher. Er drohte Orval, ihn wegen Mordversuchs zu verhaften, wenn er versuchen sollte, seine Frau aus der Klinik fortzuschaffen. Inzwischen war das Baby bereits auf dem Weg, und sogar Orval begriff, dass er die ärztliche Hilfe zulassen musste, ob er wollte oder nicht, denn Eunice wäre während der Geburt fast an Blutverlust gestorben. Und auch das Baby wäre beinahe gestorben, weil es so klein und schwach war.«

»Das Baby war Lester?«

»Ja. Orval und Eunice waren strikt dagegen, ihren Kindern Namen mit einer religiösen Bedeutung zu geben. Sie meinten, das sei Abgötterei. Für sie schieden deshalb Matthew, Mark, Luke und John von vornherein aus. Und wenn man bei der Suche nach Namen ganz auf die Bibel verzichtet, bleibt einem keine sonderlich große Auswahl mehr. Lester schien neutral.«

»Und was geschah weiter?«

»Mein Vorgänger ging in Pension. Ich kam nach Brockton und nahm seine Stelle ein. Bevor er wegfuhr berichtete er mir alles, was es über die Gemeinde zu wissen gab, unter anderem auch das, was ich Ihnen eben erzählt habe. Er sagte, dass das Kind – entgegen den Befürchtungen der Ärzte – überlebt hatte. Und er erzählte, dass Orval eine Woche vor meiner Ankunft das Kind in die Stadt gebracht hatte, um allen zu zeigen, was für ein gesunder Junge es wäre, und sicherlich auch, um den Ärzten zu beweisen, dass allein der Wille Gottes wichtig ist.«

»Aber...« Ich war ein wenig irritiert. »Was hat das alles damit zu tun, dass... Sie haben gesagt, Sie hätten Lester nach einem Feuer kennen gelernt?«

»Das war Jahre später.«

Ich beugte mich interessiert vor.

»Der Rauch weckte an diesem Morgen so ziemlich jeden in der Stadt. Ich weiß noch, es war am Wochenende vor dem Tag der Arbeit. Eine Hitzewelle war eben zu Ende gegangen, und die meisten Leute hatten ihre Klimaanlagen ausgeschaltet und die Fenster offen, um über Nacht die erfrischende Brise ins Haus zu lassen. Meine Frau und ich liefen hustend nach draußen, um nachzusehen, wessen Haus brannte. Dann sah ich aber, dass das Feuer nicht in Brockton ausgebrochen war. Obwohl über der ganzen Stadt ein Rauchschleier lag, konnte ich in der Dunkelheit den Schein des Feuers in südlicher Richtung am Horizont sehen, dort wo die Farm von Orval und Eunice lag. Ich wusste, dass es nicht die Farm von einem der anderen Dants sein konnte, weil Orval, Eunice und Lester inzwischen die einzigen Dants waren, die es noch gab.

Jemand löste in der Feuerwache Alarm aus, das Signal, das freiwillige Helfer rief. Aber als ich dort ankam, war den Leuten bereits klar, dass das Feuer nicht in der Stadt ausgebrochen war. Es gab heftige Diskussionen, ob es richtig wäre, zu den Dants hinauszufahren und ihnen zu helfen, oder ob wir Orval und Eunice dafür bezahlen lassen sollten, weil sie immer darauf bestanden hatten, dass sie uns nicht brauchten. Das Ergebnis der Diskussion machte mich richtig stolz auf die Stadt. Die Feuerwehr füllte einen ihrer Löschwagen mit Wasser und fuhr damit zu den Dants hinaus, gefolgt von einer Menge Leute in ihren eigenen Wagen. Doch bereits bevor wir in die Nähe des Feuers kamen, wurde angesichts des riesigen Lichtscheins am Horizont klar, dass selbst ein Dutzend Löschwagen voller Wasser nichts mehr ausrichten konnten.

Es hatte seit einem Monat nicht mehr geregnet. Der Wind frischte auf. Links von der Straße, die zur Farm führte, brannten die ausgetrockneten Weiden und Felder. Sogar Bäume und ein Waldstreifen brannten lichterloh. In der Ferne standen ein Farmhaus und eine Scheune in Flammen. Wir taten, was wir konnten, um zu verhindern, dass sich das Feuer über die Straße ausbreitete. Sonst konnten wir nichts mehr bewerkstelligen. Inzwischen war es hell geworden, und jemand deutete auf ein brennendes Feld. Ich schaute in die Richtung und sah einen jungen Mann, der taumelnd vor den Flammen her lief. Im Laufen schlug er auf seine qualmenden Kleider, erreichte einen Zaun und fiel darüber. Ich war als Erster bei ihm. Er schluchzte wimmernd. Ich hab' noch nie in einem Leben Augen gesehen, die so riesengroß waren vor Angst wie seine, doch es war offensichtlich, dass er nichts wahrnahm, was um ihn herum geschah. Er war blind vor Angst und Entsetzen. Ich versuchte, ihn aufzuhalten, aber er kam wieder auf die Beine und stolperte die Straße hinab. Es waren drei ausgewachsene Männer nötig, ihn auf den Boden zu pressen und den Rauch zu ersticken, der aus seinen Klamotten aufstieg.«

»Der junge Mann war Lester?«

Der Reverend nickte. »Erst drei Tage später war er in der Lage, uns zu erzählen, was passiert war. Nachdem wir ihn auf den Boden niedergerungen hatten, schien sich in ihm irgendetwas auszuschalten. Er verfiel in eine Art katatonische Starre. Wir brachten ihn ins Krankenhaus. Er hatte keine ernsthaften Verbrennungen oder andere Verletzungen davongetragen, deshalb behandelten ihn die Ärzte gegen Schock. Als er transportiert werden konnte, brachten meine Frau und ich ihn hierher.« Reverend Benedict deutete auf das Haus hinter der Kirche.

Seine Augen wurden traurig. »Als sich Lester wieder einigermaßen erholt hatte, erzählte er uns von dem Feuer und wie der Rauch und die bellenden Hunde ihn geweckt hatten. Er hatte geschrien, um seine Eltern zu alarmieren, hatte versucht, durch den Korridor zu ihrem Zimmer zu rennen, aber die Flammen loderten bereits vor seiner Tür bis zur Decke empor, und er war aus dem Fenster geklettert. Auch draußen im Hof hatte er versucht, seine Eltern zu warnen, doch durch das Prasseln der Flammen in ihrem Schlafzimmer hörte er bereits ihre verzweifelten Schreie. Es war auch nicht mehr möglich, sie durch das Fenster herauszuholen, die Hitze stand wie eine undurchdringliche Wand vor ihm. Der Wind sorgte dafür, dass das Feuer um sich griff. Die Scheune und sämtliche Schuppen, die Felder und Wälder – alles brannte. Er entkam dem Flammeninferno nur deshalb, weil er sich in den Wassertrog für die Rinder warf und dann mit nassen Kleidern über eine bereits brennende Wiese rannte. In der Woche, die er bei uns verbrachte, wachte er nachts oft schreiend auf, weil er Albträume hatte, in denen er die Todesschreie seiner Eltern hörte.«

Ich stellte mir die Todesqualen von Lesters Eltern vor und schüttelte betroffen den Kopf. »Hat man je herausgefunden, was die Ursache für das Feuer war?«

»Lester erzählte, dass am Abend davor ein Lichtschalter in der Küche kaputtging. Sein Vater wollte ihn am nächsten Morgen reparieren.«

»Ich kenne mich ziemlich gut mit Häusern aus. Es klingt tatsächlich so, als hätte es sich um einen Kurzschluss gehandelt«, sagte ich. »Feuer kann sich unheimlich schnell entlang defekter Leitungen ausbreiten und hinter Wänden zu glosten beginnen. Wenn es dann hervorbricht, sind die Flammen überall zugleich.«

»Nach dem, was Lester erzählt hat, muss es furchtbar schnell um sich gegriffen haben.«

»Und was ist dann passiert? Sie sagten, er wäre eine Woche bei Ihnen geblieben.«

»Wir wollten, dass er länger bleibt, aber eines Morgens war er, als meine Frau und ich nach ihm sahen, verschwunden.«

»Verschwunden?«

»Wir hatten ihm etwas zum Anziehen gekauft. Die Sachen waren auch verschwunden. Ein Kissenbezug fehlte ebenfalls. Er hat ihn wahrscheinlich als Beutel benutzt. Aus der Küche nahm er Brot, Kekse und etwas kalten Braten mit.«

»Er ist mitten in der Nacht fortgegangen? Wieso das?«

»Ich glaube, das hatte etwas damit zu tun, dass ich Pfarrer bin und unser Haus direkt neben der Kirche steht.«

»Das verstehe ich nicht. Lester stammte doch aus einer gottesfürchtigen Familie. Wieso sollte ihn die Kirche gestört haben?«

»Ihr Glaube unterschied sich ziemlich drastisch von meinem.«

»Trotzdem verstehe ich nicht…«

»Die Dants glaubten, dass Gott sich von uns abwendet, weil wir Menschen allesamt in Sünde leben. Ich dagegen predige, dass Gott uns liebt, weil wir Seine Kinder sind. Ich hatte die ganzen Jahre über den Verdacht, dass Lester an dem Abend, bevor er davonlief, gehört hat, wie ich mich auf meine Sonntagspredigt vorbereitete. Vermutlich dachte er, er hört die Worte Satans.«

»Und Sie haben ihn nie wiedergesehen?«

»Nein. Nicht bis letztes Jahr, als der FBI-Agent mir dieses Foto zeigte.«

Deprimiert sah ich auf das Foto hinab – auf Lester Dant, nicht auf meinen Bruder. Die Hoffnung, die mich bei meiner Suche vorangetrieben hatte, war versiegt.

Reverend Benedict blickte traurig von dem Foto auf. »Meine Frau und ich wollten immer Kinder, aber leider konnten wir keine bekommen. Als sich Lester bei uns von dem Unglück erholte, haben meine Frau und ich oft darüber gesprochen, ihn zu adoptieren; und als er weglief, war es für uns, als hätten wir unser eigenes Kind verloren.« Er blickte zu dem Friedhof jenseits des Rosengartens hinüber. »Sie ist letzten Sommer gestorben.«

»Das tut mir Leid.«

»O Gott, wie ich sie vermisse!« Er sah auf seine runzligen Hände hinab. »Das letzte, das ich von Lester hörte...« Die aufwallenden Gefühle ließen ihn eine Weile verstummen. »Einen Monat, nachdem er weglief«, fuhr er fort, »war er in Loganville. Das ist eine Stadt hundert Meilen östlich von hier. Ein Pfarrerkollege erwähnte bei einem Treffen beiläufig einen verstörten, hilflosen jungen Mann, der eines Tages dort aufgetaucht wäre und um den sich angeblich Mitglieder der Gemeinde kümmerten. Ich fuhr hin, um herauszufinden, ob es sich um Lester handelte, und um ihn zu überreden, mit mir nach Hause zurückzukommen, aber als ich dort ankam, war er nicht mehr da. Wenn ich ihn irgendwie davon hätte überzeugen können, bei uns zu bleiben...« – der Reverend seufzte tief – »... vielleicht wäre dann keine der Tragödien passiert, für die er verantwortlich ist.«

»Sie haben alles getan, was sie konnten. Was geschah, ist allein Lesters Schuld.«

»Das entscheidet nur Gott allein.«

Das Gespräch hatte ihn offensichtlich ermüdet. Ich erhob mich von der Bank und reichte ihm die Hand. »Vielen Dank, Reverend. Das alles war sicherlich sehr schmerzlich für Sie. Ich danke Ihnen, dass Sie die Mühe auf sich genommen haben.«

»Meine Gebete begleiten Sie.«

»Das kann ich gebrauchen. Sie sagten, dass Orval und Eunice südlich der Stadt wohnten?«

»Ungefähr acht Meilen.«

»Dort sieht jetzt alles anders aus, nehme ich an.«

»Eine landwirtschaftliche Produktions- und Vertriebsgenossenschaft hat irgendwann das Land übernommen, das jetzt wieder bewirtschaftet wird. Aber es hat sich nicht viel verändert. Wenn Sie in diese Richtung fahren, können Sie das niedergebrannte Farmhaus von der Straße aus sehen.«

6

Ich kann mich nicht mehr daran erinnern, wie ich von Brockton nach Süden fuhr. Tatsächlich war ich von dem, was ich soeben erfahren hatte, so aufgewühlt, dass es an ein Wunder grenzt, dass ich nicht von der schmalen Straße abkam und irgendetwas rammte. Offen gestanden hatte ich keine Ahnung, warum ich dorthin wollte, wo das Feuer gewütet hatte. Doch die Alternative war, ohne eine Perspektive nach Denver zurückzufahren, und das wollte ich um keinen Preis. Paynes Worte geisterten mir immer wieder durch den Kopf: »Es gibt nichts Besseres, als vor Ort zu recherchieren und persönlich mit den Menschen zu sprechen, die einen interessieren...« Die niedergebrannte Farm der Dants war sicherlich das, was Payne mit »vor Ort« meinte.

In meinem Zustand hätte ich das verwitterte und zum

Teil von Büschen und Kletterranken überwucherte Schild am Straßenrand sicherlich übersehen, doch etwas in meinem Unterbewusstsein registrierte es und lenkte meine Aufmerksamkeit darauf. Es war ein großes Stück Sperrholz. Die einst vermutlich schwarzen Lettern darauf waren zu einem fahlen Grau verblasst.

BEREUE.

Das war alles, aber es genügte, mir klar zu machen, dass ich das ehemalige Hoheitsgebiet der Dants betreten hatte. Rechts drüben, jenseits einer Wiese, sah ich ein Farmhaus. Es war ein ziemliches Stück von der Straße entfernt, doch selbst von hier aus konnte ich erkennen, dass es sich bedenklich zur Seite neigte und bald einstürzen würde. Die Fenster waren eingeschlagen und das Dach der Scheune daneben war bereits heruntergebrochen.

Doch der Reverend hatte gesagt, dass das Land von Orval Dant sich links von der Straße erstreckt hatte, und ich richtete deshalb meine Blicke dort hinüber und entdeckte die verkohlten Stümpfe von Zaunpfosten entlang der Felder, auf denen das Getreide bereits kniehoch stand. Gleich darauf fuhr ich an einem kleinen Wäldchen vorüber, in dem hohe, verkohlte und kahle Baumstämme zwischen vergleichsweise niedrigeren, üppig grünenden jungen Bäume emporragten. Als wieder offenes Land vor mir lag, sah ich die von Unkraut und Gestrüpp überwucherten Gräben einer Staubstraße, die zu einem etwa eine Viertelmeile entfernten Hügel nicht genau definierbarer Natur neben einer weiteren Anpflanzung junger Bäume führte.

Ein Metalltor versperrte mir den Weg; es war mit einer Kette und einem Vorhängeschloss gesichert. Ich stieg aus und zog am Bügel des Schlosses, der sich nicht bewegen ließ. Ein aufkommender Wind trug einen Hauch des sich ankündigenden Regens mit sich. Am Morgen war der Himmel noch strahlendblau gewesen, doch jetzt war er diesig, und am Horizont ballte sich bleiernes Grau. Es würde noch ein paar Stunden dauern, bis es zu regnen anfing. Trotzdem griff ich in den Wagen und holte meinen Rucksack heraus, in dem sich unter anderen Dingen etwas Proviant für unterwegs, eine Wasserflasche und eine Regenjacke befanden. Dabei ging es mir natürlich vor allem um die Jacke, doch davon abgesehen hatte ich auf die harte Art gelernt, dass sich eine scheinbar harmlose Wanderung durch den Wald möglicherweise völlig anders entwickeln konnte als ursprünglich geplant. Außerdem hatte ich auch aus dem gelernt, was mir vor drei Nächten auf dem Rastplatz an der Interstate widerfahren war. Auch die Pistole steckte im Rucksack.

Ich spürte, dass sich ihre beruhigende Last gegen meinen Rücken presste, als ich über den Zaun stieg. Auf der anderen Seite sprang ich herab, und Staub wirbelte unter den Sohlen meiner Joggingschuhe auf. Ich marschierte los, doch während mein Blick über die Büsche in den Gräben rechts und links von mir schweifte, erinnerte ich mich an etwas, das Kate, Jason und ich in dem Sommer, bevor sie entführt wurden, gemacht hatten. Ein befreundeter Architekt war oben in den Bergen Besitzer einer alten Blockhütte geworden. Bäume und Gestrüpp hatten die Hütte fast vollkommen überwuchert, und so hatte er an einem Sonntag all seine Freunde eingeladen, ihm beim Roden zu helfen, wofür er als Gegenleistung alle mit gegrillten Steaks und Bier bis zum Abwinken bewirtete. Natürlich waren auch die Familien willkommen gewesen. Jason hatte darauf bestanden, mit den Männern und vorzugsweise an meiner Seite zu arbeiten, und die Begeisterung, mit der der kleine Kerl die gerodeten Büsche und schweren Äste wegschleppte, hatte mich stolz auf ihn gemacht. Er brachte sogar Kate zum Lachen, als er sich mit Händen und Füßen wehrte, weil sie ihm den Schmutz und den Schweiß aus dem Gesicht wischen wollte; dann würde er doch, wie er prustend behauptete, wie ein Schwächling aussehen.

Fast ohne dass ich es bemerkte, beschleunigte ich vor Wut und Frustration, ihnen noch immer kein Stück näher gekommen zu sein, meine Schritte. Ich wurde schneller und schneller und bald rannte ich, so schnell mich meine Füße trugen, die Straße entlang. Die heiße Sonne brannte auf meinem Gesicht, Schweiß perlte auf meiner Haut, und meine Jeans und mein Hemd klebten an meinem Körper.

Die Viertelmeile, die ich lief, kam mir zu kurz vor. Ich war so in Rage, dass ich Meile um Meile in diesem Stil hätte zurücklegen können, wie in den Wochen, bevor ich Denver verlassen hatte. Aber zu Hause in Denver hatte mich Hoffnung beseelt, während mein blindwütender Sprint auf dieser Staubstraße lediglich der Ausdruck meiner Niederlage war.

Erst am Ende der Straße wurde ich langsamer. Der große Hügel, den ich von der Ferne gesehen hatte, entpuppte sich als die verkohlten Wände eines eingestürzten Holzhauses. Die Bretter waren nur mehr längliche, an den Rändern ausgefranste Platten aus Holzkohle, zusammengestürzt zu einem chaotischen Haufen. Trockenes Laub hatte sich in den Spalten und Löchern dazwischen angesammelt. Dorniges Gestrüpp und Schlingpflanzen, deren dreiblättrige Anordnung an Giftsumach denken ließ, wuchsen aus den Trümmern empor. Dahinter war ein noch größeres Gebäude – vermutlich die Scheune – ebenfalls niedergebrannt und eingestürzt.

Obwohl ich schwitzte, war mir kalt. Ich projiziere nur meine Stimmung auf das, was ich sehe, versuchte ich mich zu beruhigen. Trotzdem konnte ich nicht ignorieren, was hier geschehen war. Keine zehn Meter von dort, wo ich stand, waren Lester Dants Eltern verbrannt. Das Grauen überwältigte mich.

Was, zum Teufel, tue ich hier?, dachte ich. Ich war bereits im Begriff zum Wagen zurückzugehen, als etwas jenseits des ausgebrannten Hauses meine Aufmerksamkeit erweckte: ein etwa zehn mal zehn Meter großes Areal, das von einer niedrigen Steinmauer umgeben war. Die Steine der Mauer waren schwarz vom Feuer; einige lagen herausgebrochen daneben. Ich ging an der Ruine des Hauses vorbei, wobei ich darauf achtete, nicht mit dem Giftsumach in Berührung zu kommen, und näherte mich dem von der Mauer umgebenen Areal. In einer Seite der Mauer gab es eine Öffnung, wo vielleicht einmal ein Tor gewesen war, und als ich näher kam, sah ich, dass das umschlossene Geviert ebenfalls von Giftsumach, Büschen und Dornengestrüpp überwuchert wurde. Doch mitten in dem Chaos entdeckte ich eine Reihe von Steinhaufen in regelmäßigen Abständen. Ich trat näher und sah, dass es mehrere solche Reihen von Steinhaufen gab, und jetzt erst begriff ich, dass dies hier ein Friedhof war. Doch statt kleiner Hügel aus Erde gab es hier vor den Steinhaufen flache Mulden, wo das Erdreich in die vermodernden hölzernen Särge und auf die verwesenden Leichen in ihnen hinabgesunken war. Solche Mulden vor den Grabsteinen konnte man auf fast allen alten Friedhöfen sehen. Der einzige Grund, warum sie nicht auf Friedhöfen von heute zu entdecken sind, ist der, dass die Särge inzwischen stabiler und die Gräber oft mit Beton verschalt sind. Ein Betondeckel wird darauf gelegt, nachdem der Sarg in das Grab hinabgelassen worden ist und die Trauergemeinde sich zerstreut hat.

Innerhalb dieser trostlosen Einfriedung, vor der ich stand, waren Generationen von Dants beerdigt worden. Ich stellte mir den Schmerz und das Gefühl der Verlassenheit und Einsamkeit vor, mit dem ihre Angehörigen sie zur letzten Ruhe gebettet hatten. Was mich am tiefsten berührte, war der Umstand, dass die meisten der Gräber sehr kurz waren, was darauf schließen ließ, dass hier viele Kinder begraben waren.

Ich weiß nicht, wie lange ich auf die Gräber starrte und über die unabhängige Gemeinschaft nachdachte, die die Dants hier hatten gründen wollen. Auf welch deprimierende Weise ihre Träume doch gescheitert waren. Schließlich wandte ich mich ab und ging um die Rückseite der Ruinen herum.

Ein kleines Tier huschte durch die Bäume hinter mir. Ein Eichhörnchen vielleicht. Doch weil ich nirgendwo auf dem Gelände ein Zeichen von Leben bemerkt hatte, ließ mich das Geräusch erschreckt zusammenfahren. Nicht einmal Vögel gab es hier.

Die Sonne stach jetzt noch heißer vom Himmel. Ich wischte mir den Schweiß von der Stirn und registrierte, dass die Sturmwolken ein wenig näher gerückt waren. Einen Bogen um ein Gestrüpp dicht wuchernder Sumachranken schlagend, schritt ich weiter. Plötzlich schien der Boden unter meinen Füßen zu schwanken. Einen Augenblick lang fürchtete ich, dass mit meinem Gehirn etwas nicht in Ordnung war, dass ich einen Schlaganfall erlitten und mein Gleichgewichtsgefühl verloren hatte. Meine Beine schienen unter mir nachzugeben, und ich rang entsetzt nach Luft, als ich, starr vor panischem Entsetzen, begriff, dass weder mein Gehirn noch meine Beine versagten. Der Boden gab unter mir nach. Ich brach ein und fiel.

Ein Ächzen entrang sich meinen Lungen, als mein Fall jäh gebremst wurde; ich steckte an den Hüften fest. Meine Beine strampelten in einem leeren, unterirdischen Raum. Mit hämmerndem Herzen stemmte ich meine Hände gegen den Boden und versuchte, mich aus dem Loch zu befreien, in dem ich feststeckte.

Im selben Augenblick spürte ich, wie der Boden auch unter meinen Fingern nachgab. Je stärker ich meine Hände gegen die Erde stemmte, umso tiefer sanken sie ein. Ich fiel erneut, doch meine ausgestreckten Arme fanden im letzten Moment Halt, bevor ich ganz in das immer größer werdende Loch stürzte.

Meine Beine stießen hilflos in die Luft; mein Körper schaukelte in der Leere unter mir hin und her. Nur noch mein Kopf und meine Schultern ragten aus der Erde. Während ich nach Luft rang und nicht genug davon in meine keuchenden Lungen bekam, hörte ich unter mir ein leises Klappern. Erneut gab der Boden nach. Klumpen von Erdreich fielen mit einem dumpfen Laut hinab; das Klappern wurde lauter. Ich schrie auf und stürzte vollends in das Loch.

7

Meine Füße krachten auf den Boden. Der Aufprall stauchte meine Knie zusammen, und ich prallte mit dem Rücken gegen irgendetwas Hartes. Der Rucksack rammte gegen meinen Rücken, und die Taschenlampe, die Wasserflasche und die Pistole bohrten sich schmerzhaft in meine Schulterblätter und Rippen.

Mein Hinterkopf schlug auf, und fast hätte ich das Bewusstsein verloren. Der modrige Geruch nach Erde weitete meine Nasenflügel. Dann veranlasste mich ein aufgebrachtes Rasseln, mich fester gegen das zu pressen, wogegen ich geprallt war.

Es fühlte sich wie eine Wand an. Sie bestand aus offenbar stark vermodertem Holz. Zugleich registrierte ich, dass das, worauf ich gefallen war, die ebenfalls vermoderten Überreste einen Holzfußbodens waren. Darunter lugte Beton hervor. Wasser stand so hoch, dass es in meine Schuhe drang und meine Hosenbeine durchnässte. Aber das war alles völlig unerheblich. Das Einzige, was mir Angst einflößte, war das Rasseln in der dunklen Ecke auf der anderen Seite des unterirdischen Raums und die schlängelnden Bewegungen im Sonnenlicht, das durch das Loch in der Erde fiel.

Schlangen. Ich rappelte mich hoch und presste mich in eine Ecke. Die Taschenlampe! Hol die verdammte Taschenlampe raus, dachte ich. Mit fliegenden Fingern zerrte ich den Rucksack von meinem Rücken, riss den Reißverschluss auf, griff hinein und tastete nach der Lampe. Ich knipste sie an und richtete ihren starken Lichtstrahl auf die dunkle Ecke mir gegenüber.

Der Fußboden dort drüben schien zu wogen von sich windenden, sich zusammenringelnden Schlangen; ihr wütendes Rasseln widerhallte gespenstisch von den Wänden. Ein Stöhnen stieg in meiner Kehle auf und blieb mir im Hals stecken. Mit einem Ruck richtete ich den Lichtstrahl auf das brackige, schaumige Wasser zu meinen Füßen, weil ich Angst hatte, dass sich auch dort Schlangen bewegten. Doch in dem grünlichen Wasser war nichts zu sehen. Es war etwa fünf Zentimeter tief, und ich betete, dass in dieser grünlichen, brackigen Brühe irgendetwas vor sich hin gärte, das für die Schlangen schädlich war. Der Fußboden neigte sich zu der Ecke, in der ich kauerte, was erklärte, warum sich hier das Wasser gesammelt hatte, doch rechts und links von mir und in der Ecke gegenüber war der Holzfußboden trocken, weshalb sich die Schlangen auf dieser Seite des Raums zusammengeringelt hatten.

Wie weit kann eine Klapperschlange vorschnellen?, überlegte ich. Ihre doppelte Länge? Die dreifache? Wenn dem so war, dann konnten mich die Schlangen erreichen, wenn sie mich über das Wasser hinweg angreifen wollten. Doch mein Sturz hatte sie erschreckt, und sie schlängelten sich rückwärts, wobei sie sich angriffsbereit krümmten. Die Masse ihrer sich windenden Leiber war jedoch auf der anderen Seite des Raums, in ausreichender Entfernung, um mich für den Moment noch in Sicherheit zu fühlen.

Der Raum. In was, zum Teufel, war ich da gefallen? Es war etwa so groß wie eine Doppelgarage. Links von der gegenüberliegenden Ecke war ein Teil der Wand eingestürzt. Hinter der hölzernen Einfassung war die Isolierung und der Beton nach innen gebrochen und feuchtes, dunkles Erdreich war zu sehen. Eine schräg nach oben verlaufende Höhlung im Erdreich ließ erkennen, dass, wer immer die Betonwände für diesen Raum gegossen hatte, nicht darauf bedacht gewesen war, dahinter eine funktionierende Dränage zu bauen. Regen war durch die Erde gesickert und hatte sich hinter der Betonmauer angesammelt, bis die Wand durch das Gewicht des Wassers eingedrückt worden war.

Die Lücke in der Wand erklärte, wie das Wasser in diese unterirdische Kammer gekommen war. Natürlich war es auch durch die Decke geflossen, die nicht aus Beton, sondern aus Holzbalken und darauf genagelten Sperrholzplatten bestand, wie man an dem Loch, durch das ich gebrochen war, deutlich erkennen konnte. Über das Ganze hatte jemand eine wasserdichte Gummiplane gespannt und darauf zwei Handbreit Erde geworfen. Doch nichts hatte Mäuse und anderes kleines Getier davon abgehalten, sich durch die Erde zu graben und Löcher in die Gummiplane zu nagen. Sobald der Regen bis zu den Holzbalken durchgesickert war, begann ein Vermoderungsprozess, der das Dach schließlich so morsch werden ließ, dass es kein Gewicht mehr trug.

Doch die Kammer war offenkundig vor vielen Jahren gebaut worden. Während dieser langen Zeit hätten sich dort, wo ich stand, mehr als nur ein paar Zentimeter Wasser ansammeln müssen. Wahrscheinlich gab es im Beton des Fußbodens einen Riss, durch den das Wasser wegsickerte. Dies wiederum hatte zu einer Erosion unter dem Boden der Kammer geführt, was erklärte, weshalb sie sich in Richtung der Ecke neigte, in der ich war.

Ich starrte zu dem eingestürzten Teil der Wand hinüber. Durch das Erdreich führte eine Rinne aufwärts zur Oberfläche, durch die die Schlangen kriechen und nach draußen gelangen konnten. Ich überlegte fieberhaft, ob es möglich war, mich durch diese Höhlung nach oben zu graben, wobei ich das Erdreich hinter mich in die Kammer würde werfen müssen, was allerdings die Schlangen sicherlich zusätzlich reizen könnte.

Überhaupt – wie sollte ich an den Schlangen vorbei kommen? Als das Rasseln lauter zu werden schien, klemmte ich die Taschenlampe unter meinen rechten Arm, griff mit der Linken in den Rucksack und tastete nach der Pistole. Sogleich erkannte ich den schwachen Punkt in meinem Plan. Selbst mit fünfzehn Schuss im

Magazin und einem in der Kammer, plus einem weiteren Fünfzehn-Schuss-Magazin im Rucksack, konnte ich nicht alle Schlangen töten. Oh, ich konnte die meisten von ihnen treffen. Es waren so viele, dass es schwierig gewesen wäre, danebenzuschießen. Aber *alle?* Sie alle töten und nicht nur verletzen? Das war unmöglich. Außerdem musste ich die Auswirkungen der Schüsse bedenken. Das Krachen würde die überlebenden Schlangen in wilde Erregung versetzen, und sie würden wahllos ihre Giftzähne in alles schlagen, was sich bewegte. Selbst wenn sie dazu das Wasser überwinden müssten, könnten sie mich erreichen. Nicht zu vergessen, waren auch die Querschläger, die durch die Betonkammer jaulen und mich möglicherweise treffen würden.

Ich presste mich fester in die Ecke. Bleib ganz ruhig, versuchte ich mich zu beschwichtigen und mühsam meinen keuchenden Atem zu dämpfen. Wenn die Schlagen mitkriegen, dass du keine Bedrohung für sie bist, werden sie sich beruhigen.

Hoffte ich. Doch ich hatte keine Ersatzbatterien für die Taschenlampe dabei. In ein paar Stunden würde die Lampe ihren Geist aufgeben. Und ein paar Stunden später würde die Sonne untergehen. Dann fiel durch das Loch in der Decke kein Licht mehr herein, ich saß im Dunkeln in der Falle und würde nicht wissen, ob die Schlangen das Wasser, das wahrscheinlich gar nicht schädlich für sie war, einfach ignorierten und, angezogen von meiner Körperwärme, näher glitten.

Also musste das fahle Licht, das durch das Loch in der Decke hereindrang, ausreichen. In der Hoffnung, dass sich meine Augen an die Dunkelheit gewöhnen würden, knipste ich die Taschenlampe aus, um die Batterien zu schonen. Trotz des kalten Wassers, in dem ich stand, rann mir der Schweiß über das Gesicht. Ich zitterte vor Angst. Hör auf, dich zu bewegen!, gemahnte ich mich. Du musst so reglos wie ein Stück Holz werden. Ich spannte meine Muskeln an, um das Zittern zu unterdrücken.

Zunächst dachte ich, ich bildete es mir nur ein. Doch lange Minuten später, nachdem ich das Licht ausgemacht und mich mit schierer Willenskraft dazu gezwungen hatte, völlig reglos in der Ecke zu verharren, wurde das Rasseln der Hornklappern leiser. Allmählich ebbte die gereizte Erregung der Schlagen ab. Meine Augen hatten sich mittlerweile soweit an die Dunkelheit gewöhnt, dass ich erkennen konnte, wie sich die zum Zustoßen gekrümmten Schlangekörper entspannten. Ihre starren Blicke waren nicht mehr unverwandt auf mich gerichtet. Ihre Bewegungen wirkten weniger bedrohlich. Einige krochen durch die Höhlung zur Oberfläche hinauf.

Aber Schlangen mochten Wärme. Warum hatten sie sich in dieser kühlen unterirdischen Kammer zusammengeschart, anstatt draußen in der Sonne zu liegen? Was hatte sie unter die Erde getrieben? Die Frage jagte mir einen kalten Schauder über den Rücken, der sich in einem über meine Kopfhaut rieselnden Prickeln konzentrierte, als die wenigen Schlangen, die nach oben gekrochen waren, wieder zurückkamen. Gott steh mir bei! Was war dort oben, das sogar Klapperschlangen nicht mochten?

Das Rasseln war jetzt fast vollkommen verstummt, und nur noch ein paar Schlangen verharrten zum Zustoßen gekrümmt. Dann wurde es in dem Raum, vom Hämmern meines Herzens abgesehen, völlig still. Durch das Loch, durch das ich gefallen war, hörte ich Geräusche. Der Wind frischte auf und fuhr heulend durch die Büsche. Ich hörte ein dumpfes Rumoren, das, wie ich zunächst hoffte, von einem näher kommenden Wagen stammte, das ich dann jedoch als das Grummeln von Gewitterdonner erkannte. Gleichzeitig wurde das Licht, das durch das Loch fiel, noch fahler.

Bläulich widerleuchtend zuckte ein Blitz über den Ausschnitt des Himmels, den ich durch das Loch sah. Der Wind heulte noch lauter. Doch nichts von alledem war der Grund, warum Angst mir die Kehle zuschnürte. Nein – was mich mit Entsetzen erfüllte, war das Tack-tack-tack, das ich auf dem Holzboden hörte, beziehungsweise der Regen, der durch das Loch in der Decke fiel.

8

Er fiel schneller und dichter. Die Schlangen, die unter dem Loch lagen, zuckten, als die ersten Tropfen sie trafen. Einige schlängelten sich zu ihren Artgenossen in der entgegengesetzten Ecke des Raums hinüber. Sie sammelten sich auf etwas, das ein wenig höher war als der Boden, ein langer, flacher Gegenstand, den ich wegen der Dunkelheit nicht genauer identifizieren konnte, dessen runde Konturen sich wohl nach all den Jahren immer neuerlicher Überschwemmungen aufgelöst hatten. Doch einige der von den Regentropfen aufgeschreckten Schlangen krochen in meine Richtung, und ihre nur schemenhaft wahrnehmbaren Bewegungen, als sie auf das brackige Wasser zuglitten, erweckten in dem Zwielicht den Eindruck, als würde sich der Boden wellen.

Die Schlangen glitten ins Wasser. Ein widerlicher Gestank stieg mir in die Nase. Mit zitternden Händen richtete ich die Pistole auf die erste Schlange und zielte mit angehaltenem Atem, doch dann sah ich, dass die Schlangen im Wasser die Richtung änderten und auf trockenen Boden zurückwichen. Andere hatten am Rand des Wassers innegehalten und schlängelten sich nun ebenfalls wieder davon weg. Ich hatte Recht gehabt: Etwas war in dem Wasser, das sie abstieß.

Doch der Regen prasselte nun heftiger durch das Loch auf den Boden, und der nasse Kreis wurde größer. Ein Lache bildete sich, die über ein kleines Rinnsal in meine Ecke abfloss. Bald würde der ganze Boden von Wasser bedeckt sein. Wenn es keinen trockenen Fleck mehr gab, würden die Schlangen auch keinen Grund mehr haben, nicht in meine Ecke zu kriechen.

Ich fühlte, wie mir die Kehle eng wurde. In Panik knipste ich die Taschenlampe an und suchte nach irgendetwas, womit ich nach den Schlangen schlagen konnte, falls sie mir zu nahe kämen. Teile der geborstenen Wandbalken und Betonbrocken, die aus der gegenüberliegenden Wand gebrochen waren, lagen zu nahe bei den Schlangen, als dass ich sie ohne Gefahr, gebissen zu werden, hätte erreichen können. Während das Wasser immer höher stieg, drängten sich die Schlangen auf einer immer kleiner werdenden Fläche zusammen. Es konnte nicht mehr lange dauern, bis sie, auf der Suche nach einem trockenen Fleck, in alle Richtungen davonkriechen würden. Mir kam der Gedanke, ein Brett aus der Wand zu brechen, das sich vielleicht als Prügel benützen ließe. Ich musste es versuchen.

Ein Blitz erhellte das Loch in der Decke mit fahlem Licht. Das Wasser hatte die Schlangen jetzt erreicht und zwang sie zur Flucht; einige schlängelten sich bereits davon. Bald würden sie überall sein. Ich schob die Pistole unter meinen Gürtel und richtete den Lichtkegel der Taschenlampe nach rechts, um vielleicht irgendwo in der

Wand ein Loch oder einen Spalt zu entdecken, wo ich ein Brett packen und versuchen konnte, es aus der Wand zu brechen.

Was ich nur als vage Schatten in meinem peripheren Blickfeld wahrgenommen hatte, entpuppte sich nun als herabgefallene Deckenbalken, die an der Wand lehnten. Vielleicht konnte ich aus den Balken eine Art Rampe bauen, über die es mir möglich wäre, nach oben zu klettern? Vielleicht konnte ich hochklettern, noch mehr Balken herabreißen und mir so einen Weg zur Oberfläche bahnen? Ich wagte es nicht, auch nur daran zu denken, dass das gesamte Dach herabstürzen und mich unter sich begraben könnte. Egal wie – ich musste raus aus dieser Schlangengrube, und das schnellstens.

Inzwischen war so viel Regen durch das Loch in der Decke gefallen, dass der gesamte Fußboden mit Wasser bedeckt war. Auf der anderen Seite des Raums schlängelten sich noch mehr Schlangen durch das Wasser in alle Richtungen davon. Ich schob mich nach rechts und stemmte einen Schuh gegen einen der an der Wand lehnenden Balken, um seine Tragfähigkeit zu testen. Mit einem erschreckten Aufächzen stellte ich fest, dass das Holz so stark vermodert war, dass es sofort brach. Wegen des plötzlich nicht mehr vorhandenen Widerstands verlor ich das Gleichgewicht. Mit rudernden Armen machte ich, um nicht ins Wasser zu fallen, ein, zwei lange Schritte vorwärts und krachte mit der Schulter gegen die Wand hinter den Balken.

Der Aufprall war schmerzhaft und stauchte meine Schulter. Fast hätte ich die Taschenlampe fallen lassen. Noch schlimmer jedoch war, dass das dumpfe Krachen einige der Schlangen zu einem gereizten Rasseln provozierte. Ich war mir sicher, dass ich jeden Augenblick die

Nerven verlieren und zu schießen anfangen würde – um dann an einem Dutzend oder mehr Schlangenbissen zu sterben. Mein Entsetzen lähmte meine Sinne so sehr, dass es eine ganze Weile dauerte, bis ich registrierte, dass die Wand, gegen die ich gestürzt war, hohl geklungen hatte.

Noch mehr Schlangen glitten durch das Wasser auf mich zu. Ich schob einen weiteren Balken zur Seite und entdeckte eine Tür. Als ich den verrosteten Türknauf packte, war die nächste der Schlangen nur noch einen Meter entfernt. Ich drehte am Knauf, doch der Rost hemmte den Mechanismus. Kräftiger drehend spürte ich, wie irgendetwas nachgab, und warf mich mit meiner ganzen Kraft gegen die Tür.

Sie kreischte protestierend. Ich warf mich erneut dagegen, und plötzlich schwang sie zurück und krachte gegen eine Mauer. Ich fiel der Länge nach auf einen nassen Betonboden, wobei ich mir das Kinn aufschlug, den Schmerz jedoch ignorierte und mich ganz darauf konzentrierte, dass die Taschenlampe nicht zu Bruch ging. Benommen wirbelte ich zur Tür herum. Eine der Schlangen hatte sich zusammengekrümmt und war im Begriff, zuzustoßen. Ich versetzte der Tür einen Tritt, doch ihre alten, verrosteten Angeln reagierten nicht sogleich. Die Schlange schnellte vorwärts, die Tür krachte zu und klemmte die Schlange etwa in der Mitte ihres Körpers fest, sodass ihre vordere Hälfte mit aufgerissenem Rachen und entblößten Giftzähnen suchend hin und her peitschte. Das Licht, das durch das Loch in der Decke sickerte, war nicht mehr wahrzunehmen, nur im heftig zitternden Lichtkegel meiner Taschenlampe war die Schlange zu sehen, die knapp unterhalb des Türschlosses eingequetscht war. Ihre heftig ruckenden Bewegungen trennten die vordere Hälfte vom Rest ihres Körpers. Aus dem zerfetzten Stumpf ihres Leibs spritzte Blut, als er ins Wasser fiel und sich mit konvulsivischen Bewegungen auf mich zu schlängelte.

Ich machte einen Satz rückwärts. Mein Kopf knallte gegen etwas, und als die Schlange ihre Giftzähne in die Sohle meiner Laufschuhe schlug, drehte ich den Fuß seitlich und stampfte mit dem anderen Schuh auf ihren Kopf, dessen Knochen unter meiner Sohle zerbrachen.

Der durchgetrennte Körper der Schlange schlug unter meinem Absatz peitschend hin und her und wand sich um meinen Knöchel, bis die Zuckungen langsamer und weniger heftig wurden. Als der Schlangenleib endlich still lag, hob ich meinen Schuh und richtete die Taschenlampe auf den flachgetretenen, blutigen Kopf. Da ich wusste, dass eine Hautverletzung selbst an einem Splitter der Giftzähne einer Klapperschlange tödlich sein konnte, auch wenn sie nicht mehr lebte, versetzte ich dem Kadaver einen Fußtritt, der ihn in Richtung der Tür beförderte.

Gleichzeitig hob ich den Lichtkegel, um mich zu vergewissern, dass die Tür geschlossen war und keine weiteren Schlagen hindurchkriechen konnten. Dann drehte ich mich um, weil ich herausfinden wollte, wo ich mich befand und ob es hier ebenfalls Schlangen gab. Nichts bewegte sich in den dunklen Ecken. Kein wütendes Rasseln jagte mir eine Gänsehaut über den Rücken. Doch obwohl ich aus der ersten Kammer entkommen war, steckte ich nach wie vor in der Falle.

Ich befand mich in einem unterirdischen Gang, der etwa eineinhalb Meter breit und ungefähr sechs Meter lang war; die Decke konnte ich berühren, wenn ich die Hand nach oben streckte. Das der Tür gegenüberliegende Ende war mit verrußten Balken, Schutt und anderen

Trümmern der Feuersbrunst versperrt, an denen ich mir den Kopf gestoßen hatte. Anders als in dem größeren Raum bestanden die Wände hier nur aus Beton, und auch der Fußboden war nicht mit Holz verlegt. Die Decke jedoch war nach demselben Schema gebaut: Balken, auf die man Sperrholzplatten genagelt hatte, darüber eine Gummiplane. Das Regenwasser sickerte bereits hindurch, und es war nur mehr eine Frage der Zeit, bis auch diese Decke so stark vermodert war, dass sie einstürzen würde.

Ich entdeckte zwei verrostete Rohrleitungen, die entlang der Decke verliefen und in der Kammer verschwanden. Regenwasser tropfte von ihnen. Am Ende des Gangs quollen mehrere fingerstarke Rinnsale zwischen den Deckenbalken hervor und ergossen sich über die Trümmer und verkohlten Balken. Das Wasser im Gang reichte bereits bis zu meinen Knöcheln. Der Spalt zwischen Tür und Boden war zu schmal, dass das Wasser hätte ablaufen können. So wie es aussah, saß ich also in einer Art Zisterne aus Beton fest, die langsam voll lief.

Wie viel Regen konnte bei einem kräftigen Juni-Gewitter fallen? Zwei, drei Zentimeter? Fünf? Das war nicht unbedingt eine ernsthafte Bedrohung, es sei denn, man berücksichtigte das ziemlich ebene Areal des ehemaligen Hofs über dem Gang und die gesamte Fläche des niedergebrannten Hauses, wo sich das Wasser möglicherweise sammelte und in den eineinhalb mal sechs Meter langen und zwei Meter hohen Raum floss, in dem ich gefangen war. Vermutlich würde das Wasser nicht bis zur Decke steigen, aber es bestand zumindest die Möglichkeit, dass ich schwimmen musste, um den Kopf über Wasser zu halten. Doch wie lange konnte ich das aushalten, während das Wasser meinem Körper Wärme entzog und allmählich eine gefährliche Unterkühlung einsetzte?

Wenn ich zu zittern begann, würde ich in drei Stunden tot sein.

Ich hatte bereits zu zittern angefangen! Im Schein der Taschenlampe sah ich, dass mein Atem in der kühlen Luft zu dünnen Schwaden kondensierte, als ich mit spritzenden Schritten auf die Trümmer zustapfte, die den Gang versperrten. Ich klemmte die Taschenlampe zwischen zwei angesengte Bretter, doch im Schein ihres schräg nach unten zeigenden Lichtkegels konnte ich nicht viel erkennen, als ich einen der angekohlten Balken packte und versuchte, ihn aus dem Schutt zu ziehen. Wegen der Anstrengung ging mein Atem schneller. Ich sog die Luft tief in meine Lungen und musste von dem brandigen Geruch husten, den das nasse Holz verströmte.

Kräftiger zerrend bekam ich den Balken frei. Mit einem leise aufkeimenden Gefühl des Triumphs war ich soeben im Begriff, ihn hinter mich zu wuchten, als die Trümmer in Bewegung gerieten und die Taschenlampe kippte und aus ihrem Halt rutschte. Ich griff danach, doch meine Finger streiften sie nur; sie entglitt meinem Griff und fiel. Ich warf mich auf die Knie, bekam sie den Bruchteil eines Augenblicks, bevor sie ins Wasser plumpste, zwischen meinen gespreizten Händen zu fassen und presste sie an meine Brust wie einen kostbaren Schatz. Sicherlich wäre sie im Wasser ausgegangen. Der Gedanke, dass ich fast mein einziges Licht verloren hätte, brachte mich noch heftiger zum Zittern.

Das kalte Wasser reichte inzwischen bis zu meinen Schienbeinen. Ich versuchte, die Taschenlampe in einer Hand zu halten, während ich mit der anderen an den Brettern und Balken zog, die mir den Weg versperrten, doch mit einer Hand fand ich keinen richtigen Halt. In Ermangelung einer besseren Idee klemmte ich die Lampe erneut zwischen den Trümmern fest, doch sie verlor beinahe im selben Augenblick ihren Halt, in dem ich ein weiteres Brett herauszog.

Meine Pistole bohrte sich unter meinem Gürtel schmerzhaft in meinen Bauch, und das brachte mich auf die Idee, die Taschenlampe auf der anderen Seite hinter meinen Gürtel zu schieben, doch hätte das meine Bewegungsfreiheit zu stark eingeschränkt. Denk nach, Mann!, machte ich mir Mut. Es muss eine Möglichkeit geben! Ich nahm meinen Rucksack ab, machte eine Seitentasche auf und schob die Taschenlampe hinein, zog den Reißverschluss wieder zu, sodass nur der Reflektor der Lampe heraussah, und schwang den Rucksack wieder auf meinen Rücken. Der Lichtkegel zeigte gegen die Decke, doch als ich mich vorbeugte und nach einem Brett griff, machte der Lichtstrahl das, was ich von ihm wollte, und neigte sich in diese Richtung.

Da ich endlich zwei Hände zum Zupacken hatte, arbeitete ich schnell und hektisch. Das Krachen der Bretter, die ich hinter mich warf, hallte so laut zwischen den Betonwänden, dass meine Ohren klangen. Keuchend zog ich weitere Bretter und Balken aus dem Schutt und warf sie hinter mich. Das Wasser strömte jetzt vermehrt über die Trümmer herab und stand bereits bis zu meinen Knien. Doch so heiß mir von dieser Anstrengung auch war, das Zittern, das mich erfasst hatte, wollte nicht aufhören. Ich zerrte noch ein Brett aus dem Schutt und starrte auf eine mit Ruß bedeckte, nach oben führende Betonstufe. Mit neuer Entschlossenheit zerrte ich zwei weitere Bretter heraus, entdeckte wieder eine Stufe und fühlte, wie neue Hoffnung in mir wuchs. Wenn ich genügend Stufen freilegen konnte, um über die Wasseroberfläche zu gelangen, würde das die Gefahr der Unterkühlung erheblich mindern. Ich hatte etwas Proviant in meinem Rucksack, könnte also etwas essen und ausruhen und die Batterien der Taschenlampe schonen, die ich nur anknipsen würde, wenn ich die übrigen Stufen freilegte.

Energisch packte ich einen Balken, wuchtete ihn heraus und war im Begriff, ihn hinter mich zu werfen, als ich über mir ein Knacken hörte. Emporblickend sah ich, wie sich ein riesiger Klumpen von Schutt und ineinander verkeilter Trümmer von der Decke löste. Ich versuchte zurückzuspringen, doch ein Regen aus verkohlten Balken und Brettern krachte auf mich herab. Die Wucht des Aufpralls nahm mir den Atem und drückte mich unter Wasser, wobei ich verzweifelt zu verhindern versuchte, dass die Taschenlampe in das Wasser tauchte. Halb betäubt von dem Krachen der herabstürzenden Trümmer kämpfte ich gegen die mich niederdrückende Last; keinesfalls durfte sich der Rucksack mit Wasser füllen. Ich stemmte mich mit aller Kraft gegen die Balken, die auf mir lasteten, und es gelang mir, einige Bretter und Balken von mir zu wuchten. Nach Halt suchend bekam ich etwas zu fassen, das sich nicht wie Holz anfühlte. Es war rund und weich.

Ich stieß einen gellenden Schrei aus, als ich begriff, dass das, was ich in der Hand hielt, die tote Schlange war, deren zerquetschte Körperhälfte schlaff von meiner Hand herabbaumelte, ihr zertretener Kopf mitsamt Giftzähnen nur Zentimeter von meinem Unterarm entfernt. Als ich den Kadaver von mir schleuderte, stieß ein schwimmender Balken gegen meine Beine. Ich verlor das Gleichgewicht und stürzte. Das schmutzige Wasser schwappte über meinem Kopf zusammen. Es drang in meine Ohren, in meine Nase und in meinen Mund. Prustend und hustend tauchte ich an die Oberfläche und spuckte das nach

Ruß schmeckende Wasser aus. Nach Atem ringend wischte ich mir über die Augen und begriff mit wachsender Panik, dass nicht das Wasser in meinen Augen der Grund war, weshalb ich nichts mehr sah.

Die Taschenlampe war ausgegangen.

9

In der völligen Dunkelheit versuchten meine anderen Sinne die schwarze Leere zu füllen: das Schwappen der Wellen und das dumpfe Poltern, mit dem Balken gegen die Wände stießen zu hören; das Gefühl von nassen Kleidern, die an meinem Körper klebten, zu registrieren; den Geschmack nach Ruß und Schmutz in meinem Mund zu fühlen; den Gestank des Wassers, der mir Brechreiz verursachte, zu riechen. Doch die Empfindung, die alle meine Sinne beherrschte, war Entsetzen. Ich hatte Angst, mich zu bewegen, weil ich fürchtete, ich könnte die Giftzähne der toten Schlange berühren, die irgendwo in meiner Nähe schwamm. Deshalb stand ich völlig regungslos da, wobei ich Schwierigkeiten hatte, in der Dunkelheit nicht das Gleichgewicht zu verlieren, während ich dem langsam abebbenden Schwappen der Wellen lauschte. Bald hörte ich nur noch das Plätschern des Wassers, das von der Decke und über die Trümmer der verschütteten Treppe herabfloss.

Mein nasser Rucksack wog schwer auf meinem Rücken. Ohne auch nur die Hand vor meinen Augen zu sehen, nahm ich ihn ab, schlang beide Riemen über eine Schulter und zog vorsichtig die Taschenlampe heraus. Ich schüttelte sie. Ich drückte den An- und Ausknopf. Nichts. Ich schraubte den Boden ab, nahm die Batterien heraus, goss das Wasser aus dem Gehäuse und blies auf die Pole der Batterien, um sie zu trocknen. Nachdem ich die Batterien wieder eingesetzt hatte, drückte ich erneut auf den Knopf. Es blieb völlig dunkel. Nein – ich hatte mich getäuscht: Meine Augen, die sich allmählich an die Dunkelheit gewöhnten, nahmen ein schwaches Leuchten an meinem linken Armgelenk wahr: das Leuchtzifferblatt meiner Armbanduhr. Der Kreis aus Punkten und Strichen schien wie losgelöst im Dunkeln zu schweben.

Ich goss Wasser aus dem Rucksack, steckte die Taschenlampe wieder zurück und auch meine Pistole, die sich immer schmerzhafter in meinen Leib gebohrt hatte. Dann vergewisserte ich mich, dass alle Reißverschlüsse des Rucksacks geschlossen waren und schwang ihn mir wieder auf den Rücken. Mittlerweile stand mir das kalte Wasser bis über die Knie.

Beweg dich! Ich watete vorwärts, die Hände tastend ausgestreckt, und zuckte zurück, als ich eine kalte, nasse und rissige Fläche berührte, die ich erst nach einer Weile als die Betonwand identifizierte. Nachdem ich das Gleichgewicht verloren hatte und ins Wasser gefallen war, musste ich mich irgendwie um die eigene Achse gedreht haben. Was nun: rechts oder links. Die eine Richtung führte zur Tür, die andere zu der von Trümmern versperrten Treppe.

Ich wandte mich nach links, die Hände tastend nach vorn gestreckt. Etwas stach mich in die Hand. O Gott – die Giftzähne der Schlange! Ich riss die Hand zurück und tastete mit der anderen nach der Stelle, wo ich den Stich gefühlt hatte… Nein. Es war nur ein Spreißel. Nur ein Holzspan. Ich war gegen ein Brett gestoßen.

Schließlich fand ich die Treppe. Während das Leuchtzifferblatt meiner Uhr ein gespenstisches Zickzackmuster in die Dunkelheit zeichnete, zerrte ich an Balken und zog an Brettern. Ich stemmte mich gegen verklemmtes Gerümpel, zog und zerrte und warf Trümmer und Schutt hinter mich. Meine Hände taten weh. Sie waren zerschrammt und aufgerissen, aber ich achtete nicht darauf. Ich musste die Treppen freibekommen, bevor das Wasser noch höher stieg. Meine Schultern schmerzten, und mein Rücken fühlte sich an, als würde er jeden Augenblick in der Mitte auseinander brechen. Mein Mund war trocken. Ich hatte Mühe, ausreichend Luft zu schöpfen und musste schließlich eine Pause einlegen, meine Feldflasche aus dem Rucksack holen und mir einen Schluck Wasser genehmigen. Sogleich fühlten sich mein Mund und meine Kehle weniger geschwollen an, und ich bekam mehr Luft.

Doch die kurze Rast gab mir keine neue Energie. Ich fühlte mich schwindlig und begriff, dass sich in dem unterirdischen Gang Kohlendioxid ansammelte, dessen Konzentration in dem Maß dichter wurde, wie das Wasser stieg. Ich brauchte mir keine Sorgen zu machen, an Unterkühlung zu sterben. Ich würde ersticken.

Mit wachsender Verzweiflung tastete ich blind nach Trümmern, warf sie hinter mich und legte eine Stufe nach der anderen frei. So arbeitete ich mich höher und höher, doch das Wasser folgte mir und schwappte bereits gegen meine Hüften. Ich fühlte mich unsicher auf den Beinen. Meine Gedanken wirbelten wirr durcheinander. Obwohl ich absolut nichts sah, tanzten Punkte vor meinen Augen.

Die Luft wurde immer stickiger, meine Bewegungen langsamer. Auf dem Wasser treibende Bretter stießen gegen meinen Bauch und meinen Rücken. Als ein Balken in meinen Händen zerbrach, taumelte ich rückwärts und wäre fast ins Wasser gefallen. Dann zog ich an dem dicken, festsitzenden Ende des Balkens, und als ich ihn mit einem Ruck freibekam, löste dies einen Sturzbach von Wasser aus, das sich in den Ruinen über mir angesammelt hatte. Es traf mich mit der Wucht eines gebrochenen Damms, spülte mich von den Stufen und warf mich gegen schwimmende Holzteile. Benommen wie ich war hatte ich Mühe, meinen Kopf über Wasser zu halten. Ich ließ einen Arm und dann den anderen auf das Wasser klatschen und versuchte zu schwimmen, doch ich kam nicht vom Fleck.

Meine Schwäche war so groß und meine Bemühungen, nicht unterzugehen, so intensiv, dass es eine ganze Weile dauerte, bis mir bewusst wurde, dass ein süßer Hauch von Frische über mich wehte. Ich starrte mit aufgerissenen Augen in Richtung der Treppe und fürchtete, dass mein Gehirn mir etwas vorgaukelte, denn ich glaubte in der schwarzen Dunkelheit einen grauen Schatten ausmachen zu können, sah undeutliche Konturen von emporragenden Trümmern. Fahles Licht sickerte über die Stufen herab. Gestärkt durch die frische Luft, die hereindrang, fand ich die Kraft, zur Treppe zu schwimmen. Ich taumelte die Stufen hinauf und zog mich an den rechts und links emporragenden Brettern und Balken nach oben, dem lockenden Grau entgegen.

Als ich mich endlich durch einen zähen Schlick von Russ und zwischen den verkohlten Resten des niedergebrannten und eingestürzten Hauses hindurchzwängte, war der Himmel, als ich ihn endlich sah, wolkenverhangen. Das Licht wurde noch düsterer, und ich glaubte, dass die unsichtbare Sonne bereits unterging und ich in meinem Delirium den ganzen Tag gebraucht hatte, mich aus der unterirdischen Schlangengrube ans Tageslicht zu graben.

Es regnete noch immer heftig. Der kalte Regen prasselte auf mich nieder, doch der schwarze Schlamm, der mich bedeckte, war wie Fett und ging nicht ab. Ich kletterte über die Trümmer des niedergebrannten Hauses nach oben, zog und stemmte mich höher. Einige Male brachen halb verkohlte Bretter unter meinen Händen und Füßen, und es fehlte nicht viel, und ich wäre wieder in die Grube hinabgestürzt. Endlich klammerten sich meine blutverschmierten Hände um den oberen Rand der Grundmauern. Ich zog mich darüber und fiel auf der anderen Seite auf weichen, breiigen Boden. Erst nach mehreren Minuten war ich in der Lage, mich auf die Beine zu rappeln. Als ich durch den schwarzen Schlick vorwärts schwankte, überkamen mich Zweifel, ob ich noch genügend Kraft haben würde, meinen Wagen zu erreichen.

10

Dampf stieg um mich herum auf, doch das Badewasser wollte einfach nicht heiß genug werden, um die Kälte, die mich ausfüllte, zu vertreiben. Sie steckte in meinen Knochen. In meiner Seele.

Welchem Zweck hatte die unterirdische Kammer gedient?, fragte ich mich wieder und wieder. Warum hatte Orval, der sicherlich eine Menge über Bauen wusste, die Decke nicht aus Beton gemacht? Was war der Zweck der beiden Röhrenleitungen gewesen, die entlang der Decke des Gangs in die Kammer geführt hatten? Wenn der Raum eine Vorratskammer gewesen wäre, hätte er die Wände nicht mit Holz zu verkleiden, einen Fußboden zu legen und eine Betonverschalung zu bauen brauchen. Ich konnte mir keinen Reim darauf machen. Es sei denn…

»Sie hielten mich in einem unterirdischen Raum gefangen«, hatte der Mann gesagt, der behauptet hatte, mein Bruder zu sein. Nicht Petey hatte es gesagt – Gott steh mir bei –, sondern Lester Dant. Warum hätten Orval und Eunice Dant ihr einziges Kind in einem unterirdischen Verlies einsperren sollen? Die Entsetzlichkeit dieser Vorstellung machte mich ganz schwindlig.

Jetzt verstand ich auch, weshalb die Decke so unzulänglich gebaut worden war. Wenn Orval nur nach Einbruch der Dunkelheit und im Schein der normalen Lichter vom Haus gearbeitet hatte, konnte er die Grube für die Kammer und den Gang ausgehoben haben, ohne dass irgendjemand, der vorbeifuhr, etwas davon bemerkt hatte. Auch wenn er nur nachts gearbeitet hatte, war es ihm möglich gewesen, den Beton für den Boden und die Wände der Kammer und des Gangs in kleinen Mengen zu mischen und mit einem Schubkarren dorthin zu transportieren, wo er ihn brauchte.

Aber die Decke war ein Problem gewesen. Um sie wirklich stabil zu bauen, hätte er Betonplatten gießen müssen. Und wenn die Betonplatten fertig gewesen wären, hätte er einen kleinen Kran gebraucht, um sie an Ort und Stelle zu heben: Präzisionsarbeit, für die er mehr Licht als nur die Beleuchtung vom Haus benötigt hätte. Dies wäre Vorüberfahrenden sicherlich aufgefallen und sie hätten sich gefragt, warum in der Nacht so viel Licht hinterm Haus brannte. Deshalb war er vorsichtig gewesen und hatte für die Decke Holzbalken und Bretter verwendet, die einfach und schnell zusammengenagelt werden konnten. Oder hatte er vielleicht zu einem bestimmten Zeitpunkt fertig sein müssen? Vielleicht war Orval gezwungen gewesen, beim Bau der Decke einen Kompromiss einzugehen, weil die Zeit gedrängt hatte.

Gegen das Gefühl der Übelkeit ankämpfend, ließ ich noch mehr heißes Wasser nachlaufen, doch die Kälte in meiner Seele konnte ich dadurch nicht vertreiben. Was mein Kältegefühl noch verstärkte war die bange und sehr unbehagliche Überzeugung, dass ich noch nicht alles herausgefunden hatte, was es dort draußen herauszufinden gab. Ich war mir sicher, dass noch etwas viel Schlimmeres der Enthüllung harrte. Gott steh mir bei – ich wollte es nicht, doch ich wusste, dass ich noch einmal dorthin zurückkehren musste.

11

Wieder ging ich die Straße zu der Ruine des niedergebrannten Hauses entlang. Es war kurz nach zehn Uhr am nächsten Morgen. Ich hatte mich die ganze Nacht unruhig im Bett hin und her gewälzt und war erst gegen Morgen eingeschlafen. Meine Nervosität wuchs, als ich näher kam. Die Pistole hatte ich sorgfältig gereinigt. Jetzt zog ich sie aus der Bauchgurttasche, die ich mir gekauft hatte, und spannte meine Hand so fest um den Griff, dass die Köchel weiß hervortraten; es half mir, das Zittern meiner zerschrammten Hände zu unterdrücken. Der Gedanke an die Schlangen ließ mir bittere Galle in den Mund steigen.

An demselben Platz wie gestern blieb ich stehen. Von hier aus konnte ich die Stelle nicht sehen, wo ich in das unterirdische Verlies gestürzt war. Es war, als habe sich die Erde darüber wieder geschlossen. Aber ich hatte eine ungefähre Vorstellung, wo der Gang und die Kammer verliefen und vermied es, auch nur einen Schritt in diese Richtung zu tun.

Lange Zeit studierte ich das hohe Gras vor mir, um sicher zu sein, dass mir auch nicht die kleinste Bewegung entging. Schließlich richtete ich den Lauf der Pistole auf den Boden und machte einen vorsichtigen Schritt nach dem anderen. Büsche schabten an meinen Hosenbeinen. Dem Giftsumach auszuweichen, schien noch schwieriger als gestern.

Ich schlug einen weiten Bogen um den Hinterhof und näherte mich einer Gruppe von Bäumen hinter dem Anwesen. In der Nacht zuvor hatte ich mir die baulichen Probleme vorgestellt, die vor Orval aufgetaucht waren. Er hatte die Kammer isolieren, das heißt mit Beton verschalen müssen. Er hatte Heizungsrohre in die Kammer legen müssen. Und wie hatte er das Problem der Lüftung gelöst? Eine der Metallröhren hatte warme Luft von der Heizung im Haus in die Kammer transportiert. Die andere hatte die Luft wieder zur Heizung zurück befördert. Ein geschlossenes System.

Das hätte ausgereicht, wenn die Kammer nur ein Vorratsraum gewesen wäre. Doch wenn ich Recht hatte und die Kammer eine Gefängniszelle gewesen war, dann hätte das Belüftungssystem erweitert werden müssen, damit sich kein Kohlendioxid und andere giftige Gase anreicherten, an denen der Gefangene sterben konnte. Um das zu verhindern, hätte noch eine weitere Röhre in den Raum verlegt werden müssen, durch die, von einem Ventilator bewegt, frische Luft zugeführt wurde. Der logische Ort für eine solche Lüftungsröhre wäre direkt unter der Decke gewesen, doch die Schlangen hatten verhindert, dass ich die Röhre bemerkt hatte – falls sie tatsächlich existierte.

Das äußere Abzugsloch der Röhre hätte über der Erde enden müssen, damit es nicht verstopfte. Aber wie hatte Orval das Rohr getarnt? Das Land hinter dem Haus war eben. Nach dem Feuer waren die Leute aus der Stadt auf der Suche nach Überlebenden sicherlich durch die Ruinen der Farm geschwärmt, und sie hatten die Abzugsöffnung offensichtlich nicht entdeckt. Denn hätten sie sie gefunden, hätten sie sich sicherlich gefragt, wozu sie diente, und schließlich den unterirdischen Raum entdeckt. Also wo in Teufels Namen hatte Orval die Abzugsöffnung so perfekt versteckt, dass sie damals niemand aufgefallen war?

Die Baumgruppe ein Stück vor mir war die augenfällige Antwort. In einem Holzstoß zum Beispiel oder in einem Baumstumpf. Die Pistole schussbereit in der Hand, stapfte ich weiter durch das hohe Gras und wuchernde Unkraut. Die Sonne brannte heiß auf meinen Kopf, doch das war nicht der Grund, warum ich schwitzte. Jedes Mal wenn der Wind vor mir ein paar Grashalme bewegte, krümmte sich mein Finger fester um den Abzug.

Ich erreichte die Bäume, unter denen das Gras zum Glück kürzer war und streifte kreuz und quer zwischen den Stämmen herum. Jedes Mal, wenn ich mit dem Fuß einen herabgefallenen Ast anstieß, spannten sich meine Muskeln in Erwartung, darunter eine zusammengeringelte Schlange zu finden. Ich hob einen Stock auf (nachdem ich mich vergewissert hatte, dass es tatsächlich ein Stock war), mit dem ich in dem trockenen Laub herumstocherte, das sich in hohlen Baumstümpfen angesammelt hatte, fand aber Ungewöhnliches.

Trotzdem musste die Abzugsöffnung hier irgendwo sein. Mich langsam im Kreis drehend ließ ich meinen Blick über die Baumstämme schweifen. Verdammt, wo konnte Orval das Lüftungsloch versteckt haben? Je länger die Abzugsröhre war, umso uneffektiver wurde eine Lüftungsanlage. Die Abzugsöffnung musste irgendwo hier zwischen den verkohlten Baumstümpfen verborgen sein. Alles andere in der Umgebung war flach.

Nein!, dämmerte mir mit einem Mal, und ein Schauder lief mir über den Rücken. Nicht alles. Der Friedhof. Links von mir, höchstens zwanzig Meter von der Kammer entfernt, waren die Gräber, und sie sahen so verlassen und trostlos aus, dass es mir widerstrebte, auch nur in ihre Nähe zu gehen. Ein perfekter Platz für...

Ich trat aus dem Schatten der Bäume und stapfte, meine Schritte vorsichtig setzend, durch das hohe Gras; beinahe im selben Augenblick ließ mich das erste Klappern erschreckt zusammenzucken. Ich machte einen Satz rückwärts, sah die Schlange unter einem Busch – und blies ihr mit einem Schuss den Kopf weg. Die Schnelligkeit meines Reflexes und die Treffsicherheit, mit der ich geschossen hatte, überraschten mich. Sicherlich erklärten die vielen Stunden Training auf der Schießanlage meine Reaktion. Doch seit mehr als einem Jahr hatte sich in mir auch eine Menge Wut und Hass angestaut. Mehr als alles andere wollte ich etwas töten. Kaum hatte ich die erste Schlange erledigt, als bereits die zweite rasselte. Ich schoss auch sie in den Kopf. Eine dritte krümmte sich zum Stoß. Eine vierte. Eine fünfte. Ich knallte sie alle ab, rasend vor Wut, weil die Schlangen offenbar versuchten, mich aufzuhalten. Das Krachen der Schüsse hallte in meinen Ohren. Der beißende Geruch von Kordit umgab mich. Gnadenlos schritt ich durch das Gras. Eine sechste. Eine siebte. Eine achte. Das Gras färbte sich mit Blut. Und noch mehr Schlangen rasselten, und es schien mir, als sei es nicht meine Pistole, die sie in Fetzen schoss, sondern meine blindwütigen Gedanken, so prompt und unverzüglich explodierten ihre Köpfe, wenn ich nur meinen Blick auf sie heftete.

Die letzte leere Patronenhülse fiel zu Boden. Der Schlitten der Pistole blieb hinten. Wie ich es schon Hunderte von Malen auf der Schießanlage getan hatte, schob ich den Knopf des Magazinhalter hoch, und das leere Magazin glitt heraus. Ich zog ein volles aus meiner Bauchgurttasche, schob es in den Pistolengriff, lud durch und schwenkte den Lauf der Waffe hierhin und dorthin, auf der Suche nach neuen Zielen.

Doch keines zeigte sich. Entweder hatte ich den Rest von ihnen vertrieben, oder sie versteckten sich und warteten. *Sollen sie es versuchen,* dachte ich grimmig, hob das leere Magazin auf und stapfte, nun entschlossener ausschreitend, durch das Gras. Ich erreichte die niedrige Steinmauer um den Friedhof und kletterte darüber. Dornensträucher und Giftsumach erwarteten mich. Dieser Ort war sogar für Schlangen zu unerquicklich.

Meine Nerven waren zum Zerreißen gespannt, als ich vorwärts schritt. Ich blickte mich um und glaubte, eine leichte Furche im Boden ausmachen zu können, wo sich das Erdreich, wie es schien, ein wenig gesenkt hatte. Die Senkung war so minimal, dass sie mir niemals aufgefallen wäre, wenn ich nicht nach so etwas gesucht hätte. Sie verlief, kaum erkennbar, von dort, wo ich in die unterirdische Kammer gefallen war, direkt zum Friedhof, ging unter der Friedhofsmauer hindurch und führte, diesseits der Mauer kaum mehr wahrnehmbar, zu dem Grab, das der unterirdischen Kammer am nächsten lag.

Ein kurzes Grab. Das Grab eines Kindes. Unangenehm berührt kniete ich mich nieder und schob den Steinhaufen am Kopfende des Grabes beiseite. Einen

Moment lang war ich starr vor Verblüffung. Die Steine hatten eine senkrecht emporragende Röhre von etwa zwanzig Zentimetern Durchmesser verborgen. Über der Röhrenöffnung war eine bewegliche Abdeckplatte angebracht, damit der Regen nicht in die Lüftungsanlage gelangen konnte.

Ich hatte Recht gehabt – die unterirdische Kammer war eine Gefängniszelle gewesen. Mir fiel der lange, flache Gegenstand ein, auf dem sich die Schlangen vor dem steigenden Wasser zusammengedrängt hatten. Dieses Ding war im Laufe der vielen Jahre so stark vermodert, dass ich es im Halbdunkel nicht hatte identifizieren können. Doch jetzt wusste ich, was es war: Die Überreste einer Matratze. Sie war der einzige Gegenstand in dem Raum gewesen. Es hatte nicht einmal eine Toilette gegeben. Hatte Lester seine Notdurft in einen Eimer verrichten und dann in dem Gestank ausharren müssen, bis seine Gefängniswärter seine Exkremente wegbrachten? Ihr *Sohn*? Die Entsetzlichkeit von all diesem stieg ins Unermessliche und wurde mir immer unbegreiflicher, während ich lange auf das Kindergrab hinabstarrte, das sie entweiht hatten, um ihre Sünden zu verbergen.

12

Reverend Benedict war dort, wo ich ihn Tags zuvor angetroffen hatte: auf den Knien im Kirchgarten liegend und seine Rosen schneidend. Sein weißes Haar leuchtete im Sonnenlicht.

»Mr. Denning.« Er erhob sich mit Mühe, schüttelte mir die Hand und sah stirnrunzelnd auf die Kratzwunden darauf hinab. »Sie haben sich verletzt?«

»Ich bin gestürzt.«

Er deutete auf mein Kinn, wo die Bartstoppeln eine Schürfwunde nicht verbergen konnten. »Wie es scheint, war es ein schlimmer Sturz.«

»Es hätte schlimmer ausgehen können.«

»Auf der Farm der Dants?«

Ich nickte.

»Haben Sie etwas gefunden, das Ihnen bei der Suche nach Ihrer Familie hilft?«

»Ich versuche noch immer, eine Erklärung für alles zu finden.« Ich erzählte ihm, was ich entdeckt hatte.

Die Falten auf seiner Stirn wurden tiefer. »Orval und Eunice haben ihren einzigen Sohn wie einen Gefangenen gehalten? *Warum*?«

»Vielleicht glaubten sie, er sei vom Teufel besessen. Ich habe das Gefühl, dass eine Menge Dinge dort draußen passiert sind, die wir nie verstehen werden, Reverend.« Mein Kopf pochte. »Wie ist Lester aus der unterirdischen Kammer entkommen? Haben Orval und Eunice, als das Feuer ausbrach, ihr Leben riskiert und sind in den Keller hinabgerannt, um ihn zu befreien? Wurden die Eltern dabei irgendwie selbst vom Feuer eingeschlossen? Hat Lester, obwohl sie ihn eingesperrt und so gemein behandelt haben, trotzdem versucht, sie zu retten, wie er behauptet hat?«

»Es würde zu all dem passen, was wir wissen.«

»Aber es erklärt nicht, warum er nicht allen berichtet hat, was er erleiden musste. Wenn uns irgendetwas Schreckliches zustößt, wollen wir es dann nicht allen anderen erzählen? Wollen wir nicht Mitgefühl für uns wecken?«

»Es sei denn, die Erinnerung ist so entsetzlich, dass wir sie nicht ertragen können.«

»Vor allem, wenn noch etwas anderes Furchtbares geschehen ist.«

Reverend Benedict runzelte fragend die Stirn. »Worauf wollen Sie hinaus?«

»Angenommen, Lester konnte sich irgendwie alleine aus diesem Raum befreien. Oder angenommen, seine Eltern haben ihn hin und wieder auf der Farm frei herumlaufen lassen, als Belohnung für gutes Betragen. Hat *Lester* das Feuer gelegt?«

»Lester? Das Feuer gelegt? Großer Gott!«

»Ob sie nun versucht haben, ihn zu retten, oder ob er sich selber befreien konnte – vielleicht hat er seine Eltern in der Feuerhölle eingesperrt. Hat er vor dem brennenden Haus gestanden und hat mit Wonne ihren Todesschreien gelauscht? Ist das vielleicht etwas, das er jemandem gerne erzählt hätte? Aber das ist nicht alles, was mir Kopfzerbrechen bereitet.«

»Gütiger Himmel. Sie wollen doch nicht etwa sagen, dass es noch mehr solcher Hiobsbotschaften gibt!«

»Ich stamme aus Colorado«, sagte ich.

Offensichtlich verstand Reverend Benedict nicht, was ich damit sagen wollte, und schüttelte verwirrt sein weißes Haupt.

»Selbst in Colorado hört man nur hin und wieder davon, dass jemand irgendwo in den Bergen einer Klapperschlange begegnet ist«, erklärte ich. »Vielleicht, weil es in den Bergen jede Menge Plätze gibt, wo sich die Schlangen verstecken können. Und weil sie von Natur nicht aggressiv sind, gehen sie uns lieber aus dem Weg. Aber Indiana ist etwas ganz anderes. Hier gibt es viele Menschen. Und immer weniger Farmland. Haben Sie hier in der Gegend jemals eine Klapperschlange gesehen?«

»Nein.«

»Haben Sie von jemandem gehört, der eine gesehen hat?«, fragte ich.

»Nicht, dass ich wüsste«, erwiderte der Reverend. »Ein Farmer vielleicht. Aber sicher nicht oft.«

»Weil die wachsende Bevölkerung sie vertrieben hat.«

»Wahrscheinlich.«

»Wie kommt es dann, dass es auf der Dant-Farm Dutzende von Klapperschlangen gibt? In den Staaten des Südens, in Mississippi oder Louisiana zum Beispiel, sind so viele Schlangen auf einem Fleck vielleicht nichts Ungewöhnliches, aber bestimmt nicht hier in der Gegend. Was machen sie auf Orvals Farm? Und wie sind sie dort hingekommen?«

»Ich habe nicht die geringste Ahnung.«

»Ich kann es mir schon vorstellen. Glauben Sie, es wäre möglich, dass die Dants dort draußen mit Schlangen hantiert haben? Im Rahmen einer Schlangenzeremonie, meine ich.«

Der Reverend wurde blass. »Als religiöse Übung? Bei der sie in jeder Hand eine Schlange hielten und sich eine um den Hals legten, um ihr Vertrauen auf Gott zu beweisen?«

»Genau. Wenn sie die Schlagen nicht bissen, bedeutete das, dass Gott seine schützende Hand über sie hielt. Es bedeutete, dass Gott die Dants mehr liebte, als die Leute in der Stadt. Wenn man eine Bunkermentalität hat, wie sie den Dants innewohnte, ein extrem ausgeprägtes Wir-gegen-alle-anderen-Gefühl, braucht man vielleicht den unbestreitbaren Beweis, dass man im Recht ist.«

»Das ist die schlimmste Form der Anmaßung.«

»Und ich nehme an, dass das ihr Untergang war.«

»Ich verstehe nicht…«

»Sie sagten, dass es drei Dant-Familien gab, als Lester geboren wurde. Als das Feuer ausbrach, gab es nur mehr eine Familie – Orval, Eunice und Lester. Sie fragten sich, Reverend, ob die anderen Familien vielleicht weggezogen oder von einer tödlichen Krankheit weggerafft worden waren. *Ich* frage mich, ob nicht die Schlangen den Dants einen etwas anderen Bescheid im Gottesurteil zukommen ließen, als sie erwartet hatten.«

»Sie meinen, die Schlangen haben sie getötet?«, murmelte der Reverend.

»Die Dants wären nie zu einem Arzt gegangen, um sich das Gegengift spritzen zu lassen.«

»Du lieber Himmel.«

»Solche Schlangenzeremonien würde auch erklären, warum so viele der Tiere auf der Farm sind. Die Dants haben sie dort hingebracht«, sagte ich. »Was allerdings nicht erklärt, warum die Schlangen blieben. Warum haben sie sich nicht verbreitet?«

»Vielleicht blieben sie dort, wo sie hingehörten.«

Erst verstand ich nicht. Dann nickte ich. »Vielleicht, ja. Das ist ein wirklich übler und unerquicklicher Ort dort draußen, Reverend. Ich glaube, Sie haben Recht. Wenn ich wie sie ein Mann Gottes wäre, würde ich sagen, die Schlangen leben genau dort, wo sie sich zu Hause fühlen.«

Mehrere Bienen summten um meinen Kopf. Ich wedelte sie weg.

»Nur noch eine Frage, dann lasse ich Sie wieder in Ruhe«, fuhr ich fort.

»Nur zu, fragen Sie. Wenn ich Ihnen damit helfen kann…«

»Sie haben erwähnt, dass Lester, nachdem er aus Ihrem Haus weggelaufen war, in einer Stadt hundert Meilen östlich von hier in Ohio aufgetaucht ist.«

»Das stimmt, ja.«

»Wie, sagten Sie, heißt diese Stadt?«

FÜNFTER TEIL

1

Loganville war hübscher, als ich erwartet hatte: eine Stadt wie auf einer Postkarte, mit einer prosperierenden, nach Geld aussehenden Main Street und einem einladenden Park vor dem Gerichtsgebäude. Ich fragte nach der Unitarischen Kirche, mit deren Pfarrer ich telefoniert und mit dem ich einen Termin für ein Gespräch vereinbart hatte. Er war deutlich jünger als Reverend Benedict – in den Fünfzigern, schätzte ich. Ich traf ihn im Vestibül seiner Kirche, wo er Stapel von Gesangbüchern geraderückte.

»Reverend Hanley?« Ich hatte am Telefon erklärt, weshalb ich mit ihm sprechen wollte, zeigte ihm Lester Dants Foto und fragte, ob er sich an den jungen Mann erinnerte, der vor neunzehn Jahren in dieser Kirche aufgetaucht war. »Ich weiß, es ist lange her, aber Reverend Benedict schien zu glauben, dass Sie sich daran erinnern könnten, was damals vorgefallen ist.«

»Natürlich erinnere ich mich. Es ist schwer zu vergessen, was sich in jenem Sommer ereignete. Dieser Junge hat Harold und Gladys sehr viel bedeutet. Sie wünschten sich so sehr, ihn zu adoptieren.«

»Harold?«

»Das ist Reverend Benedicts Vornamen. Ihr größter Kummer war, dass sie keine Kinder hatten. Wie geht es Harold übrigens? Ich habe ihn seit mindestens einem Jahr nicht mehr gesehen.«

»Er ist auf jeden Fall noch rüstig genug, um stundenlang auf den Knien zu liegen und Rosen schneiden zu können.

Reverend Hanley lachte glucksend. »Und dabei spricht er sicherlich das eine oder andere Gebet.« Er betrachtete Lester Dants Fotografie und wurde wieder ernst. »Es ist schwer zu sagen... Zwanzig Jahre später und eine Narbe, die er damals nicht hatte – er könnte es sein. Die Intensität in seinen Augen ist sicherlich dieselbe. Er könnte Ihnen behilflich sein, Ihre Frau und Ihren Sohn zu finden, sagten Sie?«

»Er ist derjenige, der sie entführt hat.«

Der Reverend brauchte eine Weile, sich von dem, was ich gesagt hatte, zu erholen.

»Ich wünschte, ich könnte Ihnen helfen. Aber ich habe ihn nicht sehr gut gekannt. Die Person, mit der Sie sprechen müssen, ist Agnes Garner. Sie war diejenige in unserer Gemeinde, die sich am meisten für ihn interessierte. Und sie ist auch diejenige, die er am schlimmsten betrogen hat.«

2

Ich stieg die Verandastufen des Hauses hinauf, dessen Adresse mir der Reverend genannt hatte, und sah mich einer Frau in einem Rollstuhl gegenüber. Nach ihrem von Schmerz gezeichnetem Gesicht zu urteilen, würde ich sie auf mindestens siebzig geschätzt haben, hätte Reverend Hanley mir nicht gesagt, dass sie achtunddreißig gewesen war, als Lester Dant vor neunzehn Jahren in ihr Leben trat. »Miss Garner?«

»*Missis.*«

»Entschuldigung. Reverend Hanley hat mir nicht gesagt, dass Sie verheiratet sind.«

»Verwitwet.«

»Auch das hat er mir nicht gesagt.«

»Aus welchem Grund hätte er das auch tun sollen?«

Ihre schroffe Art machte mich verlegen. »Vielen Dank, dass Sie bereit sind, mit mir zu sprechen.«

Ihr Haar war grau; das Kleid zeigte ein blaues Blumenmuster. Auf ihrem Schoß lag ein schnurloses Telefon. »Sie wollen etwas über Lester Dant wissen?«

»Ich wäre für jede Information dankbar, die Sie mir geben können.«

»Reverend Hanley hat angerufen und mir das mit Ihrer Frau und ihrem Sohn erklärt. Haben Sie ein Foto von den beiden?«

»Natürlich.« Mit Sehnsucht im Herzen zog ich meine Brieftasche hervor.

Sie starrte auf das Foto hinab. Kates Vater hatte es gemacht, als wir zu Besuch bei ihren Eltern in Durango gewesen waren. Die Cliff-Ruinen von Mesa Verde sind ganz in der Nähe. Wir hatten einen Ausflug dorthin gemacht. Das Foto zeigte Kate, Jason und mich vor einem der eingestürzten Gebäude. Wir trugen Jeans und T-Shirts und grinsten in die Kamera. Im Hintergrund des Fotos war vor einer alten Steinmauer ein Schatten zu erkennen, der wie eine gebeugte menschliche Gestalt aussah, obgleich nirgendwo etwas zu sehen war, das den Schatten erklärt hätte. Jason hatte behauptet, dass dies das Gespenst eines Indianers sei, der vor Hunderten von Jahren dort zugange gewesen sei.

Gespenster. Ich wollte nicht denken, dass ich nach Gespenster suchte.

»Eine hübsche Familie.«

»Danke«, war alles, was ich hervorbrachte.

»Es gibt so viel Leid auf der Welt.«

»Ja.« Die aufwallenden Gefühle ließen meine Kehle eng werden. »Mrs. Garner, erkennen Sie diesen Mann?« Ich zeigte ihr das Foto.

Es schmerzte sie, ihn anzusehen. Sie nickte und wandte sich ab. »Es ist Lester. Ich habe seit Jahren nicht mehr an ihn gedacht. Ich bemühe mich so gut ich kann, nicht an ihn zu denken.«

Sie wird mich wegschicken, dachte ich.

»Glauben Sie wirklich, dass Ihnen das, was ich Ihnen sagen kann, helfen wird?«, fragte sie.

»Ich weiß sonst keine andere Möglichkeit.«

»Tun Sie ihm weh.«

»Wie bitte?«

»Wir sollen denen vergeben, die uns ein Leid angetan haben, aber ich möchte, dass Sie ihm wehtun.«

»Das werde ich, wenn sich mir die Gelegenheit bietet, glauben Sie mir, Mrs. Garner.«

Ihre Hände krampften sich um die Armlehnen ihres Rollstuhls. »Es hat einmal eine Zeit gegeben, da konnte ich leichtfüßig gehen. Ich war immer die Erste beim Sonntagsgottesdienst.«

Der Themenwechsel irritierte mich.

»Ich habe stets großen Wert darauf gelegt, vor allen anderen in der Kirche zu sein. Jetzt frage ich mich oft, ob ich nicht zu stolz war und Gott mich deshalb bestraft hat.«

»Was immer geschehen ist, Mrs. Garner, es war nicht die Schuld Gottes. Es war Lester Dants Schuld.«

3 Er hatte auf der obersten Stufe der Kirchentreppe gesessen, mit dem Rücken gegen das Portal gelehnt.

»Ein Teenager«, sagte Mrs. Garner. »Sein Kopf hing auf seine Brust herab, doch selbst ohne sein Gesicht zu sehen wusste ich, dass ich ihn nicht kannte. Seine Kleider waren zerrissen, und der erste Gedanke, den ich hatte, war, dass er einen Unfall gehabt haben musste. Dann dachte ich – vielleicht wegen der Art, wie er den Kopf hängen ließ –, dass er vielleicht auf Drogen ist. Doch noch bevor ich mich zu einer Entscheidung durchringen konnte, ob ich ihm zu Hilfe eilen oder davonlaufen sollte, hob er den Kopf und sah mich an. Sein Blick war so direkt, dass Drogen nicht in Frage kamen. Seine Augen waren voller Qual. Ich fragte ihn, ob er verletzt sei. »Nein, Ma'am«, sagte er, »aber ich bin furchtbar müde und hungrig.«

Inzwischen waren andere Gemeindemitglieder eingetroffen. Der Reverend kam. Aber weder er noch sonst jemand kannte den Jungen. Wir fragten ihn nach seinem Namen, aber er sagte, er könne sich nicht daran erinnern. Wir fragten ihn, woher er denn komme, aber auch daran konnte er sich nicht erinnern. Nach den Brandlöchern in seinen Kleidern und den kaum verheilten Verbrennungen an seinen Armen zu urteilen dachten wir, dass ihm etwas Schreckliches zugestoßen sein musste und dass er sich in einem Schockzustand befand.

Der Reverend bot ihm an, ihn mit zu sich nach Hause zu nehmen und ihm etwas zu essen zu geben, aber der Junge sagte: »Nein. Diese Leute hier warten darauf, dass der Gottesdienst beginnt.« Das klingt zu gut, um wahr zu sein, ich weiß. Aber Sie waren nicht dort und haben es nicht mit eigenen Augen gesehen. Alle, die an diesem Morgen in die Kirche kamen, waren besorgt um den Jungen und angetan von seiner selbstlosen Art; wir alle hatten das Gefühl, als sei dies ein Zeichen für Gottes Wirken in unserer Mitte. Wir nahmen ihn mit nach drinnen. Ich setzte mich neben ihn und gab ihm eine Bibel, aber er schlug sie nicht auf. Zuerst dachte ich, dass er vielleicht von den Geschehnissen noch zu benommen wäre, um lesen zu können. Stellen Sie sich aber eine Überraschung vor, als die Gemeinde laut in der Heiligen Schrift las und er jede Passage auswendig rezitierte. Ich weiß noch wie heute, dass der Reverend in seiner Predigt über das Mitgefühl in unseren Herzen sprach und über unsere Verpflichtung, den Unglücklichen dieser Welt zu helfen. Er machte eine Pause und sah den Jungen direkt an. Nach dem Gottesdienst meinten alle, dass dies eine der bewegendsten Predigten gewesen wäre, die wir seit langem gehört hatten. Der Reverend nahm den Jungen mit zu sich nach Hauses. Er bat mich und ein paar andere Mitglieder der Gemeinde, ihm behilflich zu sein. Wir machten ein großes Essen. Wir besorgten dem Jungen frische Kleider. Er reagierte auf alles sehr langsam, als sei er noch immer irgendwie benommen.

Wer ist er?, fragten wir uns. Was ist ihm passiert? Woher kommt er? Ein Arzt untersuchte ihn, konnte ihn aber nicht dazu bringen, sich an irgendetwas zu erinnern. Unser Polizeichef kam zu demselben Ergebnis und erkundigte sich bei der Staatspolizei, ob sie irgendetwas von einem Jungen wussten, der vermisst gemeldet worden war und dem Jungen ähnlich sehe. Doch auch die Staatspolizei konnte nichts über ihn in Erfahrung bringen.«

Das klang durchaus plausibel, fand ich. Loganville lag in Ohio, aber das Feuer war in Indiana ausgebrochen.

Wahrscheinlich war die Staatspolizei von Ohio der Ansicht gewesen, dass das Auftauchen des Jungen in Loganville nicht so weltbewegend sei, um die Nachforschungen nach seiner Herkunft über mehrere Staaten auszudehnen. Und selbst wenn sie die Suche auf andere Staaten ausgedehnt hätten, wären die Nachfragen bei der Polizei in Ohio ergebnislos geblieben, weil der Brand lediglich von lokalem Interesse gewesen war und die Staatspolizei vermutlich keine Kenntnis davon hatte.

»Mehrere Mitglieder unserer Gemeinde erboten sich, den Jungen aufzunehmen«, fuhr Mrs. Garner fort. »Aber der Reverend entschied, dass es mir zustünde, mich um ihn zu kümmern, wenn ich es wollte, weil ich es gewesen war, die ihn gefunden hatte. Mein Mann war ein sehr großzügiger und hilfsbereiter Mensch, müssen Sie wissen. Wir hatten fünf Jahre zuvor einen Sohn verloren, der an Krebs gestorben war.« Sie verstummte und hing eine Weile ihren Erinnerungen nach. »Er war unser einziges Kind. Hätte Josua noch gelebt, wäre er ungefähr so alt gewesen wie der junge Mann, den ich auf den Kirchentreppen gefunden hatte. Ich war fest davon überzeugt, dass er von Gott nicht ohne Grund in unser Leben gesandt worden war. Als einen…«

Mrs. Garner hatte Mühe, das nächste Wort über die Lippen zu bekommen.

»Als einen Ersatz?«, erkundigte ich mich.

Sie nickte, und die vom Schmerz in ihr Gesicht gegrabenen Falten schienen noch tiefer zu werden. »Das ist ein weiterer Grund, warum ich glaube, dass ich bestraft wurde. Für meine eitlen Gedanken. Dafür, dass ich geglaubt habe, Gott hätte mich auserwählt und würde mich vor den anderen Menschen bevorzugen. Aber damals konnte ich der Vorstellung nicht widerstehen, dass etwas

Wunderbares geschah und dass ich von Gott einen zweiten Sohn geschenkt bekam. Ich erzählte meinem Mann von meinen Hoffnungen, und er war sofort einverstanden. Wenn ich wollte, dass der Junge bei uns lebte, bis er seine Probleme in den Griff bekäme, sei das für ihn in Ordnung, sagte er. Mein Mann liebte mich sehr und…«

Ihre Stimme versiegte. Sie drehte ihren Rollstuhl ein wenig, damit sie mich noch direkter ins Auge fassen konnte. »Der Junge zog zu uns und wohnte bei uns, während die Behörden herauszufinden versuchten, wer er war. Er war so schrecklich dünn. Es dauerte Tage, bis ich ihn mit kräftiger Hausmannskost, mit Apfelkuchen und gebratenem Huhn wieder einigermaßen hochgepäppelt hatte. Seine Verbrennungen verheilten, aber die Kratzer an seinen Beinen und Armen, dort wo seine Kleider zerrissen waren, entzündeten sich und mussten jeden Tag mit Salbe eingeschmiert und verbunden werden. Es machte mir nichts aus. Für mich war das so, als würde ich mich um unseren verstorbenen Sohn kümmern. Ich tat es gern. Aber ich fragte mich natürlich nach wie vor, was, um alles in der Welt, mit ihm passiert war.

Manchmal legte ich Bücher und Zeitschriften auf seinen Nachttisch, damit er etwas zu Lesen hatte, wenn er sich ausruhte. Erst nach einigen Tagen fiel mir auf, dass er in keinem Buch und in keiner Zeitschrift auch nur einmal geblättert hatte. Als ich ihn fragte, ob sie ihm nicht gefielen und ob er etwas anderes lesen wolle, ging er einer Antwort aus dem Weg, und mit einem Mal wurde mir klar, dass der Junge nicht lesen konnte.«

Ich hatte mich in einer auf der Veranda aufgehängten Sitzschaukel niedergelassen. Nun zog ich irritiert die Stirn kraus. »Aber Sie sagten doch, dass er ganze Passagen aus der Bibel zitieren konnte.«

»Jede Stelle, die ich von ihm hören wollte.«

»Dann verstehe ich nicht…«

»Ich bat ihn, das Kleingedruckte auf der Rückseite einer Haferflockenschachtel zu lesen. Ich verlangte von ihm, die Schlagzeile einer Zeitung vorzulesen. Er konnte es nicht. Ich legte ihm einen Stift und ein Blatt Papier hin. Er konnte nicht einmal die einfachsten Wörter schreiben. Ja, er war ein Analphabet. Und dafür, dass er alle Bibelstellen zitieren konnte, gab es nur eine Erklärung: Jemand hatte ihm die Bibel vorgelesen und von ihm verlangt, das, was er ihm vorlas, auswendig zu lernen. Mir lief ein kalter Schauer über den Rücken, als mir das klar wurde. Was, um alles in der Welt, war bloß mit ihm geschehen?«

»Das ist eine der wenigen Fragen, die ich Ihnen beantworten kann.«

Ihre Augen wurden groß. »Sie wissen es?«

Obwohl ich wünschte, ich hätte sie nicht unterbrochen, nickte ich. »Seine Eltern haben ihn in einem unterirdischen Raum wie einen Gefangenen gehalten.«

»Sie haben *was*?«

»Soweit ich es mir zusammenreimen konnte, glaubten sie, dass er vom Teufel besessen sei und dass die einzige Möglichkeit, den Satan aus ihm auszutreiben, die wäre, seinen Kopf mit Bibelzitaten zu füllen.«

Mrs. Garner war entsetzt. »Aber warum wollten sie ihm nicht erlaubt haben, lesen und schreiben zu lernen?«

»Ich bin mir darüber auch nicht ganz im Klaren. Vielleicht glaubten sie, dass Schreiben und Lesen Werkzeuge des Teufels seien. Die falschen Bücher könnten falsche Gedanken nach sich ziehen, und bevor man sich's versieht, breitet sich überall die Sünde aus. Die Bibel war das einzige sichere Buch – und die einzige Garantie, dass Lester nie ein anderes Buch lesen würde als die Bibel, war es, sie ihm vorzulesen.«

Mrs. Garners Augen huschten verstört hin und her, als sei ihr schwindlig. Sie senkte den Kopf und massierte ihre Schläfen.

»Geht es Ihnen nicht gut?«, fragte ich.

»Es ist nur… Die Dinge, die die Menschen einander antun…«

»Ich habe Ihnen erzählt, was Lester meiner Familie angetan hat. Was hat er *Ihnen* angetan?«

Sekunden verstrichen. Zögernd hob sie den Blick zu mir empor; der Schmerz in ihren Augen war nun noch größer geworden. »Er war der netteste, höflichste Junge, den ich je getroffen habe. Und immer fragte er, ob er im Haus helfen könne. Andererseits habe ich nie einen Menschen kennen gelernt, der so bedrückt und von Kummer erfüllt war. Manchmal lag er am Nachmittag Stunden lang in seinem Bett und starrte an die Decke. Weiß der Himmel, was er dort sah. Nachts konnte er nicht schlafen, wenn das Licht nicht brannte. Und oft wachte er schreiend auf, weil ihn Albträume plagten. Es schien, als hätten sie etwas mit dem Feuer zu tun, in dem er sich die Arme verbrannt hatte. Ich bin oft in sein Zimmer gegangen und habe versucht, ihn zu beruhigen. Ich saß an seinem Bett, hielt seine Hand oder streichelte ihm den Kopf und flüsterte ihm ins Ohr, dass er in Sicherheit sei, dass ihm niemand und nichts mehr etwas antun könne und dass er keine Angst mehr zu haben brauche.«

Sie verstummte und massierte erneut ihre Schläfen.

»Sind Sie sicher, dass Sie in Ordnung sind?«, fragte ich.

»Es ist so lange her. Warum tut die Erinnerung daran noch immer so weh?«

»Ich wollte Sie nicht aufregen. Wenn Sie sich eine Weile ausruhen wollen, kann ich später noch mal wiederkommen...«

»Ich habe nie mit irgendjemandem darüber gesprochen. Niemals. Vielleicht hätte ich es tun sollen. Vielleicht würde es mich nicht noch immer quälen, wenn ich es jemandem erzählt hätte, wenn ich versucht hätte, es zu erklären.«

»Möchten Sie es *mir* erklären?«

Sie sah mich lange mit einem gequälten Ausdruck auf dem Gesicht an; forschend blickte sie mir in die Augen. »Einem Fremden? Ja. Jemandem, den ich nie wieder sehe und dessen Urteil ich mich nicht immer wieder aufs Neue stellen muss.«

»Ich urteile nicht, Mrs. Garner. Ich will nur meine Frau und meinen Sohn wiederhaben. Wissen Sie etwas, das mir helfen kann, sie zu finden?«

Sie kämpfte mit ihren Gedanken. »Eines Nachts küsste er mich auf die Wange. In einer anderen Nacht, nachdem ich ihn nach einem seiner Albträume im Arm gehalten und ihn beruhigt hatte, küsste er mich wieder auf die Wange. Oder versuchte es vielmehr. Er streifte meine Lippen, als hätte er mich auf die Wange küssen wollen und sie nur verfehlt. Es war ein sehr peinlicher Augenblick. Ich stand auf, sobald ich ihn beruhigt hatte, weil ich mich unangenehm berührt fühlte, aber ich sagte mir, dass ich mir alles nur einbildete, dass der Junge es gar nicht so gemeint hatte.«

»Mrs. Garner, Sie brauchen nicht...«

»Ich muss. Ich muss es aussprechen, um mich vielleicht davon zu befreien. Mich um den Jungen zu kümmern, war mir so wichtig, dass ich einfach nicht begreifen wollte, dass ich mich weigerte, die Dinge mit kritischem Blick zu sehen. Jede Intimität erschien mir unschuldig. Zum

Beispiel als ich versuchte, ihm Schreiben und Lesen beizubringen. Ich war früher Lehrerin an der Highschool, wissen Sie. Das alles passierte am Ende des Sommers. Die Schule hatte noch nicht begonnen, also hatte ich Zeit, ihn zu unterrichten. Ich benutzte die Bibel, weil er die Worte bereits kannte. Wir saßen zusammen am Küchentisch. Unsere Stühle standen nahe beieinander. Aber es war nichts Verfängliches an der Situation. Wir waren nur eine Lehrerin und ein Schüler, die an einem Tisch saßen und arbeiteten, und trotzdem – im Nachhinein begreife ich jetzt, dass er näher bei mir saß, als notwendig gewesen wäre. Wenn er mir half, das Essen zu machen, berührten sich unsere Hände flüchtig. Ich dachte mir nichts dabei. Einer der Gründe, warum ich niemandem davon erzählt habe, ist der, dass ich befürchtete, es könnte aussehen, als hätte ich dabei so etwas empfunden wie…« Es fiel ihr schwer, das Wort auszusprechen. »… wie Vergnügen. Das ist von der Wahrheit so weit entfernt wie nur irgendetwas. Ich weiß, es gibt eine Menge verdorbener Menschen auf der Welt, Mr. Denning. Aber ich bin eine gottesfürchtige Frau, die regelmäßig in die Kirche geht, und ich versichere Ihnen, dass ich nicht zu der Sorte von Frauen gehöre, die die Berührung eines Teenagers genießen, und schon gar nicht, wenn ich diesen Teenager als ein Geschenk Gottes und als meinen zweiten Sohn betrachte.«

Eine unbehagliche Stille senkte sich über die Veranda. Ich zwang mich zu einem Nicken, das sie ermutigen sollte, weiter zu erzählen.

»Aber alles ist nur deshalb passiert, weil ich es mir so sehr, so verzweifelt wünschte, mich um ihn kümmern zu können. Eines Nachts, als ich ihn nach einem seiner Albträume festhielt, streifte er mit der Hand meine…« Verlegen senkte sie ihren Blick auf das Oberteil ihres Kleides. »Es sah wie Zufall aus, aber dann musste ich mir eingestehen, dass zu viele scheinbar zufällige Berührungen wie diese vorgekommen waren, und ich erklärte ihm, dass eine bestimmte Art von Berührung nicht schicklich wäre. Ich erklärte ihm, dass ich schon wollte, dass wir beide uns nahe sind, aber dass es verschiedene Arten von Nähe gebe. Er erwiderte darauf, er wisse nicht, was ich meine, aber wenn ich wollte, dass er Abstand hielte, werde er sich danach richten.

»Am nächsten Abend…« Sie bekam die Worte nicht über die Lippen. Ihre Augen schimmerten feucht vor Tränen. »Darf ich bitte das Foto von Ihrer Frau und Ihrem Sohn noch mal sehen?«

Verwirrt zog ich meine Brieftasche hervor.

Sie betrachtete das Foto sogar noch länger als das erste Mal. »So eine hübsche Familie. Wie heißen sie?«

»Kate und Jason.«

»Sind Sie glücklich verheiratet?«

»Ja, sehr.« Nun war ich es, der Probleme hatte, die Worte hervorzubekommen.

»Ist Ihr Sohn ein guter Junge?«

»Ja. Der Beste.« Meine Stimme klang heiser.

»Wie soll Ihnen das alles helfen, sie zu finden?« Ihre Augen schwammen jetzt in Tränen.

Falls Kate und Jason überhaupt noch leben, dachte ich. Das, was ich von Reverend Benedict erfahren hatte, brachte mich an den Rand der Verzweiflung.

»Ich wette, er hat Gewohnheiten.« Ich tat mein Bestes, meine Enttäuschung zu verbergen. »Wenn ich ihn verstehen kann, bin ich vielleicht in der Lage, seiner Spur zu folgen.«

»Eine Spur, die vor neunzehn Jahren gelegt wurde?«

»Ich weiß nicht, wo ich sonst zu suchen beginnen soll.«

»Er hat mich vergewaltigt.«

Auf der Veranda wurde es totenstill, abgesehen von ihrem leisen Schluchzen, als die Tränen ihr über die Wangen kullerten.

Ich war wie gelähmt und versuchte, den Schock zu verdauen. »Entschuldigen Sie... Ich hätte Sie nicht bitten sollen, darüber zu reden.«

»Nicht darüber zu reden?« Ihre Tränen hinterließen nasse, glänzende Spuren auf ihren faltigen Wangen. »Gott steh mir bei! Ich habe es all die Jahre in mir drinnen verborgen gehalten. *Das* ist die Qual. Mein Mann war der Direktor der Schule, an der ich unterrichtete. Als es schon dunkel war, rief der Hausmeister an – ein Wasserrohr sei geplatzt. Mein Mann fuhr zur Schule runter, um nachzusehen, wie groß der Schaden war. Ich bereitete mich zum Schlafengehen vor. Der Junge... Dieser niederträchtige, verdorbene Lump, dieser gemeine, infame Bastard...«

Der Sturzbach von Schimpfworten, für Mrs. Garner sicherlich die größten Obszönitäten, schockierte mich.

»... kam in mein Schlafzimmer, als ich mich auszog, warf mich auf den Boden und... Ich konnte nicht glauben, wie kräftig er war. Er sah so zerbrechlich aus und trotzdem überwältigte er mich mit einer Leichtigkeit, als hätte er die Kraft des Teufels im Leib. Er nannte mich ständig Eunice, obwohl er sehr wohl wusste, dass ich Agnes heiße. Ich wehrte mich gegen ihn. Ich kratzte und trat mit den Füßen. Dann sah ich seine Faust auf mein Gesicht zuschießen. Dann ein zweites Mal. Ein drittes Mal. Ich erstickte fast an meinem Blut, während ich halb bewusstlos auf dem Boden lag, und er...«

Ihre Stimme versagte. Sie zog ein Taschentuch aus dem

Ärmel ihres Kleides und wischte damit über ihre Wangen.

»Danach…« Einige ihrer Tränen tropften von ihrem Kinn auf ihre Brust. »Nachdem ich mich übergeben hatte… Nachdem ich die Kraft aufgebracht hatte, mich vom Boden aufzurappeln, sah ich, dass sämtliche Schubladen offen standen, und stellte fest, dass er alles gestohlen hatte, was irgendwie wertvoll war und in seinen Taschen Platz hatte. Aber das bereitete mir den geringsten Kummer. Ich taumelte zum Telefon, um die Polizei und einen Krankenwagen anzurufen, doch mit einem Mal wurde mir klar, dass ich das nicht tun konnte. Ich dachte an die Gemeinde und an die Schule, an der mein Mann und ich unterrichteten, und stellte mir vor, wie mich alle anstarren würden. Oh, natürlich – sie würden voll des Mitgefühls sein. Aber das würde sie nicht davon abhalten, sich darüber die Mäuler zu zerreißen, was der armen Agnes Garner zugestoßen war. Ihr Mitgefühl hätte sie sicherlich nicht davon abgehalten, mich anzustarren, und irgendwann hätte es sich bis zu den Schülern herumgesprochen, die noch unverblümter gestarrt hätten als ihre Eltern. Vergewaltigung. Vergewaltigung…

Ich stand unschlüssig am Telefon. Ich weiß noch, ich war mir vollkommen im Klaren darüber, dass ich um Hilfe rufen musste, denn ich war kurz davor, das Bewusstsein zu verlieren. Stattdessen jedoch zwang ich mich, ins Schlafzimmer zurückzugehen. Ich brauchte meine ganze Kraft, in die Badewanne zu steigen und mich zu waschen…« Sie wischte sich neue Tränen aus dem Gesicht. »Dann erst zog ich mich an. Und dann rief ich die Polizei. Und kein Arzt hatte je die Gelegenheit, irgendeinen anderen Teil meines Körpers zu untersuchen als meine aufgeplatzten Lippen und mein zerschlagenes Gesicht.

Ich erzählte allen, dass ich ins Schlafzimmer gekommen sei und ihn beim Stehlen von Geld und Schmuck erwischt hätte. Nicht dass viel Schmuck da gewesen wäre. Ich gehöre nicht zu dieser Art Frauen. Alles in allem stahl er etwa dreihundert Dollar, die wir verschmerzen konnten, aber auch eine schlichte Halskette, die mir meine Großmutter geschenkt hatte und die absolut unersetzlich war.

Mein Mann kam kurz nach dem Eintreffen des Streifenwagens nach Hause. Die Polizei suchte den Jungen, fand ihn aber nie. Vielleicht schlief er in den Wäldern. Vielleicht hat er es per Anhalter versucht und hat einen Wagen erwischt, der ihn weit weg brachte. Am nächsten Tag kam Reverend Benedict aus Brockton nach Loganville. Ich erfuhr, dass der Junge Lester Dant hieße und dass seine Eltern bei einem Brand ums Leben gekommen waren. Aber ich habe weder Reverend Benedict noch Reverend Hanley je ein Wort davon erzählt, was in meinem Schlafzimmer geschehen ist. Ich habe auch meinem Mann nie etwas davon erzählt. Ich habe mit keinem Menschen darüber geredet. Nachdem sich die Geschichte herumgesprochen hatte, starrten die Leute zwar auch, aber es war ein Starren, das ich ertragen konnte. Wir hatten einen Jungen bei uns aufgenommen, und er hatte es uns damit vergolten, dass er uns bestohlen und mich geschlagen hatte. Ich gehörte zu der Sorte von Opfern, mit der die Menschen unserer Stadt umgehen konnten.«

»Ich kann Ihnen gar nicht sagen, wie schrecklich Leid mir das alles tut«, sagte ich.

»Eunice.« Ihre Stimme klang gequält. »*Warum, um alles in der Welt, hat er mich Eunice genannt?*«

Ich sagte nichts darauf.

»Sie wissen von diesem unterirdischen Raum, in dem seine Eltern ihn eingesperrt hatten. Was wissen Sie sonst noch? Haben Sie eine Ahnung, warum er mich Eunice genannt hat?«

Ihr Tonfall war so flehentlich, dass ich nicht anders konnte. »Ja«, sagte ich.

»Sagen Sie es mir.«

»Sind Sie sicher, dass Sie es hören wollen?«

»Genauso sehr, wie Sie Antworten auf Ihre Fragen wollen.«

Ich zögerte. »Eunice war der Name seiner Mutter.«

Mrs. Garner stöhnte auf.

»Es klingt, als wollte er sie bestrafen«, murmelte ich.

»Seine Mutter. Er wollte seine Mutter bestrafen. Gott steh mir bei.« Ihre Stimme brach. »Tun Sie ihm weh«, flüsterte sie erstickt. »Vergessen Sie Ihr Versprechen nicht. Tun Sie ihm weh, wenn Sie ihn finden.«

»Sie haben mein Wort darauf.«

4

Den ganzen Weg bis zu meinem Auto bemühte ich mich, mir meine Enttäuschung nicht anmerken zu lassen. »Wenn Sie ihn finden«, hatte sie gesagt. Aber ich glaubte nicht mehr daran, dass ich ihn finden würde. Ohne einen Hinweis, wohin Lester Dant in jener Nacht verschwunden war, hatte ich nicht die geringste Ahnung, was ich als Nächstes tun sollte. Und noch schlimmer war, dass ich keinen Sinn mehr darin sah, es überhaupt zu versuchen. Lester war sicherlich weit mehr beunruhigt gewesen, als den FBI-Informationen über ihn zu entnehmen gewesen war. Ich konnte mir nicht vorstellen, dass er Kate und Jason am Leben gelassen hatte.

Von Trauer um die beiden einzigen Menschen erfüllt, die ich wirklich geliebt hatte, ließ ich mich hinter das Steuer sinken. Doch bald überflügelte mein Hass die Trauer. »Tun Sie ihm weh«, hatte Mrs. Garner gesagt. Ja, tu ihm weh, dachte ich. Blind vor Hass fuhr ich an gepflegten Rasenflächen und sorgfältig gestutzten Hecken vorbei. Ich erreichte eine Kreuzung und bog nach rechts ab. An der nächsten Kreuzung bog ich nach links. Ohne Grund. Ohne Ziel.

Auf diese Weise fuhr ich eine ganze Weile ziellos durch das blühende Städtchen, bis ich bemerkte, dass ich an manchen Häusern und Geschäften bereits zum fünften oder sechsten Mal vorüberfuhr. Schließlich holte mich die Müdigkeit ein und veranlasste mich, bei einem Motel mit dem Namen Traveler's Oasis am Rande der Stadt anzuhalten.

Es war erst fünf Uhr nachmittags, aber ich hatte das Gefühl, als sei es bereits Mitternacht, als ich meinen Koffer und meinen Rucksack in eines der Zimmer schleppte, von dem aus ich den Parkplatz überblicken konnte. Viel zu erschöpft, die spartanische Einrichtung näher in Augenschein zu nehmen, ging ich noch einmal zum Wagen zurück und holte meinen Laptop und den Drucker. Ich fragte mich, warum ich sie überhaupt mitgenommen hatte. Sie nahmen nur eine Menge Platz im Wagen ein, und ich hatte sie nicht ein einziges Mal benutzt.

Vielleicht ist es an der Zeit, nach Hause zu fahren, dachte ich.

In Denver war es zwei Stunden früher. Ich griff nach dem Telefon.

»Payne Detective Agency«, meldete sich eine bekannte Männerstimme.

»Sind Sie selber am Apparat?«

Es verging eine Weile, bevor Payne antwortete. »Ann hatte einen Arzttermin.« Ann war nicht nur seine Sekretärin, sondern auch seine Frau. »Wie geht es Ihnen, Brad?«

»Ist meine Stimme so leicht zu erkennen?« Ich stellte mir den massigen Mann neben seinem Goldfischaquarium vor.

»Ich habe in den letzten Tagen des öfteren an Sie gedacht. Als Sie das letzte Mal anriefen, waren Sie in South Dakota. Sie sagten, Sie würden sich wieder melden, aber das haben Sie nicht getan. Ich habe mir Sorgen gemacht. Was tun Sie in...« – ich hörte, wie Paynes Finger auf einer Computertastatur tippten – »... in der Traveler's Oasis in Loganville, Ohio?«

»Klingt, als hätten Sie ein neues Computerprogramm.«

»Es lenkt mich ab. Was treiben Sie in Loganville?«

»Ich bin im Begriff, aufzugeben.«

»Tut mir Leid, das zu hören. Ich dachte, solange Sie unterwegs sind, würden Sie sich nichts Unüberlegtes antun. Sie haben nichts herausgefunden, nehme ich an.«

Müde ließ ich mich aufs Bett sinken. »Im Gegenteil. Ich habe zu viel herausgefunden. Aber es hat mich nirgendwohin gebracht.«

»Außer in die Traveler's Oasis in Loganville, Ohio.«

Payne bemühte sich, es wie einen Scherz klingen zu lassen, aber es funktionierte nicht. »Ich hatte gehofft, ein Verhaltensmuster zu finden, das sich wiederholt«, brummte ich in den Hörer.

»Manchmal existiert ein Muster. Wir erkennen es nur nicht.«

»Ja, mein eigenes Muster: die Ziellosigkeit meiner Suche.« Etwas, das Payne vorher gesagt hatte, fiel mir wieder ein – vielmehr die bedrückte Art und Weise, wie er es gesagt hatte. »Ann war beim Arzt? Ist alles in Ordnung?«

»Das stellt sich erst heraus.«

»Oh…«

Er zögerte. »Ein Knoten in ihrer Brust, aber es kann auch ganz harmlos sein. Der Arzt macht eine Biopsie.«

Ich seufzte müde. »Ich spreche ein Gebet für Ihre Frau.«

»Danke.«

»Bevor das alles anfing, hätte ich so etwas nicht gesagt.«

»Dass Sie für jemanden beten?«, fragte er.

»In den letzten Tagen habe ich mich mit einigen Pfarrern und einer sehr frommen, sehr ehrbaren Dame unterhalten. Es sieht so aus, als hätten ihre Überzeugungen auch auf mich abgefärbt. Das Problem ist nur, ich habe dabei einiges über einen Mann erfahren, den seine Eltern zu einem Monstrum erzogen haben. Lester Dant.«

»Sie glauben inzwischen, dass es ihn gibt?«

»Oh, ja. Das tue ich. Gott steh mir bei.«

»Noch ein Gebet«, sagte Payne.

»Ich fahre morgen nach Hause. Ich rufe Sie an, sobald ich da bin. Vielleicht wissen Sie dann schon das Ergebnis der Biopsie.«

»Vielleicht.« Paynes Stimme klang wieder bedrückt. »Fahren Sie vorsichtig.«

»Danke«, murmelte ich und legte auf.

Bitte, lieber Gott, mach, dass seine Frau gesund ist, dachte ich.

Ich legte mich auf das Bett und schloss die Augen. Durch die Vorhänge sickerte nur ein matter Schimmer des trüben Nachmittagslichts. Ich wollte ewig schlafen.

Bitte, lieber Gott, ich hoffe, du hast Kate und Jason nicht leiden lassen.

Ich musste an die guten und bösen Dinge denken, die zu tun Menschen durch religiöse Überzeugung veranlasst wurden. Ich musste an Lester denken, der von einer Kirche davonlief, zur nächsten rannte und…

5

Der Schock, den mir dieser Gedanke versetzte, ließ mich senkrecht im Bett hochfahren. Ich sprang erregt heraus und dachte an das, was Lester Dant, als er sich als mein Bruder ausgab, vor mehr als einem Jahr zu mir gesagt hatte.

»Als ich damals von Ort zu Ort gezogen bin, bekam ich sehr schnell mit, dass man bequem an eine kostenlose Mahlzeit kommt, wenn man sich nach dem Sonntagsgottesdienst bei den anschließenden Gemeindetreffen rumdrückt.«

Mein Gott, dachte ich, er würde weiterhin so vorgegangen sein. Er würde sein Glück bei einer anderen Kirche in einem anderen kleinen Ort versucht haben. Payne hatte Recht. Das Muster war die ganze Zeit da gewesen. Ich hatte es nur nicht erkannt.

In fliegender Hast stellte ich meinen Computer und den Drucker auf einen Tisch neben dem Bett. Ich zog den Stecker des Zimmertelefons aus der Steckdose und schloss stattdessen meine eigene Telefonleitung für den Computer an. Dann schaltete ich den Laptop ein und stellte mein Programm für den Internet-Zugang neu ein, damit ich von der AOL-Zugangsnummer in Denver auf eine Telefonnummer wechseln konnte, die AOL in dieser Gegend von Ohio verwendete. Als Nächstes rief ich eine Geografieseite im Internet auf und druckte eine Karte von Ohio und dann die Karten der angrenzenden Staaten aus – Michigan, Indiana, Kentucky, West Virginia und Pennsylvania. Wonach ich suchte, war eine Liste von kleineren Städten. Große Städte würde Dant sicherlich gemieden haben. Dessen war ich mir sicher. Nach der erdrückenden Enge seines unterirdischen Gefängnisses, stellte ich mir vor, waren ihm die Menschenansammlungen und die beklemmend überfüllten Straßen in großen Städten sicherlich ein Gräuel gewesen.

Auf den Karten fand ich Hunderte von Ortsnamen. Zu viele, um damit operieren zu können, aber wenigstens ein Anfang. Ich reduzierte die Liste, indem ich Städte in den entfernteren Regionen der angrenzenden Staaten eliminierte. Dann verkürzte ich die Liste noch einmal und strich alle Städte in Indiana, weil ich überzeugt war, dass Dant sicherlich nicht im gleichen Staat Zuflucht suchen würde, in dem er so lange eingesperrt gewesen war. Damit blieben Ohio, Michigan im Norden, Kentucky und West Virginia im Süden und Pennsylvania im Osten übrig.

Aber es ging mir nicht um die Städte in diesen Staaten. Was mich interessierte, waren die *Kirchen* in diesen Städten. Ich tippte »Kirchen in Ohio« in das Suchfenster der Startseite. Eine Liste mit den vollständigen Postadressen und den Website-Adressen der Kirchen entrollte sich. Ich verglich sie mit meiner Liste von Kleinstädten. Dann machte ich dasselbe mit den Kirchen in Kentucky, West Virginia, Pennsylvania und Michigan. Ich sortierte alle Kirchen aus, die den Namen eines Heiligen trugen, weil ich mir sicher war, dass Dant katholische, anglikanische und griechisch-orthodoxe Kirchen gemieden hatte. Ihre

Dogmatik und Rituale wären ihm zu fremd gewesen. Als ich damit beschäftigt war, protestantische Gemeinden zu identifizieren, überlegte ich, dass…

Ein lautes Klopfen an der Tür ließ mich aufschrecken.

Mein Kopf ruckte zur Tür herum.

Hinter den Vorhängen war das Sonnenlicht längst erloschen. Ich warf einen Blick auf meine Uhr. Fast sieben Stunden waren vergangen. Die Zeiger standen kurz vor Mitternacht.

Erneut klopfte es laut. »Mr. Denning?«, fragte eine Männerstimme.

Als ich aufstand, taten mir vom langen Sitzen die Beine weh. Ich ging zur Tür, spähte durch den Spion und sah einen älteren Mann in Jackett und Krawatte draußen stehen. Trotzdem ließ ich die Sicherheitskette vorgelegt, als ich die Tür öffnete und durch den zehn Zentimeter breiten Spalt nach draußen spähte. »Was ist?« Die grellen Scheinwerfer auf dem Parkplatz veranlassten mich, die Augen zusammenzukneifen.

»Ich wollte mich nur vergewissern, dass alles in Ordnung ist. Unser Computer zeigt an, dass Sie seit fünf Uhr telefonieren, aber als ich mich in die Leitung einschalten wollte, um sicherzugehen, dass Sie nicht eingeschlafen waren und vergessen hatten aufzulegen, hörte ich nur statisches Knistern.«

»Ich komme endlich dazu, liegen gebliebene Büroarbeit zu erledigen.«

Der Mann blinzelte verständnislos.

»Im Internet«, sagte ich und deutete auf meinen Computer auf dem Ecktisch, den er, wie mir jetzt erst bewusst wurde, nicht sehen konnte.

Der Blick des Mannes wurde noch eine Spur verständnisloser.

»Sie haben meine Kreditkartennummer«, sagte ich. »ich komme selbstverständlich für alle Telefongebühren auf.«

»Solange alles in Ordnung ist…«

»Könnte nicht besser sein.«

»Dann wünsche ich Ihnen noch eine gute Nacht.«

Er ging, und ich wurde mir des Pochens in meinem Kopf und der Krämpfe in meinem Magen bewusst. Durch den Spalt in der Tür sah ich auf der anderen Straßenseite grelle rot-blaue Neonlichter blinken. Der Schriftzug, den sie in den schwarzen Nachthimmel schrieben, lautete STEAKS »N« SUDS. Zwei achtzehnachsige Trucks standen am Straßenrand parallel zum überfüllten Parkplatz. Obwohl mir die vergeudete Zeit Leid tat, ermahnte ich mich, dass ich für Kate und Jason keine Hilfe sein würde, wenn ich nicht bei Kräften bliebe. Also brach ich die Verbindung mit dem Internet ab, verschloss hinter mir das Zimmer und ging in Richtung der Countrymusic, die aus den offenen Fenstern des Restaurants drang. Die Jukebox spielte einen Song über eine treue Frau und einen untreuen Mann.

6

Vierzig Minuten später lag mir das Steak-Sandwich, das ich gegessen hatte, schwer im Magen. Ich erinnerte mich an die strikte, gesunde Diät, auf die ich mich, als Teil der Vorbereitungen auf meine Suche, gesetzt hatte. Morgen, schwor ich mir, fange ich wieder damit an. Morgen.

»Hier ist Ihr Kaffee zum Mitnehmen«, sagte die Bedienung.

»Danke.«

Als ich das Restaurant verließ und im Begriff war, den Parkplatz zu überqueren, ließ mich ein Geräusch innehalten. Die Jukebox war verstummt, doch die Gäste im Restaurant redeten so laut, dass ich angestrengt lauschen musste, um etwas anderes zu hören. Rechts von mir. Um die Ecke des Restaurants. Jetzt hörte ich es wieder. Ein Stöhnen. Das Stöhnen einer Frau.

»Denkst du etwa, du kannst mich so einfach verlassen?« Die gedämpfte Stimme eines Mannes, die ebenfalls zu mir drang. »Dann bist du noch dümmer, als ich dir immer gesagt habe.«

Ein metallisches Krachen folgte, als sei jemand gegen ein Auto gefallen. Dann neuerliches Stöhnen.

Drinnen fing die Jukebox wieder zu dudeln an – irgendetwas über einsame Zimmer und leere Herzen. Der vorsichtige Brad, der ich einmal gewesen war, wäre ins Restaurant zurückgegangen und hätte dem Manager gesagt, er solle die Polizei rufen. Aber wie lange würde es dauern, bis die Polizei ankäme, und was würde in der Zwischenzeit geschehen?

Ich stellte mir vor, wie Kate von Lester geschlagen wurde, und zog den Reißverschluss der Bauchgurttasche auf, die ich stets trug. Im Wissen, dass ich die Pistole jederzeit griffbereit hatte, wenn ich sie brauchte, marschierte ich um die Ecke des Restaurants. Nach hinten hinaus hatte das Gebäude nur einige wenige Fenster, und hier, auf der von der grellen Neonschrift abgewandten Seite der Leuchtreklame war es so dunkel, dass meine Augen eine ganze Weile brauchten, sich an die Dunkelheit zu gewöhnen, bevor sie zwei undeutliche Schatten zwischen zwei parkenden Autos ausmachen konnten: Ein Mann, der eine Frau schlug.

»Hören Sie auf«, sagte ich.

Der Mann wirbelte zu meiner Stimme herum. In dem spärlichen Licht konnte ich ein breites, fleischiges Gesicht erkennen. Eine Kette baumelte von seinem Gürtel, die an einer dicken Brieftasche in seiner Gesäßtasche befestigt war. »Das ist eine private Unterhaltung. Halt dich da raus, Mann.« Er stieß die Frau auf den Asphalt. »Du willst nicht mehr mit mir leben? Na schön – entweder du lebst mit mir, oder du lebst gar nicht mehr.«

»Ich habe gesagt, Sie sollen aufhören.«

»Verschwinde, Mann, oder ich kümmere mich um dich, wenn ich mit meinen Familienangelegenheiten fertig bin.«

»Ich soll verschwinden, sagen Sie? Sie haben eben das Wort benutzt, das ich auf den Tod nicht leiden kann.«

»Hast du nicht verstanden, was ich gesagt habe?«, knurrte der Mann, zerrte die Frau wieder auf die Beine und stieß sie gegen ein Auto. Als sie sich loszureißen versuchte, schlug er ihr erneut ins Gesicht.

»Ich habe eher den Eindruck, Sie haben mich nicht verstanden!« Mir der Pistole in meiner Gurttasche bewusst, machte ich ein paar Schritte auf ihn zu.

»Na schön, Freundchen. Ich hab' dir die Chance gegeben, dich zu verziehen!« Der Mann wirbelte zu mir herum. »Jetzt bist du für eine Abreibung fällig.«

»Sieht so aus, als wäre heute mein Glückstag«, griente ich.

Er stürzte sich auf mich.

Ich hielt noch immer den Becher mit dem heißen Kaffee in der linken Hand; er war so heiß, dass er mir trotz des Styroporbechers die Finger verbrannte. Mit der rechten Hand riss ich den Deckel ab und schüttete dem Mann den dampfenden Inhalt ins Gesicht, wobei ich nach seinen Augen zielte.

Der Mann schrie gellend auf und schlug die Hände vor sein verbrühtes Gesicht.

Ich rammte ihm, wie man es mir beigebracht hatte, die gestreckten Finger meiner Rechten unterhalb des Rippenbogens in die Magengrube.

Ein Geräusch von sich gebend, als wollte er kotzen, klappte der Mann nach vorn zusammen.

Ich versetzte ihm mit dem Absatz einen Tritt gegen einen Nerv, der an der Außenseite seines linken Oberschenkels verlief.

Sein linkes Bein gab paralysiert unter ihm nach, und er sackte auf den Asphalt nieder, wo er wegen des Schmerzes in seinem linken Bein noch lauter aufheulte.

Ich riss ihm die Hände vom Gesicht und knallte ihm den Ballen meiner rechten Hand gegen die Nase – einmal, zweimal, dreimal. Knorpel brachen knackend. Einen Schritt zurück tretend sah ich zu, wie ihm Blut aus der Nase quoll.

Er fiel wie ein Sack nach hinten auf den Asphalt und blieb reglos liegen. Bereit, ihm noch eine zu verpassen, drehte ich ihn auf die Seite, damit das Blut aus seiner Nase tropfen konnte und er nicht daran erstickte. Ich tastete nach seinem Puls, fand ihn, während ich die Luft anhielt, um seinen sauren Bieratem nicht riechen zu müssen, und drehte mich zu der Frau um, die zusammengesunken in dem Wagen saß. »Sind Sie okay?«

Sie stöhnte wimmernd. Ich war entsetzt von den blutunterlaufenen Schwellungen in ihrem Gesicht.

»Haben Sie genügend Kraft, um zu fahren?«, fragte ich.

»Ich weiß es nicht...« Die Frau schwankte benommen, als ich ihr aus dem Wagen half. Ihre Lippen waren von einer vernarbten Platzwunde geschwollen. »Ja.« Sie holte tief Luft. »Ich glaube, ich kann fahren. Aber...«

»Dann fahren Sie.«

Hinter mir ächzte der Mann leise.

»Beeilen Sie sich«, sagte ich. »Bevor er aufwacht.«

Aus verschwollenen, grün und blau unterlaufenen Augen blickte die Frau verwirrt um sich. Ich wusste, solche Schwellungen und Verfärbungen konnten nicht binnen weniger Minuten entstehen. Sie waren die Folgen von mehreren »privaten Unterhaltungen«, beziehungsweise Abreibungen durch ihren Mann.

»Aber *wie* soll ich denn fahren?«, rief sie verzweifelt. »Ich bin hierher gerannt, so wie ich bin. Ich habe gehofft, ich könnte mir von einer Freundin, die hier arbeitet, etwas Geld leihen. Aber sie hat sich heute krank gemeldet. Stattdessen hat er hier auf mich gewartet.«

Ich beugte mich über den Mann, um mich zu vergewissern, dass er noch immer bewusstlos war, und fischte mit zwei Fingern die Autoschlüssel aus seiner Hosentasche; dann zog ich die dicke Brieftasche aus seiner Gesäßtasche und nahm alles Geld heraus, das er bei sich trug. Es waren etwa hundert Dollar.

»Hier«, sagte ich und reichte der Frau das Geld, zückte meine eigene Brieftasche und gab ihr fast alles Geld, das ich einstecken hatte – an die zweihundert Dollar.

»Das kann ich nicht annehmen«, sagte sie.

»Meine Frau hätte gewollt, dass ich es Ihnen gebe.«

»Wie meinen Sie das?«

»Nehmen Sie es. Bitte. Meiner Frau zuliebe.«

Sie warf mir einen seltsamen Blick zu, als versuchte sie, ein Rätsel zu entziffern. »Ich habe eine Schwester in Baltimore«, sagte sie, als ich ihr die Wagenschlüssel des Mannes reichte.

»Nein, dort wird er Sie zuerst suchen«, sagte ich. »Würden Sie sich bei Ihrer Schwester verstecken, wenn Sie eine Bank ausgeraubt hätten? Das ist viel zu nahe liegend. Sie müssen sich so verhalten, als würden Sie vor der Polizei davonlaufen.«

»Aber ich habe doch nichts Falsches getan!«

»Das sollten Sie sich immer wieder sagen. Sie haben nichts Falsches getan. Aber dieser Mistkerl hier ganz bestimmt. Sie müssen sich immer wieder daran erinnern, dass Ihr einziges Ziel im Leben von jetzt an das sein sollte, diesem Typ nie wieder zu begegnen.« In Denver, als unser Leben noch in normalen Bahnen verlief, war ich immer stolz auf die unentgeltliche Arbeit gewesen, die Kate in ihrer Eigenschaft als Beraterin für Stressbewältigung in der Schutzstelle für misshandelte Frauen geleistet hatte. Ich wusste Bescheid, was in einem solchen Fall zu tun war. »Gehen Sie in eine Stadt, in der Sie noch nie waren. Pittsburgh.« Ich nannte den Namen aufs Geratewohl. »Waren Sie je dort…?

»Nein.«

»Dann fahren Sie nach Pittsburgh. Es sind nur ein paar hundert Meilen von hier. Lassen Sie den Wagen an irgendeinem Busbahnhof stehen und kaufen sich ein Ticket nach Pittsburgh. Suchen Sie dort im Telefonbuch unter sozialen Diensten nach der Telefonnummer der Schutzstelle für misshandelte Frauen oder der eines Frauenhauses.«

7 Wieder zurück in meinem Motelzimmer, zitterte ich noch immer. Ich war wie vor den Kopf geschlagen wegen der nackten Wut, die mich überkommen hatte. Einen Augenblick lang, als dieser Mistkerl auf mich zugestürzt war, hätte ich ihn fast erschossen. Das Einzige, das mich zurückgehalten hatte, war die Einsicht, dass das Krachen des Schusses eine Menge Leute aus dem Restaurant nach draußen gelockt hätte. Jemand würde mich vielleicht sehen. Die Polizei würde mich in meinem Motelzimmer aufstöbern und verhaften. Und wie sollte ich Kate und Jason suchen, wenn ich im Gefängnis saß?

8 *Aus Gründen, die für meine Familie und mich sehr wichtig sind,* begann meine E-Mail, *suche ich dringend nach Informationen über einen jungen Mann, der im Spätsommer oder Herbst vor neunzehn Jahren möglicherweise in Ihrer Kirche aufgetaucht ist. Mir ist bewusst, wie schwer es ist, sich über einen so langen Zeitraum hinweg zurückzuerinnern, doch ich denke, dass die Umstände seines eventuellen Auftauchens so ungewöhnlich waren, dass sich ältere Mitglieder Ihrer Gemeinde sicherlich an ihn erinnern würden. Der Junge war damals etwa sechzehn, siebzehn Jahre alt. Falls er tatsächlich Ihre Kirche heimsuchte, saß er wahrscheinlich sehr früh vor dem Sonntagsgottesdienst zusammengesunken an das Portal Ihrer Kirche gelehnt, damit ihn der erste Kirchgänger dort finden würde. Er trug vermutlich zerrissene Kleider und hatte an den Händen und Armen Kratzer, die wirkten, als sei er in einen Unfall verwickelt*

gewesen. Gegebenenfalls konnte er sich scheinbar weder an seinen Namen erinnern noch daran, was ihm zugestoßen oder wie er zu Ihrer Kirche gelangt war. Möglicherweise haben sich Mitglieder Ihrer Gemeinde seiner angenommen, wahrscheinlich Frauen, da etwas in seinen Augen den Mutterinstinkt anspricht. Er war fähig, aus dem Gedächtnis die Bibel zu zitieren, obwohl er weder lesen noch schreiben konnte. Jemand aus Ihrer Gemeinde, vermutlich eine Frau, hat vielleicht den Versuch unternommen, ihm lesen und schreiben beizubringen. Doch schließlich hat er die Leute, die ihm halfen, höchstwahrscheinlich bestohlen, sie vielleicht sogar geschlagen und dann fluchtartig den Ort verlassen. Möglicherweise hat er sich kurz vor seiner Flucht daran »erinnert«, dass sein Name Lester Dant ist. Falls Sie über jemanden wie ihn Bescheid wissen, schicken Sie mir bitte eine E-Mail an die oben genannte Adresse. Es ist für mich von größter Wichtigkeit, alles über die von mir beschriebene Person in Erfahrung zu bringen, denn er hat vor einem Jahr meine Frau und meinen Sohn entführt.

9

Am nächsten Morgen, nach einem unruhigen, qualvollen Schlaf, schickte ich diese Nachricht an die E-Mail-Adressen sämtlicher Kirchen auf meiner Liste. Während ich auf den Bildschirm meines Computers starrte, flehte ich stumm zu Gott, mir zu helfen. Alles, was ich jetzt noch tun konnte, war, zu warten.

Der Drang, Wasser zu lassen, zwang mich schließlich, mich doch zu bewegen. Sobald ich das getan hatte, fiel mir Paynes Bemerkung ein, dass ich mir, solange ich unterwegs sei, nichts Unüberlegtes antun würde. Ich entschloss mich, fünf Meilen zu joggen. Als ich zurückkam sah ich nach, ob ich schon eine E-Mail bekommen hatte. Nichts. Ich machte eine Stunde lang Gymnastik und checkte dann erneut meine elektronische Post. Noch immer nichts.

Was erwartete ich? Dass jemand in jeder der Kirchen an jedem Morgen gewissenhaft die E-Mail-Zuschriften las, dass sich meine Nachricht in allen Gemeinden wie ein Lauffeuer herumsprechen würde, dass die Leute, die sich an die von mir beschriebenen Dinge erinnerten, mir auf der Stelle eine E-Mail schicken würden? Ich muss geduldig sein, versuchte ich mir einzureden. Nicht einmal in kleinen Orten sprechen sich Neuigkeiten so schnell herum, wie ich es mir wünschte. Falls ich überhaupt eine Antwort bekäme, würde ich sie wahrscheinlich nicht vor dem Abend erhalten.

Ich duschte mich, zog mich an und versuchte zu lesen. Später ging ich raus und holte mir ein Sandwich. Ich machte einen Spaziergang. Ich schaute CNN. Aber die meiste Zeit verbrachte ich damit, nachzusehen, ob eine E-Mail angekommen war. Keine Einzige war bisher eingetroffen. Um Mitternacht gab ich auf, löschte die Lichter und versuchte zu schlafen.

Doch die Bewusstlosigkeit wollte sich nicht einstellen, und schließlich ging ich, meine Lehren vom Abend zuvor in den Wind schlagend, ein Stück die Straße runter in eine Bar mit Grillroom. Falls der Mann, den ich verprügelt hatte, nach mir suchte, würde er wahrscheinlich in dem Restaurant gegenüber des Motels auf mich warten. Diesmal benötigte ich vier Biere mit einem Schuss Bourbon, ehe ich betäubt genug war, in mein Zimmer zurückzukehren, um zu schlafen. Ich gehe in die Hölle, sagte ich mir.

Ich bin in der Hölle.

Als der Tag dämmerte, wachte ich auf, doch es war noch immer keine Nachricht eingetroffen. Vor mir lag ein weiterer Tag, an dem ich nichts tun konnte, außer zu warten. Die Zeit schleppte sich träge dahin, bis ich mir schließlich eingestand, dass ich ein Narr gewesen war, zu hoffen. Mir hatte der Mut gefehlt, mich so weitgehend mit Lester Dant zu identifizieren, wie es nötig gewesen wäre. Ich hatte mich mit meiner Vermutung geirrt, wohin er vor neunzehn Jahren gegangen war und was er getan hatte, nachdem er dort angekommen war. Ich schwor mir, dass ich mein Leben nicht so weiterführen wollte wie im Augenblick, und während ich mich zugleich ernsthaft fragte, ob ich überhaupt vorhatte, weiter zu leben, wählte ich mich mit mechanischen Bewegungen ins Internet ein, um meine E-Mails zu überprüfen. Verblüfft erstarrte ich, als ich entdeckte, dass ich vier Nachrichten erhalten hatte.

10

Ich war mir sicher, dass sie nicht wirklich existierten, dass ich bereits an dem Punkt angelangt war, wo ich mir die Dinge einbildete, die ich zu sehen hoffte. Mit einem Gefühl der Unwirklichkeit starrte ich auf die E-Mail-Adressen der Absender. So schnell mein Computer mir gehorchte, druckte ich die E-Mails aus. Sie stammten alle aus verschiedenen Staaten: Kentucky, West Virginia, Pennsylvania und Ohio. Ursprünglich waren die eingegangenen E-Mails in der alphabetischen Reihenfolge der Absenderadressen in dem Anzeigefenster erschienen, und so hatte ich sie auch ausgedruckt, doch nachdem ich sie mehrere Male gelesen hatte, ordnete ich sie in chronologischer und geografischer Folge der geschilderten Geschehnisse.

Mr. Denning, begann die erste E-Mail, *Ihre Nachricht hat mich so beunruhigt, dass ich mehr als einen Tag brauchte, den Mut aufzubringen, Ihnen zu antworten. Mein Mann riet mir mich nicht von Neuem der Qual der Erinnerung auszusetzen, aber ich kann den Gedanken nicht ertragen, dass auch andere Menschen wegen ihm gelitten haben.*

Die Verfasserin stellte sich als Mrs. Donald Cavendish vor, und die Einzelheiten ihrer Schilderung ähnelten auffallend jenen, die Mrs. Garner mir erzählt hatte. Falls eine Vergewaltigung vorgefallen war, erwähnte Mrs. Cavendish dies nicht, doch ich hatte das bedrückende Gefühl, dass ihr eine tiefere Verletzung zugefügt worden war, als die ohnehin brutalen Fakten ihres Berichts erkennen ließen. Er hatte sich allerdings nicht Lester genannt. Er hatte überhaupt keinen Namen benutzt. In der Nacht, in der er verschwunden war, hatte er ihr Haus niedergebrannt.

Dies alles war Ende September geschehen, einen Monat nachdem er Mrs. Garner misshandelt und vergewaltigt hatte. Was hatte er in der Zwischenzeit getan? Ich zog meine Landkarten zu Rate und stellte fest, dass der Ort in Kentucky zweihundert Meilen von Loganville in Ohio entfernt war. War Lester, nachdem er das bei den Garners gestohlene Geld ausgegeben hatte, zu Fuß weitergezogen und hatte von Einbrüchen und Überfällen auf Getränkemärkte gelebt, bis ihn sein zielloses Umherstreifen in den kleinen Ort in Kentucky führte?

Die nächste E-Mail (in chronologischer Reihenfolge) stammte aus dem benachbarten Staat West Virginia und beschrieb Vorkommnisse, die sich *ein Jahr später* ereignet hatten. Lester – er nannte nur seinen Vornamen – war von einer gläubigen Familie aufgenommen worden, deren etwa gleichaltrige Tochter er schließlich missbrauchte. Die E-Mail stammte von der Tochter, die darin erzählte, was sie vor ihren Eltern verborgen hatte, bis sie erwachsen gewesen war. Lester hatte ihr gedroht, wenn sie irgendjemandem verriete, was er mit ihr gemacht hatte, würde er eines Nachts zurückkommen und sie töten. Um zu beweisen, dass er es ernst meinte, strangulierte er vor ihren Augen die Katze des Mädchens. In der darauf folgenden Nacht raubte er das Haus aus, stahl den Wagen der Familie und verschwand. Die Polizei fand den ausgebrannten Wagen zweihundert Meilen vom Tatort entfernt, doch obwohl Lester für immer verschwunden war, hatte es lange Jahre gedauert, bis die Tochter in ihren Albträumen nicht mehr von ihm heimgesucht wurde.

Die dritte Nachricht stammte aus Pennsylvania und berichtete von Ereignissen, die erstaunlicherweise *acht Jahre* später geschehen waren. Er hatte seinen Vornamen zu »Les« verkürzt. Und auch seine Methoden hatten sich geändert. Er war inzwischen Mitte zwanzig und es gelang ihm nicht mehr so ohne weiteres, den Anschein von Verletzlichkeit zu erwecken, der es ihm so leicht gemacht hatte, sich als Opfer auszugeben und das Mitgefühl von frommen Kirchgängern in kleinen Provinzstädten zu gewinnen. Zwar suchte er noch immer Kirchen auf, doch nun bot er als Gegenleistung für eine warme Mahlzeit an, irgendwelche Arbeiten zu übernehmen. Seine erstaunliche Fähigkeit, jede Bibelstelle aus dem Gedächtnis zitieren zu können, hatte großen Eindruck auf die gesamte Gemeinde gemacht. Dieses Mal war es die Kirche, die er niederbrannte.

Doch es war die vierte E-Mail, die mich am meisten beunruhigte. Sie stammte von einem Mann, der über Geschehnisse berichtete, die sich *dreizehn Jahre* nach dem Feuer ereignet hatten, in dem Lester Dants Eltern umgekommen waren. Die Nachricht kam aus einer Stadt mitten in Ohio. Als Lester aus dieser Stadt verschwunden war, hatte er die Frau des Mannes entführt. Sie war nie gefunden worden. Doch Lester hatte diesmal weder seinen vollständigen Vornamen noch dessen Abkürzung »Les« benutzt. Er hatte einen völlig anderen Vornamen genannt. Als ich ihn las, lief mir ein kalter Schauer über den Rücken.

Peter!

Die Kälte drang bis in meine Seele. Betroffen und vor innerer Kälte zitternd, starrte ich auf die Karten und die Lage der Ortschaften. Von Brockton nach Südosten bis Loganville in Ohio, dann weiter nach Südosten bis zu der Stadt in Kentucky, dann rüber nach West Virginia, dann nach Nordosten bis Pennsylvania, dann nach Westen in die Stadt in der Mitte von Ohio, nur fünfzig Meilen von dort entfernt, wo ich aufgewachsen war. Ein Monat. Ein Jahr. Acht Jahre. Dreizehn Jahre.

Er war in den Zwischenzeiten auch an weiter entfernten Orten landauf, landab gewesen, wie aus seinem Straftatenregister beim FBI hervorging, aber irgendetwas veranlasste ihn, immer wieder zurückzukommen, und ich konnte mich des Eindrucks nicht erwehren, dass das Verteilungsmuster der von ihm heimgesuchten Orte auf den Karten eine Spirale beschrieb, die dorthin zurückführte, wo alles begonnen hatte.

SECHSTER TEIL

1

Es war mehr als ein Vierteljahrhundert her, dass meine Mutter und ich gezwungen gewesen waren, Woodford zu verlassen und bei ihren Eltern in Columbus zu wohnen. Payne hatte mir erzählt, dass sich der Ort inzwischen zu einer Schlafstadt für die sich ausbreitende Metropole entwickelt hatte. Doch ich war mir nicht wirklich darüber im Klaren gewesen, was dies bedeutete. Nachdem ich von der Interstate abgebogen war und der frisch asphaltierten Straße folgte, die in die Stadt führte, testete ich mein Erinnerungsvermögen. Ich war gerade mal vierzehn gewesen, als Mom und ich von hier fortgezogen waren. Trotzdem war anlässlich der vielen Fahrten, die sie, Dad, Petey und ich zu Sonntagnachmittagsbesuchen bei ihren Eltern unternommen hatten, noch ziemlich gut im Gedächtnis haften geblieben, dass es auf dem Weg zur Interstate eine Menge Farmland gegeben hatte. Das meiste davon war inzwischen verschwunden und hatte langen Reihen von kleinen Grundstücksparzellen mit protzigen Einfamilienhäusern darauf Platz gemacht. Der Blick auf die ländliche Idylle, der ursprünglich die Hausbesitzer bewogen hatte, hier zu bauen, war längst von weiteren Neubauvierteln verschandelt worden. Aufwendige und teuere Landschaftsgärtnerei bemühte sich, die Bausünden zu vertuschen.

Dort, wo einmal der Stadtrand gewesen war, kam ich

an der ehemaligen Möbelfabrik vorbei, in der mein Dad gearbeitet hatte. Sie war jetzt in ein Einkaufszentrum mit Restaurants, Geschäften und einem Kino umgewandelt worden. Die industrielle Fassade hatte man belassen, was dem Komplex einen Anstrich von Tradition und Geschichte verlieh. Das Stadtzentrum – ein Areal von sechs Querstraßen mit Geschäften und Warenhäusern – sah besser aus als in meiner Kindheit. Die einstöckigen Backsteinhäuser in den ans Zentrum grenzenden Straßen waren frisch mit Sandstrahl abgeblasen worden; sie sahen nagelneu aus, obwohl sie alle aus den ersten Jahrzehnten des 20. Jahrhunderts stammten. Eine Straße hatte man ganz für den Verkehr gesperrt und in eine Fußgängerzone umgewandelt, mit Bäumen und großen Blumenschalen, Straßencafés, einem Springbrunnen und einem kleinen Musikpavillon.

Die Straßen waren ziemlich belebt, und es dauerte eine Weile, bis ich einen Parkplatz fand. Ich war hin- und hergerissen von meinen Gefühlen. In meiner Kindheit war mir das Stadtzentrum so groß vorgekommen. Jetzt wirkte es ganz ähnlich auf mich, doch aus anderen Gründen: die Hilflosigkeit, die ich empfand, vermittelte mir das Gefühl, klein und verwundbar zu sein. Trotz der vielen Jahre, die vergangen waren, konnte ich mich sehr gut orientieren, obgleich ich an einem Comic-Buch-Laden und an einer Eisdiele vorbeikam, die früher nicht da gewesen waren. Ich erreichte die Ecke Lincoln und Washington Street (die Namen fielen mir wieder ein) und starrte zu einem düsteren Hauseingang auf der anderen Straßenseite hinüber. Er befand sich zwischen einer Bank und einer Apotheke, Geschäften, die es schon in meiner Kindheit dort gegeben hatte. Ich erinnerte mich deshalb so genau daran, weil meine Mutter Petey und mich so oft zu dieser Tür geführt und dann durch das enge, hallende Treppenhaus nach oben zu dem von uns beiden meistgehassten Ort in der ganzen Stadt gebracht hatte: der Zahnarztpraxis.

Dieses Treppenhaus, das mir so endlos hoch und unheilvoll vorgekommen war, wenn ich es als Kind emporstieg. Jetzt zählte ich, um mich zu beruhigen, jede seiner dreißig Stufen, die ich erklomm. Oben angekommen, blieb ich unter einem Oberlicht (eine weitere Neuerung) stehen und starrte auf dieselbe Milchglasscheibe in der Tür, hinter der die Zahnarztpraxis gewesen war, nur dass der Name, der jetzt auf der Scheibe stand, COSGROVE INSURANCE AGENCY lautete.

Eine junge Frau mit straff nach hinten gerafftem Haar blickte von einem Stapel Dokumente auf, die sie zusammenklammerte. »Ja, Sir?«

»Ich… in meiner Kindheit war hier die Praxis eines Zahnarztes.« Wie magisch angezogen, huschte mein Blick an der Empfangsdame vorbei zu dem Korridor, der zu den Folterkammern geführt hatte.

Sie blinzelte irritiert. »Tatsächlich?«

»Er besitzt einige ärztliche Unterlagen und Dokumente, die ich benötige, aber ich weiß nicht, wie ich mit ihm in Kontakt treten soll, weil ich seinen Namen vergessen habe.«

»Ich fürchte, ich bin dafür nicht die richtige Ansprechpartnerin. Ich arbeite erst seit sechs Monaten für Mr. Cosgrove und habe noch nie irgendwas von einer Zahnarztpraxis gehört.«

»Vielleicht weiß es Mr. Cosgrove?«

Sie ging den Korridor entlang zu dem Raum, den ich gefürchtet hatte, und war in weniger als einer Minute wieder zurück. »Er sagt, er hat diese Räume erst seit acht

Jahren in Benutzung. Davor war das Büro eines Immobilienmaklers hier drin.«

»Oh...«

»Tut mir Leid.«

»Ja, danke.« Mir wurde ganz elend. »Ich schätze, ich habe meine Hoffnungen einfach zu hoch gesteckt.« Niedergeschlagen wandte ich mich zur Tür und blieb dann abrupt stehen. »Ein Immobilienmakler?«

»Wie bitte?«

»Sie sagten, in diesen Räumen war früher ein Immobilienmakler?«

»Ja.« Sie bedachte mich mit einem Blick, als sei ich mittlerweile ein Ärgernis für sie geworden.

»Glauben Sie, es wäre möglich, dass er oder sie nach wie vor Immobilien und Häuser verwaltet?«

»Was meinen Sie?«

»Angenommen, Mr. Cosgrove ist nicht der Besitzer dieses Hauses, an wen zahlt er die Miete?«

2

»Sie meinen das Dwyer-Gebäude.« Der federgewichtige Mann, der eine Fliege statt einer Krawatte trug, drückte seine Zigarette aus. »Ich verwalte es seit zwanzig Jahren für Mr. Dwyers Erben.«

»Es geht um das Büro, in dem Mr. Cosgrove seine Agentur hat.«

»Einheit 2-C.«

»Können Sie mir sagen, wer es früher gemietet hatte? Ich suche nach dem Namen eines Zahnarztes, der in den Räumen seine Praxis betrieb.«

»Warum um alles in der Welt wollen Sie...«

»Es geht um ärztliche Unterlagen. Röntgenaufnahmen zum Beispiel. Wenn es für Sie ein großer Aufwand ist, nachzusehen, bin ich gern bereit, für Ihre Zeit zu bezahlen.«

»Das ist kein Aufwand. Es ist das Einfachste der Welt. Das Geheimnis bei der Verwaltung von Immobilien ist eine gute Organisation.« Er wirbelte mit seinem Drehstuhl herum und rollte mitsamt dem Stuhl zu einem Aktenschrank rechts von ihm, der mit einem D gekennzeichnet war.

»Das Dwyer-Gebäude...« Er fuhr mit dem Finger suchend über Aktenrücken. »Hier.« Er zog eine Akte heraus und blätterte darin. »Ja. Richtig. Ich erinnere mich jetzt wieder. Dr. Raymond Faraday. Er hatte einen Herzinfarkt. Vor achtzehn Jahren. Und starb während einer Wurzelbehandlung bei einem seiner Patienten.«

Nach allem, was ich erlebt hatte, kamen mir die grotesken Umstände seines Todes überhaupt nicht ungewöhnlich vor. »Hatte er Verwandte in der Stadt? Leben sie noch immer hier?«

»Ich habe nicht die leiseste Ahnung, aber schauen Sie doch in dem Telefonbuch hier nach.«

3

»... vor langer Zeit. Dr. Raymond Faraday. Ich versuche, einen Verwandten von ihm zu finden.« Ich saß wieder in meinem Wagen und sprach in mein Handy. Im Telefonbuch hatte es nur zwei Faradays gegeben. Dies war mein zweiter Versuch.

»Mein Mann ist sein Sohn«, sagte eine misstrauisch klingende Frauenstimme. »Frank ist jetzt in der Arbeit. Weshalb interessieren Sie sich für seinen Vater?«

Ich straffte mich. »Als mein Bruder und ich noch Kinder waren, war Dr. Faraday unser Zahnarzt. Es ist sehr wichtig für mich, die Röntgenaufnahmen von den Zähnen meines Bruders zu finden. Um ihn zu identifizieren.«

»Ihr Bruder ist tot?«

»Ja.«

»Das tut mir Leid.«

»Es wäre sehr hilfreich, wenn Sie mir sagen könnten, was mit den Praxisunterlagen geschehen ist.«

»Seine Patienten haben ihre Unterlagen zu ihrem neuen Zahnarzt mitgenommen, als die Praxis aufgelöst wurde.«

»Und was passierte mit den Unterlagen von Patienten, die nicht mehr in Behandlung bei ihm waren? Mein Bruder und ich konsultierten Dr. Faraday bereits mehrere Jahre vor seinem Tod nicht mehr.

»Haben Ihre Eltern Ihre Unterlagen denn nicht zu Ihrem neuen Zahnarzt geschickt?«

»Nein.« Mit einem bitteren Geschmack im Mund erinnerte ich mich wieder daran, dass meine Mutter, nachdem mein Vater bei einem Verkehrsunfall gestorben war und sich herausgestellt hatte, dass seine Lebensversicherungspolice schon vorher abgelaufen war, sich nicht mehr solch teure Dinge leisten konnte, wie mich zu einem Zahnarzt zu schicken.

Die Frau seufzte ungeduldig, als sei sie über irgendetwas verärgert. »Ich habe keine Ahnung, was mein Mann mit den alten Unterlagen aus dem Archiv gemacht hat. Sie werden ihn selber fragen müssen, wenn er aus dem Büro nach Hause kommt.«

4 Der Baseballplatz hatte sich überhaupt nicht verändert. Die tiefstehende Sonne warf meinen Schatten über das Gras, als ich neben dem Fahrradständer stehen blieb, an dem meine Freunde und ich vor so langer Zeit unsere Räder angekettet hatten. Die Zuschauerbänke an der Außenlinie am dritten Laufmal hinter mir waren von Eltern besetzt, die ihre Sprösslinge bei einem Spiel der Schülerliga, wie es schien, lautstark anfeuerten. Ich hörte das Klatschen eines Schlägers gegen den Ball. Bravorufe. Enttäuschtes Aufstöhnen. Dann erneut Beifallrufe. Ich nahm an, dass ein Flugball, aus dem ein Home Run hätte werden können, gefangen worden war.

Doch ich hielt den Blick auf die Fahrräder gerichtet, und mir fiel wieder ein, dass Petey mit einer Wäscheklammer eine Spielkarte am vorderen Schutzblech seines Fahrrads festgeklemmt hatte, die beim Fahren über die Speichen schrammte und ein knatterndes Geräusch verursachte. Es quälte mich, dass ich mich nicht an die Namen der zwei Freunde erinnern konnte, mit denen ich damals zusammen auf dem Platz gewesen war und wegen denen ich Peteys Leben zerstört hatte. Aber an das, was wir gesagt hatten, erinnerte ich mich ganz genau.

»Verdammt, Brad, dein kleiner Bruder geht mir auf die Nerven. Sag ihm, er soll abhauen.«

»Ja, er fährt uns überallhin nach. Ich hab' die Nase voll von dem kleinen Rotzbengel. Das Geknatter von seinem Rad macht mich ganz nervös.«

»Er will nur dabei sein. Er stört uns doch nicht.«

»Von wegen. Wie, glaubst du, hat meine Mom rausgekriegt, dass ich geraucht habe? Doch sicher, weil er es deiner Mom erzählt hat.«

»Wir wissen nicht sicher, dass er es meiner Mom erzählt hat.«

»Wer hat es ihr dann erzählt, wenn nicht dieses verdammte Zahnspangenmonster?«

»Okay, okay.«

Petey war fast mit mir zusammengestoßen, als ich mich zu ihm umgedreht hatte. Ich hatte so oft und so schuldbeladen an diesen Augenblick gedacht, dass er sich unauslöschlich in mein Gedächtnis eingebrannt hatte. Er war klein gewesen, selbst für neun Jahre, und wegen seiner zu großen Jeans hatte er noch kleiner ausgesehen. Sein Baseballhandschuh war viel zu groß für seine Hand.

»Tut mir Leid, Petey. Du solltest heimfahren.«

»Aber…«

»Du bist noch zu klein. Du störst uns nur beim Spiel.«

In seinen Augen hatten Tränen geglitzert.

Zu meiner späteren Schande hatte ich mir vor allem darum Sorgen gemacht, was meine Freunde denken würden, wenn mein kleiner Bruder vor ihnen zu heulen anfing. »Ich meine, was ich sage, Petey. Hau ab. Fahr nach Hause. Schau dir im Fernsehen 'nen Zeichentrickfilm an oder irgendwas.«

Sein Kinn hatte gezuckt.

»Hast du nicht gehört, Petey? Schwirr ab. Verschwinde!«

Meine Freunde waren zu den anderen Kindern gelaufen, die bereits zwei Mannschaften für das Spiel wählten. Als ich ebenfalls zu ihnen hinüber rannte, hörte ich hinter mir das *Klackklackklackklack* von Peteys Fahrrad. Ich hatte mich nach ihm umgedreht und gesehen, wie der kleine Kerl auf seinem Fahrrad nach Hause strampelte. Er ließ den Kopf hängen.

Als ich jetzt vor dem Fahrradständer stand und mich

wieder erinnerte, wie alles gewesen war, und mir von ganzem Herzen wünschte, ich könnte die Zeit zu jenem Augenblick zurückdrehen und meinen Freunden sagen, dass sie Idioten wären und dass Petey bei mir bleiben würde, kamen mir die Tränen.

5 Anders als der Baseballplatz, hatte sich das Haus sehr verändert. Die ganze Straße hatte sich verändert. Die Bäume waren höher (was zu erwarten gewesen war) und es gab mehr davon, und außerdem auch Büsche und Hecken. Aber das waren nicht die Veränderungen, die mir am meisten auffielen. In meiner Kindheit waren die Häuser alle einstöckige, ebenerdige Vorstadthäuser gewesen, bescheidene Einfamilienhäuser von Leuten, die in der Fabrik arbeiteten, in der mein Dad Vorarbeiter gewesen war. Doch jetzt war bei vielen Häusern ein zweites Stockwerk draufgesetzt oder mehrere Zimmer nach hinten hinaus angebaut worden, wodurch ein Großteil des Hinterhofs verloren ging. Sowohl das eine wie auch das andere war mit dem Haus geschehen, in dem wir gewohnt hatten. Um die vordere Veranda hatte man eine Mauer gezogen, um das Wohnzimmer zu vergrößern. Die einfache, freistehende Garage am Ende der Auffahrt war abgerissen und an ihrer Stelle eine Doppelgarage gebaut worden, an deren Seite eine Treppe zu einem Zimmer hinaufführte.

Ich hielt auf der anderen Straßenseite, und während ich in den roten Schein der untergehenden Sonne starrte, der sich in den großen Fenstern des Hauses spiegelte, war ich derart erstaunt angesichts der Veränderungen, dass ich mich fragte, ob ich mich getäuscht hatte. Vielleicht war ich in der falschen Straße (aber auf dem Straßenschild hatte deutlich lesbar Locust Street gestanden) oder vielleicht war das nicht das richtige Haus (die Nummer 108 war direkt neben der Haustür angebracht, genau so wie es in meiner Kindheit gewesen war). Doch ich empfand keinerlei heimatliche Gefühle beim Anblick des Gebäudes; ehrlich gesagt, erkannte ich es nicht einmal wieder. In meiner Erinnerung sah ich ein anderes, einfacheres Haus, aus dessen Tür mein Dad und ich an jenem Abend gestürmt waren, um ins Auto zu springen und zum Baseballplatz zu rasen in der Hoffnung, Petey irgendwo unterwegs auf dem Heimweg herumtrödelnd zu finden.

Ein argwöhnisch dreinblickender Mann kam aus der Tür des Nachbarhauses und warf mir einen düsteren Blick zu, als wollte er sagen, »Was gibt es da zu glotzen?«

Ich ließ den Wagen langsam anrollen. Als ich die Straße hinabfuhr, bemerkte ich ein halbes Dutzend ZU VERKAUFEN-Schilder und mir fiel ein, dass in den alten Zeiten alle, die hier in der Straße wohnten, so sehr von der Möbelfabrik abhängig gewesen waren, dass nie irgendjemand weggezogen war.

6

Mr. Faraday hatte schmale Lippen und ein verkniffenes Gesicht. »Meine Frau sagt, Ihr Bruder ist gestorben oder so was.«

»Ja.«

»Deshalb brauchen Sie die Röntgenaufnahmen? Um ihn zu identifizieren?«

»Er ist vor langer Zeit verschwunden. Jetzt haben wir ihn vielleicht wiedergefunden.«

»Seine Leiche?«

»Ja.«

»Wenn es nicht so etwas Wichtiges wäre, würde ich mir nicht die Mühe machen.« Faraday bat mich mit einer Handbewegung ins Haus. Aus dem Wohnzimmer hörte ich einen Fernseher dröhnen. Auf halbem Weg zur Küche, den Korridor hinab, öffnete Faraday eine Tür. Der flüchtige Eindruck, den ich von der Wohnung bekam, war der von übertriebener Sauberkeit und penibler Ordnung, Plastikschoner über den Armlehnen der Sessel im Wohnzimmer, Töpfe an Haken in der Küche, darüber die Deckel, alles nach Größe geordnet.

Kühle Luft drang aus der offenen Kellertür. Faraday knipste einen Lichtschalter an und bedeutete mir, ihm zu folgen. Unsere Schritte polterten dumpf auf den hölzernen Stufen abwärts.

Ich hatte noch nie einen so ordentlich aufgeräumten und gut organisierten Keller gesehen. Er war fast bis an die Decke mit übereinander gestapelten, in Reihen aneinander geschobenen Kartons und Kisten vollgestellt, zwischen denen man sich nur entlang schmaler Durchgänge bewegen konnte, und trotzdem war nirgendwo auch nur die leiseste Spur von Unordnung oder gar Chaos auszumachen.

Zwei Ventilatoren surrten; sie gehörten zu Luftentfeuchtern an den Stirnwänden des Kellers.

»Ich kriege hier unten die Feuchtigkeit einfach nicht raus«, erklärte Faraday. Er ging durch einen der engen Korridore zwischen den Kisten voran, bog nach links und erreichte eine Ecke, wo er einen Stapel Kartons von einer Transportkiste hob.

»Kann ich Ihnen irgendwie helfen?«, fragte ich.

»Nein. Ich will nicht, dass alles durcheinander gebracht wird.«

Er hob den Deckel der Transportkiste, in der verschnürte Bündel von Akten und Dokumenten gestapelt waren. »Meine Frau beklagt sich ständig wegen all dem Zeug, das ich sammle, aber wie soll ich wissen, was ich später einmal brauche?« Faraday deutete auf einen Stapel Kartons ein paar Schritte weiter. »Meine sämtlichen Steuererklärungen.« Er zeigte auf einen anderen Stoß. »Alle Rechnungen, die ich je bezahlt habe. Und das hier...« Er nickte auf die Dokumente in der Kiste hinab. »Sind die Praxisunterlagen meines Vaters. Zumindest die, die ich noch gefunden habe.« Er ließ die Hand suchend über die Aktenbündeln wandern und zog einen Stoß Dokumentenhefter hervor. »Wie war der Name Ihres Bruders?«

»Peter Denning.«

»Denning. Dann wollen wir mal sehen. Denning... Denning... Ann. Brad. Nicholas, *Peter.* Hier.« Seine Stimme bebte vor Befriedigung, als er mir den Hefter reichte.

Ich bemühte mich, meine Hand ruhig zu halten, als ich danach griff.

»Und was ist mit den anderen hier? Wollen Sie ihre auch haben? Wer sind Ann und Nicholas?«

»Meine Eltern.« Ich fühlte einen Druck in meiner Brust. »Ja, wenn es Ihnen recht ist, nehme ich alle.«

»Meine Frau wird hoch erfreut sein, dass ich einiges von diesem Kram loskriege.«

7 Als ich zu meinem Wagen zurückkehrte, war die Dämmerung bereits hereingebrochen. Ich musste die Innenbeleuchtung einschalten, um etwas erkennen zu können, als ich Peteys Unterlagen durchblätterte. Inzwischen außer Stande, das Zittern meiner Hände zu unterdrücken, zog ich mit fliegenden Fingern einen Satz Röntgenaufnahmen hervor. Noch nie hatte ich etwas Wertvolleres in Händen gehalten.

Nachdem ich in Denver den Zahnarzt aufgesucht hatte, um Kopien der Röntgenaufnahmen zu besorgen, die er von dem Mann gemacht hatte, der behauptete, mein Bruder zu sein, hatte ich Duplikate anfertigen lassen für den Fall, dass das FBI die Aufnahmen verlor, die ich Gader gegeben hatte, oder dass ich während meiner Suche Kopien benötigte. Ich konnte es kaum erwarten, in ein Motel zu kommen, fuhr hinaus an den Stadtrand und nahm gleich das Erste, in dem ein Zimmer frei war. Nachdem ich eingecheckt hatte, beeilte ich mich, das Zimmer aufzusuchen. Um keine Zeit zu verlieren, nahm ich aus dem Wagen nichts außer meinem Koffer mit, den ich sogleich öffnete und die Röntgenaufnahmen aus Denver hervorkramte.

Die Zähne eines Kindes und die eines Erwachsenen unterscheiden sich so eklatant voneinander, dass es sehr schwierig ist festzustellen, ob die Röntgenaufnahmen von ein und derselben Person stammen. Sicherlich hatte Petey noch nicht alle seine bleibenden Zähne gehabt, als er gekidnappt wurde. Aber *manche* wären im Alter von neun Jahren höchstwahrscheinlich bereits durchgebrochen gewesen, hatte mein Zahnarzt gesagt. Schauen Sie sich die Wurzeln an, hatte er gesagt. Hat ein bestimmter Zahn drei Wurzeln oder vier? Vier sind wesentlich seltener. Wachsen die Wurzeln in eine ungewöhnliche Richtung?

Die Röntgenaufnahmen des Erwachsenengebisses in meiner linken Hand, die des Kindes in der rechten, hielt ich beide nebeneinander gegen das Licht der Nachttischlampe.

Der Schirm schluckte einen Großteil des Lichts. Fast hätte ich ihn abmontiert, ehe mir das Badezimmer und die grelle Beleuchtung einfiel, die es dort in Motels oft gab. Ich eilte am Bett vorbei und stellte fest, dass im Badezimmer dieses Motels ein extra großer Spiegel über einem Wasch- und Make-up-Tisch installiert war. Als ich den Lichtschalter anknipste, musste ich blinzeln, so grell war das Licht, das über dem Spiegel aufflackerte. Ich hielt beide in Plastikfolien steckenden Röntgenaufnahmensets gegen die Leuchtstoffröhren über dem Spiegel und ließ meinen nach Unterschieden oder Ähnlichkeiten suchenden, nach der Wahrheit forschenden Blick zwischen beiden hin und her huschen. Die Zähne des Kindes sahen so rührend klein aus. Ich stellte mir Peteys Angst und entsetzte Hilflosigkeit vor, als sie ihn packten und ins Auto warfen. Dann die viel größeren Zähne des Erwachsenen. Welches Erwachsenen? Allmählich verstand ich, was ich sah, und als mir klar wurde, was das bedeutete, als sich die verschiedenen Bruchstücke an Informationen, die ich zusammengetragen hatte, zu einem Ganzen zusammenfügten, ließ ich die Röntgenaufnahmen sinken. Ich ließ auch den Kopf sinken. Gott stehe Kate und Jason bei, flehte ich stumm. Gott stehe uns allen bei.

8 Nachdem ich die Kirchentür aufgestoßen hatte, hörte ich Orgelmusik: ein ernstes, feierliches Kirchenlied, das ich nicht kannte. Auf der rechten Seite des Vestibüls führten Stufen zur Chorempore hinauf. Sie knarrten unter meinen Schritten, als ich sie emporstieg. Es war kurz nach Mittag. Vor dieser war ich bereits in elf anderen protestantischen Kirchen gewesen. Ich hatte nur mehr sechs vor mir und verlor allmählich die Hoffnung.

Auf der Empore herrschte schattiges Halbdunkel, abgesehen von einem Licht über der Orgel. Als der Pfarrer das Lied beendete, hallten meine Schritte in der jetzt herrschenden Stille, und er drehte sich zu mir um.

»Entschuldigen Sie, wenn ich störe, Reverend.« Ich trat näher und hielt ihm das Foto entgegen. »Die Sekretärin in Ihrem Büro hat gesagt, Sie seien mit den Vorbereitungen für die Chorproben gleich fertig. Ich versuche diesen Mann zu finden. Kennen Sie ihn?«

Mit einem irritierten Blinzeln nahm der Pfarrer das Foto in die Hand, schob seine Brille auf die Nasenwurzel zurück und betrachtete es.

Eine geraume Weile später nickte er. »Möglicherweise.«

Ich bemühte mich, keine Reaktion erkennen zu lassen. Trotzdem hämmerte mein Herz so laut, dass der Pfarrer es sicherlich hörte.

»Die Intensität der Augen ist dieselbe.« Der Reverend hielt das Foto ins Licht über der Orgel. »Aber der Mann, an den ich dabei denke, trägt einen Bart.« Er deutete auf das Gestrüpp an meinem Kinn.

Einen Bart? Ich hatte Recht gehabt. Er hatte sich einen Bart wachsen lassen, um seine Narbe zu verbergen. »Wenn Sie mit der Hand vielleicht den unteren Teil des

Gesichts verdecken...« Ich bemühte mich, trotz der Angespanntheit, die mir die Kehle zuschnürte, ruhig zu klingen.

Der Pfarrer befolgte meinen Vorschlag. »Ja. Ich kenne diesen Mann.« Er warf mir einen argwöhnischen Blick zu. »Aus welchem Grund wollen Sie ihn finden?«

»Ich bin sein Bruder.« Es gelang mir einigermaßen, das Zittern meiner Hände zu unterdrücken, als ich dem Pfarrer die Hand reichte. »Brad Denning.«

»Nein. Sie müssen sich irren.«

»Wie bitte?«

»Pete heißt mit Nachnamen nicht Denning. Er heißt Benedict.«

Ich wusste nicht, was mir einen größeren Schock versetzte – dass Petey seinen eigenen Vornamen benutzte oder dass er den Nachnamen des Pfarrers angenommen hatte, der bereit gewesen war, ihn nach dem Feuer zu adoptieren. Mein Magen rebellierte, es stieß mir sauer auf. »Er benutzt also nach wie vor nicht den Familiennamen.«

Der Pfarrer zog seine Stirn kraus. »Was meinen Sie damit?«

Mein Herz hämmerte noch lauter. »Wir haben früher einmal hier in der Gegend gewohnt. Aber vor langer Zeit hatten Petey und ich einen Streit. Eine dieser Auseinandersetzungen, wie sie nun einmal in Familien vorkommen, die jedoch so ungute Gefühle nach sich ziehen, dass sie die Familie entzweien.«

Der Pfarrer nickte. Offenbar wusste er aus Erfahrung in seiner Gemeinde, was solche Auseinandersetzungen Familien antun konnten.

»Wir haben seit Jahren kein Wort mehr miteinander gewechselt. Aber vor kurzem habe ich gehört, dass er wieder in die Stadt zurückgekehrt ist. Das hier ist die Kirche, in die wir als Kinder gegangen sind. Deshalb dachte ich, dass ihn vielleicht jemand hier gesehen hat.«

»Sie wollen sich mit ihm versöhnen?«

»Von ganzem Herzen, Reverend. Aber ich weiß leider nicht, wo er steckt.«

»Ich habe ihn nicht mehr gesehen, seit…« Der Pfarrer überlegte. »Seit letzten Juli, als Mrs. Warren gestorben ist. Natürlich war er bei der Beerdigung. Und davor habe ich ihn das letzte Mal gesehen vor… Das muss vor etwa zwei Jahren gewesen sein. Ich bin mir nicht einmal sicher, ob er noch hier in der Stadt wohnt.«

»Mrs. Warren?«

»Sie war eine sehr gottesfürchtige Frau und eine der eifrigsten Kirchgängerinnen in unserer Gemeinde. Sie hat nur ein einziges Mal einen Gottesdienst versäumt, soweit ich mich erinnere. Als Pete vor zwei Jahren hier auftauchte und sich erbot, umsonst Arbeiten an unserer Kirche zu erledigen, hat Mrs. Warren ihn gleich ins Herz geschlossen. Sie war ganz begeistert, wie perfekt und fehlerlos er aus der Heiligen Schrift zitieren konnte. Einige Male habe ich versucht, ihn aufs Glatteis zu führen, aber es ist mir nicht ein einziges Mal gelungen.«

»Das ist das Verdienst von unserem Dad; er hat Pete mit der Heiligen Schrift großgezogen.«

»Ihr Vater hat sehr gute Arbeit geleistet. Mrs. Warren hat ihm schließlich einen Job als Mann für alles auf ihrem Anwesen angeboten. Ein Verlust für uns, ein Gewinn für sie. Als sie dieses eine Mal, das ich soeben erwähnte, nicht zum Gottesdienst erschien, war ich überzeugt, dass sie krank ist, und ich rief bei ihr an. Ich hatte mich nicht getäuscht – sie litt an einer schlimmen Erkältung. Als sie das nächste Mal wieder zum Gottesdienst kam, war Pete nicht bei ihr. Sie erzählte mir, dass er weitergezogen sei.«

»Ja. Pete war schon immer so. Aber Sie haben gesagt, dass er bei der Beerdigung hier war?«

»Offenbar war er zurückgekommen und arbeitete wieder für sie. Soviel ich gehört habe, hat sie ihm ihr Haus vermacht.«

»Ihr Haus?«

»Nun, sie war eine alte Frau. Ihr Mann war lange vor ihr gestorben. Ihre Kinder ebenfalls. Ich nehme an, Pete stand ihr von allen Menschen am nächsten, und deshalb gehörte er für sie sozusagen zur Familie.«

»Klingt, als sei sie eine sehr nette alte Lady gewesen.«

»Und eine sehr großzügige dazu. Obwohl sie im Laufe der Jahre immer wieder Teile des Farmlands verkaufen musste, das ihr Mann bearbeitet hatte, weil das die einzige Möglichkeit für sie war, zu überleben, hat sie um ihr Haus herum achtzig Morgen Land für ein Naturschutzreservat verwildern lassen. Glauben Sie mir, so wie unsere Stadt expandiert, könnten wir mehr Leute wie Mrs. Warren brauchen, die etwas zur Erhaltung der ursprünglichen Landschaft tun.«

»Ich möchte Sie um zwei Gefallen bitten, Reverend.«

»Ja?« Er spähte neugierig durch seine Brille zu mir empor.

»Der erste ist der, dass Sie, falls Sie Pete sehen, bevor ich ihn treffe, ihm um Himmels willen nichts davon erzählen, dass wir miteinander gesprochen haben. Wenn er erfährt, dass ich ihn treffen möchte, wird er möglicherweise so wütend, dass er wieder aus der Stadt verschwindet.«

»War Ihr Streit denn so ernst?«

»Schlimmer als Sie sich vorstellen können. Ich muss ihn auf die richtige Art und Weise und zum richtigen Zeitpunkt darauf ansprechen.«

»Und was ist der zweite Gefallen, den Sie von mir erbitten?«

»Wie komme ich zu Mrs. Warrens Haus?«

9

Nachdem ich etwa zwei Meilen einer Landstraße gefolgt war, die in südlicher Richtung aus der Stadt führte, erreichte ich eine Abzweigung. Ich bog nach links auf die Schotterstraße, wie der Pfarrer es mir beschrieben hatte. Die Reifen meines Wagens wirbelten eine Staubfahne auf, die im Rückspiegel über dem Grün der Felder hing. Angespannt starrte ich nach vorn und hoffte inständig, dass mir kein Wagen entgegenkäme. Das Land war hügelig, und auf dem Kamm einer jeden Erhebung, die ich erreichte, fürchtete ich, dass plötzlich ein Wagen auftauchen würde, an dessen Steuer *er* saß. Vielleicht würde er gar nicht auf mich achten – nur ein flüchtiger Blick auf den Fahrer eines entgegenkommenden Wagens –, aber vielleicht auch achtete er auf alles. Vielleicht würde er mich mit meinem Bart nicht erkennen, aber falls doch oder wenn er Kates Volvo erkannte (O Gott, warum hatte ich nicht daran gedacht, in einem anderen Wagen hier rauszufahren?), wäre die Gelegenheit, ihn zu überraschen, dahin. Ich würde noch weniger Chancen haben, Kate und Jason zu finden.

Schweißgebadet – mein Hemd klebte förmlich an meiner Brust – sah ich, wie der Pfarrer gesagt hatte, links von der Straße den dichten Wald mit Unterholz. Ich kam an einem Briefkasten vorbei, einem geschlossenen Tor und einer Straße, die in den Wald hineinführte. Irgendwo dort hinten läge Mrs. Warrens Haus, hatte der Reverend gesagt, wo sie die Rehe, Eichkätzchen und Waschbären und all die anderen »Kinder Gottes«, wie sie die Tiere des Waldes nannte, beobachten konnte. Erleichtert, dass ich niemanden gesehen hatte und deshalb auch von niemandem gesehen worden war, fuhr ich weiter und wirbelte noch mehr Staub hinter mir auf. Zugleich beschlich mich die Angst, dass ich nur deshalb kein Zeichen von Leben gesehen hatte, weil Petey sich hier nicht mehr aufhielt, weil er längst weitergezogen war.

Petey.

Ja.

Auf allen Röntgenaufnahmen war ein ganz bestimmter Zahn mit vier Wurzeln zu sehen gewesen, die unverkennbar dieselbe Anordnung aufwiesen. Der des Kindes war kleiner gewesen und die Wurzeln weniger ausgeprägt als die des Mannes. Dennoch konnte man unschwer erkennen, dass sich der eine aus dem anderen entwickelt hatte. Nicht, dass ich mich auf meine Meinung verlassen hätte. Bevor ich begonnen hatte, die Liste der Kirchen abzuklappern, war ich in der Praxis eines Zahnarztes gewesen, noch bevor sie am Morgen öffnete. Von dem Geld, das ich bei einer hiesigen Bank abgehoben hatte, zahlte ich dem Zahnarzt hundert Dollar, damit er sich die Röntgenaufnahmen genau ansah, bevor er sich um seine zum Morgentermin bestellten Patienten kümmerte. Er hatte mir Recht gegeben: Ob Mann oder Junge – die Röntgenaufnahmen stammten von ein und derselben Person.

Damit stand es also fest: Der Mann, der behauptet hatte, mein Bruder zu sein, hatte die Wahrheit gesagt. Das FBI hatte sich geirrt. Lester Dant hatte nicht Peteys Identität angenommen, sondern umgekehrt. Petey hatte Lesters Identität angenommen. Doch diese beunruhigende Entdeckung half mir auch nicht weiter. Im Gegenteil. Sie warf noch viel mehr entnervende Fragen auf, die meine geistige Gesundheit bedrohten.

Soviel war klar: Nachdem Petey die Polizei mit Hilfe der von ihm entführten und auf Parkplätzen zurückgelassenen Wagen an der Nase herumgeführt hatte, damit sie glaubte, er fahre durch Wyoming und Montana in Richtung Westen, hatte er Kate und Jason in die entgegengesetzte Richtung verschleppt – zurück nach Woodford. Weil er nun keine falschen Spuren mehr zu legen brauchte, war es ihm sicherlich nicht sonderlich schwer gefallen, der Polizeifahndung zu entkommen. Er hatte nur einen Wagen mit einem Nummernschild aus einem weit entfernten Bundesstaat in seine Gewalt zu bringen brauchen, dessen Fahrer erst ein paar Tage später zurückerwartet worden war. Bis sie oder er als vermisst gemeldet wurde, hätte Petey längst Mrs. Warrens Haus erreicht und den Wagen versteckt. Unterwegs hatte er wahrscheinlich mehrere Male das Nummernschild ausgetauscht und die Leiche des Wagenbesitzers irgendwo entlang der Interstate verscharrt.

Mrs. Warren… Petey war sich offenbar sicher gewesen, dass er die alte Frau einschüchtern konnte, weil er dies schon einmal ein Jahr zuvor getan hatte. Der Pfarrer, der über Petey und Mrs. Warren Bescheid wusste, hatte erwähnt, dass Petey Mrs. Warrens Mann für alles gewesen sei und dass sie nie einen Gottesdienst versäumt habe, außer an einem Sonntag vor zwei Jahren – ein Jahr, bevor Kate und Jason von Petey entführt worden waren. Petey musste Mrs. Warren etwas so Furchtbares angetan haben, dass es für sie an diesem Sonntag völlig unmöglich gewesen war, in die Kirche zu gehen. Als der Pfarrer bei ihr anrief, weil er wusste, dass nur etwas Schwerwiegendes sie davon abhalten konnte, zum Gottesdienst zu erscheinen, hatte sie behauptet, eine Erkältung zu haben. Am nächsten Sonntag war sie wieder in die Kirche gekommen und hatte erzählt, dass Petey inzwischen aus der Gegend fortgezogen sei.

Wahrscheinlich hatte der Anruf des Pfarrers Mrs. Warren das Leben gerettet. Seine Sorge um sie hatte in Peteys Kopf den Verdacht keimen lassen, der Pfarrer sei misstrauisch geworden, und er hatte sich schleunigst aus dem Staub gemacht. Doch warum hatte Mrs. Warren, als sie sich wieder sicher fühlte, ihren Freunden nicht erzählt, welch furchtbare Dinge in ihrem Haus geschehen waren? Die Antwort darauf war nicht schwer zu erraten. Wie Mrs. Garner in Loganville hatte auch sie sich geschämt und wollte auf keinen Fall, dass die anderen Gemeindemitglieder erfuhren, was Petey ihr angetan hatte. Außerdem hatte Petey ihr zweifellos gedroht, zurückzukommen und sie zu bestrafen, falls sie ihm Probleme machen würde.

Vielleicht fühlte sie sich tatsächlich wieder sicher, doch dann war Petey zu ihrem Entsetzen ein Jahr später erneut aufgetaucht. Es war durchaus denkbar, dass er sogar eine Möglichkeit gefunden hatte, Kate und Jason vor ihr zu verstecken. Wie auch immer – ihre Qualen begannen von Neuem. Er schüchterte sie so sehr ein, dass sie ihm in ihrem Testament das Haus vermachte. »Er ist für mich wie ein Sohn«, hatte sie vermutlich unter dem massiven Zwang von Peteys Anwesenheit ihrem Anwalt erklärt, wobei sie die Worte zu Hause möglicherweise hatte üben müssen, um überzeugend zu klingen. Und Petey würde grinsend neben ihr gestanden haben, um sie an seine Drohung zu erinnern, dass er ihr die verbleibenden Jahre ihres Lebens zur Hölle machen könnte, falls sie sich gegen ihn auflehnte und etwas Falsches sagte. Von da an hatte er sie als Gefangene in ihrem eigenen Haus gehalten, während er gegenüber Gemeindemitgliedern das eine oder andere Wort fallen ließ, dass sie sich in letzter Zeit nicht so gut fühlte. Auf diese Weise waren die Leute darauf vorbereitet worden, dass sie starb. Schließlich war Mrs. Warren, wie der Pfarrer gesagt hatte, nicht mehr die Jüngste. Vielleicht war die arme Seele dann eines Nachts gar nicht so überraschend im Schlaf dahingeschieden – wobei möglicherweise ein Kissen auf ihrem Gesicht massiv nachgeholfen hatte.

Während ich in die Stadt zurückfuhr, rief ich über mein Handy Special Agent Gader an, doch seine Sekretärin erklärte mir, dass er ein paar Tage nicht im Büro sein werde. Ich telefonierte auch mit Paynes Büro, bekam jedoch nur den Anrufbeantworter zu hören, der sagte, dass Payne für den Rest der Woche nicht im Büro sein werde. Irgendwie hatte ich das ungute Gefühl, dass die Biopsie seiner Frau nicht beruhigend ausgefallen war.

Damit blieb mir nur die örtliche Polizei, doch als ich vor dem Revier parkte (dasselbe Backsteingebäude wie vor dreißig Jahren), hatte ich die beunruhigende Vision von Polizisten, die in ihre Streifenwagen sprangen und mit jaulenden Sirenen zu Mrs. Warrens Haus hinaus brausten. Vielleicht würde es ja nicht ganz so krass sein, doch ich fürchtete, dass ihre Ankunft so auffällig wäre, dass Petey – falls er sich tatsächlich noch in dem Haus aufhielt – sie ankommen sehen und durch die Hintertür fliehen könnte. Dann würde ich vielleicht nie erfahren, was er mit Kate und Jason gemacht hatte. Selbst wenn es der Polizei gelänge, ihn festzunehmen, würde er sich möglicherweise weigern, auf Fragen zu antworten. Angenommen er leugnete, irgendetwas über den Verbleib von Kate und Jason zu wissen, dann könnten sie, falls sie noch lebten, möglicherweise verhungern oder ersticken, während er sich weigerte, zu sprechen. Denk alles in Ruhe durch, gemahnte ich mich. Ich brauchte mehr Informationen. Es war sinnlos, von der Polizei zu erwarten, dass sie ihn festnahm, solange ich nicht genau wusste, wie sie es anstellen sollte.

10

Die Pilotin rief mir etwas zu, das ich im lauten Dröhnen des einmotorigen Flugzeugs nicht verstand.

Ich drehte mich zu ihr um. »Was haben Sie gesagt?«

»Ich sagte, Woodford ist dort drüben.«

Ich schaute nach rechts in die Richtung, in die sie deutete. Die niedrigen Gebäude der Stadt, das alte Zentrum und die Neubaugebiete erstreckten sich bis zur Interstate.

Ihre Worte klangen so bedeutungsvoll, dass ich den Kopf schüttelte. »Ich verstehe nicht, was Sie damit meinen.«

»Sie haben gesagt, Sie möchten sehen, wie ihre alte Heimatstadt aus der Luft aussieht.«

»Mehr oder weniger.«

»Sieht eher nach weniger aus. Sie haben kaum einen Blick in die Richtung geworfen. Anscheinend sind Sie mehr an den Farmen dort vorn interessiert.«

Wir flogen näher an das achtzig Morgen große, zusammenhängende Waldgebiet jenseits der Farmen heran. Obwohl es ein sonniger Tag war, herrschte ein böiger Wind. Hin und wieder schaukelte das Flugzeug oder kippte leicht.

»Sie kommen von 'ner Baugesellschaft, hab' ich Recht?«

»Was?«

»Die haben hier in den letzten fünf Jahren eine Menge Neubausiedlungen aus dem Boden gestampft. Jedes Mal, wenn ich über die Stadt fliege, gibt es irgendwo schon wieder ein neues Viertel.«

Das war eine einfachere Erklärung als die Wahrheit. »Ja, zu viele Veränderungen können ziemlich irritierend sein.«

Ich starrte auf das dichte Waldgebiet hinab und entdeckte den Weg, der von der Schotterstraße in den Wald führte. Auf einer Lichtung etwa hundert Meter tief im Wald stand ein von Wiesen und Gärten umgebenes Backsteinhaus.

Gestern hatte ich mir eine dieser Pocketkameras mit einem Zoomobjektiv gekauft. Jetzt zog ich sie aus der Tasche und begann, Aufnahmen zu machen.

11

Wieder zurück in meinem Motel-Zimmer, breitete ich die Fotos auf dem Tisch aus. Ich hatte einem Fotografen einen extra Bonus bezahlt, damit er etwas länger in seinem Laden blieb und die Abzüge noch machte. Inzwischen war es dunkel. Meine Augen schmerzten. Um mich wach zu halten, machte ich den Fernseher an. Ich suchte CNN, und während eine Sprecherin im Hintergrund redete, griff ich nach meinem Vergrößerungsglas und beugte mich über die Fotos. Sie waren ein wenig unscharf, weil das Flugzeug geschwenkt hatte, trotzdem konnte ich auf ihnen das erkennen, was ich sehen wollte.

Etwas fiel auf den ersten Blick auf. Doch niemand hätte dies von ebener Erde aus wahrgenommen, von wo man nicht alle vier Seiten des Hauses zugleich sehen konnte. Aber wenn man das Anwesen von oben betrachtete, sah das Gras und der Garten hinter dem Haus anders aus als davor und an den Seiten: Die unmittelbare Umgebung machte den Eindruck, als seien dort in letzter Zeit massive Erdarbeiten durchgeführt worden. Das ganze Areal schien etwas tiefer zu liegen als das übrige Gelände.

War es eingesunken? So wie der Erdboden meist ein wenig einsinkt, nachdem er aufgegraben und dann wieder aufgefüllt wurde?

Im Hintergrund berichtete die CNN-Sprecherin, dass ein bewaffneter, offenbar verstörter Mann seine Exfrau und seine Tochter in seinem Haus in Los Angeles als Geiseln genommen habe. Ein Sonderkommando der Antiterroreinheit der Polizei habe inzwischen das Haus umstellt. Mit erhöhter Konzentration starrte ich durch das Vergrößerungsglas auf die Fotos hinab, und je länger ich sie betrachtete, umso deutlicher wurde, dass ein Teil des Rasens und des Gartens hinter dem Haus tatsächlich tiefer zu liegen schien als das Gelände darum herum.

Ich entdeckte einen blauen Pickup, der neben dem Haus stand und studierte einen Bach, der sich hinter dem Haus durch den Wald schlängelte. Doch immer wieder kehrte ich zu dem Areal auf der Rückseite des Hauses zurück. Das Gras schien dort grüner und die Büsche üppiger, als würde ihnen mehr Aufmerksamkeit und Pflege zuteil als dem Bewuchs vor dem Haus und seitlich davon.

Nachdenklich ließ ich das Vergrößerungsglas sinken und versuchte, mich zu beruhigen. Es ist nichts Verdächtiges daran, seinen Garten umzugraben, würde die Polizei sagen. Ein vertrockneter Rasen und kranke Büsche waren durch gesunde ersetzt worden. Aber was, wenn der Rasen und die Büsche deshalb neu gepflanzt worden waren, weil jemand in der Erde unter ihnen etwas gebaut hatte?

Im Fernseher hinter mir berichtete die Sprecherin, dass die Geiselnahme in Los Angeles schlecht ausgegangen war. Als die Polizei dabei gewesen war, den Kordon um das Haus enger zu ziehen, hatte der Mann seine Tochter und seine Exfrau erschossen und sich dann selbst eine Kugel durch den Kopf gejagt.

Entsetzt starrte ich den Bildschirm an.

12

Als ich an Mrs. Warrens Farm vorbeigefahren war, hatte ich den Fehler gemacht, Kates Volvo zu benutzen. Petey hatte ihn möglicherweise erkannt. Diesmal fuhr ich nur bis zum Stadtrand, wo ich den Wagen auf dem Parkplatz eines Einkaufszentrums stehen ließ. Ich schwang mir meinen Rucksack auf den Rücken und marschierte die Straße entlang, hinaus aufs Land.

Wie in den meisten von Landwirtschaft geprägten Städten und Ortschaften des Mittelwestens war das Straßensystem in und um Woodford als ein rechtwinkliges Netz angelegt, das Quadrate oder Rechtecke umschloss. Ich vermied die Straße, die direkt an Mrs. Warrens Farm vorüberführte, und entschied mich für die indirekte Route, die mehrere Meilen weiter war und mich von hinten an das achtzig Morgen große Waldstück heranbrachte. Unter einer strahlenden, heißen Sonne wanderte ich an Feldern und grasenden Kühen vorüber und hier und dort an Farmern, die auf den Feldern arbeiteten. Ich rückte meine Baseballmütze zurecht, schob meine Bauchgurttasche in eine bequemere Position an meiner Hüfte und versuchte den Eindruck zu erwecken, als sei Kummer ein Fremdwort für mich, als gelte mein einziges Interesse an diesem herrlichen Tag einer entspannten Wanderung in der freien Natur. In Wahrheit musste ich mich beherrschen, nicht loszurennen. Das Adrenalin, das durch meine Adern pulste, verlangte nach körperlicher Anstrengung, um nicht außer Kontrolle zu geraten. Wenn ich nicht gleich etwas tat, um den Druck abzubauen, der in mir anschwoll, fürchtete ich verrückt zu werden. Rechts drüben, jenseits eines Feldes, wurde der Wald allmählich größer. Rückte näher. Kate und Jason. Sie leben, redete ich mir ein. Sie müssen leben.

Weil ich nicht wollte, dass jemand sah, wie ich über das Feld zum Wald hinüber lief, wartete ich, bis ein Auto vorbeigefahren und nirgendwo ein weiteres zu sehen war. Der Bach – eher ein kleiner Fluss, den ich auf den Fotos registriert hatte, floss unter der Straße hindurch und dann quer durch das Feld. Ich kletterte in das Bachbett hinab. Die Böschung war so hoch, dass ich von der Straße und vom Waldrand her nicht beobachtet werden konnte, während ich das Ufer entlang lief. Trotz der niederbrennenden Sonne war die Luft hier unten am Wasser kühl.

Nach fünf Minuten Fußmarsch entlang des Ufers verschwand der Fluss zwischen den Bäumen. Ich duckte mich unter einem Zaun hindurch, stieg die glitschige Böschung hinauf und befand mich zwischen Ahorn, Eichen und Ulmen. Der Lärm, den ich im Unterholz machte, bereitete mir Sorgen, aber wer sollte mich schon hören? Petey würde sicherlich nicht an seinen Zäunen entlang patrouillieren, um das Grundstück gegen Eindringlinge zu bewachen. Wahrscheinlich war er im Haus. Oder er war irgendwo unterwegs und beging weiß der Himmel was für entsetzliche Verbrechen.

Im Wald war es schattig. Eine modrige Schicht verwelkter Blätter bedeckte den Boden, die feucht und faulig roch. Ich wischte mir den Schweiß aus dem Gesicht, nahm den Rucksack ab und kramte das Holster hervor, das ich am Morgen gekauft hatte. Es war an der rechten Seite eines breiten, stabilen Gürtels befestigt, an dessen linker Seite sich eine Ledertasche befand, in der mein Ersatzmagazin mit fünfzehn Schuss und zwei heute Morgen gekaufte Magazine steckten. Ein Jagdmesser hing ebenfalls an dem Gürtel und außerdem eine daumenstarke, etwa eine Handspanne lange Taschenlampe mit dem beruhigenden Namen »Surefire«, deren für ihre Größe erstaunliche Leuchtstärke mir der Verkäufer in dem Waffenladen demonstriert hatte. Ich nahm die Pistole aus der Bauchgurttasche und schob sie in das Holster. Das Gewicht der Ausrüstung hing schwer an meiner Taille.

Die Nervosität machte mich durstig. Ich trank einen Schluck aus einer der drei Feldflaschen im Rucksack und aß ein Stück Dörrfleisch und ein paar Hand voll Erdnüsse und Rosinen. Meine innere Unruhe schlug mir auf die Blase und erweckte den Drang, zu urinieren. Danach schwang ich den Rucksack wieder auf den Rücken und zog einen Kompass aus meiner Hemdtasche. Anders als vor einem Jahr hatte ich mir die Zeit genommen zu lernen, wie er funktionierte. Ich rief mir die Fotos ins Gedächtnis, schätzte den Winkel, dem ich folgen musste, um das Haus zu erreichen, und marschierte in südöstlicher Richtung los, wobei die Schwierigkeit darin bestand, zwischen den Bäumen die Richtung zu halten.

Die ganze Zeit lauschte ich nach verdächtigen Geräuschen im Wald. Das Rascheln von Blättern rechts von mir konnte Petey sein, der sich an mich heranschlich, doch es war ein Eichkätzchen, das mit großen Sprüngen einen Baumstamm hinauf floh. Das Knacken eines Zweigs ließ mich zusammenschrecken, doch dann sah ich, dass es ein Kaninchen gewesen war, das Haken schlagend davon stob. Vögel flogen auf. Mit wachsamem Blick inspizierte ich das dichte Unterholz, zog meinen Kompass zu Rate und ging vorsichtig weiter.

Als ich das nächste Mal stehen blieb, um einen Schluck aus einer der Feldflaschen zu nehmen, warf ich einen Blick auf meine Uhr und stellte überrascht fest, dass nicht eine halbe Stunde, wie ich geschätzt hatte, vergangen war, sondern zwei Stunden. Die Luft war jetzt noch heißer und schwüler. Mein Hemd und meine Jeans waren schweißdurchtränkt und klebten an meinem Körper. Ich machte noch einen Schritt, ließ mich dann aber sogleich in die Hocke sinken, als ich sah, dass sich der Wald lichtete.

Auf dem Bauch kroch ich weiter durch das Unterholz. Der modrige Geruch des Waldbodens stieg mir in die Nase Ich robbte langsam vorwärts und achtete darauf, keine Büsche zu bewegen und damit möglicherweise meine Position zu verraten. Da ich in meinem Leben bereits einige Häuser für begüterte Auftraggeber entworfen hatte, war ich einigermaßen vertraut mit Einbruchsmeldern und Geländeüberwachung. Ich nahm alles vor und seitlich von mir genauestens in Augenschein. Wonach ich suchte, waren zum Beispiel an Pfählen angebrachte Drähte, die möglicherweise zu einem Erschütterungsmelder führten. Doch ich entdeckte nichts dergleichen. Außerdem wäre, wie mir jetzt dämmerte, ein Bewegungsmelder im Wald ziemlich sinnlos, wegen der Tiere, die hier überall kreuchten und fleuchten.

Tiere? Mit einem Mal fiel mir siedend heiß ein, dass ich seit einer ganzen Weile keine Tiere mehr bemerkt hatte. Nicht einen einzigen Vogel. Das Gefühl, in einer leblosen Ödnis zu sein, erinnerte mich an das, was ich auf der Farm der Dants erlebt hatte.

Schlangen? Ich nahm den Boden vor mir genauer in Augenschein. Nichts, das sich wand oder schlängelte. Tief Luft holend kroch ich weiter. Die Bäume standen jetzt nicht mehr so dicht, und auch die Büsche lichteten sich. Unter tief hängenden Zweigen hervor spähte ich auf die Lichtung hinaus. Ich sah den Rasen. Einen Blumengarten.

In der Mitte stand das rote Backsteinhaus. Ich blickte auf die rechte Stirnseite des einstöckigen Gebäudes. Die Mauer war von Efeu überwachsen. Weiße Terrassenmöbel aus Holz und eine grellbunt angemalte Windmühle standen davor auf dem Rasen.

Ich holte mein Fernglas aus dem Rucksack und vergewisserte mich, dass die Sonne nicht in einem Winkel stand, in dem sie sich in den Gläsern spiegeln würde, bevor ich den Feldstecher an die Augen setzte. Nachdem ich fokussiert hatte, studierte ich die Fenster im Erdgeschoss und die im ersten Stock. In allen Fenstern waren Stores vorgezogen. Nichts bewegte sich hinter ihnen. Auf den Fotos, die ich gemacht hatte, hatte der Pickup auf der anderen Seite des Hauses gestanden, und um herauszufinden, ob er dort noch stand, musste ich um die ganze Lichtung herumkriechen.

Ich hielt mich so dicht wie möglich am Boden, während ich durch das Unterholz robbte. Als ich schließlich die Rückseite des Hauses vor Augen hatte, konnte ich auch hinter den Fenstern auf dieser Seite keine Bewegung ausmachen. Ich richtete den Blick auf das offene Areal hinter dem Haus, das, vom Boden aus betrachtet, ein leichtes natürliches Gefälle zu haben schien. War es tatsächlich eingesunken? Einem arglosen Besucher wäre daran nichts Ungewöhnliches aufgefallen, außer vielleicht, dass der Rasen und die Büsche hier besonders kräftig wuchsen. Falls sich darunter tatsächlich ein versteckter Raum befand, goss und düngte Petey diesen Teil des Gartens wahrscheinlich besonders häufig, um die dünne Humusschicht und die flachen Wurzeln, die eine solche unterirdische Konstruktion zur Folge haben würde, zu kompensieren. Falls dem so war, dann war heute nicht der Tag für Gartenarbeiten. Er war nirgendwo zu sehen. Das Haus wirkte verlassen.

Ich wagte zu hoffen, dass ich Glück hatte und er nicht zu Hause war. Doch als ich mich durch das Unterholz soweit vorgearbeitet hatte, um die andere Seite des Hauses sehen zu können, krampfte sich mein Magen zusammen, als ich entdeckte, dass der Pickup an derselben Stelle stand wie gestern. Enttäuscht und wütend kroch ich weiter entlang der Lichtung, bis ich die Frontseite des Hauses sehen konnte. Auf der überdachten Veranda konnte ich einen Schaukelstuhl und eine Hängematte ausmachen, die sehr gemütlich und einladend wirkten.

Aber auch hier war weit und breit niemand zu entdecken, und so zog ich mich wieder bis zu einer gut geschützten Stelle zurück, von der aus ich einen Teil der Vorderseite sowie die gesamte Giebelseite nebst Pickup im Auge behalten konnte. Ringsum war ich von dichten Büschen umgeben. Ich schlüpfte aus meinem Rucksack, trank ein paar Schlucke aus einer der Feldflaschen und aß ein wenig Dörrfleisch und eine Hand voll Erdnüsse und Rosinen.

Und wartete.

13

Stunden später wartete ich noch immer. Die Sonne begann bereits hinter den Bäumen unterzugehen. Die Dämmerung brach langsam herein. Dann fühlte ich, wie sich meine Muskeln zusammenkrampften, als ich hinter einem der Fenster im Erdgeschoss Licht aufflammen sah. Auch im angrenzenden Zimmer ging das Licht an. Dann hinter einem Fenster im oberen Stock. Ich bemühte mich, durch die halb zugezogenen Vorhänge eine Bewegung auszumachen, doch das Haus wirkte nach wie vor verlassen. Wurden die Lichter von Timern reguliert? Als jedoch im ersten Stock wieder ein Licht ausging und ein Schatten an einem Fenster vorüber huschte, verschlug es mir einen Augenblick lang den Atem.

Der Schatten eines Mannes. Dessen war ich mir sicher. Ich hatte nur einen flüchtigen Blick erhascht, doch die breiten Schultern und der Umriss entsprachen ganz offensichtlich nicht der Statur einer Frau. Einige Sekunden später tauchte der Schatten im Erdgeschoss auf, wo er von einem Zimmer ins andere ging. Ich hob das Fernglas an die Augen und versuchte, durch einen Vorhangspalt etwas zu erkennen – dann hatte ich plötzlich klar und deutlich einen Mann mit einem Bart im Fokus. Einen Moment lang war sein Gesicht mir zugewandt, bevor er durch eine gewölbte Tür verschwand.

Doch ein Moment war alles, was ich brauchte. Trotz

des Barts war es ganz unmöglich, ihn nicht zu identifizieren. Sogar aus dieser Entfernung waren die kräftigen Schultern und die intensiven, stechenden Augen nicht zu übersehen.

Der Mann war Petey.

»Geh nach Hause«, hatte ich zu ihm gesagt. Und genau das hatte er nach einem Leben ohne Zuhause getan. Er war nach Woodford heimgekehrt. Ob er je zu dem Baseballfeld ging und an jenen Nachmittag dachte und darüber nachgrübelte, wie anders sein Leben verlaufen wäre, wenn ich meine Freunde nicht ihm vorgezogen und ihn nach Hause geschickt hätte?

Hör auf, so zu denken!, mahnte ich mich. Benutze deinen Verstand und lass dich nicht von Emotionen leiten! Schuld und Reue können die Vergangenheit nicht ungeschehen machen. Sie sind nichts als Schwäche. Sie können dir das Leben kosten. Sie können Kate und Jason das Leben kosten!

Petey war nicht mehr mein Bruder.

Er war mein Feind.

Mein erster Impuls war, aus meinem Versteck zu kriechen, zu dem Fenster hinüber zu laufen, zu warten, bis er wieder auftauchte, und ihn zu erschießen. Aber was, wenn ich daneben schoss? Meine Hände zitterten so sehr, dass ich wahrscheinlich nicht einmal ein Scheunentor getroffen hätte. Oder was wäre, wenn Petey mich vor dem Fenster bemerkte, bevor ich abdrücken konnte? Was, wenn er der Kugel entging und Kate und Jason als Geißeln benutzte? Was, wenn ich ihn niederschoss, aber Kate und Jason nicht dort waren, wo ich sie vermutete?

Ihn nur verwunden? Woher sollte ich wissen, dass die Wunde nicht ernster war als beabsichtigt? Petey würde möglicherweise sterben, bevor ich ihn fragen konnte. Ich hätte meine Chance vertan, Kate und Jason finden zu können.

Bleib, wo du bist. Überlege alles noch mal genau, mahnte ich mich. Wenn ich einen falschen Schritt mache, läuft es sonst auf dasselbe hinaus, was ich bei einem Eingreifen der Polizei befürchtet hatte.

Ich musste das Haus weiter beobachten. Ich musste eine Vorstellung von seinen Gewohnheiten bekommen. Die Polizei durfte ich erst zum richtigen Zeitpunkt informieren.

Erst dann, wenn sich die Situation zu meinem Vorteil entwickelte.

Na klar. Und wann, zum Teufel, würde das sein?, fragte ich mich.

Nachdem die Sonne untergegangen war, wurde die Luft kühl und feucht. Ich kramte einen Pullover aus dem Rucksack und zog ihn an. Er wärmte mich nicht. Petey, der hin und her ging, begann in der Küche offensichtlich Essen zuzubereiten, und mir kam der Gedanke, dass ich ebenfalls etwas zu mir nehmen sollte. Doch ich hatte keinen Appetit; mein Magen fühlte sich an, als sei er mit Säure gefüllt.

Iss etwas!, ermahnte ich mich, biss in das Dörrfleisch und kaute lustlos darauf herum. Als Beilage gab es eine Hand voll Erdnüsse und Rosinen. Der Nachtisch bestand aus getrockneten Apfelschnitzen. Ich hatte mit dem Gedanken gespielt, Sandwiches mitzunehmen, hatte aber Angst gehabt, dass sie schlecht werden und mir den Magen verderben könnten. Schließlich hatte ich nicht die geringste Vorstellung, wie lange ich im Wald ausharren und das Haus beobachten musste. Deshalb hatte ich drei Feldflaschen mit Wasser mitgeschleppt. Entschlossen, sparsam damit umzugehen, nahm ich nur ein paar Schlucke, um die getrockneten Äpfel hinunterzuspülen.

Wie lange wäre die Polizei bereit gewesen, sich in dem unangenehm feuchten Wald zu verstecken?, fragte ich mich. Sie hätten genervt nach den Moskitos geschlagen, die um ihre Köpfe sirrten. Sie hätten gespürt, wie die Kälte durch ihre Klamotten kroch und ihre Hosen vor Feuchtigkeit so klamm wurden, dass sie an den Beinen klebten. Sie hätten die ganze Zeit an heißen Kaffee und an ein warmes Bett gedacht und an jemanden, mit dem sie es teilen könnten. Sie hätten bald die Geduld verloren und das Haus gestürmt.

Ich knöpfte das wollene Hemd bis zum Hals zu, doch es war mir noch immer kalt. Erneut hob ich das Fernglas an die Augen und starrte durch ein Fenster und den gewölbten Durchgang, der in die Küche auf der anderen Seite des Hauses führte. Dort war Petey nach wie vor mit der Zubereitung des Essens beschäftigt. Nach einer Weile verschwand seine Silhouette.

Meine Muskeln verkrampften, weil ich sie zu lange nicht bewegt hatte; Arme und Nacken schmerzten, da ich ständig das Fernglas an die Augen hielt. Minuten vergingen. Ich warf einen Blick auf das Leuchtziffernblatt meiner Armbanduhr. Eine Viertelstunde dehnte sich zu einer halben. Als eine ganze Stunde vergangen war, konnte ich den Druck in meiner Blase nicht mehr länger ignorieren. Ich kroch ein Stück zurück, bis ich mich zwischen den Bäumen befand, und urinierte in geduckter Haltung, wobei ich mich bemühte, so wenig Lärm wie möglich zu machen.

Im selben Augenblick, als ich wieder mein Versteck unter den Büschen erreicht hatte, ging das Licht in der Küche aus. Ich hob den Feldstecher an die Augen und beobachtete, wie Peteys Schatten im Erdgeschoss von Zimmer zu Zimmer ging und die Lichter ausmachte. Eine Minute später erlosch auch das Licht in einem der Zimmer im ersten Stock. Die nächste Stunde verbrachte ich damit, in das letzte erleuchtete Fenster im oberen Stockwerk zu starren. Dann ging auch dieses Licht aus.

Der Himmel war bedeckt; nicht ein einziger Stern war zu sehen. Das Haus blieb dunkel. Ich schlang die Arme um die Schultern, um mich warm zu halten. Meine Lider wurden schwer. Ich versuchte mit aller Macht, wach zu bleiben, und richtete den Blick von den Fenstern auf den im Dunkeln liegenden Garten hinter dem Haus, unter dem – dessen war ich mir sicher – Kate und Jason gefangen gehalten wurden. So nah... Muss sie befreien... Muss... Widerstrebend fielen meine Lider zu. Ich sank nach vorn auf den Boden und schlief ein.

14

Eine Tür schlug zu und ließ mich aus einem Albtraum aufschrecken, in dem ich ausgepeitscht wurde. Meine Lider flogen auf. Mein Kopf ruckte hoch, und ich spähte mit schlafverklebten Augen durch die niedrigen Zweige der Büsche zum Haus hinüber. Die Wolken waren weitergezogen. Die Morgensonne stand hinter mir und spiegelte sich in den Fenstern des Hauses. Das reflektierte Licht stach mir grell in die Augen und verschlimmerte meine Kopfschmerzen noch. Der Himmel wölbte sich strahlend blau, doch die sanfte Briese, die gestern geweht hatte, war frischer geworden und raschelte in den Büschen. Das Hin-und-her-Wogen der Zweige war vermutlich der Grund gewesen für meinen Albtraum, ausgepeitscht zu werden.

Ich blickte zu der Seite des Hauses, von der das Türschlagen gekommen war. Petey kam in Sicht. Er trug ein hellgrünes Hemd, das einen starken optischen Kontrast mit seinem dunklen Bart bildete. Ich kannte das Hemd. Es war eines der Hemden, die er mir vor einem Jahr gestohlen hatte. Der Wind zerzauste sein volles, dunkles Haar. Er sah sich um und ließ den Blick über den Waldrand schweifen, dann nahm er einen Schlauch von einem Haken an der Wand und zog ihn über den Rasen zum Garten hinter dem Haus. Er sprengte den Rasen und vor allem die Büsche und bestätigte damit meinen Verdacht, dass irgendeine unterirdische Konstruktion nur flachen Wurzelwuchs zuließ, was häufiges Gießen nötig machte. Die Windböen waren so stark, dass hin und wieder die Gischt des Wasserstrahls auf ihn zurück sprühte, was ihn schließlich so wütend machte, dass er den Schlauch fallen ließ, zum Wasserhahn an der hinteren Hauswand lief, ihn zudrehte und im Haus verschwand.

Das sich in den Fenstern spiegelnde Sonnenlicht machte es mir unmöglich, zu erkennen, was er im Haus machte. Nach einer halben Stunde hatte der Wind meine Lippen so sehr ausgetrocknet, dass ich nach einer Feldflasche griff, doch ich ließ meine Hand wieder sinken, als ich erneut das Schlagen einer Tür hörte – diesmal von der Vorderseite des Hauses. Petey trat auf die Veranda heraus. Er hatte das nass gewordene grüne Hemd gegen ein graues gewechselt. Auch das hatte einmal mir gehört. Als er den Kopf hob sah es so aus, als würde er in den Wind wittern. Das war aus meinem Bruder geworden: ein Tier, das Witterung aufnahm, ob Gefahr drohte. Von mir.

Hör auf, so was zu denken!, warnte ich mich erneut.

Er stieg die Verandastufen hinab und ging um die Ecke des Hauses. Mein Puls beschleunigte sich, als er in den

Pickup kletterte und den Sicherheitsgurt anlegte. Der Wagen stand mit den Scheinwerfern in meine Richtung, die Frontscheibe schräg zur Sonne, sodass ich Peteys Bart und seine stechenden Augen durch die Scheibe sehen konnte, bevor er den Wagen wendete und, eine Staubfahne aufwirbelnd, die Straße hinabfuhr. Das Blau des Pickups leuchtete noch ein paar Mal zwischen den Stämmen auf, dann verschwand es ganz im Grün der vom Wind gepeitschten Bäume.

Einen Moment lang war ich mir sicher, dass mir meine Fantasie einen Streich gespielt hatte. Hatte ich wirklich gesehen, was ich am sehnlichsten zu sehen wünschte? Erstarb das Brummen des Pickups tatsächlich in der Ferne? Einige Minuten lang rührte ich mich nicht. Vielleicht war Petey nur zur Straße vorgefahren, um den Briefkasten zu leeren, und würde jeden Augenblick wieder zurückkommen. Oder vielleicht hatte Petey irgendwie Verdacht geschöpft, dass jemand das Haus beobachtete. Vielleicht gab er nur vor, wegzufahren, um einen Eindringling ins Freie zu locken. Würde mich Petey, sobald ich mich zeigte und dem Haus näherte, von seinem Versteck aus erschießen, in das er geschlichen war und von dem aus er nun das Haus beobachtete?

Die Sonne stieg höher. Der Wind wurde stärker und zerrte an den Büschen, zwischen denen ich mich verbarg. Doch er brachte keine Erfrischung. Im Gegenteil – der Morgen schien unnatürlich heiß. Ich hatte das Gefühl, dass der Schweiß sofort auf meinen staubverkrusteten Wangen trocknete. Nervös sah ich auf die Uhr und stellte fest, dass fünfzehn Minuten verstrichen waren. Wenn er nur zum Briefkasten gefahren wäre, müsste er inzwischen längst zurück sein, überlegte ich. Ich ließ meinen Blick dort, wo der Weg zwischen den Bäumen verschwand, suchend über den Waldrand schweifen. Doch die Zweige der Büsche wogten im Wind, sodass es unmöglich war, irgendwo eine auffällige Bewegung ausmachen zu können; eine Stelle vielleicht, wo er am Waldrand lauerte und nach einem eventuellen Eindringling Ausschau hielt.

Ich starrte zu den Sträuchern hinter dem Haus hinüber. Die Polizei. Ruf mit deinem Handy die Polizei, dachte ich. Doch als ich die Hand danach ausstreckte, überfiel mich plötzlich die Angst, dass Petey, falls er irgendwo hier am Waldrand hockte, mich vielleicht hören könnte. Der Wind würde meine Stimme möglicherweise direkt zu ihm tragen.

Oder was, wenn Petey nicht allein war? Was, wenn noch jemand anderer im Haus war und meine Stimme hörte, wenn ich telefonierte? Um das auszuschließen, müsste ich mich ein paar hundert Meter in den Wald zurückziehen, bevor ich ohne Risiko telefonieren konnte, doch das würde bedeuten, dass ich das Farmhaus aus den Augen lassen musste, und in der Zeit, in der ich nicht hier war, konnte wer weiß was passieren.

Die Sonne stand inzwischen so hoch, dass sie sich nicht mehr in den Fenstern spiegelte. Nichts bewegte sich dahinter. Gestern Abend hatte ich keine andere Silhouette außer der Peteys gesehen. Durfte ich als sicher annehmen, dass er allein im Haus lebte? Die Polizei würde gar nicht schnell genug hier sein können, um auszuschließen, dass er nicht möglicherweise vor ihnen zurück war. Verdammt – jetzt hatte ich vielleicht meine einzige Chance. Ich schlich geduckt durch das Unterholz zur Rückseite des Hauses herum. Falls Petey das Haus von den Bäumen rechts oder links der Straße aus beobachtete, würde er nicht sehen können, wenn ich von hinten heranschlich.

Ich zwängte mich zwischen niedrigen Büschen hindurch und blieb am Rand der Lichtung stehen. Erneut inspizierte ich jedes der Fenster, ob sich hinter ihnen etwas bewegte. Nichts. Dann zog ich meine Pistole und rannte ins Freie. Ich erreichte einen Fliederbusch, den ich als Deckung benutzte, und huschte dann geduckt zu einem mit Wein bewachsenen Laubengang, der mich vor Blicken schützte, während ich das Haus ein letztes Mal genau in Augenschein nahm. Ich sprintete zur hinteren Wand und presste mich gegen die von der Sonne warmen Backsteine.

Stufen führten zur Hintertür hinauf. Ich erklomm sie auf allen vieren, hob vorsichtig den Kopf und spähte durch das Fenster in der Tür. Hinter dünnen Gazevorhängen konnte ich undeutlich die Umrisse einer Küche ausmachen: Geschirrschränkchen, eine Kredenz, ein Waschbecken und an der rechten Wand ein Herd. Links gegenüber ein Kühlschrank und ein gewölbter Durchgang. In der Mitte stand ein kleiner Tisch. Ein einziger Stuhl legte die Vermutung nahe, dass Petey allein hier lebte.

Worüber ich mir allerdings allmählich Sorgen machte, war, dass Petey möglicherweise einen Hund hatte, einen Pitbull zum Beispiel, der darauf abgerichtet war, sich nicht blicken zu lassen, bis der Eindringling im Haus war, um ihn dann zu zerfleischen. Es wäre verständlich, wenn Petey hier draußen einen Hund hätte, doch je länger ich darüber nachdachte, umso mehr zweifelte ich daran. Ich hatte das Haus mehr als zwölf Stunden beobachtet, und Petey hatte kein einziges Mal einen Hund ins Freie gelassen. Sicherlich, Petey hätte es tun können, als ich eingeschlafen war. Aber hätte der Hund nicht meinen Geruch aufgenommen und mich angegriffen? Und hätte ich nicht – vorausgesetzt, Petey war nicht ständig mit Schaufel und Besen hinter dem Hund her – Hundekot auf dem Rasen sehen müssen? Außerdem würde ein Hund, der im Haus eingesperrt war, Peteys Möglichkeiten, für längere Zeit wegzubleiben, erheblich einschränken. Er konnte für Kate und Jason in ihrem Gefängnis genügend Essen zurücklassen, damit sie nicht verhungerten. Aber für einen großen Hund einen ausreichenden Vorrat an Fressen bereitzustellen, sodass er für eine längere Zeit selbstständig überleben konnte, war weit schwieriger, von der Schweinerei, die er im Haus anrichten würde, ganz zu schweigen.

Nein, ich war immer mehr davon überzeugt, dass Petey keinen Hund hatte. Aber falls doch, würde ich darauf vorbereitet sein, ihn zu erschießen.

Ich probierte den Knauf der Hintertür. Keine Überraschung: sie war verschlossen. Ich würde das Fenster einschlagen, hindurchgreifen und das Schloss von innen öffnen müssen. Ich richtete mich auf, damit ich durch das Fenster nach unten schauen und den Ausschnitt der Tür über und unter dem Knauf sehen konnte. Der Knauf und der Riegel von einem Schloss kamen in Sicht. Nachdem ich das Fenster eingeschlagen hatte, brauchte ich nur den Riegel zurückzuschieben und...

Vermutlich wäre niemand außer einem Architekten oder jemand, der auf dem Bau arbeitete, jetzt unruhig geworden oder hätte auch nur einen zweiten Gedanken daran verschwendet. Das Schloss war ein Sicherheitsschloss von der Art, wie ich es meinen Kunden empfahl. Die einzige Möglichkeit, von draußen hineinzugelangen, war mit Hilfe eines Schlüssels. Doch von *innen* gab es zwei Möglichkeiten, das Schloss zu öffnen – je nachdem wie es eingebaut war. Wenn es kein Fenster in der Tür gab, durch das ein Einbrecher greifen konnte, genügte ein Riegel oder ein Bolzen, den man zurückschieben konnte. Aber falls ein Fenster in der Tür war, bestand die sicherste Methode darin, anstatt einem Riegel ein zweites zusätzliches Sicherheitsschloss einzubauen, das nur von innen zu öffnen war. Auf diese Weise konnte ein Einbrecher, selbst wenn er durch das Fenster griff, das Schloss nicht öffnen, es sei denn, er hatte einen Schlüssel.

Machte es überhaupt einen Sinn für Petey, ein hochwertiges Sicherheitsschloss mit einer windigen, leicht zu knackenden Riegelvorrichtung in der Tür zu installieren? Na gut, möglicherweise hatte Mrs. Warren das Schloss einbauen lassen. Aber würde Petey, der allen Grund zur Vorsicht hatte, ein derart gravierendes Sicherheitsmanko einfach ignoriert haben? Ich bezweifelte es.

Während ich über das Problem nachdachte, fiel mir noch etwas anderes auf, das mich beunruhigte. Die Tür öffnete sich nach rechts, wo die Geschirrschränke an der Wand standen, und nicht nach links, wo genügend freier Platz war. Das schien mir eine ungünstige und sehr ungeschickte Anordnung zu sein, die verhinderte, dass sich die Tür ganz öffnen ließ, und außerdem würden die Geschirrschränke und das Türblatt beschädigt, wenn man sie mit Schwung ganz aufstieß.

Beunruhigt schlug ich mit dem Griff meiner Pistole das Fenster ein. Mit dem Lauf zog ich vorsichtig die Gazevorhänge zu mir heraus. Sobald sie außerhalb des Fensters waren, riss ich sie herab, um die Küche besser inspizieren zu können, zumindest den Teil davon, den ich einsehen konnte. Ich ging die Stufen wieder hinab und zurück in den Garten, wo ich an einem Busch einen vertrockneten Ast abbrach, den ich von den kleineren toten Zweigen befreite. Ein vertrockneter Ast war besser als ein grüner für das, was ich vorhatte, weil er sich nicht bog. Ich stieg die Stufen zur Tür wieder hinauf und spähte, gegen die Hauswand neben der Tür gelehnt, durch das Fenster auf das Türschloss. Von dort, wo ich stand, schob ich – darauf achtend, dass weder meine Hände noch mein Kopf die Türöffnung verdeckten – den Stock durch das Fenster, presste die Spitze gegen den Riegel und hebelte ihn zur Seite. Das Schloss machte ein knirschendes Geräusch. Die Pistole schussbereit in der einen Hand, griff ich mit der anderen durch das Fenster, drehte den Türknauf, zog meine Hand wieder zurück und stieß dann mit der Schuhspitze die Tür nach innen.

Obwohl ich damit gerechnet hatte, ließ mich das ohrenbetäubende Krachen zusammenzucken, mit dem ein gezacktes Loch, groß wie ein Fußball, in der zu und dann wieder auffliegenden Tür erschien. Meine Ohren schrillten, als hätte ich eine schallende Ohrfeige bekommen. Der Gestank von Schießpulver stieg mir in die Nase.

Ich holte tief Luft, um meine Nerven zu beruhigen, schob meinen Kopf langsam nach vorn und spähte vorsichtig durch die Türöffnung. In der Wand links von der Tür sah ich durch eine Türöffnung in eine Speisekammer. Zwei Angeln im Türrahmen ließen erkennen, dass die Tür ausgehängt worden war. In der Speisekammer entdeckte ich eine auf mich zielende Schrotflinte, die auf einen Werktisch montiert war. Eine dicke Schnur war an ihrem Abzug befestigt. Die Schnur verlief um eine Seilrolle in der Wand hinter der Schrotflinte, dann um eine weitere Rolle an der Decke und von dort zu einem Metallhaken ganz oben an der Innenseite der Tür. Die Spannung der Schnur war so reguliert worden, dass die Schrotflinte erst dann losging, wenn die Hintertür bereits ein Stück offen stand, was gewährleistete, dass sich der

Einbrecher bereits in der Tür befand, wenn sich der Schuss löste.

Angesichts des riesigen Lochs in der Tür fragte ich mich entsetzt, wie ich jetzt wohl aussähe, wenn ich vor der Tür gestanden hätte. Mir wurde übel bei der Vorstellung und ich ermahnte mich, jetzt bloß nicht leichtsinnig zu werden. Ich konnte mir noch immer nicht sicher sein, dass Petey keinen Hund hatte.

Nervös richtete ich den Lauf der Pistole auf den einzigen anderen Zugang zur Küche: auf den Bogendurchgang in der Wand links von mir. Das Schrillen in meinen Ohren war so laut, dass ich sonst nichts hörte. Ich sah nirgendwo eine Bewegung.

Langsam trat ich in die Küche.

15

Der Wind nahm jetzt zu. Als ich die Tür schloss, jagte er durch das eingeschlagene Fenster und das gezackte Loch darunter einen Windstoß hinter mir her. So eilig ich es auch hatte, ich bewegte mich sehr langsam. Als ich am Küchentisch vorbeischlich, warnte mich mein Architekteninstinkt erneut wegen etwas, das mir seltsam vorkam: Der Bogendurchgang in der linken Wand war der einzige andere Zugang zur Küche. Das war merkwürdig. Es hätte außer der Hintertür eine Tür geradeaus in der Wand gegenüber geben müssen, durch die man direkt zur Treppe gelangen könnte, die nach oben in den ersten Stock führte. So wie die Zimmer im Erdgeschoss geschnitten waren, musste jemand, der aus dem ersten Stock kam und in die Küche wollte, von der Diele einen Umweg durch alle Zimmer auf der anderen Seite des Hauses machen, um die Küche zu erreichen. Mrs. Warren, die nicht mehr die Jüngste gewesen war, hätte eine solche Unbequemlichkeit sicherlich nicht hingenommen. Die Wand geradeaus wurde für nichts gebraucht. Es wäre nur logisch und außerdem auch einfach gewesen, dort eine Tür durchzubrechen. Warum war das nicht gemacht worden?

Vielleicht hat es ja einmal eine Tür in dieser Wand gegeben, dachte ich. Ich trat näher und mir fiel auf, dass sich der Verputz an der Wand vor mir kaum merklich, aber doch eindeutig von dem an der Wand links von mir unterschied. Außerdem wirkte die weiße Farbe an der Wand vor mir etwas heller als die an der linken Wand. Der Verputz fühlte sich glatter an. Jemand hatte hier eine neue Wand eingezogen und die Tür zugemauert, die von der Diele in die Küche geführt hatte.

Hatte Petey das getan? Und warum? Selbst für einen relativ jungen Mann war der Umweg, den man deshalb machen musste, ein Ärgernis. Warum hatte er das unbedingt so haben wollen?

Die einzige Antwort, die mir einfiel, war die, dass Petey die Tür deshalb zugemauert hatte, weil er einen Einbrecher zwingen wollte, den Umweg durch das Haus zu machen. Er hatte noch mehr Fallen aufgebaut.

Natürlich. Außerdem befand sich die Kellertür nicht in der Küche. Sie war sicherlich draußen in der Diele, und um sie zu erreichen, musste ein Eindringling durch die anderen Zimmer gehen.

Der Wind fegte heulend um das Haus, als ich mich vorsichtig der gewölbten Tür näherte, die in den nächsten Raum führte. Neben dem Kühlschrank sah ich einen Besen an der Wand lehnen, den ich nahm und damit durch die Türöffnung stach, ihn auf und ab und hin und her bewegte, um zu prüfen, ob versteckte Auslösemechanismen installiert waren – eine elektronische Sperre zum Beispiel –, die irgendwelche Waffen aktivieren würde.

Nichts geschah.

Ich drückte das lange Ende des Besenstiels in den Teppich, mit dem die Türschwelle ausgelegt war.

Der Boden war fest. Langsam trat ich durch die Tür in das Esszimmer, ließ meinen Blick über den langen Tisch, die Stühle und Anrichten schweifen, entdeckte keine weiteren erkennbaren Fallen und ging auf die Tür in der gegenüberliegenden Wand zu, durch die ich ein Sofa und alte Polsterstühle in einem Zimmer sehen konnte, das wahrscheinlich Mrs. Warrens gute Stube gewesen war.

Ich prüfte ein weiteres Stück Teppich und machte einen Schritt in Richtung des nächsten Zimmers.

Knacks! Der Boden gab unter meinen Füßen nach. Mein Magen stieg bis zu meiner Kehle. Taumelnd stürzte ich abwärts und krachte mit der Brust gegen die Kante der Falltür. Ich ließ den Besen und die Pistole los und krallte mit den Händen nach den Bodendielen. Meine Finger rutschten auf dem glatten Holz ab. Im letzten Augenblick klammerte ich mich mit den Fingern am Rand des Lochs fest und baumelte hin und her. Entsetzt blickte ich nach unten – in einen von Mauern umgebenen Abgrund, einen Schacht, der bis zum Boden des Kellers hinabreichte. Nicht ganz bis zum Boden, sondern nur bis zu einer Plattform aus Holz, aus der Messerklingen emporragten, höchstens zehn Zentimeter voneinander entfernt, sodass es unmöglich war, zwischen ihnen zu landen, ohne sich zu verletzen. Ein Ende des Teppichs war am Boden befestigt, und der Streifen, der die Falltür bedeckt hatte, baumelte hinter mir in den Schacht. Er hatte meinen Sturz gebremst und wahrscheinlich verhindert, dass ich jetzt dort unten lag und verblutete oder bereits tot war.

Meine Arme schmerzten, als ich versuchte, mich hochzuziehen. Ich hatte den Fußboden doch genau inspiziert! Wie, zum Henker, konnte ich das nur übersehen haben? Die Falltür musste so präpariert gewesen sein, dass sie nur aufschwang, wenn ein bestimmtes Gewicht auf ihr lastete. Und Petey war über die Falltür hinweggestiegen, als er gestern Abend durch diese Zimmer gegangen war. Ich mobilisierte meine ganze Kraft und diesmal schaffte ich es, meine Ellbogen über den Rand der Falltür zu schieben. Langsam wand ich mich aus dem Loch und über die Schwelle in Mrs. Warrens gute Stube. Ich rollte auf den Rücken und atmete schwer. Während ich mich langsam erholte, lauschte ich auf das Heulen des Winds.

Petey kann jeden Augenblick zurückkommen, dachte ich.

Ich wälzte mich herum und streckte die Hand nach meiner Pistole und dem Besen aus, die mir entglitten waren, als ich in die Falltür gestürzt war. Doch Vorsicht ließ mich abrupt innehalten. Während ich versuchte, meinen zu schnell gehenden Atem zu beruhigen, ließ ich den Blick prüfend über die abgenutzten Möbel, die Decke und die Ecken des Zimmers wandern. Nirgends war etwas zu sehen, das bedrohlich wirkte. Ich griff nach meiner Pistole, schob sie in das Holster und stand auf, während ich mit der anderen Hand den Besen packte. Durch die Vorderfenster konnte ich die Staubstraße sehen, die in den windgepeitschten Wald führte. Peteys Pickup tauchte nicht zwischen den Bäumen auf. Los, weiter!, trieb ich mich vorwärts. Ich hielt mich so nah wie möglich an den Wänden des Zimmers und schob einen Stuhl vor mir her, um damit eine eventuelle Falle aufzuspüren.

Rechts von den Vorderfenstern ging eine Bogentür in den Korridor hinaus. Eine Treppe führte nach oben. Auf dem Treppenabsatz neben der Haustür war eine weitere Schrotflinte montiert. Wie bei der anderen war am Abzug eine Schnur befestigt, die über zwei Seilrollen an einem Haken in der Haustür endete. Wenn die Tür geöffnet wurde und jemand hindurch trat, würde die Schrotflinte losgehen und den Eindringling in Stücke schießen. Es war nicht schwer für Petey, die Schnur an dem Haken in der Tür zu befestigen, bevor er sie ganz zuzog, oder sie vom Haken zu streifen, wenn er zurückkam und die Tür einen Spalt breit öffnete, um mit der Hand oder zwei Fingern hindurchgreifen zu können. Für jeden anderen allerdings, der keine Ahnung hatte, was ihn erwartete, lauerte hinter der Tür unweigerlich der Tod.

Hatte ich alle Fallen gefunden? Ich kniff angestrengt die Augen zusammen, studierte den Korridor und heftete den Blick auf eine Tür unterhalb der Treppe. Ich war mir sicher, dass sie in den Keller hinabführte. Kate und Jason waren nur mehr ein paar Meter von mir entfernt.

Im Korridor lag kein Teppich. Der Boden sah fest aus. Trotzdem hielt ich mich an der Wand der Diele, während ich mich vorwärts schob. Als ich die Tür unter der Treppe erreichte, probierte ich den Knauf. Er ließ sich ohne Widerstand drehen. Doch dahinter konnte eine weitere Falle lauern. Ich fischte die Taschenlampe aus meinem Gürtel, zog die Tür behutsam einen Fingerbreit auf und führte den Lichtkegel entlang dem Spalt nach oben und wieder nach unten, wobei ich nach einer Schnur oder Ähnlichem Ausschau hielt.

Hinter der Tür war es völlig dunkel. Vorsichtig öffnete ich sie ein Stück weiter, und ein strenger Geruch stieg mir in die Nase. Etwas, das wie Kampfer roch.

Mottenkugeln.

Ich zog die Tür ganz auf, leuchtete mit der Taschenlampe hinein und sah Mäntel und Kleider an einer Stange hängen. Ein Wandschrank. Nein! Wütend stocherte ich mit dem Besenstiel zwischen die Kleider. Ich klopfte den Boden des Schranks ab. Die Wände. Nichts klang hohl. Wo, zum Teufel, war die Tür zum Keller?

Schnell!, dachte ich.

Ich rief mir den gestrigen Abend ins Gedächtnis, als ich Peteys Silhouette durch die Fenster beobachtet hatte. Er war mit Essen zubereiten beschäftigt gewesen. Dann war seine Silhouette verschwunden. Ich hatte vermutet, dass er in einer Ecke der Küche, die ich nicht einsehen konnte, gegessen hatte.

Aber was, wenn die Mahlzeit für Kate und Jason bestimmt gewesen war?

Wie sollte er sie ihnen gebracht haben? Es gab keine Tür von der Küche in den Keller.

Dann begriff ich, und es traf mich wie ein Schock. Dennoch bemühte ich mich, meine Ungeduld zu zähmen, um nicht unvorsichtig zu werden. Ich hastete denselben Weg zurück, den ich gekommen war, und blieb nur einmal stehen – um einen Blick aus den Vorderfenstern an den vom Wind gepeitschten Büschen vorbei auf die Straße zu werfen, ob Peteys Pickup zurückkam. Dann stieg ich über die offene Falltür zwischen dem Wohnzimmer und dem Esszimmer und rannte in die Küche.

Die Speisekammer. Ich klopfte die Wände hinter den mit Konserven vollgestellten Regalen ab. Sie klangen massiv. Ich nahm den Fußboden genauer in Augenschein, begriff, was Petey getan hatte und packte den Werktisch, auf dem die Schrotflinte montiert war. Mühsam wuchtete ich ihn zur Seite und sah die Umrisse einer weiteren

Falltür. Dies hier hatte einen Ring. Ich zog sie daran hoch und starrte auf ausgetretene Holzstufen, die in die Dunkelheit hinunterführten.

16

»Kate! Jason!«
Die Namen hallten als hohles Echo zurück.
Niemand antwortete.

Ich kippte die Falltür ganz zurück und lehnte sie gegen die Regale dahinter. Den Werktisch schob ich wieder ein Stück weit über die Öffnung, damit er, falls die Tür aus irgendeinem Grund zufiel, verhinderte, dass sie zuschnappte und ich im Keller eingeschlossen würde. Dann richtete ich den Lichtkegel meiner Taschenlampe erneut in die Dunkelheit hinab, sah einen Lichtschalter an einem Pfosten etwa fünf Stufen abwärts und setzte vorsichtig den Fuß auf die erste Stufe.

Vorsicht!, warnte ich mich. Petey hatte sicherlich nicht nur das Erdgeschoss mit Fallen bestückt, sondern auch den Keller, wo sich das befand, was er verbergen wollte. Ich war nur deshalb so weit gekommen, weil ich mich an seine Stelle versetzt hatte. Ich dachte wie er. Was würde Petey getan haben, um den Keller zu sichern?

Nach wie vor hatte ich den Besen in der Hand. Jetzt richtete ich ihn schräg abwärts, knipste damit den Lichtschalter an…

Und stolperte zurück, als ein blauer elektrischer Lichtbogen aus dem Schalter schoss und den Besenstiel schwärzte. Der Blitz blendete mich, so gleißend hell war er; seine Energie war so gewaltig, dass sie mir den Besenstiel aus der Hand schlug. Ich fühlte ein Brennen in meiner Handfläche von der Überspannungselektrizität, die mich erreicht hatte.

Rauch quoll aus dem falschen Schalter. Ich roch verschmorte Drähte und richtete den Lichtkegel der Taschenlampe wieder die Treppe hinab. Vorsichtig schob ich mich ein paar Stufen tiefer, wobei ich mich an der Stufe hinter mir festhielt, während ich behutsam mein Gewicht auf die nächste setzte, für den Fall, dass die Stufe unter mir zusammenbrach. Je tiefer ich kam, umso weniger hörte ich den Wind. Ich schwenkte den Lichtkegel durch den Kellerraum und über die Wände und sah Stapel von Kisten, eine große Werkbank, Werkzeuge an der Wand darüber, Regale mit Konserven und Eingemachtem, eine Waschmaschine, einen Trockner, eine Ölheizung, einen Waschzuber und einen Heißwasserboiler. Ein Fenster in der Wand über dem Waschzuber war mit Brettern vernagelt. Der Boden bestand aus Beton, die Wände waren mit altem, bröselndem Mörtel verputzt. Entlang der Decke verliefen Rohre, elektrische Leitungen und Deckenträger. Es roch nach Moder.

Ich tastete mich weiter hinab und sah an einem Pfosten am Fuß der Treppe einen zweiten Lichtschalter. Als ich die letzte Stufe hinter mir hatte, bückte ich mich nach dem Besenstiel, der bis hierher geschlittert war. Wieder knipste ich den Schalter mit dem Stiel an, und diesmal funktionierte es. An der Decke flackerten Lichter auf: trübe, verstaubte Sechzig-Watt-Birnen, doch ich musste trotzdem die Augen zusammenkneifen.

»Kate! Jason!«

Nur das Echo meiner Stimme hallte zurück. Keine Antwort von angsterstickten, gedämpften Stimmen.

Ich orientierte mich. Die Wand, die an das Areal hinter dem Haus grenzte, war links von mir. In der Wand war keine Tür; nur ein großes, dunkles Monstrum von einem Bücherregal stand davor, auf dem Gläser mit eingemachten Pfirsichen und Birnen aufgereiht waren. Ich besah es von verschiedenen Seiten, konnte jedoch keine irgendwie geartete Falle entdecken. Kurz entschlossen trat ich zum linken Rand des Regals und schob mit dem Besenstiel.

Das Regal glitt zur Seite.

Ich schob vorsichtig den Kopf um die Ecke und spähte in die Öffnung, die sich auftat. Der tunnelähnliche Gang war etwa fünf Meter lang. Der Beton, aus dem er bestand, schien glatt und neu zu sein. Petey hatte nach demselben Grundriss gebaut, den Orval Dant für sein unterirdisches Verlies gewählt hatte, mit dem einzigen Unterschied, dass sich Petey anstatt einer Holzdecke für Beton entschieden hatte.

Am Ende des Gangs war eine metallbeschichtete Tür. Sie hatte ebenfalls ein Sicherheitsschloss, allerdings keinen Türknauf, den man nur zu drehen brauchte. Stattdessen sah ich in dem Knauf einen Schlitz für einen Schlüssel, und ich zweifelte nicht eine Sekunde daran, dass die Tür verschlossen war.

Ich wollte nichts dringlicher, als zur Tür zu stürzen, doch ich zögerte. Warum hatte sich Petey die Mühe gemacht, diesen Tunnel zu graben, anstatt die Zelle direkt an das Haus grenzen zu lassen? Die letztere Alternative wäre schneller und leichter zu bauen gewesen. Hatte Petey nur den Grundriss nachgeahmt, den Orval vorgegeben hatte? Oder war in dem Gang eine weitere Falle versteckt?

Ich inspizierte den nackten Boden, die Wände und die Decke, konnte jedoch nichts finden, das bedrohlich aussah. Gerade war ich im Begriff, erneut nach Kate und Jason zu rufen, als mir mit einem Mal der Zweck des Tunnels klar wurde: Falls – aus welchem Grund auch immer – ein Fremder in den Keller herabkäme, würden Kate und Jason zu weit entfernt sein, um gehört zu werden.

Aber wie sollte ich die Metalltür öffnen? Jetzt erst fiel mir auf, dass sich die Angeln der Tür auf dieser Seite befanden, und ich wirbelte nach rechts zur Werkbank herum, griff nach einem Hammer und einem Meißel…

Und hielt erschreckt inne. Ein Geräusch ließ mich erstarren.

Etwas tropfte. In der Stille des Kellers erschien das leise Geräusch überlaut. Ich konzentrierte mich auf den Waschkessel, doch keiner seiner Hähne war undicht.

Plitsch… Ich drehte mich um und versuchte die Richtung auszumachen, aus der das Geräusch kam. Plitsch… Plitsch… Gleichmäßig. Erbarmungslos.

Meine Aufmerksamkeit konzentrierte sich auf die Ecke unter der Treppe. Plitsch. Plitsch. Dann roch ich es. Plitsch. Benzin. Platsch. Aus der Wand sickerte, tropfte Benzin und breitete sich auf dem Betonboden aus. Irgendwo hinter der Wand, hinter dem Verputz, musste ein Rohr versteckt sein. Wahrscheinlich war das Tropfen ausgelöst worden, als ich den falschen Lichtschalter auf der Treppe betätigt hatte. Peteys letzte Falle. Falls alles andere fehlschlug. Wenn sich genug Benzin über den Boden verbreitet hatte, würde es von einer Sprengkapsel entzündet. Das Haus und der Eindringling, die Beweise gegen Petey – alles würde ein Raub der Flammen werden.

Ich packte den Hammer und den Meißel fester und rannte in den Tunnel. Meine eiligen Schritte hallten zwischen den Betonwänden des Gangs. In hektischer Panik drehte ich an dem Türknauf. Wie erwartet, war die Tür verschlossen. Ich hielt den Meißel von unten gegen den Kopf des Scharnierbolzens in einer der Türangeln und schlug mit dem Hammer dagegen. Der Bolzen sprang heraus und fiel klirrend zu Boden. Ich machte dasselbe mit den beiden anderen Scharnierbolzen und zog dann mit aller Kraft an den Türangeln, um die Tür aus dem Schloss zu brechen.

»Kate! Ich bin hier!« Ich hämmerte gegen die Metalltür. »Jason! Dad ist hier! Ich hol euch hier raus!«

Doch niemand klopfte von innen gegen die Tür. Ich hörte auch keine gedämpften Stimmen, die mir antworteten.

Die Tür bewegte sich nicht. Ich nahm das Schloss genauer in Augenschein in der Hoffnung, vielleicht die Deckplatte abschrauben und das Schloss entriegeln zu können, doch Petey hatte die Köpfe der Schrauben aufgebohrt.

Mit Meißel und Hammer schlug ich auf den Beton neben dem Türschloss ein. Funken flogen. Meine Arme schmerzten, als ich noch kräftiger zuschlug. Große Funken stoben davon. Ich hatte Angst, die Funken könnten die Benzindämpfe entzünden, doch mir blieb keine Wahl. Ich musste etwas tun, *irgendetwas,* bevor das ganze Haus in die Luft flog. Meine Hoffnung, auf diese Weise den Riegel des Schlosses freilegen zu können, trog; ich hatte es mit einer massiven Metallmanschette zu tun, in die der Riegel geschoben war. So wie es aussah, war es durchaus möglich, dass die Metallmanschette mehrere Handbreit in die Wand hinein reichte. Ich würde den ganzen Tag brauchen, so viel Beton abzuschlagen.

Verzweifelt rannte ich zur Werkbank zurück und ließ den Blick über die Werkzeuge an der Wand darüber schweifen. Ich suchte nach einem Stemmeisen. Es gab keines. Ich wirbelte zu einer Schaufel und einer Hacke herum, die neben der Werkbank an der Wand lehnten, und suchte nach einer Axt, mit der ich versuchen konnte, die metallbeschichtete Tür durchzuhacken.

Es gab auch keine Axt.

Der Benzingeruch war inzwischen noch durchdringender geworden. Mein Blick fiel auf ein etwa ein Meter langes Stück Eisenrohr, das vermutlich vom Bau irgendeiner perfiden Falle übrig geblieben war. Ich ignorierte es und fasste wieder die Werkzeuge über der Werkbank ins Auge, sah zurück auf das Stück Rohr und schnappte es mir. Von einem durch die Benzindämpfe verursachten Würgen geschüttelt, das mir die Tränen in die Augen trieb, rannte ich in den Tunnel zurück. Mit Meißel und Hammer bearbeitete ich jetzt die Betonkante der Türöffnung in mittlerer Höhe. Wieder stoben funken unter dem Meißel auf. Meine Arme verkrampften und begannen zu schmerzen. Ich ignorierte den Schmerz, schlug noch grimmiger auf den Meißelkopf ein. Und schlug daneben. Ich traf meine Faust, schrie auf, ignorierte das Blut, das aus meinem Knöchel quoll, und ließ den Hammer noch kräftiger auf den Kopf des Meißels niedersausen. Als sich ein Loch auftat, ließ ich Hammer und Meißel fallen, rammte das Rohr in das Loch und warf mich mit meinem ganzen Gewicht gegen den Hebel. Mir brach der Schweiß aus, als ich mich mit aller Kraft gegen das Rohr stemmte. Plötzlich bewegte sich die Tür ein Stück. Ich nahm meine ganze Kraft zusammen. Der Spalt wurde breiter. Ich stolperte und wäre fast gefallen, als die Tür weit genug aufschrammte, dass ich mich hindurchzwängen konnte.

17

Bitte, lieber Gott, lass sie am Leben sein, betete ich.

Ich taumelte in einen Raum von der Größe einer Garage. Eine Frau und ein Junge kauerten am Boden; sie versuchten, so weit wie möglich von mir weg zu kriechen. Beide waren sie mit Handschellen und etwa eineinhalb Meter langen Ketten an zwei in die Wand eingelassenen Ringen gekettet.

»Kate! Jason!«

Sie starrten mich mit glasigen Blicken an. Ihre Pupillen waren unnatürlich groß und schwarz, das Weiß war nur mehr in den Augenwinkeln zu sehen. Mir fiel nur eines ein, das eine solche Wirkung zeitigte. Gader hatte mir erzählt, dass eines von Lester Dants zahlreichen Verbrechen der Drogenhandel gewesen war. Ich sah auf etwas hinab, das umgefallen war, als ich mich durch die Tür gezwängt hatte. Ein Abfalleimer. Leere Ampullen und gebrauchte Spritzen waren herausgerollt.

»Du Mistkerl hast sie unter Drogen gesetzt!«, stammelte ich.

Kate und Jason blieben verängstigt auf dem Boden kauern. Sie trugen Kleidung, wie man sie auf dem Land zum Kirchgang anzieht. Kate hatte schwarze, dezente Stöckelschuhe an den Füßen, trug ein knielanges, schlichtes blaues Kleid und hatte eine samtblaue Schleife im Haar. Jason trug schwarze Halbschuhe, eine schwarze Hose und ein weißes Hemd mit einer dunkelblauen Schleife. Ihr Haar war auf das sorgfältigste gekämmt und hatte dieses leicht unnatürliche Aussehen, wenn sich jemand anderer der Aufgabe annimmt, es zu glätten. Ihre Gesichter waren blass und sie hatten schwarze Ränder unter den Augen. Kate trug Lippenstift, der verschmiert war.

Das einzige Möbelstück war ein Bett, auf dem sie gelegen hatten, bis sie von dem Lärm aufgeschreckt wurden.

»Ich bin's, Kate! Brad!«

Sie duckten sich angsterfüllt und versuchten, so weit wie möglich zurückzuweichen.

»Ich bin's, Jason! Dad!«

Wimmernd rutschte der Junge auf seinen Knien so weit von mir weg, wie es die Kette erlaubte.

Sie hatten mich noch nie mit Bart gesehen. Die Drogen hatten ihr Gehirn so vernebelt, dass sie mich nicht erkannten. Sie wussten nur, dass mein gewaltsames Eindringen eine Bedrohung für sie bedeutete.

»Hört mir zu! Ihr seid in Sicherheit!«

Ich zwängte mich in den Tunnel zurück, um Hammer und Meißel zu holen. Als ich damit auf Kate und Jason zulief, hoben sie schützend die Arme über die Köpfe.

»Ihr braucht jetzt keine Angst mehr zu haben!«

Ihr Wimmern wurde von dem metallischen Klingen des Hammers auf dem Meißel übertönt, dessen Schneide sich neben einem der eingemauerten Ringe in die Wand grub. Beton spritzte auf. Die Benzindämpfe waren noch nicht bis in die Zelle vorgedrungen. Im Augenblick kümmerten mich die Funken nicht sonderlich, die aufstoben, als ich noch kräftiger auf den Ring und den Beton einschlug. Kate und Jason wimmerten nun nicht mehr; sie waren stumm vor Entsetzen. Plötzlich plumpste der Ring, an den Jason gekettet war, auf die Matratze.

Ich setzte den Meißel auf den Beton neben dem Ring, an dem Kate festhing. Als ich zuschlug und über ihrem Kopf Beton herunterbröckelte, zitterte sie am ganzen Leib. Sie erinnerte mich an einen Hund, der so oft geschlagen worden war, dass er sich schon beim Anblick seines Herrn aus Angst duckte.

Mein Gott, genau das glaubt sie, begriff ich. Ich stellte mir den Drogenschleier vor, durch den sie und Jason mich sehen mussten. Mein Bart war optisch das Auffallendste an mir. *Peteys* Bart war das Merkmal, das ihnen in ihrem Dämmerzustand am meisten ins Auge gefallen war. Großer Gott, sie dachten, ich wäre Petey.

Entsetzt begriff ich, was geschehen war. Petey hatte versucht, sie zu konditionieren: Kate gefügig zu machen, sie dazu zu bringen, ihn als ihren Ehemann anzusehen, und Jason dahingehend zu beeinflussen, ihn Vater zu nennen – und was weit wichtiger war, sie beide soweit zu bringen, dass sie es sogar glaubten. Er hatte sie mit Drogen vollgepumpt, bis sie nicht mehr wussten, wer sie waren. Tag für Tag hatte er sie derselben, immer gleich bleibenden Gehirnwäsche unterzogen, entschlossen, ihnen ihren Willen zu nehmen und ihren Widerstand zu brechen, um aus ihnen die gehorsame, ihn verehrende Ehefrau und einen Sohn nach seiner Vorstellung zu formen. Er wollte keine Frau und keinen Sohn, die ihren eigenen Willen hatten. Was er wollte, waren Marionetten, die seine Wahnvorstellungen auslebten.

»Ich bin's! Ich bin es wirklich!« Ich ließ den Hammer auf den Meißel klirren. »Ich bin es, Brad!«

Ihre Augen weiteten sich vor noch größerer Angst.

»Ich bin nicht der, für den du mich hältst, Jason! Ich bin dein richtiger Vater!«

Ich hatte nicht die Zeit für Erklärungen. Ich musste sie nach draußen schaffen, bevor sich die Dämpfe noch weiter ausbreiteten und das Haus in die Luft flog. Mit einem letzten verzweifelten Schlag brach ich den Ring aus der Wand, an den Kate gekettet war.

Doch sie und Jason waren zu verängstigt, sich vom Fleck zu rühren.

Ich packte ihre Ketten, zerrte sie zu dem Spalt in der Tür, zwängte mich in den Gang hinaus und zog die beiden nacheinander an ihren Ketten hinter mir hindurch. Sofort fühlte ich mich benommen, und mir war klar, dass die Dämpfe inzwischen dicht genug waren, um uns alle langsam zu ersticken. Als ich Kate und Jason durch den Gang hinter mir herzog, fühlte ich mich erneut an Hunde erinnert, die sich sträubten, ihrem Herrn zu folgen. Endlich erreichte ich den Kellerraum und sah Rauch aus dem falschen Lichtschalter quellen, der mich um ein Haar getötet hätte. Die Sprengkapsel! Wenn sie explodierte, flog das Haus in die Luft.

Helles Tageslicht fiel durch die offene Falltür.

»Ihr seid gleich frei, Kate! Bald bist du draußen, Jason.«

Doch als wir bereits die Treppe hinaufrannten, riss Jason, den ich vor mir herschob, plötzlich entsetzt die Augen auf und taumelte zurück. Er schrie wimmernd. Über uns tauchte ein Schatten auf, der einen Teil des Tageslichts verdeckte. Dann erlosch das Licht ganz, als Petey die Falltür zuschlug.

18

Der Rauch quoll jetzt dichter aus dem falschen Lichtschalter. Ich hustete, bekam den Qualm jedoch nicht aus meinen Lungen. Ein Poltern über der Falltür ließ keinen Zweifel daran aufkommen, dass Petey den schweren Werktisch auf die Falltür schob. Ich zog meine Pistole und feuerte in Richtung des Lärms. Erst als vier Löcher in der Falltür erschienen, wurde mir klar, dass das Mündungsfeuer aus der Pistole die Benzindämpfe entzünden konnte.

Meine Ohren schrillten vom Krachen der Schüsse. Inzwischen bedeckte das Benzin fast den gesamten Boden. Gehetzt sah ich mich nach einem Ausweg um. Mein Blick blieb an dem vernagelten Fenster über dem Waschzuber hängen. Ich rannte in den Gang zurück, holte den Hammer und stemmte mit seinem flachen Ende die Bretter von der Fensteröffnung.

Es war eines dieser Fenster, die an einem Scharnier hochgeklappt und von einem Haken in der Decke offen gehalten werden. Als ich es aufklappte, hörte ich den Wind, der noch stärker geworden war, seit ich das Haus betreten hatte. Ich hob Jason hoch und fühlte den Wind auf meinem Gesicht. Er stieß mit den Beinen, als ich ihn durch die Öffnung schob. Ich hob auch Kate hoch und war schockiert, wie wenig sie wog. Der Anblick des Himmels und der grünen Natur, das Versprechen von Freiheit, gab ihr etwas von ihrer Lebensenergie zurück. Mit neuer Kraft und getrieben von der Angst vor mir, wand sie sich durch die Fensteröffnung.

Jeden Augenblick konnte mich eine gewaltige Explosion in Stücke reißen. Ich stieg auf den Waschzuber, und just in dem Augenblick, als ich meinen Oberkörper durch die Fensteröffnung schob, kippte der Zuber von der Wand weg und brach unter meinem Gewicht zusammen. Im letzten Moment bekam ich den Ast eines Busches zu fassen und hing mit den Beinen in der Luft. Der Ast bog sich. Ich sank tiefer.

Meine Finger krallten sich in die Erde, doch ich rutschte immer weiter in den Keller zurück. Keuchend stemmte ich meine Ellbogen auf beiden Seiten des Fensters gegen die Mauer und kam zum Stillstand. Unter mir schabten meine Knie ohne Halt über die Wand, als ich versuchte, mich nach oben aus dem Fenster zu schieben.

Obwohl mir der Wind ins Gesicht blies und Rauch über meine Schultern aus dem Fenster quoll, roch ich das Benzin.

Ich packte einen anderen, kräftigeren Ast und zog mich Handbreit um Handbreit durch die Fensteröffnung. Doch die Schnalle an meinem Pistolengurt verkantete sich am Fenstersims. Ich versuchte, meine Hüften zu heben und mich zu drehen, zog den Bauch ein und spürte, wie die Schnalle über die Kante schrammte. Stück um Stück zog ich mich durch die Öffnung. Meine Hüften waren durch. Meine Schenkel. Endlich auf Händen und Knien, sprang ich auf.

Ein Adrenalinstoß jagte durch meine Adern, als ich aus den Büschen an der Seite des Hauses hervorbrach und wegrannte. Ich sah Peteys Pickup, den ich wegen des zugenagelten Fensters nicht hatte kommen hören. Kate und Jason entdeckte ich nirgends, aber ich war mir sicher, dass sie, obwohl benommen von den Drogen, so viel Verstand gehabt hatten, in die dem Pickup entgegengesetzte Richtung zu laufen. Ich wirbelte herum, um ihnen zur Rückseite des Hauses und über die Lichtung zum Waldrand zu folgen…

Und sah mich Petey gegenüber, der keine drei Meter entfernt eine Schrotflinte auf meine Brust richtete.

Er zitterte vor Wut.

Unmöglich, meine Pistole zu ziehen und zu feuern, bevor er den Abzug durchdrückte. Selbst wenn ich ihn erwischte, würde ich ihn möglicherweise nicht tödlich treffen, doch mit seiner Schrotflinte konnte er mich aus drei Meter Entfernung ganz sicher in Stücke schießen.

»Stopp, Petey!« Ich wusste nicht, ob er mich mit meinem Bart erkannte. »Ich bin es! Brad!«

Noch bevor ich dies rief, waren seine Augen schmal

geworden. Er blinzelte verdutzt. Dann begriff er, wer ich war.

Der Wind zerrte so heftig an uns, dass ich kaum hörte, wie er murmelte: »Brad…«

»Hör mir zu! *Haben sie dir gesagt, wer Lester war?*«, schrie ich. Es war das Einzige, was mir einfiel, was ihn vielleicht davon abhalten konnte, den Abzug durchzudrücken. »*Weißt du, warum sie an seiner Stelle dich genommen haben?*«

»Lester«, murmelte er.

»*Haben sie dir gesagt, dass Lester das einzige Kind von Orval und Eunice war?* Er ist gestorben!«

Rauch quoll aus dem Kellerfenster.

Ich schob mich weg davon und versuchte weiter, ihn abzulenken: »Haben sie dir erzählt, dass sie vor Kummer verrückt geworden sind?«

Das Haus würde jeden Augenblick in die Luft fliegen.

»Sie hatten schon drei Kinder bei der Geburt verloren.« Ich bewegte mich weiter auf die Bäume zu. »Alle anderen Dants waren tot! Eunice konnte keine Kinder mehr bekommen. Lester war ihre einzige Chance, dass die Familie nicht ausstarb!«

Petey seufzte, sah mich über den Lauf der Schrotflinte hinweg an. »Lester…«

Mehr Rauch quoll aus dem Fenster, und ich machte wieder einen Schritt auf die Bäume zu. »Sie wollten unbedingt einen Ersatz für ihn! Aber in Brockton konnten sie niemand entführen. Das war zu nah an ihrer Farm. Man hätte sie erkannt!«

Petey folgte mir Schritt für Schritt, die Schrotflinte auf meiner Brust gerichtet.

»Also versuchten sie es über die Interstate und fuhren von einer Stadt zur anderen. Sie warteten darauf, dass

Gott ihnen ein Zeichen geben und ihnen einen Jungen im selben Alter wie Lester in die Arme führen würde. Sie versuchten es in jedem Ort! Nach hundert Meilen überquerten sie die Grenze nach Ohio. Sie fuhren an Columbus vorbei. Sie kamen nach Woodford! Wir werden nie wissen, was sie dazu bewogen hat, von der Interstate runter und nach Woodford hinein zu fahren. Irgendetwas muss ihnen wie ein Zeichen Gottes vorgekommen sein. Und als sie ziellos durch die Stadt fuhren und um eine Ecke bogen, warst plötzlich du da, ganz allein, auf deinem Fahrrad durch eine, wie es schien, vollkommen menschenleere Straße nach Hause strampelnd!«

»»Kannst du uns sagen, wie man zur Interstate kommt?««, murmelte Petey voller Bitterkeit. »Das haben sie mich gefragt. »Glaubst du an Gott? Glaubst du an das Ende der Welt?««

Der Rauch wurde immer dichter. Ich konnte ihn sogar hier, in der Nähe der Bäume riechen.

Er folgte mir Schritt um Schritt; seine Finger schienen den Schaft der Schrotflinte, einer Pumpgun, noch fester zu umklammern.

»Sie haben dich entführt und in diesen unterirdischen Raum gesperrt. Und sie haben dir gesagt, dass dein Name Lester sei und dass sie dich bestrafen würden, wenn du dich weigern solltest, ihr Sohn zu sein!«

»Lester...«

Ich glaubte, im Kellerfenster Flammen züngeln zu sehen.

»Denn dieser mein Sohn war tot und ist wieder lebendig geworden; er war verloren und ist wiedergefunden worden. Lukas, fünfzehn, vierundzwanzig«, sagte Petey.

»Als du mir erzählt hast, dass du misshandelt wurdest, dachte ich, das wäre sexuell gewesen.«

Ich machte noch einen Schritt.

Petey ebenfalls.

Der Wind zerrte an seinem Haar.

»Du hast es jedoch keine sexuellen Taten gemeint. Du meintest, dass du psychisch misshandelt wurdest! Seelisch! Sie wollten so sehr, dass du Lester bist, dass sie dich schlugen und hungern ließen. Sie haben dich wie ein Tier behandelt, bis du nicht mehr wusstest, wer du bist. Es war so schrecklich, dass du am Ende bereit warst, jeder zu sein, der zu sein sie von dir verlangten, solange sie dir nicht mehr wehtaten, solange sie deinen Schmutz wegschafften und dir etwas zu essen gaben.«

»Sie haben mir die Bibel eingetrichtert wie das tägliche Brot«, sagte Petey. *»Die Wahrheit wird dich freimachen.* Johannes, acht, zweiunddreißig.«

»Die Wahrheit ist, dass es vorbei ist! Ich kann dafür sorgen, dass du Hilfe bekommst, Petey! Es ist nicht zu spät! Wenn die Polizei versteht, warum du getan hast, was du getan hast, werden auch sie einverstanden sein, dass dir geholfen wird. Ich versichere dir, das Leben kann auch schön sein! Lass nicht zu, dass Orval und Eunice dich noch einmal zerstören. Hör einfach auf, der zu sein, zu dem sie dich gemacht haben, Petey!«

»Nenn mich nicht Petey!«

Meine Stimme brach. »Ich kann dir gar nicht sagen, wie Leid mir alles tut! Ich weiß, dass ich daran Schuld bin, was dir passiert ist, dass alles anders gewesen wäre, wenn ich dich nicht von diesem gottverdammten Baseballspiel nach Hause geschickt hätte! Aber – Herrgott noch mal – wir waren doch nur Kinder! Woher sollte ich wissen, dass die Dants dich entführen würden? *Niemand* konnte das wissen! Du warst nur mein kleiner Bruder, der immer hinter mir hertrottete. *Ich wollte nicht, dass das alles pas-*

siert, Petey!« Tränen strömten mir über das Gesicht. »Es hat nicht einen einzigen Abend gegeben, seit du verschwunden warst, an dem ich Gott nicht angefleht hätte, dass er dich heil nach Hause zurückbringt, an dem ich nicht um eine zweite Chance gebetet hätte! Lass es mich wieder gutmachen, Petey! Lass mich versuchen, dir dein Leben wiederzugeben, das dir Orval und Eunice gestohlen haben!«

»Hör auf, mich Petey zu nennen!«

»Du hast Recht. Als du in mein Haus gekommen bist, hast du mich gebeten, dich Peter zu nennen, aber ich habe es nicht getan. Wir sind keine Kinder mehr. Ab jetzt bist du Peter.«

»Nein! So sollst du mich auch nicht nennen!«

Ich starrte auf den Abzug der Schrotflinte und machte eine beschwichtigende Geste. »Okay. Wie du willst, Lester.«

»Ich bin nicht Lester!«

»Dann verstehe ich dich nicht. Wer bist du dann?«

»*Brad.*«

Der dunkle Abgrund in seinen Augen machte mir klar, wie ernst er das meinte. Ich hatte *sein* Leben ruiniert. Jetzt hatte er mir *meines* gestohlen. Er hatte mir meine Frau und meinen Sohn genommen und war davon überzeugt, dass es ihm gelungen war, auch meine Identität anzunehmen. In seinem Kopf war er ich. Als mir das Ausmaß seiner Geistesverwirrung bewusst wurde, fühlte ich, wie meine Knie nachgaben. »Es tut mir so Leid. Gott steh dir bei«, murmelte ich.

»Nein.« Sein Tonfall ließ keine Zweifel aufkommen, dass er im nächsten Augenblick abdrücken würde. »Gott stehe *dir* bei.«

19

Die Wucht der Detonation schleuderte mich in die Büsche. Doch sie kam nicht aus dem Lauf der Schrotflinte. Es war die Explosion im Haus. Als das Gebäude in die Luft flog, hob mich die Druckwelle von den Füßen und warf mich ins Unterholz. Trümmer flogen durch die Luft, hackten Äste von den Bäumen und zerfetzten Blätter.

Undeutlich nahm ich den Geruch von Rauch wahr und hörte das Prasseln von Flammen. Unter Schmerzen setzte ich mich langsam auf. Mir war schwindlig und so furchtbar schlecht, als müsste ich mich im nächsten Augenblick übergeben. Das Schrillen in meinen Ohren wurde unerträglich.

Ich war in eine Mulde geschleudert worden. Das war der einzige Grund, warum ich die wie Granatsplitter umherfliegenden Trümmer der Explosion überlebt hatte. Überall um mich herum lagen rauchende Fetzen. Büsche brannten. Der Wind trieb die Flammen von Baum zu Baum.

Hustend wegen des Rauchs, stemmte ich mich hoch und taumelte auf die Beine. Benommen sah ich mich um. Wo war Petey? Ich drehte mich zu dem flammenden Krater des Hauses um. Petey war nicht dort, wo er eben noch gestanden hatte. Er musste, genau wie ich, von der Druckwelle ins Unterholz geschleudert worden sein.

Die Flammen hatten mich inzwischen fast ganz eingeschlossen. Kate und Jason! Ich musste sie finden. Während ich tiefer in den Wald stolperte, betete ich, dass sie weitergerannt waren, dass sie weit genug und außer Reichweite der Flammen waren.

Und außer Reichweite Peteys. Er würde alles in seiner

Macht Stehende tun, um sie wieder in seine Gewalt zu bekommen.

Es sei denn, er war tot. Es sei denn, die Explosion hatte ihn getötet.

Aber wo war dann sein Leichnam? Nach der Explosion war am Waldrand so wenig an Deckung übrig geblieben, dass ich seinen toten Körper hätte sehe müssen. Wo war er?

Der Wind trieb mir Rauch ins Gesicht, und ich musste wieder stärker husten, während ich weitertaumelnd durch den Wald rannte. In der Zeit, in der ich bewusstlos gewesen war, hatte sich das Feuer sehr schnell ausgebreitet. Über mir sprangen die Flammen von Baumkrone zu Baumkrone. Büsche flammten wie von Zauberhand angesteckt plötzlich auf. Ich lief im Zickzack und versuchte dem Feuer auszuweichen, das rechts von mir loderte, nur um entsetzt festzustellen, dass plötzlich ein anderer Teil des Waldes zu meiner Linken in Flammen stand.

Ich rief »Kate! Jason!« Doch sie hatten im Haus so große Angst vor mir gehabt, dass ich bezweifelte, ob sie mir antworten würden. Ich würde sie höchstens in noch größere Panik versetzen. Und falls sie tatsächlich antworten sollten, dann könnte auch Petey sie hören und wissen, wo sie waren.

Außerdem würde Petey, wenn ich nach Kate und Jason rief, auch *mich* hören und wissen, wo *ich* war.

Die Feuersbrunst hinter mir brüllte gierig. Rauch waberte, vom Wind getrieben, worüber. Nach Atem ringend, stolperte ich auf eine Lichtung. Wieder sprang das Feuer in die Baumkronen vor mir.

Wie weit waren Kate und Jason gekommen? Mir fiel der Bach ein, dessen Lauf ich in den Wald gefolgt war.

Wenn ich ihn erreichen konnte, wenn Kate und Jason ihn erreichen konnten, hatten wir eine Chance.

Den Bach erreichen? Wie? Ich war so damit beschäftigt gewesen, den Flammen zu entkommen, dass ich die Orientierung verloren hatte. Dasselbe konnte Kate und Jason passiert sein. Sie liefen möglicherweise im Kreis.

Ich fischte den Kompass aus meiner Hemdtasche, klappte ihn auf, und als die Nadel auf Nord pendelte, peilte ich mit vom Rauch tränenden Augen die nordwestliche Richtung an. Dies war die genau entgegengesetzte Richtung zur südöstlichen Marschroute, in der ich mich dem Haus genähert hatte. Hastig schob ich den Kompass in meine Hemdtasche zurück, wich einem herabfallenden brennenden Ast aus und sprintete auf die noch nicht in Flammen stehenden Bäume nordwestlich von mir zu.

In das Brüllen des Feuers mischte sich das Knacken und Krachen, mit dem sich Holz entzündete. Trockene Baumstümpfe explodierten förmlich vor Hitze. Ein riesiger Streifen Rinde platzte von einem Baumstamm rechts von mir – und ich warf mich zu Boden, als ich begriff, dass das Krachen, ein dumpfes, dröhnendes Krachen, von Peteys Schrotflinte herrührte.

Ich riss meine Pistole heraus und war bestürzt, wie heftig meine Hand zitterte. Meine Lehrerin beim Schießtraining in Denver hatte mich gewarnt, dass einen nichts – auch nicht wenn man ein noch so guter Schütze beim Zielschießen auf dem Schießstand war – wirklich darauf vorbereiten konnte, jemandem mit einer Waffe in der Hand in einer Situation gegenüberzustehen, in der es darum geht, zu töten oder getötet zu werden. Wenn die Angst die Oberhand gewinnt, hat auch der beste Schütze keine ruhige Hand mehr.

Das Feuer kroch näher. Ich konnte nicht bleiben, wo ich war, aber sobald ich mich bewegte, würde Petey erneut schießen. Ich dachte an all die schlimmen Dinge, die Kate und Jason erleiden mussten und an all das, was ich durchgemacht hatte, um sie zu finden. Ich dachte daran, dass Petey mich in den Bergen hatte töten wollen. Meine Muskeln krampften sich vor Zorn zusammen. Meine Hand hörte zu zittern auf.

Geduckt rannte ich auf einen anderen Baum zu. Eine Ladung aus der Schrotflinte riss Späne aus dem Stamm, und ich machte sofort das, womit Petey am wenigsten rechnete: Ich rannte wieder zurück, auf die Flammen zu. Ich hatte eine ungefähre Ahnung, von wo aus er geschossen hatte: eine Gruppe von Büschen, in die ich nun drei Kugeln jagte. Rauch umgab mich. Ich hielt den Atem an und nutzte den Rauch als Deckung, während ich auf die Büsche zurannte und grimmig drei weitere Kugeln in sie hinein feuerte. Doch als ich durch die Äste brach, fand ich keine reglose Leiche, nur eine leere Schrotpatronenhülse.

Rasselnd keuchend kauerte ich mich nieder und ließ den Blick, nach einer Bewegung suchend, durch das Unterholz wandern. Doch *alles* war in Bewegung, denn der Sog des Feuers verdoppelte die Kraft des Windes. Die leere Patronenhülse. Wie oft hatte Petey auf mich geschossen? Zweimal, soviel ich mitbekommen hatte. Wie viele Patronen fasste das Magazin einer Schrotflinte, einer solchen Pumpgun? Ich erinnerte mich, beim Schießunterricht gehört zu haben, dass die meisten Schrotflinten vier Schuss im Magazin und eine Patrone in der Kammer hatten. Peteys Hemdtaschen waren nicht von Reservepatronen ausgebeult gewesen. Soviel ich wusste, hatte er also noch mindestens drei Schuss übrig.

Geduckt lief ich auf eine andere Buschgruppe zu und erreichte von dort, die Deckung des Qualms nutzend, einen weiteren Baumstumpf. *Blamm*! Ein Teil des Baumstumpfs zersplitterte. Der schockierende Schmerz in meiner linken Schulter fühlte sich an, als hätte mich ein Schwarm ungeheuer schnell fliegender Hornissen gestochen. Ich taumelte rückwärts und zog den Abzug durch, als ich fiel. Krachend landete ich auf dem Boden und hoffte, dass das, was mich getroffen hatte, Splitter des Baumstumpfes waren. Doch das Blut an meiner Schulter machte mir unmissverständlich klar, dass mich einige Schrotkugeln erwischt hatten. Der einzige Grund, dem ich es verdankte, dass mein Arm noch dran war, war der, dass Petey aus ziemlich großer Entfernung geschossen hatte. In dem Chaos von Rauch und Flammen hatte er danebengezielt. Nur ein Teil der streuenden Schrotladung hatte mich getroffen.

Die Wunde pochte. Ich hatte Probleme, den Arm zu bewegen. Doch davon abgesehen war ich in meiner Bewegungsfähigkeit nicht eingeschränkt. Die Angst und das Adrenalin in meinem Blut brachten mich dazu, mich weiterzurollen, denn mir war klar, dass ich nicht liegen bleiben durfte. Flammen versengten mir den Rücken. Rauch hüllte mich ein. Doch der Rauch musste auch Petey die Sicht verdecken. Er konnte mich im Augenblick nicht sehen.

Ich zog wieder den Kompass aus meiner Hemdtasche und peilte – ein Husten unterdrückend, um Petey nicht zu verraten, wo ich war – erneut die nordwestliche Richtung an. In dem dichten Rauch, den der Wind vor sich her blies, sprang ich auf die Beine und lief los. Ich konnte nicht weiter als zwei Meter sehen und packte, während ich durch den Wald taumelte, die Pistole fester, bereit abzudrücken, falls vor mir ein bedrohlicher Schatten auftauchte.

Blut aus meiner Schulter tropfte von meinen Fingern. Mir war schwindlig. Das Feuer drohte, mich zu überholen. Die Hitze trieb mich vorwärts, zwang mich, schneller zu laufen.

Ich war so damit beschäftigt, die wirbelnden Rauchschwaden mit meinen Blicken nach einem Anzeichen von Petey zu durchdringen, dass ich nicht auf den Boden achtete. Die Böschung des Bachs war ungefähr zwei Meter tief, und ich wäre sicherlich hinabgestürzt, wäre nicht rechts von mir ein Reh aus den Büschen gebrochen. Es erschreckte mich, als es an mir vorbeijagte, die Böschung hinabsprang, durch das Wasser spritzte und auf der anderen Seite den Abhang wieder hinaufsprang.

Ich rutschte die Böschung zum Wasser hinab und fühlte sogleich die kühlere Luft auf meinem Gesicht. Der Bach war seicht. Ich watete hindurch, ohne darauf zu achten, dass meine Wanderschuhe und Socken nass wurden, ganz darauf konzentriert, herauszufinden, wo Petey geblieben war. Zu meiner Rechten, ein Stück den Bach hinab, bewegte sich ein Schatten durch den dichten Rauch. Ich hob die Pistole und war bereits im Begriff abzudrücken, als mir klar wurde, dass der Schatten ebenso gut Kate sein konnte.

Ich behielt die undeutliche Gestalt im Visier. Meine Augen tränten in dem beißenden Rauch so sehr, dass ich den Schatten nur mehr verschwommen ausmachen konnte, während ich auf ihn zielte. Ich wartete, dass die Umrisse wieder deutlicher zu erkennen sein würden.

Der Schatten verschwand. Wer immer es gewesen war, er war die Böschung hinaufgestiegen und im Wald verschwunden. Ich kroch ebenfalls die Böschung empor und stapfte durch rauchumwabertes Unterholz, jeden Moment erwartend, dass die Gestalt wieder vor mir auftauchte.

Wenn es Kate gewesen wäre, überlegte ich, hätte ich dann nicht einen kleineren Schatten, nämlich Jason, neben ihr sehen müssen?

Nicht, wenn er sich auf der anderen Seite von ihr gehalten hatte.

Ich musste absolut sicher sein, bevor ich abdrückte. Während ich zwischen hohen Bäumen weiterhastete, versuchte ich, die Tränen aus meinen vom Rauch gereizten Augen fortzublinzeln und richtete dann den Blick auf das nur verschwommen auszumachende Gestrüpp rechts von mir. Etwas bewegte sich. Einen Augenblick lang erhaschte ich einen flüchtigen Blick auf Peteys Bart. Er riss die Schrotflinte hoch. Ich drückte ab.

Im nächsten Moment war ich wie geblendet, als ein Windstoß Flammenzungen über mich hinwegtrieb. Die Bäume und Sträucher vor mir gingen in Flammen auf. Ich spürte, wie die explodierende Hitze des Feuers mein Haar versengte, taumelte rückwärts, verlor diesmal das Gleichgewicht und stürzte die Böschung des Bachs hinab. Ich landete auf meiner verletzten Schulter und biss die Zähne zusammen, um nicht aufzuschreien, als ich in das Bachbett hinabrollte. Vor Schmerzen halb bewusstlos blieb ich im Wasser liegen.

Es kostete mich meine ganze Kraft, wieder auf die Beine zu kommen. Den Kompass hatte ich verloren und konnte ihn nicht finden. Nicht, dass er mir im Augenblick von großem Nutzen gewesen wäre. Mit dem Feuer vor und hinter mir und Petey rechts von mir blieb mir nur eine einigermaßen sichere Richtung: nach links, das Bachbett entlang. Ich wusste nicht, ob ich ihn getroffen hatte. Aber falls nicht, dann würde er vor dem Feuer ebenfalls Schutz im Bachbett suchen müssen, was bedeutete, dass er wahrscheinlich den Flusslauf in meine Richtung entlang schlich. Ich musste nur eine Biegung des Bachs finden, mich verstecken und ihm dort auflauern.

Ich wusste nicht mehr, wie viele Schüsse ich abgefeuert hatte. Meine Pistole war möglicherweise fast leer. Ich versuchte, das Zittern meiner Hände zu unterdrücken, drückte den Knopf an der Seite der Waffe und ließ das Magazin herausgleiten und zu Boden fallen. Dann zog ich das fünfzehn Schuss fassende Reservemagazin aus der Tasche an meinem Gürtel, schob es in den Grill und lud durch. Jetzt war die Pistole wieder schussbereit.

Mein Blickfeld verdunkelte sich. Der Rauch wurde dichter, und ich rang keuchend nach Luft, denn das Feuer saugte mir den Sauerstoff weg. Die Flammen rückten näher. Ich hatte Angst, das Bewusstsein zu verlieren und trottete weiter entlang des Bachs, wobei ich – soweit es möglich war – auf der Böschung ging, um im Wasser keinen Lärm zu machen. Doch der Blutverlust verstärkte das Schwindelgefühl noch, gegen das ich ankämpfte. Ich konnte nicht mehr kontrollieren, wo meine Stiefel landeten; manchmal plumpsten sie klatschend ins Wasser, dann wieder glitten sie im Schlamm aus.

Die heiße Luft brannte in meiner Nase. Ich taumelte um eine Biegung des Bachbetts, dessen Böschung mich vor den Flammen über mir am rechten Ufer schützte. Auf unsicheren Beinen stakste ich um eine zweite Biegung, und kühle Luft wehte mir ins Gesicht. Ich hatte einen Abschnitt des Bachs erreicht, der noch nicht zu beiden Seiten von Feuer gesäumt war. Die kühle, frische Luft war das Köstlichste und Herrlichste, das ich je gefühlt hatte. Ich sog sie gierig in meine Lungen und hoffte, sie würde meine Gedanken klären und die Flecken vertreiben, die vor meinen Augen tanzten.

Als ich frische Luft den grauen Schleier vor meinem Gesichtsfeld auflöste, blieb ich schwankend stehen und starrte auf die Fußspuren im Schlamm zu meinen Füßen hinab. Es waren zwei Spuren. Die eines Erwachsenen. Und die eines Kindes. Sie folgten, genau wie ich, dem Bach.

Kate und Jason.

Ich wirbelte herum als ich hörte, wie jemand hinter mir eilig durch den Bach platschte. Doch als ich die Pistole hob und auf die Biegung richtete, war es nicht Petey, der dort auftauchte, sondern ein in Panik vor dem Feuer fliehender Hund. Er rannte an mir vorbei und verschwand um die nächste Biegung. Die Luft wurde wieder heißer. Die Flammen rückten näher.

Ich rannte in die Richtung, in der die Spuren führten. Ein Baum war über die Böschung gestürzt. Ich duckte mich unter ihm hindurch, richtete mich auf der anderen Seite wieder auf – und stöhnte, als etwas Schweres auf meine Stirn herabkrachte. Der Schlag ließ mich zurück gegen den Baum taumeln. Benommen sank ich auf die Knie ins flache Wasser. Blut rann mir über das Gesicht. Ich blinzelte, um etwas erkennen zu können.

Mit irr flackernden, durch die Drogen geweiteten Augen stand Kate über mir, mit beiden Händen einen Ast wie eine Keule über den Kopf schwingend, um ihn mir ein zweites Mal über den Schädel zu schlagen. Jason kauerte hinter ihr.

»Nein, Kate…« Ich war entsetzt, wie fern meine geschwächte Stimme klang. »Nicht! Ich bin es!«

»Du dreckiger Bastard!«

Ich schaffte es, den rechten Arm vor mein Gesicht zu

heben, bevor sie erneut zuschlug. Der Ast traf mich unterhalb des Ellbogens, doch der Schmerz, der durch meinen Arm schoss, ließ mich fürchten, dass er gebrochen war.

Meine Pistole fiel mit einem dumpfen Laut ins Gras der Böschung.

»Hör auf, Kate, ich bin's! Brad!«

»*Brad*!«, kreischte Kate und ließ den Ast erneut niederkrachen.

Ich warf mich nach rechts und entging dem Schlag nur knapp. Der Ast klatschte neben mir ins Wasser. Sie holte wieder aus. Ich wälzte mich weiter von ihr weg…

Dann starrte sie auf etwas hinter mir.

Ich folgte ihrem Blick.

Peteys Gesicht lugte über den Baumstamm, der quer über dem Bach lag. Seine Stirn war schwarz von Ruß. Sein Haar und sein Bart waren versengt. Sein Hemd war an der linken Schulter und unterhalb davon blutdurchtränkt. Offenbar hatte ich ihn getroffen, als ich das letzte Mal abgedrückt hatte.

Seine Schrotflinte ruhte auf dem waagrecht liegenden Baumstamm, die Mündung auf uns gerichtet.

Jason schob sich rückwärts von ihm weg.

»Wenn du weißt, was gut für dich ist, Sohn, dann bleib, wo du bist«, knurrte Petey ihn an.

Ich lag auf dem Rücken im Wasser. Mein rechter Arm war nutzlos, wahrscheinlich gebrochen von Kates Schlag. Mein von den Schrotkugeln verwundeter linker Arm tat ebenfalls höllisch weh, aber ich konnte ihn wenigstens bewegen. Schwitzend vor Anstrengung, tastete ich nach dem Messer an meinem Gürtel.

Jason schob sich noch weiter weg.

»Hör auf deinen Vater«, sagte Petey. »Bleib stehen.«

Jason riss den Mund zu einem stummen Schrei auf.

Dann jedoch schrie Petey auf, als ich mich unter den Baum wälzte und ihm das Jagdmesser in den Schenkel stieß. Die Klinge schabte über Knochen, und als er rückwärts taumelte, ging die Schlotflinte los. Die Schrotkugeln pfiffen an meinem Kopf vorbei. Nein! Halb besinnungslos vor Schmerz und Angst, dass die Schrotkörner Kate und Jason getroffen haben könnten, stieß ich das Messer nochmals in Peteys Schenkel. Sein Blut spritzte über mich, und ich zielte mit meinem nächsten Stoß nach seiner Seite.

Doch er rammte den Kolben seiner Schrotflinte auf mich herab und traf meine verwundete Schulter. Ich verlor fast die Besinnung und war gerade noch dazu im Stande, mich mit meinem ganzen Gewicht gegen seine Beine zu wälzen und ihn zu Fall zu bringen. Aufstöhnend plumpste er neben mir ins Wasser. Ich kroch auf ihn und hieb mit dem Messer nach seinem Gesicht, doch er drückte mich seitwärts und umklammerte meinen Hals, den er mit solcher Kraft zusammendrückte, dass ich glaubte, mein Genick würde brechen.

Rauch hüllte uns ein. Das Knistern des Feuers rückte immer näher. Ich stieß das Messer in seine verwundete Schulter. Ächzend fiel er nach hinten und landete dort, wo seine Schrotflinte hingefallen war. Er packte sie, lud durch und drückte den Abzug.

Ich taumelte zurück, die ganze Wucht der Schrotladung erwartend, die meine Brust zerreißen würde – doch nur ein klickendes Geräusch war zu hören. Das Magazin war leer. Brüllend schwang Petey die Flinte wie eine Keule über dem Kopf, aber der Blutverlust hatte ihn geschwächt. Sein Schlag prallte von meinem Bein ab. Mein linker Arm schmerzte inzwischen so sehr, dass ich ihn kaum mehr bewegen konnte. Trotzdem stieß ich erneut mit dem Messer zu und verfehlte mein Ziel.

Der Einschlag einer Kugel ließ eine Erdfontäne aufspritzen.

Wir warfen uns beide herum.

Kate war unter die äste des Baums gekrochen. Schwankend richtete sie sich nun auf, in ihrer Hand die Pistole, die ich hatte fallen lassen. Sie tat ihr Bestes, die Waffe ruhig zu halten. Und sie sah aus, als sei ein kleiner Teil ihres Gehirns während des langen Martyriums, durch das sie gegangen war, stets noch so klar geblieben, um den Wunsch nach Rache wachzuhalten. Normalerweise gibt es bei einer so kurzen Entfernung kein Geheimnis, wie man effektiv eine Schusswaffe einsetzt. Obwohl sie keine Ahnung von Pistolen hatte, brauchte sie nur zu zielen und den Abzug durchzudrücken.

Aber sie stand unter Drogen und sie hatte bereits einmal daneben geschossen. Jetzt zwang sie sich zu äußerster Konzentration – ihre Augen wurden ganz dunkel über ihren hohlen Wangen. Die zweifache Version ihrer Albträume – zwei Peteys, zwei Brads – stellte wohl den letzten Rest ihres gesunden Menschenverstands, den sie sich bewahrt hatte, auf eine harte Probe.

»Hilf mir«, keuchte Petey. »Ich bin gekommen, um dich zu retten. Erschieße ihn.«

Sie zögerte und richtete dann die Waffe auf mich.

»Bitte, tu es nicht, Kate«, sagte ich.

Ich sah, wie sich ihr Finger fester um den Abzug spannte.

»Erschieße ihn«, krächzte Petey.

»Ich liebe dich, Kate.«

»Ich bin dein Mann. Tu, was ich dir sage«, befahl Petey.

Sie wandte sich wieder Petey zu und schoss ihm ins Gesicht.

Während sie einen Schritt auf ihn zumachte, drückte sie wieder ab. Diesmal schoss sie daneben. Nach ein paar stolpernden Schritten stand sie über ihm. Aus kürzester Entfernung schoss sie ihm in die Brust. Die nächste Kugel durchschlug seine Kehle. Sie zielte nicht auf diese Körperteile. Sie waren nur zufällig dort, wo der Lauf der Pistole in ihren zitternden Händen hinschwankte. Wieder und wieder drückte sie ab und hörte nicht auf zu schießen, zu nah, ihn nicht irgendwo zu treffen: seine Schulter, sein Knie, seinen Unterleib, seinen Bauch, seine Brust – bis alle fünfzehn Patronen verschossen waren und der Schlitten an der Oberseite der Waffe nicht mehr nach vorn sprang.

Tränen rannen über ihr Gesicht.

Ich schaffte es, auf die Beine zu kommen.

Doch als ich einen Schritt auf sie zumachte, weil ich sie festhalten wollte, stolperte sie angsterfüllt rückwärts. Sie hob erneut die Pistole und drückte mehrere Male ab. Nichts geschah. Die Waffe war leer. Doch wenn noch ein paar Patronen im Magazin gewesen wären, hätte sie mich getötet.

Ich versuchte, sie mit einer besänftigenden Geste zu beruhigen. »Es ist okay. Du bist jetzt in Sicherheit. Ich tu' dir nicht weh.«

Doch der in ihren Augen flackernde Wahnsinn machte deutlich, dass sie mir nicht glaubte.

»Ich rühre dich nicht an«, sagte ich. »Aber bitte lass mich dir helfen. Bitte.« Ich fühlte Hitze hinter mir, hörte das Brüllen und Knacken des Feuers, und als ich über die Schulter blickte, sah ich die rote Wand der Flammen. »Wir müssen hier weg!«

Ich wagte erneut einen Schritt. Sie schob sich rückwärts von mir weg auf den Baum zu, der quer über dem Fluss lag.

»Jason?«, rief ich. »Wo ist Jason? O Gott, hat Petey ihn erschossen?«

Als ich verzweifelt unter dem Baum nachsah, wo ich Jason zuletzt gesehen hatte, kroch Kate unter den Ästen hindurch, um mir zu entkommen. Ich taumelte hinter ihr her auf die andere Seite. Meine Kehle war wie zugeschnürt vor Angst, Jasons leblosen, von Peteys letztem Schuss aus der Schrotflinte zerfetzten Körper vor mir liegen zu sehen. Erleichtert atmete ich auf, als ich ihn am Ufer des Bachs entdeckte.

Er warf einen Stein nach mir.

Der Stein traf meine Brust, doch ich war weit jenseits allen Schmerzempfindens. Alles, was ich wollte, war, ihn aus dieser Hölle rauszuschaffen.

»Es ist alles okay, Jason. Du brauchst jetzt keine Angst mehr zu haben.«

Ich machte einen Schritt auf ihn zu. Blutbeschmiert und schwarz vom Ruß, die Haare vom Feuer versengt, muss ich für ihn wie Petey ausgesehen haben.

In Panik kroch er die Böschung hinauf und rannte in den Wald.

Auf unsicheren Beinen, behindert durch meine Verletzungen, taumelte ich hinter ihm her. Hitze und Rauch schienen mir den Weg versperren zu wollen, als ich durch das Unterholz stolperte.

Im dichten Rauch sah ich helle Flammen aufzüngeln. Die Hitze wurde unerträglich. Ein Baum direkt vor mir ging explosionsartig in Flammen auf. Die Feuerwand erreichte die Büsche.

»Jason!« Rauch drang in meine Kehle. Ich krümmte

mich unter einem Hustenanfall, richtete mich mit schierer Willenskraft wieder auf und wankte weiter.

Für einen Augenblick wirbelte der Wind den Rauch in die Höhe. Ein Stück vor mir stand Jason, dem das näher rückende Feuer den Weg versperrte. Er wirbelte, einen Fluchtweg suchend, herum und erstarrte, als er mich sah – ein für ihn bedrohlicherer Anblick als das Feuermeer. Er warf sich nach links und rannte auf eine Bresche in der Feuerwand zu. Ich war ihm dich auf den Fersen, doch als ich mich auf ihn stürzte, schleuderte der Wind bereits lodernde Flammengarben in seine Richtung. Nur einen Augenblick, bevor die Flammenzungen über uns hinwegleckten, riss ich ihn zu Boden. Mit der letzten in meinem verwundeten Arm verbliebenen Kraft zerrte ich ihn von den Flammen weg. Er trat und schlug nach mir. Dann schlug plötzlich auch Kate auf mich ein. »Lass ihn los!«, kreischte sie.

Alle drei stürzten und rollten wir die Böschung hinab und landeten im Wasser. Sie traten und schlugen weiter auf mich ein, doch ich wehrte mich nicht. Ihre Schläge wurden schwächer. Schließlich fielen sie entkräftet neben mir auf die Knie und starrten mich mit aufgerissenen Augen und erschöpft keuchend an.

»Ich liebe euch«, sagte ich.

Sie starrten noch immer.

Dann veränderte sich langsam in ihren Augen etwas, als erinnerten sie sich vage an eine Zeit in ihrem Leben, als ihnen diese Worte vertraut gewesen waren.

»Bleibt hier. Ich muss noch etwas erledigen«, krächzte ich mit Mühe.

Inzwischen hatte das Feuer den Rand der Böschung erreicht. Ich bespritzte mich mit Wasser und duckte mich dann unter dem quer über dem Bach liegenden Baumstamm hindurch auf die Seite, wo Petey lag. Sein Körper war über und über mit Blut bedeckt, das aus den vielen Schusswunden rann.

Aber das genügte mir nicht. Er war schon einmal zurückgekommen. Ich musste absolut sicher sein, dass er tot war, dass er uns nie wieder bedrohen konnte – nicht einmal in meinen Albträumen.

Unter Schmerzen packte ich ihn bei den Füßen, doch meine verletzten Arme waren so steif und taten so weh, dass ich es nicht schaffte, ihn die Böschung hinaufzuzerren. Ich zog mit meiner ganzen Kraft und war bereits im Begriff aufzugeben, als neben mir Kates Hände auftauchten. Ich sah sie verblüfft an, doch sie sagte kein Wort und half mir nur stumm, Petey den Hang hinaufzuschleppen.

Wir warfen ihn in das Feuer. Erst als sein Körper von den Flammen verzehrt wurde, stolperten wir zum Flussbett hinab. Unten angekommen, fiel Kate der Länge nach ins Wasser, doch sie ließ nicht zu, dass ich sie anfasste, um ihr aufzuhelfen. Argwöhnisch eine sichere Distanz zwischen ihnen und mir wahrend, liefen sie und Jason am Ufer des Bachs entlang.

EPILOG

Wir lagen alle drei ziemlich lange im Krankenhaus. Die Polizei und der Bezirksstaatsanwalt vernahmen mich und wollten wissen, warum ich nicht die Behörden eingeschaltet hatte, um Peteys Festnahme zu verlangen. Ich tat mein Bestes, sie davon zu überzeugen, dass mich die Ereignisse überrollt hatten. Wie hätte ich ihnen auch erklären sollen, dass ich Angst gehabt hatte, bei einem Einsatz der Polizei könnten Kate und Jason getötet anstatt gerettet werden? Ungeachtet meines unbeirrten Leugnens, beharrten sie schließlich auf der Ansicht, dass mein Motiv Rache gewesen sei, dass es mir in erster Linie darum gegangen wäre, Petey heimzuzahlen, was er mir angetan hatte.

Deshalb musste ich zu einer Voruntersuchung der Anklagekammer erscheinen, deren Geschworene darüber entschieden, ob man ein Hauptverfahren gegen mich eröffnen würde. Wie mir mein Anwalt erklärte, hätte ich dafür, dass ich das Gesetz in die eigenen Hände genommen hatte, zu einer ziemlich happigen Strafe verurteilt werden können. Aber ich bezweifle, dass es unter den Mitgliedern der Jury auch nur einen einzigen gab, der – nachdem er meinen gebrochenen, in einer Schlinge hängenden Arm und die Verbrennungen in meinem Gesicht gesehen hatte – nicht der Ansicht war, dass ich genug gelitten hatte. Und auch Kate und Jason hatten ganz offensichtlich sehr viel durchgemacht. In ihren Augen lag der verstörte Ausdruck von Kriegsgefangenen.

Es dauerte drei Wochen, bevor wir gehen durften. Ich bezahlte jemanden dafür, dass er den Volvo nach Denver zurückbrachte, denn Kate, Jason und ich flogen von Columbus aus nach Hause. Unsere Freunde hießen uns dort willkommen. Sie riefen an. Sie besuchten uns. Sie veranstalteten eine Party für uns. Wir dankten ihnen. Aber die Wahrheit war, dass wir viel zu traumatisiert waren, um gesellig und ungezwungen sein zu können. Zu lächeln oder belanglose Gespräche zu führen, fiel uns schwer, und was ernstere Gespräche anging, waren wir, als wir detaillierter gefragt wurden, was uns zugestoßen sei, noch nicht bereit oder in der Lage, darüber zu reden. Nach einiger Zeit war unsere Rückkehr keine Sensation mehr. Die Anrufe, die Besuche und Einladungen wurden weniger. Schließlich ließ man uns wieder allein.

Jason war so still geworden, dass die Eltern seiner Freunde sich unbehaglich fühlten, wenn er mit ihren Kindern zusammen war. Kate überkam jedes Mal eine furchtbare Nervosität, wenn sie das Haus verlassen musste. Schließlich gab sie es ganz auf, überhaupt noch fortzugehen. Das einzig Positive war, dass mich Kate und Jason – nachdem ich meinen Bart abrasiert und die Drogen allmählich ihre Wirkung verloren hatten – nicht mehr für Petey hielten und deshalb auch keine Angst mehr vor mir hatten; obwohl ich nach wie vor darauf achte, es sie vorher erkennen zu lassen, wenn ich die Absicht hatte, sie zu berühren.

Ich habe versucht, ehrlich zu mir selbst zu sein. Ich habe mein Bestes getan, zu verstehen, was passiert ist, in der Hoffnung, mich dann damit abfinden zu können. Doch manchmal frage ich mich, ob es überhaupt *möglich* ist, darüber hinwegzukommen, was Petey – was Lester uns angetan hat. Seltsam, wie sehr ich mich dagegen gewehrt hatte, zuzugeben, dass Petey Lester war, und jetzt fällt es mir überhaupt nicht mehr schwer zu akzeptieren, dass beide ein und derselbe waren. Mein richtiger Bruder ist schon vor langer Zeit gestorben. Durch meine Schuld.

Manchmal, wenn Kate und Jason es nicht bemerken, betrachte ich sie und versuche zu enträtseln, ob es ihnen inzwischen besser geht. Ohne das zu offensichtlich zu tun, bemühe ich mich, bis auf den Grund ihrer Augen zu sehen. Ich schaue in den Spiegel und versuche, bis auf den Grund meiner eigenen Augen zu sehen. Tragen wir Dunkelheit in uns?

Payne kam neulich vorbei und stattete uns einen Willkommensbesuch ab.

Ich erkundigte mich nach seiner Frau. »Geht es ihr gut?«, fragte ich. »Was hat die Biopsie neulich ergeben?«

»Der Knoten in ihrer Brust war, Gott sei Dank, nur eine Zyste.«

Erst jetzt bemerkte ich, dass ich den Atem angehalten hatte. »Ich bin froh zu hören, dass manches auch eine gute Wendung nehmen kann«, sagte ich.

Im Garten hinter dem Haus ließ Payne sein Gewicht behutsam in den Liegestuhl sinken, in dem vor einem Jahr Petey gesessen und zu unserem Schlafzimmerfenster emporgeblickt hatte.

Kate brachte uns zwei Gläser eisgekühlten Tee.

Wir gaben vor, nicht zu bemerken, dass ihre Hände zitterten und das Eis in den Gläsern klirrte.

»Danke«, sagte ich.

Als ich ihre Schulter berührte, lächelte sie sogar.

Payne blickte ihr nach, wie sie ins Haus ging. »Ist sie in Behandlung?«

»Sie meinen bei einen Psychiater? Ja«, sagte ich. »Wir alle drei sind in Therapie.«

»Bringt das etwas?«

»Mein Psychiater lässt mich ein Tagebuch führen, in dem ich alles beschreibe, was passiert ist und wie ich mich deshalb fühle. Einmal in der Woche rede ich mit ihm darüber. Ob es was bringt?« Ich hob die Schultern. »Er meint, ja. Aber um das beurteilen zu können, bin ich nicht objektiv genug. Er sagt auch, weil das Trauma, das wir erlebt haben, lange gedauert hat, kann man nicht erwarten, dass man in kurzer Zeit darüber hinweg kommt.«

»Klingt vernünftig.«

»Kate ist heute ganz allein in den Supermarkt gegangen.«

Payne blinzelte irritiert.

»Das ist ein großer Schritt«, erklärte ich. »Sie hat Probleme, sich unter vielen Leuten oder Fremden aufzuhalten.«

»Und was ist mit Ihnen? Haben Sie vor, irgendwann wieder zu arbeiten?«

»Das werde ich wohl bald müssen«, erwiderte ich. »Unsere Versicherung übernimmt nicht alle Arztkosten. Und die Anwalts- und Gerichtskosten auch nicht.«

»Aber wie fühlen Sie sich? Glauben Sie, dass Sie bereits so weit sind, wieder arbeiten zu können?«

Ich nippte an meinem Eistee und blieb eine Antwort schuldig.

»Als ich noch beim FBI war, musste ich jemanden erschießen«, sagte Payne.

»Ihn töten?«

Er konzentrierte sich auf sein Glas. »Ich bekam dabei ebenfalls eine Kugel ab. Drei Monate Krankenstand. Eine Menge Sitzungen beim Psychiater. Ich glaube, ich habe Ihnen schon erzählt, dass ich damals an Gewicht zuzunehmen begann. Anschließend nahm ich meinen Abschied vom Bureau. Es dauerte verdammt lange, bis ich mich wieder normal fühlte.«

»Normal« ist ein sehr vielschichtiges und kompliziertes Wort. Ich frage mich, ob ich mich jemals wieder normal fühlen *kann*. Es kommt mir vor, als sei ich in meinem früheren Leben blind durch eine Welt voller Schmerz und Leid getappt und wäre nur zu dumm und unbedarft gewesen, es zu bemerken.«

»Und jetzt?«

»Ich glaube, Kate hat Recht, wenn sie sehr vorsichtig in Bezug auf alles ist, was um sie herum vorgeht. Alles kann passieren. Ich kann ein Lied davon singen. In einem Augenblick stand ich auf einem Berg und erfreute mich an der Aussicht, und im nächsten Augenblick stieß mich mein Bruder in den Abgrund.«

»Vorsicht ist besser als Nachsicht.«

»Das musste ich am eigenen Leib erfahren. Sie fragten mich, ob ich vorhabe, wieder zu arbeiten. Ich arbeite bereits.«

»Oh?« Payne musterte mich fragend.

»Ich kümmere mich um meine Familie. Es ist mein Job, meine verdammte Pflicht und Schuldigkeit, Kate und Jason mit aller Kraft und Aufrichtigkeit zu lieben, zu der ich fähig bin, und Gott für jeden Augenblick zu danken, den ich mit ihnen verbringen darf – sie festzuhalten, zu lieben und zu achten und alles zu tun, damit sie das Gefühl haben, in Sicherheit zu sein.«

Payne hielt seinen durchdringenden Blick unverwandt auf mich gerichtet. »Wissen Sie was, Mr. Denning?«

»Bitte nennen Sie mich doch Brad.«

»Je näher ich Sie kennen lerne, umso mehr mag ich Sie.«